The World Goes On
세계는 계속된다

알마 인코그니타 Alma Incognita
알마 인코그니타는 문학을 매개로,
미지의 세계를 향해 특별한 모험을 떠납니다.

MEGY A VILÁG

The World Goes On
세계는 계속된다

László Krasznahorkai
크러스너호르커이 라슬로

박현주 옮김

그 사람

차례

1부 말하다

2부 이야기하다

3부 작별을 고하다

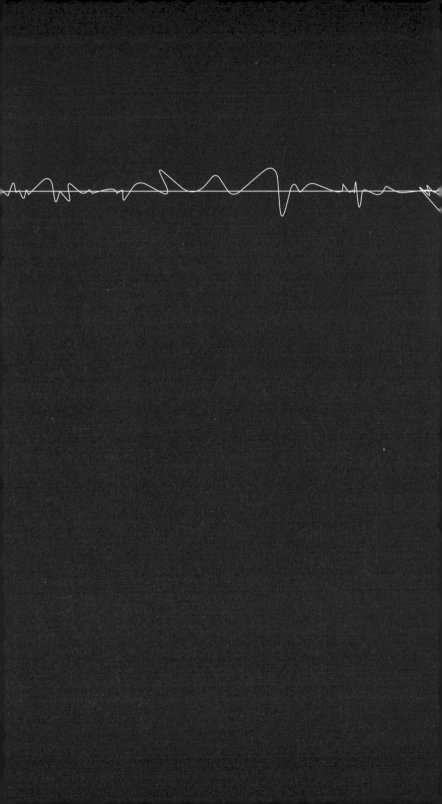

1부

말하다

서 있는 헤맴

나는 이곳을 떠나야만 하니, 이곳은 그 누구도 존재할 수 없는 곳, 남을 가치가 없는 곳이기에, 이곳은 참기 어렵고 차갑고 슬프며 황량하고 치명적인 무게를 지녔으므로 내가 반드시 탈출해야 하는 곳이기에, 나는 무엇보다도 우선 여행 가방을 꺼내고, 정확히 여행 가방 둘이면 충분한 것, 모든 걸 두 개의 여행 가방에 쑤셔 넣고 자물쇠를 딸깍 닫고서는 신발 수선공에게 달려가, 이미 신발 밑창을 새로 대고 또 댔지만, 그래도 부츠의 밑창을 새로 대야 할 필요가 있어서, 좋은 부츠 한 켤레, 어느 경우에도 좋은 부츠 한 켤레와 여행 가방 두 개면 충분한 것, 이런 물건들을 챙기면 이미 벌써 떠난 것이니, 우리가 정확히 지금 어디 있을지 결정할 수 있는 한, 이 것이 첫걸음이기에, 뭐, 그러자면 일종의 능력이 필요한데, 우리가 정확히 어디 있는지 결정할 수 있는지 알아내려면 정확한 지식이 필요하니, 그저 어떤 유의 방향감각이나 심장 깊은 곳에 자리 잡은 어떤 신비한 감각만이 아니고, 이런 지식과 비교하여, 그다음에 정확한 방향을 선택할 수 있을 뿐, 우리는 감각이 필요한데, 손에 어떤 특정 방향 표시기, 확실히 알 수 있도록 도와주는 기기를 움켜쥐고 있듯이, 바로 이 시점에 우리는 여기에 있고, 그리고 여기 우주의 이 지점은, 공교롭게도, 특히 참기 어렵고 차갑고 슬프며 황량하게 치명적인 어떤 교차로에 있는데, 내가 떠나야 하는 교차로, 이곳은 사람이 존재하거나 남을 수 없는 곳이기에, 사람은 이 축축하고 불쾌하도록 어두운 우주의 지점에서는 말하는 것 말고는 아무것도 할 수 없기에, 떠나, 지금 당장 떠나, 생각하지 않고 즉시 떠나, 그리고 돌아보지 마, 그저 미리 결정된 행로를 따라가, 시선을 앞으로만 고정하고, 물론 제대로 된 방향에 고정하고, 그렇게 고통스러울 정도로는 어려워 보이지 않는 선택, 그러나 물론 이 실용적 지식, 이 특정한 감각이 슬픔과 필멸성 속에서 뻗어나가는 좌표 지점을 분간해내려고 하며 갑작스레 어떤 진술을 내세우면 상황은 달라지는데, '일상적 환경'하에서 통상적으로 일어나는 일은 여기서부터 우리는 이쪽 혹은 저쪽으로 가야 한다고 말하고, 우리는 이 방향이 맞는 방향이라고 하거나, 완전히 반대 방향이 맞다고 말하지만, 어떤 경우, 소위 '비일상적 환경'에서는 이런 감각, 응당히 소중히 여겨야 할 이 실용적 지식은 우리가 선택했던 방향이 좋았다고 선언하여 말해주는데, 곧장 가, 그러면 될 거야, 이걸로, 좋아, 그러면 그와 똑같은 감각이 또한 동시에 반대 방향도 괜찮다고 말하여, 그때가 바로 서 있는 헤맴이라고 알려진 상태가 들어서는 때, 여기 이 사람이 있기에, 무거운 여행 가방 두 개를 양손에 들고, 훌륭하게 밑창을 새로 댄 부츠를 신은 사람, 오른쪽으로 갈 수 있지, 그러면 실수하지 않으리라, 왼쪽으로도 갈 수 있지, 그런들 실수가 되지 않으리라, 서로 180도로 반대인 양쪽 방향 모두, 우리 내면에 있는 이 실용적 감각에 따르면 완벽하리만큼 좋다는 판단을 내릴 수 있으므로, 그리고 여기에는 아주 좋은 이유가 있는데, 완전히 180도 정반대인 두 방향을 가리키는 이 실용적 지식은 욕망에 의해 판가름되는 프레임워크 안에서 작동하니까, 다시 말해, "오른쪽으로 가라"는 "왼쪽으로 가라"와 다름없는 말, 이런 두 가지 방향 모두, 우리의 욕망이라는 관점에서는 가장 먼 곳, 여기서부터 멀리 떨어진 곳을 가리키기 때문에, 그러니까 어느 방향으로 가든 도달할 수 있는 지점은, 더는 실용적 지식, 감각 혹은 능력이 아니라, 욕망, 그저 욕망으로만 결정되어, 현재 위치로부터 가장 먼 곳으로 가고 싶다는 것뿐만 아니라, 가장 위대한 약속의 땅, 평온을 찾을 수 있는 곳으로 이동하고 싶다는 갈망, 확실히 평온이 가장 주된 요소일 것, 이것이야말로 한 사람이 그렇게 욕망하는 거리 속에서 찾으

려 하는 것일 테니, 그의 현재 상황을 떠올릴 때마다, 시작점
을 떠올릴 때마다 그를 사로잡는 억압적이고, 고통스러우며,
광기 어린 소요로부터 벗어나는 평온, 그가 지금 있는 곳은
무한히 낯선 땅이며, 그는 그곳에서부터 떠나야 하니, 여기의
모든 것은 참기 어렵고, 차갑고, 슬프며 황량하고, 치명적이
기에, 하지만 이런 상황을 깨닫자 처음에는 충격을 받아 움직
일 수가 없는데, 정말로 아연실색하는데, 자신의 손발이 본연
적으로는 꽉 묶였다는 것을 깨달았기에, 즉 그의 손발이 꽉
묶였다는 완전무결한 실질적 감각 때문에, 그 실질적 감각이
정반대의 두 방향을 동시에 가리키며 그에게 말하기 때문에,
그저 떠나, 그것이 올바른 길이야, 하지만 어떻게 사람이 동
시에 정반대의 두 방향으로 떠날 수 있다는 말인지, 그게 문
제이며, 그 문제가 남아 있으므로, 그는 마치 금방이라도 무
너질 배처럼 여기 닻을 내린 듯 서 있으니, 그는 육중한 여행
가방의 무게를 지고 구부정하게 서 있으니, 그는 서서 움직이
지 않는데, 그처럼 서서, 움직임 없이 미개척된 세계 속으로,
한 방향으로 출발하는데, 어느 쪽인지는 중요하지 않고, 아
무 방향이든 될 수 있기에, 그는 조금도 꿈쩍하지 않으니, 벌
써 너무 멀리 왔으므로, 미개척된 세계 속 그의 헤맴은 이미
시작되었고, 현실에서는 그는 움직이지 않지만, 그의 구부정
한 형체는 동상처럼 불능 속에 새겨져 여기 남아버렸기 때문
에, 그는 모든 경로 위에서 모습을 드러내는데, 낮에는 북쪽

에서 목격되어, 미국에 있다고 하고, 아시아에 있다고 하고, 유럽에 있고, 아프리카에서 보이고, 그는 산맥을 가로지르고, 강의 골짜기들을 가로지르고, 그는 계속 가니, 단 하룻밤도 멈추지 않고 헤매니, 오로지 이따금 한 시간 정도 쉴 뿐인데, 그러나 그때에도 짐승처럼, 군인처럼 잘 뿐, 그 무엇도 묻지 않는데, 그 누구도 오래 응시하지 않고, 사람들이 그에게 묻기를, 그래 당신은 여기서 뭘 하고 있습니까, 미친 사람이여, 눈에 강박적인 눈빛을 띠고 어디로 가고 있습니까? 여기 앉아서 쉬어요, 눈을 감고 밤 동안 여기서 머물러요, 하지만 이 사람은 앉지 않고 쉬지 않는데, 그는 눈을 감지 않으며, 밤 동안 거기에 머무르지 않으니, 그는 오래 머무르지 않기에, 굳이 무슨 말을 해야 한다면 자기 길을 떠나야 한다고 말하기에, 그리고 그에게 어디로 가느냐고 묻는다는 건 시간 낭비일 것이 뻔한데, 그는 결코 이 억지 행진에서 어디로 향하는지 그 누구에게도 드러내지 않을 것이니, 그 이전 시점만 해도, 무거운 여행 가방 두 개를 양손에 들고 서서 미개척된 세계로 떠날 때까지만 해도 알았을지 모르는 것을 이제는 본인조차도 알지 못하기에, 그는 떠나지만 그의 여행은 사실상 여행이 아니었고, 줄곧 이것은 여행일 수가 없었으리, 그는 대신에 그 어떤 사람도 무서워하지 않는 가련한 유령처럼 보이고, 그 누구도 그를 들먹여 애들도 겁주려 하지 않는데, 어떤 사원에서도 이 도시를 피해 떠나갈 만큼 그의 이름을 읊지 않으며, 그가 여기저기 나타난다 하더라도, 사람들은 그저 그를 쓱 무시하고 말았으니, 오, 저 사람 또 왔네, 하지만 그는 또다시 아메리카와 아시아에 나타났고, 또다시 유럽과 아프리카에 나타났으며, 사람들은 그가 정말로는 빙빙 돌고 있을 뿐이라는 인상을 받게 되는데, 시계의 분침처럼 지구를 돌고 있을 뿐임을, 그리고 애초에 여기저기 나타나는 그의 존재에 주목할 점이 있었다고 해도, 가련한 유령의 측면에 그런 게 있을 수 있다고 해도, 그가 두 번째, 아니, 세 번째, 아니, 네 번째로 나타났을 때 사람들은 그저 손을 흔들어 그를 몰아냈고, 정말로 관심 있는 사람은 아무도 없었으니, 그리하여 사람들이 그에게 뭔가를 묻거나 머무를 곳을 제공하는 경우는 점점 적어졌고, 음식이 그의 앞에 놓이는 경우가 점점 줄어들었는데, 시간의 흐름에 따라, 그 누구도 그를 진정으로 기꺼이 안으로 들이려 하지 않았으므로, 왜냐하면 그들끼리도 눈치챘듯이 이제 정말로 여기서 무슨 일이 벌어지고 있는지 아는 사람이 없었기에, 그들이 벌써 흥미를 잃었다는 것만은 분명했으니, 확실히 흥미를 잃었으니, 그는 시곗바늘과는 달라서 아무것도 가리키지 못했기에, 그는 아무것도 의미할 수 없었기에, 그리고 이 세계를 가장 성가시게 했던 것은, 그 무엇이 과연 세계를 성가시게 할 수 있다면 말이지만, 그 무엇보다도 이 사람이 가치 없다는 것일 테니, 그는 그저 지나갈 뿐이고 이 세계에 아무런 가치도 없었으므로, 그가 이 세계를 돌아다니는 때가 오자, 사실상 아무도 그의 존재를 알아차리지 못했으며, 그는 사라져버렸으니, 물질 수준에서 실질적으로 증발해버렸으니, 세계의 관점에서 보자면, 그는 무無가 되어버렸으니, 즉 사람들은 그를 잊어버렸으니, 물론 그것이 그가 현실에서 부재한다는 뜻은 아닌데, 그는 여전히 거기에 남아 있었기에, 그는 지치지도 않고 미국과 아시아 사이, 아프리카와 유럽 사이를 다녔기에, 그저 그와 세계 사이의 연결이 깨져버렸을 뿐이고, 그는 이런 식으로 잊히고 보이지 않게 되었으며, 이와 함께 그는 영원히 고독하게 남았고, 그때부터 그는 헤매는 도중 멈추는 개별적 지점에서 알아차리게 되었으니, 다른 인물들이 있다는 것을, 그를 그대로 본뜬 복제품들이 있다는 것을, 이따금 그는 자신을 그대로 본뜬 그런 인물들과 대면하고는 했는데, 마치 거울을 바라보는 것처럼, 처음에는 움찔 놀라 재빨리 그 도시나 지역을 떠났지만, 그 후로는 이따금 이런 낯선 인물들의 시선을 벌써 잊어버리고 그들을 관찰하고는 하였으니, 그는 자신의 생김새와 그들 생김새 사이의 차이를 찾기 시작했고, 시간이 흘러가고 운명이 그를 데려가 점점 더 많은 이런 똑같은 복제품들과 마주치게 되자, 그들의 여행 가방이 같고, 구부정한 등이 같으며, 모든 것이 같다는 걸 깨닫게 되는데. 무게를 지고 지탱하는 모습도, 이런저런 길을 따라 계속 발을 질질 끌며 걸어가는 모습도, 모든 것이 같았으니, 즉 그것은 그저 닮은꼴이 아니라, 정확한 복제품으로, 부츠도 정확히 똑같이 숙련된 장인이 밑창을 대준 똑같은 것, 그는 이 사실을 술을 마시러 좀 더 커다란 술집에 들어갔을 때 깨달았으니, 그들의 부츠 밑창을 그의 것만큼이나 훌륭한 솜씨로 대놓았다는 것을, 그러자 그의 혈관에 흐르는 피가 차갑게 식어버렸고, 그는 그 술집 전체가 그와 정확히 똑같은 사람들로 완전히 가득 차 있음을 알아버렸고, 빨리 술을 마셔버린 후 서둘러 그 도시와 그 땅을 떠나, 그때 이후로는 다시 그런 방랑자들과 마주치게 되리라는 짐작이 되는, 혹은 그런 느낌이 드는 곳에는 발을 들이지 않았는데, 그 시점부터 그는 그들을 피하기 시작하여 최종적으로는 외로워졌는데, 그의 헤맴은 그 안에 있는 광적인 우연성에 지고 말았으니, 하지만 그는 지치지도 않고 계속 가면서 그의 헤맴의 완전히 새로운 국면이 시작되었는데, 그는 미로에 스스로 갇히려는 결정을 통해서만 자기가 이 모든 똑같은 복제 인간들을 피할 수 있으리라고 확신했기 때문, 그리하여 오로지 이 시점부터 그 꿈들이 시작되었는데, 즉 그는 완전히 우연적인 장소, 우연적인 시간에만 짧고 얕게 잠을 잤고, 이렇게 드물게 청하는 짧고 얕은 잠 속에서 이전에는 한 번도 겪은 일 없는 꿈을 꾸기 시작했으니, 즉 그는 완전히 똑같은 꿈을 털끝 하나하나 다 보일 만큼 세세하게 반복해서 꾸곤 했고, 그의 헤맴이 마침내 끝나버린 꿈을 꾸었고, 이제 그의 앞에는 어떤 거대한 시계 혹은 바퀴, 일종의 회전하는 작업장

같은 게 보이는데, 깨어난 후에는 단 한 번도 그게 뭔지 확실히 분간할 수 없고, 어쨌든 그는 이런 물건들 앞에, 혹은 이런 물건 무더기 앞에 있는데, 그 시계, 바퀴, 혹은 작업장에 걸어 들어가 그 한가운데 서면 평생을 살아왔던 말할 수 없는 피로가 몰려와 그는 마치 총을 맞은 듯 땅에 주저앉고, 스스로 무너지는 탑처럼 넘어져 모로 쓰러지는데, 그는 바닥에 누워 진이 빠져 죽음에 이른 짐승처럼 마침내 잘 수가 있고, 그 꿈은 계속해서 되풀이되니, 그가 어떤 모퉁이를 향해 고개를 돌릴 때마다, 혹은 쓰러져 누울 수 있는 침대를 찾을 때마다 이 꿈을 보는데, 털끝 하나 다르지 않고 정확히 똑같이, 다시, 또다시, 그가 눈을 들었다면, 단 한 번만이라도 들었다면 완전히 다른 것을 봤을 텐데, 수백 년 동안이나 지속된 것만 같았던 그의 헤맴의 여정 속에서, 영원히 떨구었던 고개를 들기만 했더라면, 딱 한 번만이라도 그랬더라면, 그는 자신이 여전히 거기 서 있었다는 것을 보았을 텐데, 두 손에 여행 가방을 들고, 숙련된 장인이 밑창을 대준 부츠를 신고, 그렇게 자기가 서 있는 신발 크기의 땅뙈기에 뿌리박혀 있으므로, 그가 여기서 벗어날 수 있다는 희망은 뭐가 되었든 없으니, 그는 시간이 끝날 때까지 거기 서 있어야 하기에, 그의 손발이 동시에 옳은 두 방향에 묶여 있기에, 그는 거기 시간이 끝나는 바로 그때까지 서 있어야 하니, 그곳이 그의 집이기에, 그곳이 정확히 그가 태어난 곳이기에, 그리고 거기가 언젠가 그

가 죽어야 할 곳이기에, 거기 집에서, 모든 것이 차갑고 슬픈
곳에서.

속도에 관하여

　　지구를 뒤로하고 떠나고 싶어 나는 초원 옆에 흐르는 시
내 위 걸린 다리 위로 뛰어가니, 숲의 어둠 속 순록 먹이 구유
를 지나, 슈캄메르와 클라이데르캄메르 모퉁이에 있는 모노
비츠에서 돌아 거리로 들어서는데, 지구보다도 빨리 움직이
고 싶다는 욕망으로, 이런 생각이 이끄는 방향이라면 어디가
되었든 뛰어가노니, 모든 것이 그렇게 출발점으로 모아졌기
에, 모든 것을 뒤에 남겨두고, 지구를 뒤로하고 나는 출발하
는데, 본능적으로 뛰어, 뛰어가는 게 옳은 일, 내가 향하는 곳
은 동쪽도 남쪽도 북쪽도 아니며, 이와 관련된 또 다른 방향
도 아닌 서쪽, 이곳이 맞는 방향, 지구가 왼쪽으로 오른쪽으
로, 말하자면 서쪽부터 동쪽 방향으로 돌고 있기 때문에, 이
것이 맞고, 내가 발을 뗀 바로 처음 그 찰나의 순간부터 이렇

게 되는 것이 맞고, 맞는 것만 같은 느낌, 모든 것은 확실히 서쪽부터 동쪽으로 움직여가기에, 건물, 아침 부엌, 식탁 위에 놓인 잔, 잔 속 연기가 모락모락 나고 향기가 구불구불 피어오르는 에메랄드 빛 차, 초원 위 칼날 같은 풀잎에 알알이 맺힌 아침 이슬, 숲의 어둠 속 텅 빈 순록 구유, 이 모든 것, 각각 하나하나가 그의 본성에 따라 서쪽부터 동쪽으로 움직이는데, 말하자면 나를 향해서, 지구보다 더 빨리 움직이고 싶은 나는, 문을 뛰쳐나가 초원과 어두운 숲을 달려 정확하게 서쪽으로 이동해야 하지만, 다른 모두는, 전체 창조물들은, 전체 무리는, 이 벅찰 정도로 광대한 세계의 수십억 요소 중 수십억 개체 각각은 서쪽부터 동쪽으로 상상할 수 없는 속도로 계속 돌고 있으니, 더 빨리 움직이고자 하는 나는 반대 방향으로 내 속도를 맞추는데, 완전히 기대하지 못했던 방향, 물리 법칙의 영역을 넘어선 방향, 즉 분명히 본능적 자유로 그렇게 하리라 선택했기에 나는 그 반대로 달려야만 하니, 이 무시무시한 세상에 반대로, 이 거리 모퉁이와 초원과 숲을 이루는 모든 것에 반대로, 아니다, 오히려 나는 이 찰나의 순간 후반부에는 고통스러울 정도로 명확히 깨닫는데, 아, 맙소사, 이 방향일 리가 없다는 것을, 세계의 움직임에 반하는 것은 정확히 최악의 선택임을 깨달아버렸는데, 나는 본능대로 모퉁이에서 정확히 잘못된 방향으로 돌아, 들판을 가로지르고 어두운 숲을 지나는데, 지구가 오! 온전한 모습 그대로 그

1부 말하다

러했듯 나도 서쪽부터 동쪽이라는 그 방향을 선택해야만 했을 때도, 그리하여 눈 깜빡할 사이에 나는 어쩌다 본능을 확고히 따라서 지구의 움직임과 정반대 방향으로 움직이게 되었을까를 의아하게 여겨 바로 나의 축을 돌렸는데, 내가 지금 당장 이렇게 한다면, 지구의 속도가 나의 속도랑 똑같아지고, 지구와 내 속도가 똑같아지고, 그리하여 서로 정비례 관계를 이루어 서로 결합하면 더 커다란 효과가 일어나, 결과적으로는 똑같이 될 것, 서쪽부터 동쪽으로 도는 지구와 서쪽부터 동쪽으로 움직이는 나, 절댓값을 가질 시작점의 장엄한 부동성不動性, 그래도 더 작은 부분이 어떻게 더 커다란 전체의 일부분이 되는지, 더 큰 운동이 이 작은 반방향 운동에 어떤 공간을 내줄지 알기란 실질적으로 불가능한데, 둘은 서로 독립적이며 더 큰 운동은 이 작은 반방향 운동이 자기 안에서 기능하도록 허락한다는 방식 하나로만 연결되어 있기에, 이렇게 하면 단선이 일어날 터, 나는 이미 몸을 돌리며 이런 결론을 내렸으나 그때 어째서 나는 이런 생각을, 본능적으로 이런 생각을 하고 있었을까, 게다가 우리가 한 가지 관계에 관해서만 말하고 있다면 그건 하나의 것으로 다른 것을 이해하는 것에 지나지 않을 수도, 그리하여 하나가 다른 하나를 포함하고, 하나가 다른 것의 부분, 더 큰 것에 의해 실행되는 종속적인 부분, 부속품, 남동생이나 여동생이 될 터, 그리하여 그것이 어느 방향으로 움직이든, 지구는 확실히, 그리고 정확히 자기가 움직일 수 있는 방향, 바로 서쪽부터 동쪽으로 움직일 것이며, 나는 그 지구의 부분, 그 안에 들어 있으니, 나는 지구보다 빨리 움직이고자 하지만, 지구의 운동과 나의 운동은 명백하게도 아주 엄격하게 논리적인 방식으로 관련을 맺는데, 속도는, 다시 말해 지구의 속도는 나의 속도를, 나의 전력 질주를 담고 있기 때문에, 그리고 이런 식이든 저런 식이든, 지구가 무엇을 하든, 지구의 속도는 확실히 나의 속도로 구성되었다는 사실, 결국엔 어떤 거대 시점을 취하든 간에 내가 지구 운동 방향과 반대(양적으로 마이너스로 기록되는 것)로 뛰고 있는지, 혹은 같은 방향(플러스를 구성하는 것)으로 뛰고 있는지는 중요하지 않은데, 그저 내게 개인적으로 가장 중요한 문제는, 내가 원했던 건 지구보다도 더 빨리 움직이는 것이었기 때문에, 다른 말로 하면 내가 필요한 건 바로 플러스, 양의 값이었고, 즉 중요한 점은 거대한 자유 거시―전체성의 한 부분으로 움직이는 작은 독립 미시적―전체성을 얻는 것이기에, 사실 나는 물리법칙의 거대한 본질 안에서 단순히 달리고 있을 뿐이지만, 이번에는 절대적으로 맞는 방향, 지구의 움직임에 따른 서쪽부터 동쪽, 정확히 이런 방식으로, 정확히 이런 방법이라면, 물론 나는 지구보다 빠르기 위해 달려야만 하는데, 말하자면 서쪽에서 동쪽으로 지구와 함께 달려야 하니까, 그리고 갑작스레 그 생각이 번개처럼 나를 치고 가는데, 나는 이미 더 빨랐으니, 나의 속도는 지구의 속도를 이해했기에, 즉 내가 근육을 움직이는 것 이상의 무엇을 더 할 필요 없이도 하나가 다른 하나를 포함했으니, 그리하여 이런 식으로, 서쪽에서 동쪽으로 지구의 표면 위를 뛰는 것만으로 나는 그 과업을 훨씬 간단하게 해냈고, 여기 바깥 공기가 신선했기에 나는 좀 더 쉽게 숨 쉴 수 있고, 자유의 밤과 새벽, 혹은 그사이의 무엇을 누리고 있는데, 나는 밤과 새벽 사이의 간극에 갇혀서 완벽하게 차분한 기분을 느끼는데, 이제 내가 맞는 방향을 택했다는 생각이 들고, 지구보다 더 빨리 움직이고 있기 때문에, 내가 처음부터 맞게 생각한 대로 지구는 관념이기 때문, 그리고 지금 나는 그 관념보다 더 빨리 움직이고 싶어지고, 그걸 뒤에 두고 떠나기를 바라고, 그것이 별안간 나의 목표가 되고, 그리하여 그것이 내가 슈캄메르와 클라이데르캄메르가 교차하는 모퉁이에 있는 모노비츠를 돌았을 때 한 행동, 진주알 같은 풀잎이 가득한 초원을 가로질러, 시내 위 다리를 건너, 숲의 어둠 너머, 텅 빈 순록 구유를 지나쳐, 처음에 내가 본능적으로 잘못된 방향으로 출발했다가 그 후에 다시 고쳐서 동전 뒤집듯 맞는 방향, 서쪽에서 동쪽으로 바꾸었던 판단이 맞았는데, 거대한 거시적 전체성 속에 있는 작은 미시적 전체성, 어느 경우라도 나는 지구의 속도에 나의 속력을 더하기만 하면 되어서, 나는 그렇게, 되도록 빨리 뛰었고, 밤에서 새벽으로 변하는 거대한 하늘 아래서 발을 쿵쿵 내딛는데, 머릿속에는 모든 것이 원래 되어야 할 그대로 되었다는 감각 외에는 아무것도 없고, 나는 그저 내 몫의 속도를 지구의 몫에, 내 속도를 지구의 속도에 기여한다는 생각뿐, 그때 갑자기 새로운 생각이 나를 치고 지나가는데, 좋아, 이것 모두 아주 좋아, 하지만 어떻게 내 속력이 지구의 속력에 연관이 되었던가, 나는 얼마나 더 빨랐던가, 처음부터 이게 흥미로운 질문이었나? 그 말인즉, 나는 내가 지구보다 얼마나 빠른가 하는 질문을 꺼내보았는데, 아니, 그건 그렇게 흥미롭지 않아, 나는 혼잣말을 하고, 그동안에도 내 발은 계속 쿵쿵 내딛는데, 흥미로운 것이라고는 내가 관념보다 더 빨리 움직여야만 한다는 것, 즉 나는 지구보다 빨리 달려야만 한다는 것, 하지만 그때 내 안의 어린 동생은 머릿속으로 계산을 시작하며 주장을 펼쳐, 한편으로는 장엄하게 도전적이며, 광대하고, 영원히 잇따라오는 지구의 속도가 있고, 그리고 또 다른 한편으로는 잇따른 상황이 무엇이든 간에 그 위를 뛰어가려는 내 최선의 노력이 있으니, 내게는 지구보다 앞서서 뛰기 위해서는 상댓값으로 충분한데, 나는 딱히 빠르게 뛸 필요는 없으니, 약간 속도를 늦춘다고 하더라도 큰 차이가 없으니, 그래서 나는 즉시 속도를 늦추었는데, 지구보다 더 빨라질 수 있는 방법은 무수히 많다는 것이 무척이나 명백하여, 서쪽에서 동쪽으로 가는 것만으로 충분하고, 누적되며 쌓여가는 다양한 위도의 자력을 제쳐놓고라도 그저 뛰는 것만으로도 충분하고, 선택할 수 있는 속도는 무수히 많

1부 말하다

았고, 그러므로 내 뛰는 속력에는 무한 값이 적용될 수 있고, 그리하여 나는 속력을 더욱 줄이면서 생각하노니, 사실은 만약…… 만약 내가 움직이기만 한다면, 한 발을 다른 발 앞에 놓기만 한다면, 그것만으로도 충분하리라는 것, 본질적인 건 서쪽에서 동쪽으로 움직이는 것, 가만있지 않는 것만으로도 충분한데, 수십억의 가능한 속도 위에 수십억의 속도가 얹어지기에, 그런 경우라면 나는 자유로우니, 완전히 자유로우니, 아니, 발걸음이 본능적으로 느려지는 동안 나는 그렇게 생각하는데, 나는 얼마나 빠르게 움직일지 선택할 필요로부터 완전히 자유로워졌으니, 올바른 방향을 향해 움직이기만 해도 지구보다 더 빨리 움직이는 결과가 되기에, 그리하여 관념보다 더 빨라지기에, 지구 그 자체가 관념이고, 그것이 나는 생각하는 방식, 심지어 내가 이 모든 과정을 아까 시작하기 전부터, 그것이 내가 생각했던 방식, 내가 초원 옆 시내 위에 걸린 다리 위를 달려갈 때도, 숲의 어둠 속에서 순록 구유를 지나칠 때도. 슈캄메르와 클라이데르캄메르가 만나는 모퉁이의 모노비츠에서 돌아갈 때도, 내가 실수하지 않는다면, 나는 혼잣말을 했는데, 내가 맞는 방향으로 계속 간다면, 내가 그저 움직이기만 한다면, 그저 신선한 새벽 공기를 뚫고 계속 걸어간다면, 나는 마음먹은 일을 성취할 수 있으리라, 지구보다 더 빨라질 수 있으리라, 저 멀리로 물러가는 건 숲의 어둠일 뿐, 초원일 뿐, 거리의 모퉁이일 뿐, 영원한 시간 속으로, 무

한 속으로, 회상 저 너머로 사라져버린 건 그 에메랄드 빛 감
도는 물안개의 향기일 뿐.

잊고 싶다

우리는 그렇게 걸출하지 못한 시대에 걸출하지 못한 자식들이라는 냉소적인 자기 판단 한가운데에 있으니, 이 시대는 이는 몸부림치던 모든 개인이 인류 역사상 가장 깊은 그림자 속에서 괴로워하며 살아가다 마침내 슬프고도 일시적으로만 자명한 목표를 획득했을 때만 완전히 실현되었다고 여겨진다. 그 목표란 바로 망각이다. 우리는 외부의 도움 없이 자기 뜻대로 모든 것에 도박을 걸어 날려버렸다는 사실을 잊고 싶어 한다. 외부의 힘이나 운명을, 혹은 저 멀리에 있는 악의 어린 영향을 비난할 수 없다는 사실을 잊고 싶어 한다. 신들과 이상을 다 쫓아버리고 죽였다. 잊고 싶다. 품위를 끌어모아 씁쓸한 패배를 받아들일 수조차 없기 때문이다. 지옥의 담배와 지옥의 알코올이 그나마 있던 특성을 야금야금 갉아먹었기 때문에, 사실 담배와 싸구려 술은 이전에 형이상학적이었던 여행자들이 천상의 영역을 향해 품었던 동경의 잔해일 뿐이기 때문이다. 갈망이 남긴 유독한 담배 연기, 광기 어린 집착을 담아 사람 미치게 하는 묘약에서 남은 구역질 나는 술.

아니, 역사는 끝나지 않았고, 그 무엇도 끝나지 않았다. 우리는 더 이상 무엇이 끝나버렸는지를 생각하면서 스스로 속일 수는 없게 되었다. 그저 어떻게든 유지해나가면서 계속할 뿐이다. 무언가는 계속되고, 무언가는 살아남는다.

우리는 여전히 예술 작품을 생산하지만, 이젠 그 방법에 대해서는 이야기하지도 않고, 희망을 주는 작품이라고 할 수도 없다. 지금까지는 '인간의 조건'의 본질을 뜻했던 것들을 모두 전제로 삼아 아무 영문도 모르는 채로 엄격한 훈육에 성실하게 복종했지만, 사실상 낙담의 구렁텅이에서 침몰하며, 다시 한번 인간 존재의 상상 가능한 전체성이라는 흙탕물 속으로 가라앉는다. 우리는 이제 우리의 심판이 최후의 심판이거나 여기가 막다른 길이라고 선언함으로써, 거친 젊은이들 같은 실수도 저지르지 않는다. 이젠 그 무엇도 합리적이지 않으므로, 우리의 예술 작품이 서사나 시간을 포함한다고 주장할 수도 없고, 다른 사람들이 무언가 합리적이 되는 길을 찾아낼 수 있을 거라고 주장할 수도 없다. 우리는 우리의 환멸을 무시해봤자 쓸모없다는 것이 증명되었다고 선언하고, 좀 더 고상한 목표를 향해, 더 높은 힘을 향해 나아가지만, 우리의 시도는 수치스럽게도 계속 실패하고 만다. 헛되이 우리는 자연에 대해 이야기하지만, 자연은 이를 원치 않는다. 신성에 대해 이야기해도 소용없고, 신도 이를 원치 않는다. 어쨌든 아무리 원한다 해도, 우리는 *우리 자신 외*에는 아무것도 이야기하지 못한다. 오직 역사에 대해서만, 인간 조건에 대해서만, 본질상 오로지 기분 좋게 자극하는 적절한 불변의 특성에 대해서만 이야기할 능력이 있기 때문이다. 그게 아니라면, '다른 면으로는 신성했을' 관점으로 보았을 때 우리의 본질은 실제로는 영원히, 그 무엇이 되었든 전혀 중요하지 않을지도 모른다.

얼마나 아름다운지

얼마나 아름다울까, 일련의 강연을 하는 것으로 끝낼 수 있는 세계는, 이 떠나가는 세계 어디에서든, 그 강연에 일반적인 소제목을 '분야 이론에 관한 강연 시리즈'라고 붙이면 어떨까, 그 강연에서는 서커스장에서처럼 차례차례 세계 여러 곳에서 온 강연자들이 나와 '분야' 이론에 대해 이야기하게 된다. 물리학자에 이어, 다음으로는 예술사학자, 시인, 지리학자, 생물학자, 음악학자, 건축가, 철학자, 무정부주의자, 수학자, 천문학자 등등, 그리고 고정적이고 절대 바뀌지 않는 관중들 앞에서 그 물리학자, 그 예술학자, 그 시인, 그 지리학자, 그 생물학자, 그 음악학자, 그 건축가, 그 철학자, 그 무정부주의자, 그 수학자, 그 천문학자 등등은 자기만의 상대적 관점으로 그 분야에 대한 자신의 생각을 설명하지만 이 시리즈의 대제목,

'분야란 없다'를 염두에 두면서, 이 제목과 주제 사이의 특정한 관계를 지목함으로써 예술가나 과학자는 이에 대해 말할 수 있게 되는데, 시, 음악, 수학, 건축, 미술, 지리학, 생물학, 시학과 물리학의 언어, 철학, 무정부주의를 각자의 관점으로 접근하며, 자기가 생각하는 바를 이야기하고 우리가 그 분야에 대해 생각해볼 바를 추천해주고 이것들은 모두 이 주제, 분야가 존재한다는 사실 그 자체를 부인하는 개요 진술의 방패 아래 이루어진다. 하지만 명확한 건 모순뿐으로, 이 강연 시리즈에는 또한 (쓸쓸하게도) '분야란 없다'라는 실제 제목만큼이나 '모든 것이 분야다'라는 제목이 달릴 수도 있다. 또 강연자들은 우주를 바라볼 때 누군가의 관점에서 보는 존재의 중요성에 대해서, 우리에게, 또 그들 자신에게 이야기하기 때문에, 분야란 정말로 존재한다. 말하자면, 그들은 질문의 중요성에 대해 강연할 수도 있다. 인간 관점의 본질은 부인할 수 없을 정도로 한정되어 있으나, 그를 따라가면 증명할 수는 없지만 중차대하기 그지없는, 그리고 인간을 넘어선 또 다른 관점에 따르면 인식할 수는 있는 주장에 다다를 수 있을까? 바로 분야란 존재하지 않는다는 것, 그게 세상이라는 주장. 그럼에도 우리는, 어디서 바라보든지 간에 상관없이, 무너졌든 온전하든 분야밖에 볼 수 없는데, 어디를 가든 분야 위의 또 다른 분야가 있을 뿐, 우리가 인간 관점이라는 매혹적으로 한정된 공간 안에 갇혀버리는 지점에 이르렀음을 감안하면, 고통스러운 영

1부 말하다

적 여행의 우연적 종결에 가까이 갔을 때, 우리는 또한 결론에
도 다다르게 된다. 이 매혹적인 제한을 넘어 우리는 실제로 그
것 말고는 무엇도, 그 무엇도 주장하지 못하니까, 심지어 어떤
유의 존재에 대해서도 주장하지 못하니까, 우리는 더는 존재
에 대해 주장하지 못하고, 오로지 이번 한 번만은 어떤 분야
에서, 가장 심오한 아름다움과 부패의 한가운데에서 우리가
무언가를, 우리를 *가리키는* 무언가를 잠깐 엿볼 수도 있다는
전망만을 주장할 수 있을 뿐이다.

아무리 늦어도, 토리노에서는

100년도 전인 1889년, 오늘 같은 날 토리노에서, 프리드리히 니체는 비아 카를로 알베르토 6번지에 있는 집 문을 걸어 나온다. 어쩌면 산책을 가려는 것일 수도 있고, 어쩌면 우편물을 가지러 우체국에 가는지도 모른다. 그리 멀지는 않은 자리에, 아니, 그때쯤이면 그에게서는 너무 먼 자리에, 전세 마차 마부가 ―사람들 말로는― 그의 다루기 힘든 말 때문에 곤란을 겪고 있다. 잠시 찌르고 을러본 후에도 말은 여전히 꿈쩍도 하지 않으려 하고, 마부는―주세페? 카를로? 에토레?― 참을성을 잃고 채찍으로 그 동물을 때리기 시작했다. 니체는 벌써 꽤 모인 군중들에게 다다르고, 이와 함께 입가의 거품으로 봐서는 분노에 휩싸인 게 분명한 마부의 잔인한 행위는 끝이 난다. 무성한 콧수염을 기르고 체격이 거대한 남자가 —지나가던 사람들은 재미있는 기색을 감추지 못하는데— 예상치 못하게 마부 앞으로 뛰어오르고 흐느끼면서 두 팔로 말의 목을 감았기 때문이다. 결국 니체의 집주인이 그를 집으로 데려가고, 이틀 동안 그는 꼼짝도 하지 않고 말없이 소파에 누워 있다가 마지막 말을 내뱉는다("무터, 이히 빈 둠[어머니, 나는 멍청해요]"), 그 후에도 그는 무해한 광인으로 어머니와 여동생의 보살핌을 받으며 10년을 살아간다. 말은 어떻게 됐는지 모른다.

그런 경우에 예상되는 자연스러운 임의성을 통해 신뢰성은 보장된다 해도, 진실성이 상당히 의심스러운 이 이야기는 지적인 인물들이 등장하는 드라마의 좋은 예로, 영혼의 종반전에 대해 날카로운 빛을 던진다. 현대 철학의 악마적인 스타, 소위 '보편적 인간 진실'이라고 하는 것의 눈부신 적수, 그 누구도 따라 할 수 없는 우승자, 거의 숨 쉴 틈도 없이 연민, 용서, 선량함과 공감에 대해 비관론을 늘어놓는 사람이 얻어맞는 말의 목을 끌어안아? 용서할 수 없이 천박하지만 필연적으로 바꾸어 말해보자면, 어째서 마부의 목을 끌어안지 않았을까?

이 모든 일은 매독으로 인해 마비 진행 상태가 발병한 단순한 경우라고 여기는 뫼비우스^{Möbius} 박사의 의견도 존중하지만, 우리 후대의 후계자들은 여기 순간적으로 스쳐간 비극적 실수의 인식을 목격한다, 기나긴 고군분투 이후에, 니체가 자신의 철학에서 연속적으로 이어진 사상에 반대되는 행동을 했다는 바로 그 사실. 그건 특별히 지옥 같은 결과로 이어진다. 토마스 만에 따르면 그 실수는 "구속받지 않은 정열적인 삶의 이 온화한 예언자는 삶과 도덕을 서로 적대하는 관계로 여긴 것"이었다. 만은 덧붙인다. "사실, 그 둘이 서로에게 속해 있다. 윤리는 삶의 대들보이고, 도덕적인 인간은 삶이라는 영역에 사는 진정한 시민이다." 만의 주장은, 이런 고귀한 선언의 절대성은 무척이나 아름답기에 시간을 들여 그를 항해해보고픈 유혹을 느끼지만, 그래도 우리는 저항한다, 우리의 배는 토리노에 있는 니체가 몰고 있으며, 마침 때맞춰 떠오른 표현으로 말해보자면, 다른 바다뿐만이 아니라 또 다른 용기, 강철 케이블로 이루어진 용기를 필요로 한다. 그리고 우리는 실로 그런 용기가 필요하다, 충격적이고도 절망스럽게도 우리는 토마스 만의 격언이 이끄는 바로 그 항구에 다다르기 때문이다, 우리는 이런 강철 같은 용기가 필요하다, 항구는 동일하다고 해도 우리의 감정은 만이 약속한 것과는 사뭇 다를 것이기 때문이다.

토리노에서 니체가 일으킨 드라마는 도덕 법칙의 정신에 따라 살아간다는 건 전혀 명예를 누릴 만한 일이 아니라는 걸 암시하는데, 나는 그 반대를 선택할 수는 없기 때문이다. 나는 그에 저항하는 삶을 살고 있는지는 모르나, 그렇다고 해서 풀어낼 수 없는 끈으로 도덕에 묶어놓는 신비롭고 진정으로는 이름도 붙일 수 없는 힘으로부터 내가 자유롭다는 뜻은 아니다. 만약 그게 내가 한 일이라면, 내가 도덕에 저항해서 산다면, 나는 인류가 발달시킨 사회적 존재 안에서 내 길을 찾을 수 있었을 테고, 그리하여 니체의 표현대로, 그다지 불쌍해할 것도 없는, "사는 것과 불공정한 것은 하나이며 동일"한 삶을 살 수 있겠지만, 나는 몇 번이고 내 존재의 의미를 발견하고자 하는 갈망의 한가운데에 떨어지고 마는 불가해한 딜레마에서 빠져나올 수가 없다. 내가 이 인간 세계의 일원인 이상, 나는 또한 뭐랄까, 알 수 없는 이유로 내가 더 위대한 전체라고 부르는 무언가의 일원이기도 하다. 정언명제를 논하는 칸트에게 경의를 표하는 표현으로 말하자면, 이 커다란 전체는 내 안에 이것과 정확히 이런 명령을 심어놓았다, 자유의 우울한 권한에는 법을 깰 자유도 따라온다.

이제 우리는 항구를 표시한 부표들 사이로 미끄러져 들어오며 어쨌든 눈먼 채로 항해한다, 등대지기들이 잠이 들어 우리의 조종을 안내할 수가 없기에, 그리하여 우리는 이 더 위대한 전체가 법의 더 고귀한 의미를 반영하는지에 대한 질문을 즉각 삼켜버리는 흙탕물 속에 닻을 내린다. 그리고 여기서

1부 말하다

우리는 아무것도 모르는 채로 기다린다. 수천 가지 방향에서 동료 인간들이 우리에게로 천천히 다가오는 동안 우리는 그저 지켜보기만 한다. 아무런 메시지도 보내지 않고, 그저 지켜만 보며 공감으로 가득한 침묵을 유지한다. 우리는 우리 안에 있는 이런 공감이 그 자체로 적절하다고, 그리고 또 다가오는 이들에게도 적절할 것이라고 믿는다. 오늘은 그렇지 않다고 해도, 내일은 그러할 것이다…… 아니면 10년 후에라도…… 30년 후에라도.

아무리 늦어도, 토리노에서는.

세계는 계속된다

　　그것은 꽤 단단히 묶여 있었지만, 일단 풀어지자 우리
가 이에 대해 아는 사실은 이전에는 그걸 단단히 붙들었던 것
이 풀어주기도 했다는 것, 그걸로 끝, 그 힘이 뭔지를 진술하
고, 대표하고, 범주적으로 지정하는 건 더할 나위 없이 우매
한 짓일 테니, 구체적으로 말하자면, 이렇게 힘을 놓아주는 행
위, 측정할 수 없게 광대하고 당황스러운 체계는, 정말로 측정
할 수 없고 정말로 당황스러운데, 다른 말로 하면, 우리에게
는 영원히 불가해할, 우연의 불가피한 양상이 작동하는 방식,
그 법칙을 구하고 찾으려 했으나, 사실상 지난 몇백 년의 영웅
적인 시간 동안 우리는 그를 절대로 알아내지 못했으며, 또한
확신컨대 앞으로 올 시간에도 알지 못할 텐데, 우리가 과거에
알 수 있었고, 지금 알 수 있고, 미래에 알 수 있게 될 모든 것

은 불가피한 우연의 결과이기 때문, 회초리를 내려치는 끔찍한 순간에, 회초리가 내려쳐지고 우리의 등에 떨어지는 바로 그때에 그것은 우리가 세계라 부르는 이 우연한 우주 위로 내려쳐지며 이제까지 단단히 묶여 있던 것을 풀어내니, 그것이 바로, 다시 말해 또 한 번 세계 위로 풀려나는 때, 우리 인간이 영원히, 반복해서 새롭고 선례가 없었다고 부르는 것, 그럼에도 확실히 그건 새롭거나 선례가 없었다고 할 수는 없는데, 결국에는 그건 세계가 창조된 후 늘 이 자리에 있었으니까, 아니, 좀 더 정확히 말하자면 그건 우리와 동시에 도착했으니, 아니, 더욱더 정확히 말하자면 우리를 거쳐 도착했다고 하리라, 그리고 늘 이렇게, 우리는 오로지 사실 이후에 되돌아보고 그것의 도래만 인식할 수 있었고, 인식할 수 있어서, 우리가 그것이 도착했음을 다시 깨닫는 시점에는 이미 여기 와 있고, 늘 대비도 못한 우리를 찾아오는데, 그래도 우리는 그것이 오고 있음을, 그것이 임시로 묶여 있다는 것을 알아야만 하니, 그 사슬이 쩔렁이고, 느슨해지고, 매듭이 식식 풀려나는 소리를 들어야만 하니, 급기야 우리 안 깊은 곳에 단단히 묶인 밧줄이 막 풀려나갈 때면 우리는 **알아야만** 하니, 이번에도 이렇게 되었어야만 했는데, 우리는 일이 이렇게 되리라는 것을 알았어야만 했는데, 이게 닥칠 운명이었음을, 그래도 우리는 비로소 정신을 차리고, 정신을 차렸는지나 모르겠지만, 그것이 벌써 여기에 있다는 것을 깨닫고, 그리고 우리가 곤란에 빠졌

1부 말하다

음을 알게 되고, 우리는 무력했음을 확신하고, 그 말은 우리가 늘 무력했다는 뜻, 우리는 영원히 무력할 것이기에, 그리고 그것이 여기에 왔을 때 무력하게 아무런 방어도 못 할 것, 그리고 공격 이후 첫 몇 시간 동안 이를 정확히 생각해보니 마음이 너무나 불편해지다 못해 우리는 무슨 일이 벌어졌을까 알아낼 수 있을지 슬슬 걱정되기 시작했는데, 그 일이 어떻게 일어났는지, 그들은 누구인지, 어째서 그들은 이런 짓을 저질렀는지, 쌍둥이 빌딩의 붕괴와 펜타곤의 함몰에 대해서 걱정이 되었는데, 어떻게 이 일이 일어났는지, 왜 그리하였는지, 범인들은 누구였는지, 어떻게 그렇게 할 수 있었는지, 하지만 우리가 처음부터 걱정하고 깨달았어야 하지만, 오랜 시간이 지나드디어 걱정하고 깨닫게 된 것은 실제로 일어난 일을 이해할수는 없다는 것, 그 일은 놀랍지도 않은데, 그것의 도래가, 이제까지는 잘 갇혀 있었으나 지금은 어떻게든 풀려나버린 그것은 예외 없이 항상 그랬듯이, 우리가 새로운 시대에 들어섰다는 신호를 주고, 그것은 오래된 시대의 종말과 새로운 시대의 시작이라는 신호를 주고, 아무도 이에 관해 '우리에게 의견을 구하지' 않았으니, 아니, 우리는 심지어 이 모든 일이 일어나는 것조차 알아차리지 못했는데, '전환점'과 '새 시대의 새벽'이라는 단어가 미처 우리의 입에서 나오기도 전에, 정확히, 이 중차대하고 시간에 묶인 속성의 변환점과 새벽이 어이없이 제시될 때, 그제야 갑자기 우리가 새로운 시대에 살고 있으며 급격하게 새로운 시대에 접어들었다는 것을 깨닫는데, 그럼에도 우리는 그에 대해서 아는 것 하나 없으니, 우리가 이전에 가졌던 것들은 이제 한물가버렸기에. 우리 자신의 조건반사, 한 과정의 속성, '이 모든 것이' '결과적으로' 거기에서 여기로 어떻게 전진해온 것인지 이해하려는 시도조차도, 모든 것들은 우리가 경험을, 맑은 정신의 합리성을 신뢰할 수 있다는 확신처럼 한물가고 시대에 뒤떨어지고 말았으니, 이 일이 진정으로 우리에게 일어난 것인지, 존재하지 않는 것인지, 아니면 접근할 수 없는 원인과 증거인 것인지, 원인과 증거를 조사하면 그를 의지할 수 있다는 확신은 지나갔으며, 이제 우리는 모르는 사이에 완전히 새로운 시대로 접어들었는데, 다른 말로 하면, 우리는 여기 서 있으니, 늙어버린 우리는 최후의 사람까지 모조리, 이전과 똑같은 방식으로 눈을 깜빡이며 두리번거리며 여기 서 있으니, 우리는 오래된 불확실을 드러낸 공격성, 심지어 아직 두려워하지도 않았을 때의 어리석은 공격성으로 아직도 거짓말을 주장하는데, 아니, 이건 절대로 우리 세계의 급변이 아니야, 이건 한 시대의 끝도, 새로운 시대의 시작도 아니야, 우리의 마지막 한 사람까지 이제는 한물가버린 것인지, 그중에서도 나 자신이 가장 한물가버린 것은 아닌지, 지금 다른 사람들과 공동체를 이룬다는, 오랫동안 느끼지 못했던 감각을 느끼며, 나는 완전히 한물가버렸으니, 실로 말이 가질 수 있는 가장 깊은 감각 속에서 말을 잃어버렸고, 9월 11일에 신체적 고통의 찌릿한 느낌처럼 그 사실이 번뜩 떠올랐으니, 맙소사, 내 언어, 내가 소리내어 말할 때 쓸 수 있었던 그 말은 너무도 낡아버렸고, 너무나 우울하게 구태의연하구나, 내가 그 말을 꿰어냈던 방식, 얼버무리고, 비틀고 돌리고, 밀고 당겨 앞으로 나아가고, 성가시게 조르고 구태의연한 단어를 하나하나 꿰어내며 나아갔던 방식, 이 언어는, 나의 이 언어는 얼마나 쓸모없고 얼마나 무력하며 조잡한지, 이전에는 얼마나 화려했던가, 얼마나 눈부시고 유연하고 적절하고 깊이 감동적이었는가, 그러나 이제는 그 모든 의미, 권력, 공간감, 정확성을 완전히 잃었고, 모두 사라졌으니, 그리하여 며칠 동안 나는 이를 곰곰이 생각했는데, 내가 과연 할 수 있을까? 배우지 않고서는 완전히 무력해질 다른 언어를 갑작스레 배울 능력이 있을까? 나는 불이 붙어 쓰러지는 쌍둥이 빌딩을 바라보며, 그리고 그 장면을 다시, 또다시 그려보며 깨달았으니, 나는 새로운 언어가 없이는 이 새로운 시대를 이해할 수 없다는 것을 깨달았으니, 다른 사람들과 마찬가지로, 나는 이 시대에서 갑작스레 나 자신을 발견하고 말았으니, 나는 여러 날 동안 생각에 빠져서 곰곰이 숙고하며 스스로 괴로워했고, 그 후 인정할 수밖에 없었는데, 아니야, 나는 갑작스럽게 새로운 언어를 배울 가능성이 없어, 나는 다른 사람들과 마찬가지로 옛 시대에 너무나 꼭 갇혀버린 죄수일 뿐이며, 아무런 의지도 없어, 라는 결론을 내렸으나, 바로 여기서 일어나는 일을 이해하고자 하는 모든 희망을 포기하고 말았으니, 심오한 음울함에 빠져서 창문만 내다보았고, 다시, 또다시 그 거대한 쌍둥이 빌딩이 무너지고, 무너지며, 무너지는 동안 나는 거기 앉아서 바라보기만 하며, 이 과거의 말들을 써서, 이 새로운 세계에서, 다른 사람들과 함께, 내가 보았던 것을 묘사하기 시작했는데, 내가 느꼈던 감정, 내가 이해할 수 없었다던 것을 써내려가기 시작했는데, 옛 해는 옛 세계에서 지기 시작하고, 어둠이 내가 창가에 앉은 나의 옛 방에 옛 방식으로 떨어지는데, 바로 그때 갑작스레 끔찍한 공포가 서서히 내게로 기어들기 시작하니, 어디서 왔는지는 알 수 없지만 그것이 점점 커져간다는 것만은 느낄 수 있었고, 잠시 동안 이런 공포는 그 정체를 드러내지 않고 그저 존재하면서 커져가기만 했으며, 나는 완전히 무력하게 그저 앉아서 내 안에서 커져가는 공포만을 바라보며 기다렸으니, 아마도 잠시 후에는 이 공포의 본질을 이해할 수도 있겠지, 그러나 그런 일은 일어나지 않았으니, 전혀 일어나지 않았으니, 이런 공포는 계속 커져가기만 하면서도 그 속내에 대해서는 아무것도 드러내지 않았고, 드러내기를 거부했고, 그리하여 당연하게도 나는 다음에 무엇을 해야 할지 그로 인해 초조해지는데, 내가 자기 속내를 감춘 이런 공포를 안고 영원히 여기 계속 앉아 있을 수 있을지, 그런데도 나는 감각을 잃은 채로 창가 옆에 그저 앉아 있기만 했는데, 바깥에서는 이 쌍둥이 빌딩이 무너지고, 무너지고, 또 무너지는데도, 그때 갑작스럽게 내 귀는 삐걱대는 소음을 인식하는데, 저 멀리에서 둔중한 사슬이 철컥거리듯이, 또, 내 귀는 약간 득득 긁는 소리도 인식하는데, 단단히 묶어놓은 밧줄이 서서히 풀려나가 듯이, 내가 들을 수 있는 것이라고는 이 삐걱대는 소리와 이 무섭게 긁어대는 소리뿐, 다시 한번 나는 내 낡은 언어를, 그리고 내가 굴러떨어진 완전한 침묵을 떠올리고, 거기 앉아서 바깥을 응시할 뿐, 완전한 어둠이 방 안을 채울 때, 오직 한 가지만이 완전히 확실해졌으니, 그것이 풀려나버렸다는 것, 그것이 가까이 다가오고 있다는 것, 그것이 벌써 여기에 있다는 것.

보편적 테세우스

이제, 마침내: 사무엘 베케트를 위해서

1:150

첫 번째 강연

I.

저는 당신들이 누군지 모릅니다, 신사 여러분.

여러분 조직의 이름도 확실히 알아낼 수가 없었습니다.

솔직히, 내가 여기서 어떤 강연을 해줄 거라고 여러분이 기대하는지조차도 나는 확실하게 알고 있지 못하다는 고백도 해야겠군요.

어쨌든, 내가 강연자가 아니라는 사실은 알고 계시겠지요.

나는 그 문제에 대해서 생각을 많이 해봤습니다. 머리를 짜내면서, 과연 이 모든 게 무슨 일인지 알아내려고 해봤지요, 지금도 여기 앞에 서서도 계속 그러고 있습니다. 하지만 내가 해낼 수 없었다고 인정하는 게 최선일 겁니다. 나는 여러분이 나한테 무엇을 기대하는지도 모릅니다, 그리고 여러분 본인조차도 확실히는 모르리라는 나쁜 예감이 떠나질 않는군요.

어쩌면 나를 다른 사람으로 착각한 게 아닐까 하는 생각도 들기는 했습니다. 어떤 사람을 초대하려고 했는데, 그 사람이 올 수 없게 되자 그저 그 이유 때문에 나를 고른 게 아닐까, 내가 그 사람이랑 가장 비슷하게 보이는 사람이라는 이유 때문이 아닐까.

아무 말씀도 하지 않으시네요.

괜찮습니다, 나한테는 아무 상관 없으니까요.

회장님, 신사 여러분, 저는 우울에 대해 이야기하겠습니다. 그리고 오래전으로 되돌아가서 시작하겠습니다.

II.

20세기의 후반 몇십 년 동안에, 그 시대의 가장 깊은 지옥에서도 깊은 곳, 늦은 11월 쓰리도록 추운 밤에, 유령 같은 견인 트레일러 한 대가 대로를 달려 헝가리 동남부의 저지대에 있는 작은 마을의 도심 광장을 향하고 있었습니다. 언뜻 보기에도 30미터 정도 길이였고, 높이는…… 높이는 길이와 너비에 비하면 너무 과하게 컸죠. 이런 거대한 부피는 당연하게도 거대한 무게를 싣고 달리기 마련, 모든 것이 여덟 개의 이중 바퀴 두 세트에 얹혀 있었습니다. 양옆은 파란색 물결 양철판으로 되어 있는데, 그 위에 솜씨 없게 누가 노란색 페인트로 불가해한 형체들을 처발라놓았죠. 금방이라도 무너질 듯한 이 거대한 기계는 화물 열차에 필적했지만, 형태는 전혀 닮지도 않았고 떠올리게 생기지도 않았습니다. 이 트레일러가 화물 열차와 딱 봐도 비슷하다고 할 수 없는 건 단순히 그 웅대한 부피와 무게, 바퀴 때문도 아니고, 조잡하게 처바른 형체와 전혀 알 수 없는 불가해함 때문도 아니었습니다. 주된 이유는 문이 없었기 때문입니다. 문이 있을 자리가 아닐까 싶은 것조차도 없었죠. 원래 설계도가 여덟 개의 이중 바퀴 두 세트 위에 푸른 물결 양철판을 덧대되, 문은 넣지 말고 이러저러한 운송 수단을 만들라고 지하 작업장에 주문한 것만 같았습니다. 문이 있을 필요가 없었겠죠, 심지어 뒤쪽도 마찬가지입니다. 맞습니다, 문이 없어요, 단 하나도 없습니다, 고맙습니다, 신사분들이 이런 일에 착수한다면 양철공으로서 당신들의 걸작이 될 겁니다. 그 주문서에 그렇게 쓰여 있던 게 분명해요, 이것이 당신들의 임시변통 걸작이 될 것이다, 지하의 직공들에게 준 대충 쓴 지시서를 요약하면 이런 것이었겠죠. 이 운송 수단은 그 누구도 여닫을 수 없게 만들어라, 나, 이 작업을 지시한 사람이 원할 때 여닫는 것으로 충분하다. 그리고 내가 그렇게 한다면, 그건 안쪽에서, 나의 단 하나의 손짓으로 그렇게 할 수 있어야 한다.

확실히 그런 비슷한 것이었을지 모릅니다. 언뜻 보면, 처음 드는 인상은 너무나 분명하게도 그런 지하 작업장, 신비로운 양철공들, 그리고 정체가 완전히 수수께끼인 고객이 있다는 추측도 정말 그럴듯하다는 것이었을 테니까요. 그리고 이 모두에 더해, 얼음 섞인 바람 속에서 삐걱대며 트레일러를 끌고 가는 차의 믿을 수 없을 만큼 느린 속도와 이 특별한 기계가 시장터 한가운데 멈춰버리기 직전까지 완수해야만 했던, 고통스러울 정도로 길었던 한밤의 여행을 생각해보면 그랬을 테지요.

여기 계신 분들의 인내심을 맘껏 이용하고 싶진 않으니, 구구절절 자세하게 늘어놓진 않겠습니다. 바람과 싸우며 나아가서, 마침내 광장에 도착해서 휘익 소리와 함께 섰을 그 차 또한 으스스한 유령 같았다고 말하는 걸로 충분하겠죠. 또 그 차의 으스스한 분위기는 무엇보다도 그 안에 숨겨져 있는 것 때문이라는 것도 말할 필요는 없을 것입니다. 그 차가 설계되고 지어진 목적은 바로 이 화물의 운송 때문이었을 테지요. 또, 이 으스스한 분위기가 동쪽, 카르파티아 산맥 너머에서부터 덜컹덜컹 달려온 이 차 안에 이렇게 무시무시한 승객과 함께 온 사람들 때문이라는 말을 할 필요도 없겠지요. 바로 이 차의 단원들 말입니다. 그리고 마지막으로는 의미심장하고 불길한 수행원들 때문이었을 수도 있습니다. 달에 홀려 나온 몽유병자들처럼, 이 악몽 같은 차에 홀려 나온 그 지역의 마을과 농가 출신의 300명의 건장한 형체들. 그들은 새벽이 되기도 전에 출발하는 기차로 도착해서 포스터를 보고 길을 찾아, 벌써 이 작은 마을의 대로를 터벅터벅 걸어오고 있었습니다. 그리하여 동이 틀 때쯤에는 300명 모두 넋이 빠져 거기 서 있었지요.

물론 포스터뿐만 아니라 이 극단보다도 소문이 먼저 도착했기 때문에, 그 지역 주민들은 정보를 알고 있었습니다. 그래서 아침에 그들은 시장 광장에 놓인 이상한 화물들을 직접 보고도 이런 말만 했을 뿐이죠. 그러면 그게 사실이었나 보네, 그저 풍문이 아니라. 그러면 단순한 뜬소문이 아니었네. 그래, 정말로 여기 고래를 데리고 있는 순회 서커스단이 왔고, 실로 전체 수행단이 도착한 것이었습니다.

존경하는 의장님, 존경하는 청중 여러분, 그들은, 그 주민들은 이 극단에 대해서 알아낼 수 있는 건 모두 여기저기 떠돌아다니는 이야기에서 알아냈습니다. 포스터에 쓰인 글귀를 다시 읽을 필요는 없었습니다. 여기, 시장 광장 한가운데 주차한 거대한 서커스 트럭 안에는 세계에서 가장 큰 고래가 있다는 것입니다. 주민들은 벌써, 끔찍하게 뚱뚱한 단장과 그가 이따금 주의를 주려고 손짓을 할 때마다 들어 올리는 손가락 사이에서 언제까지나 꺼지지 않고 연기를 내는 시가에 대해서 알고 있었습니다. 또 주민들은 무표정하게 감정을 드러내지 않는 잡역부에 대해서도 알았습니다. 소문에 이미 두 명으로 이루어진 단원들 중 다른 한쪽은 레슬러처럼 생긴 사람이라는 얘기가 있었거든요. 그리고 이 두 사람에 소위 세계에서 가장 크다고 하는 고래까지 더하여 여기까지 오는 길에 벌써 꽤 많은 말썽을 일으켰다는 것도요.

그리하여 이 지역 주민들은 꽤 많이 알고 있었습니다. 그래서 주민들이 이 때문에 걱정으로 꽤 괴로워했다고 한들 딱히 의아하게 여길 분은 없으시겠죠. 어쨌든 이 마을의 주민들도 인간 본성에 대한 공포 때문에 생긴 증오의 밀물 속에서 인류가 자기를 파괴한다는 것을 모두가 확신하는 세계에 살고 있었으니까요. 그리하여 그 사람들도 무척이나 많은 것들을 인식하고 있었습니다. 본질적인 점만큼이나 자질구레한 점들까지도요. 다시 말해, 물결무늬 양철판 뒤에 숨어 있는 것이 무엇인지, 주민들은 뜻을 모아 그 뒤에는 무섭고 거대한 고래가 있다고 말했습니다. 하지만 이 고래야말로 다른 무언가를 숨기고 있었는지도 모르죠. 사실상, 고래 그 자체가 다른 무언가의 대체품일 수 있었습니다. 다른 말로 하면, 이 거대한 시체는 전달자인 동시에 전갈 그 자체일 수 있었죠……. 뭐…… 마을 사람들은 전혀 이 사실을 알아차리지 못했지만요.

이제 괴롭고 길어진 기다림이 오후 시간으로 이어지기 시작했을 무렵, 잠겨 있던 거대한 컨테이너가 드디어 반쯤 얼어

붙어 있던 청중들 앞에 열렸습니다. 천천히 발을 질질 끌며 행렬이 시작되었고, 사람들은 안에서 잡역부가 뒤편 양철 벽을 내리면서 갑작스레 만들어진 입구를 통해서 컨테이너 안으로 향했습니다. 그렇지만 이런 행렬은 꽤 일찍 끝나버렸죠. 황홀경에 빠진 관중들이 안을 한 바퀴 둘러본 후에 벌써 밖으로 나와 광장에 모여 서 있었던 것입니다. 그렇지만 누구도 거기서 움직이려 하지 않았고, 그들 중 한 명도 다시금 대로로 나서서 기차역으로 돌아가지 않았습니다. 그들은 그 자리에서 남아 기다리며, 고래로 향하는 열린 문 주위에 빙 둘러서서 넋 놓고 바라만 보았습니다. 아까 한 번 본 걸로 이미 충분했던 것이죠. 300명의 떠돌이들은 낮은 나무 단상 위에 놓인 고래의 사체를 한 번 바라보자마자 저벅저벅 걸어나왔고, 아주 당연하다는 듯 그 근방에 자리를 잡았습니다. 고래의 근방에, 조금도 꼼짝하지 않고 말이죠.

존경하는 의장님, 제가 부정확한 호칭을 썼다면 용서해주십시오, 그리고 존경하는 청중 여러분, 지역 주민들과는 사뭇 다르게 이 300명이 대충만 살펴봤다는 것, 그런 후에는 절대로 꿈쩍하지도 않으려 한 것을 보면 그 안의 고래가 단순히 무언가를 숨기려는 목적임을 암시하죠. 그리고 그건 고래 자체에 대한 것이 아니라, 그 뒤에 숨어 있는 것 때문이라는 것도요.

이 순간부터 이 마을에서 모든 것이 극악하기 그지없는

방식으로 잘못되어버렸다고 대놓고 주장하는 책*이 있습니다. 즉, 말 그대로 아수라장이 펼쳐졌다는 것이죠. 그리고 그 책은 이 아수라장이 어떻게 될 것인지 알았다고 넌지시 흘리고 있지요. 그 뒤에 무슨 일이 일어날지 알았다고, 사실상 이 고래가 숨기고 있는 건 1960년대와 1970년대의 깊은 지옥에서부터 이 시장 광장으로 돌아온 것이라는 걸 알았다고 합니다.

제가 제멋대로 건방지게 1인칭 복수형을 쓰는 걸 양해해주시면, 이런 식으로 표현해보면 어떨까요. 궁극의 의미를 찾을 수 없었던 우리는 너무 상심해버린 나머지, 그런 궁극의 의미가 있다면서 계속 우리에게 그에 대한 실마리를 던지는 척하는 문학에 벌써 질려버렸다고요. 우리는 본질적으로, 그의 본성상, 철저히 허위뿐인 문학을 참아내기를 거부하고, 우리가 궁극의 의미를 끔찍이도 필요로 하기에, 무척 단순하게도 더는 거짓말을 너그럽게 받아줄 수 없는 것이죠. 더는 이런 문학을 참을 수 없어요. 사실 우리 목을 조이는 건 분개심이 아니라 지루함, 그리고 그런 거짓말의 추잡한 수준입니다. 자, 그러면 위와 같은 상황에서, 여러 신사분들에게 완전히 동감하며, 이제 저 자신은 그런 사실을 알았다고, 그리하여 우리에게, 오직 우리에게만 이런 거대한 고래의 궤적을 따라 펼쳐진

---

* 크러스너호르커이 라슬로의 《저항의 멜랑콜리》 참고 — 옮긴이

모든 아수라장을 폭로하고 설명해주겠다고 약속하는 책이 있다는 주장은 음흉한 후안무치한 이야기이거나 사악하기 그지없는 허튼소리라고 말씀드릴 수 있습니다. 다른 말로 하면, 물론 거짓말이라는 거죠. 이 시기에 정말로 무슨 일이 펼쳐졌는지 아는 사람은 아무도 없기 때문입니다. 그 누구도, 그 어떤 책도 알지 못합니다. 그 어떤 무언가는 고래로 완전히 숨겨진 채로 있었으니까요.

대표 위원님, 존경하는 신사분들!

III.

이 모든 일들이 1960년대 후반에 일어났다면, 나는 당시 열 살 정도 된 소년이었을 겁니다. 1970년대 초반에 일어난 거라면, 열다섯 정도 되었겠지요. 어느 쪽이든, 그날 아침 학교 가던 길이었다는 건 선명하게 떠오릅니다. 잠깐 몸을 떨고 모든 일을 손 흔들어 떨쳐버리고 생각했죠. 참, 싸구려 협잡이네. 냄새나는 시체인데, 게다가 50포린트까지 내라고? 내가 부활절 용돈을 그만큼이나 날려버릴 줄 아냐, 저는 계속 이런 생각을 하며 코슈트 광장의 그 양철 거상을 지나쳤죠. 그건 제가 학교 가는 보도 바로 옆에 주차되어 있었거든요.

시작은 그렇게 된 겁니다. 아침에는 그랬죠. 하지만 방과 후에는, 그날은 다소 이르게 날이 어두워졌던 것 같아요. 집에

가는 길에는 점점 호기심이 동해서, 마침내 코슈트 광장으로 슬금슬금 돌아가봤죠. 다른 애들도 마찬가지였어요. 주머니에 50포린트나 되는 돈을 두둑이 넣고서 부모님의 감시의 눈을 몰래 피해 집에서 슬쩍 빠져나와 헐레벌떡 와 있었죠.

저는 코슈트 광장으로 도로 뛰어가서는 50포린트를 세어서 잡역부의 손바닥 위에 올려놓았죠. 그 잡역부 가까이에 서 있기만 했는데도, 어떤 경계선을 넘어 진전한 느낌이 들었어요. 그 너머에 있는 건 어쩌면 근사한 것일 수도 있고, 어쩌면 평범한 것일 수도 있죠. 그렇지만 어느 경우에도 무시무시하고 위험한 것이긴 했어요. 물론 그 당시 내가 무엇을 볼 수 있다고 기대했는지는 지금 생각이 나지 않습니다. 판자 위에 발을 내딛고 그 트럭의 내부로 들어갈 때 말이죠. 하지만 그 광경이 근사할 수도 있고 평범할 수도 있지만, 어느 경우에도 경이롭고 위험한 것만은 확실하다고 생각했겠죠. 그리고 그것이 확실히 아예 둘 중 하나일 거라는 예감만은 있었습니다. 하지만 후에 밝혀진 정체는 예상을 완전히 비껴갔죠. 그 고래가 제 기대와 너무 비슷하거나, 혹은 너무 달랐기 때문이 아닙니다. 나는 거기, 장대한 대들보로 만든 낮은 골조 위에 놓여 몇몇 침침한 램프에서 나오는 빛 속에서 희미하게 모습을 드러낸 것이 얼마나 애처로운지 즉시 알아차렸던 것입니다. 마찬가지로 거의 즉각적으로 나는 이 수수께끼, 고래는 그 무슨 설명이든 거부했으며 앞으로도 그러리라는 것을 깨닫고 말았죠.

고래를 한 바퀴 돌기 위해선 그것에 아주 가까이 다가가야만 했습니다. 특히 그 머리에요. 거기서 빠져나가려면 몸을 돌려야만 했죠. 머리에 다가갔다가 몸을 돌려 빠져나가려 할 때, 이렇게 근접해 있다는 감각, 그렇게 과도한 봉쇄 가까이에 있다는 감각이 나를 휩쓸었어요. 심장이 열이 오른 듯 쿵쿵 뛰고, 무엇인가가 목을 졸랐죠, 그리고 돌아서면서 내가 느낀 감정은 동정, 충격, 수치심이었던 것 같았지만 다음 순간, 몇 발짝 뗀 후에 벌써 반대편으로 돌아왔을 때 나는 넋을 잃고 쳐다보면서 느릿느릿 걸어가는 사람들 한가운데 고래를 보려고 멈춰 서서, 그걸 한눈에 담으려고 해보았어요. 그리고 마침내 성공했을 때는 더 이상 마음속에 아무 생각도 없었죠. 더 이상 내가 느끼는 감정에 이름을 붙이고 싶지 않았어요. 어쨌든 할 수도 없었을 겁니다. 그게 정말로 동정이었을까? 무엇이었을까? 나는 내 마음의 연결을 해제했고, 뇌는 기능을 멈췄으며, 오로지 내 감정만이 과열 상태로 작동하기 시작했죠. 갑작스레 숨 막히는 열기가 파도처럼 밀려오고, 쓰러질 것 같고, 바닥도 없는 무감각의 상태가 졸지에 한 사람을 덮칠 수 있는 것처럼요. 그때는 물론 이에 대해서 한마디도 웅얼댈 수 없었습니다. 그 안에서도, 바깥에서도. 발꿈치를 들고 살금살금 걸어서 판자를 내려온 후에 나는 누비 옷과 장화, 양가죽 모자 차림으로 주위에 미동 없이 서 있는 사람들 무리를 밀치고 나아가다시피 했습니다. 코슈트 광장에서 탈출하려 했죠. 그때는 단

한마디도 할 수 없었지만, 이제는 마침내 그때 제게 무슨 일이 있었는지 말할 수 있을 것 같습니다. 그리고 당시 1960년대나 1970년대에 거기 있던 사람들에게 일어났던 일도 말할 수 있지 않을까 하는 생각이 듭니다. 그 침침한 빛 속에서 대들보와 서까래로 만든 단상 위에 놓였던 그 고래가 저를, 그리고 아마도 다른 사람들도 마찬가지로, 소위 우울의 상태로 빠져들게 한 계기가 되었다는 진술을 이제는 분명히 할 수 있기 때문입니다. 제가 그 고래를 바라보며, 그 기계의 썩어가는 내부 속에서 그 주위를 어기적어기적 돌고 있을 때, 무한한 우울이 나의 영혼을 사로잡고 말았습니다……. 이를 그 무엇에 비유할 수 있을까요, 마치 꿈 같았다고 할까요. 아시잖습니까, 한 숟갈만 먹여도 사람을 죽이고도 남을 만한 그런 종류요.

어떤 유의 치명적인 꿀, 그게 바로 이 우울의 맛이었습니다. 하지만 제가 이런 직유로 여러분을 오도하지 않았기를 바랍니다. 이것, 이런 직유를 사용해서, 이 우울이 그 자체로, 혹은 저절로 드러나는 일은 불가능했다는 말을 하려는 것도 아니고, 이 우울이 자기 범위를 벗어나서 한 숟갈의 꿀에 뭔가 지시적인 내용, 어떤 일화라든가, 비밀스러운 방향이라든가, 지도를 품고 있었다는 말을 암시하려던 것도 아닙니다. 전혀, 전혀 아니지요. 이 우울은 그걸 일으키기 위해서 다른 뭔가가 필요한 것이 아니었습니다. 우울은 그저 영혼으로 들어왔을 뿐이고, 그리하여 아까 했듯이 이를 꿈의 치명적인 달콤함에 비유하려면, 어쨌든 돌이켜 보아 이를 한 숟갈의 꿈에 연결하려면 내 안에 있는 이 타락한 인간만이 이런 시도를 할 수 있는 것이죠. 물론 이 사람은 자신의 불명예를 똑똑히 인식할 뿐 아니라, 여기 있는 다른 이들은 이 비유를 도입할 이유가 황당한 데다, 그런 비교는 오히려 멀어질 뿐이라는 분명한 실패를 잘 알고 있다는 사실도 알고 있습니다.

존경하는 총장님, 존경하는 위원 여러분! 아까 조건을 단 의미대로, 그때 발칸반도 어디, 동쪽에서 온 순회 서커스단이 우리 작은 마을에 데려온 이 특별한 구경거리를 보자마자 저를 덮친 이 우울은 치명적인 꿈이었습니다. 제가 이런 말을 하는 건 우울에 대한 나의 특별한 감수성이 바로 이 지점에서 생성되었다고 주장하려는 건 아닙니다. 자, 이것 좀 보십시오, 라고 엄숙히 선언할 수 있게 이 고래 사건을 선택했다고 하려던 것도 아니고, 결코 평범하다고 할 수 없는 이런 마주침이 나를 이해하는 시작점, 이전에 부르던 말로 '근본적인 것'을 향한 길이 우울을 통과할 수 있다는 걸 이해하는 시작점을 표시해준다고 말하려던 것도 아닙니다. 왜냐하면, 아니오, 오히려 반대로, 그 사건이 이런 나를 이해하기 위한 엄숙한 영점, 폰스 에트 오리고(fons et origo, 근원과 기원)일 리가 없기 때문입니다, 이 시작점은 벌써 더 이른 시기에 나를 흘러 지나갔습니다, 이런 감수성은 태어날 때부터 나와 함께 있었거나, 어쩌면 날이 너무 금방 어두워지고 땅거미가 작은 방 안 창가에 홀로 있는 나를 찾아냈던 어떤 오후에 태어났는지 모르죠, 혹은 누가 압니까, 그보다 훨씬 일찍, 어쩌면 땅거미가 너무 일찍 도착한 어느 오후, 내가 홀로 아기 침대에 누워 있을 때 왔을지도 모릅니다, 결국 내가 처음에 언제 그에 눈을 떴느냐 하는 건 큰 차이가 없어요, 일단 내가 그 우울에 눈을 뜨고, 그것이 시작한 후에는 나는 이 꿈의 치명적인 달콤함을 음미하기 시작했고, 그때부터 여러 때, 여러 곳에서 그 우울은 내게로 급강하하고는 했습니다, 물론 가장 눈에 띄는 건 그 옛날, 1960~1970년대의 코슈트 광장의 푸른 물결 양철 컨테이너 뒤에 있었던 것이죠.

그리하여 그 시작은 두꺼운 물안개의 너울 뒤에 가려져 있으니, 심지어 아기 침대의 시절 훨씬 전에 시작되었을 수도 있습니다, 누가 압니까, 이와 같은 감수성의 개시는 훨씬 더 이르게 떠올랐을지도, 어쨌든 완전히 정상적이라고 할 만한 호기심은 한 개인에게서 아주 이른 시기부터 발달하죠. 어쩌면 다들 말리는 눈길을 보내지 않고 고개 끄덕이며 기뻐해주던 때, 처음 바닥에 떨어져 있는 뭔가를 탐험하러 거북이처럼 기어가던, 그 어린 시절부터 이 특별히 정상적인 호기심의 발달이 시작되었을 수도 있죠. 그래서 그 정상적인 호기심이 취한 방향, 심지어 그 속도가 벌써 내 안에서 근본적으로 바뀌어 있었다는 말입니다. 우울에 대한 나의 적합성 혹은 경향성이 완전히 정상적이었던 나의 호기심에 완전히 딴판인 길을 정해주고 말았죠. 그러니 나는 이런 감수성이 늘 같은 지점을 목표함으로써 완전히 정상적인 내 호기심을 먹어치웠다고밖에 말할 수 없군요. 언제나 그 호기심이 같은 장소, 나중에 붙인 말이지만 세계의 본질을 향하도록 한 겁니다. 그러나 어느 경우에도 이런 호기심은, 아직도 그렇게 말할 수 있다면 말이지만, 세계의 본질 대신에 이 같은 우울과 맞닥뜨리고 말았습니다.

물론 이 모든 건 더 간단한 용어로 서술할 수 있죠. 말하자면, 처음 시작했을 때는 자기 관심의 목표를 이 세계의 본질로 삼았다고 할 수 있죠, 그 세계는 ─후에도 여전히 믿었듯이─ 천사와 악마가 함께 사는 곳이었습니다, 그리하여 처음 이런 본질을 향해 손짓할 때, 처음으로 그런 의도가 일 때, 우울이 즉시 영혼을 사로잡습니다……. 그래요, 이걸 좀 더 간단한 용어로 설명할 수 있을 테지만, 그렇다고 해서 말해야 할 것이 더 간단해지진 않습니다.

여기, 여러분 앞에 던져져서 고백에 빠져 있는 이 연사를 여러분이 어떻게 받아들이실지는 모르겠습니다, 이런 일들은 언제나 어색하기 마련이라는 건 저도 압니다. 하지만 존경하는 신사분들, 존경하는 장군님, 제가 부르는 호칭이 부정확했으면 다시 사과드립니다, 이런 고백이 여러분과 저의 고급 취향에 거슬린다고 해도 이번만은 용서해주십시오, 그래도 저는 이런 필수적인 정보를 누설해야만 하니까요. 평생 저는 이런 특정한 우울의 구름 아래에서, 세계의 축을 지켜보겠다는 억누를 수 없는 충동을 가지고 살아왔고, 계속 살아갈 것입니다, 하지만 이 세계 또한 이런 진 빠지기 그지없는 우울의 안개 뒤에 완전히 가려져 있죠. 이것이 내 평생을 망쳤고, 이날까지 나를 유린하고 있지요, 맨 처음 시작 이래로, 내가 그를 피하려고 노력하지 않은 것, 없애버리려 하지 않은 것이 아닙니다, 되레, 나는 실질적으로는…… 어떻게 말해야 할까요? 사냥하러 나섰다고 할까요? 그게 물론 고전적인 의미로 약한 존재를 힘으로 쫓아다니는 그런 사냥은 아니고, 아주 약한 자가 아주 강한 자를 사냥하는 것에 더 가깝죠.

그렇습니다, 세계의 주축이신 국장님, 존경하는 청중 여러분!

IV.

이런 우울이 우리를 닿을 수 없는 사물의 중심으로 이끄는 불가해하기 그지없는 인력이라고 주장한다면, 여러분이 실소를 터뜨리셔도 당연하지요. 이미 본 연사로부터 정반대의 이야기를 많이 들으셨으니까요. 우울이란 한편으로는 볼 수 없게 방해하는 궁극의 장애물이지만, 다른 한편으로는 오후의 땅거미 속에서 갈망하여 기다렸던 곳이기도 합니다. 그것 말고도 또 뭐가 있을지 누가 압니까? 모두 서로 번갈아가며 쌓여 있는 것이지요.

이제 이 연사가 강의 주제에 관해서는 더는 새로운 이야기를 할 게 없다는 게 명백해졌으리라 믿습니다.

실로, 여러분이 제게 전화를 해서 강연을 해달라고 요청했던 바로 그때, 이렇게 되리라는 것이 분명했습니다. 그때는 의미심장하게도, 강연 주제는 제게 맡기겠노라 하셨죠, 그에 더해 마음껏 편히 골라보라는 말까지도 덧붙였습니다. 그리하여 저는 생각했습니다, 잘됐군, 모든 이에게 어찌 되었거나 똑같다면, 우울을 고르리라, 그러나 나 자신은 어떻게 풀려날 수 있을지 생각해보지 못했습니다, 나는 계속 머리를 쥐어짜고 있었으니까요, 어째서 나일까? 많고 많은 사람 중에서 왜 나를?

그리고 어쨌든, 정말로, 태양 아래 새로운 게 하나도 없는 때, 내가 무슨 새로운 이야기를 할 수 있다는 말인가?

결국 제가 지금 이야기하는, 그리고 정리를 위해 다시 요점을 요약하려고 하는 이 우울은 우리 모두에게 익숙한 것입니다, 그건 삶에 대한 공격을 감행하고, 세 가지 근원으로부터 삶을 망가뜨릴 수 있지요. 맨 처음, 그리고 절대 소진되지 않는 근원은 자기 연민입니다, 아이들의 동요에서조차도 "구린내 난다"라고 해버릴 그런 유의 연민이 아니라, 딱히 적절한 이유가 없이도 자기 자신을 연민하는 데서 일어나는 유의 것이죠. 아무도 당신을 해치지 않아요. 상태도 괜찮죠, 고요 속에 앉아 있을 뿐입니다. 비 내린 후 적적한 공원에 홀로, 해외의 아늑한 방에, 새벽이나 어둠이 내리기 전, 이런 연민이 기습해서 가장 무례한 방식으로 놀라게 하고 먹어치우며 필연적인 것이 됩니다, 바로 이때야말로 그를 이해하지 않고도 아무것도 존재하지 않는다는 걸 깨닫는 때니까요.

두 번째 근원은 음악에서 단음계로의 변조라고 할 수 있습니다. 언제든, 어디서든 이런 순간을 느낄 때마다, 어떤 악곡에서 장조가 단조로, 가령 A장조에서 C단조로 바뀔 때면, 음악이 즉시 내 심장을 가르고, 마치 그게 나를 특별히 골라서 일어난 것처럼 개인적으로 받아들이게 되고, 고통 어린 기쁨에 사로잡힌 듯 얼굴은 찌푸려 일그러지죠, 한마디로 나는 우울에 풍덩 뛰어들고, 거기 앉아 들으며 생각하게 됩니다, 아, 아름답구나, 그것이 오로지 우울일 뿐인데도요.

하지만 가장 지속적이고 가장 심오한 우울은 사랑에서 솟아난 것입니다.

그렇지만 이 항목에 대해서는 더 말하지 않겠습니다. 제가 그 주제를 상세히 부연한다면 크게 놀라운 일이 뒤따를 리 없기 때문이죠.

그러니, 여러분들이 허락해주신다면, 이제 제 강연의 결론을 맺겠습니다.

V.

제 얘기는 여기서 끝나지만, 이것이 오늘 저녁 여러분이 기대한 것인지, 제가 여러분이 염두에 둔 사람인 것 같은지는 알 수가 없네요. 제가 그런 인물이 못 된 것이 아닌가 하는 송구한 마음입니다.

어쨌든 그건 중요하지 않습니다. 우리에게는 이미 다 지난 일이니까요. 저는 말을 했고, 여러분은 제 말을 들었으며, 어떤 해로운 일도 일어나지 않았습니다.

신사 여러분, 제 강연은 끝났습니다.

전하! 존경하는 귀빈 여러분!

이 강연은 우울에 관한 것이었습니다.

두 번째 강연

I.

저는 이전에도 여기 와본 적이 있죠.

이 건물을 알겠습니다. 지난번과 마찬가지로, 오늘 저녁에도 문 앞에는 아무도 서 있지 않고, 샹들리에는 참을 수 없을 만큼 환하며, 계단은 위험하게 미끄럽지요.

여기서 익숙한 향도 알겠군요, 다시 한번, 여기 도착하기 직전에 엄청난 전류의 번개, 무시무시한 우레의 전령이 이곳을 치고 갔다는 느낌이 듭니다. 이 대기의 확연한 특질은 절대

잊을 수 없지요. 매캐하고, 건조하며, 달콤하기도 하고, 맹렬한 대기.

하지만 또한…… 여러분 모두 잘 기억하고 있습니다. 일전의 강연에 저를 바라보던 눈을 보았고, 샹들리에의 타오르는 휘광 아래에 앉은 여러분을 보았죠, 모두 주의를 집중해서 몸을 앞으로 내밀고 번개의 흐릿한 냄새 속에서 앞을 응시하며 강연이 시작하기를 기다리고 계시는군요.

제가 여기 처음으로 왔을 때도 똑같은 일이 있었습니다. 모두 정확히 똑같은 자세로 앉아서 내 말을 듣고, 정확히 똑같은 거리에서 제 말에 귀를 기울이며 모든 얘기를 받아들이셨죠. 깊이 몰두해서, 꼼짝도 하지 않고, 완전히 헤아릴 수 없는 강렬한 열정을 보였습니다. 심지어 그간 꽤 시간이 흘렀음에도, 우리의 첫 만남을 그다지도 특별하게 했던 요소들은 변하지 않았네요, 그때만 해도 저도 여기 실제로 계신 분들이 누군지 몰랐고, 지금도 모르기는 매한가지지요. 그리하여 지금 두 번째로 이 단상 같은 구조물 위에 서서 여러분이 제게 원하는 게 뭔지는 알아낼 수 없지만, 제가 다시 한번 여기 오기로 동의한 이유를 이해하고 싶기는 합니다. 여러분이 어째서 저를 그렇게 기이하게도 초대하기로 결정하셨는지, 그 영문을 전혀 깜깜하게 모르는 이 객이 말이지요.

지금으로는 지난번에 끝난 바로 그 지점에서 강연을 재개해보도록 하겠습니다. 제가 여러분의 초대를 받아들일 거라는 생각은 전혀 해보지 못했는데, 제가 여기 와 있네요. 전화로는 이렇게 말씀드렸죠, 어디 보자, 나중에 전화를 주시죠, 그때 이 문제를 논의할 수 있겠죠, 하지만, 물론 그때도 저는 줄곧 생각하고 있었습니다. 이건 절대로 의논해도 소용없는 문제야, 대체 이 괴상한 신사분들은 무슨 생각들을 하는 거지, 한 번만 해도 차고 넘쳐, 다만 이 두 번째 초대가 첫 번째 초대만큼이나 저를 계속 괴롭혔지요. 아시겠지만, 또다시 제 머릿속을 떠나지 않는 생각은 여러분들이 제가 무엇을 하는지, 제가 그런 강연에는 얼마나 관심이 없는지 똑똑하게 알고 계실뿐더러, 제가 어떤 분야에도 전문가라고는 할 수 없다는 걸 잘 알고 계시리라는 겁니다. 다른 사람이 조금이라도 관심을 가질 만한 건 그 무엇도 없기 때문이죠. 그 무엇도 제 깜냥 안에 들어 있지 않죠. 게다가 저는 말끝을 씹기도 하고, 거의 무례할 정도로 지나치게 낮은 목소리로 지나치게 빠르게 말하죠, 모두 중얼중얼, 주절주절거립니다. 그러나 그러니 이런 불안으로 가득 찬 내게 여러분이 원하는 게 무엇인가? 궁금하지 않을 수 없죠. 그리고 끝없는 질문들이 있습니다. 내가 확증할 수 있는 아무런 명부에도, 심지어 전화번호부에도 등재되지 않은 여러분의 조직은 무슨 부류란 말인가? 그리고 어째서 여러분은 많고 많은 사람 중에서 나를 결정했으며, 또 많고 많은 사람 중에서 다시 한번 왜 나를 골랐는가? 그리고 어째서 여러분의 정체에 관한 이 모든 수수께끼가 있어야 하는가?

이렇게 모두 은밀하게 처리하는 의미가 무엇인가?

더 늘어놓을 수도 있겠지만, 하지 않겠습니다. 이 정도만 해도, 첫 번째와 모든 것이 똑같다는 걸 보여줄 만큼은 될 테니까요. 그때도 누구에게 하는지 모르는 상태에서 강연을 했고, 당신들은 내 말에 귀를 기울이다가 박수를 보내고, 그런 후에는 한마디 말도 없이 단순히 흩어져 건물을 빠져나갔죠, 내가 걸어 나가 집으로 향할 때는 경호원 한 부대가 뒤따르더군요, 제가 아무리 설득을 해도 집까지 호위해주겠다는 것을 말릴 수가 없었습니다. 나 자신의 안전을 위해서라고 그들은 주장했지요. 그들은 전문가임이 분명한 태도로, 뒤로 열 걸음 거리를 유지했습니다.

그래요, 모든 게 똑같군요, 다만 한 가지 예외가 있을 뿐이죠, 즉 이번에는 여러분은 제게 주제를 선택할 수 있게 해주지 않았다는 거죠, 말하자면, 내가 어떤 세계에 살고 싶은지에 대해 이야기해달라는 부탁을 하셨죠.

보통은 사람들이 무엇을 요청하고 부탁하든 별 차이는 없습니다. 나의 반응은 본능적으로, 그리고 반드시 이제까지 한 번도 하지 않은 요청이나 질문에 맞춰지니까요. 통상, 거의 매번, 나는 이에 대한 사과로 강연을 시작하지만, 이번에는 사과할 필요가 없다는 것을 금방 알아차렸습니다. 사실 전화를 끊자마자 알아차렸죠. 저는 보이기와는 반대로 여러분이 실제로 화제를 제한하려는 의도가 있는 건 아님을 알았습니다. 이 화제로 말해달라고 요청을 하는 것이 —오랫동안 나조차도 입 밖에 낸 적이 없고, 그렇게 오랫동안이나 이야기된 적이 없어서 참으로 마음 아픈 화제죠— 이 화제를 선택하여 내 손발을 묶어놓으려는 뜻이 아니라 오히려 진정한 의미로는 여러분은 내가 정말로 이야기하고 싶은 것을 맘껏 고를 수 있도록 해주었다는 걸요. 내가 어떤 세상에 살고 싶은가를 묻다니, 실상 여기 계신 모든 신사분들이 정말로 세계에 관심이 있다는 뜻을 전달하려는 것이 아니겠습니까. 제가 여러분의 말을 제대로 알아들었다면, 이 세계가 어떻게 되어야 할 것인가에 대한 이야기겠지요.

전화 통화 이후 며칠 동안은 여러분의 특정한 관심사를 담은 요청을 이렇게 감탄할 만큼 순진하게, 혹자는 유치할 정도로 단순히 나타낸 이 표현을 곰곰이 생각했다는 건 부인할 수 없겠네요. 이 말은, 저로서는 알 수 없는 이유지만, 여러분들은 좋아, 세계는 이런 *모습이었지*, 그렇지만 지금은 저렇게 *되어야 하는 거 아니야?*라고 자기들이 결정할 수 있는 위치에 놓여 있다고 상상한다는 뜻이 아니었을까요?

이런 가능성이 제 머릿속에 떠올랐다는 건 부인할 수 없지만, 그 후에 저는 단호하게 이 생각을 몰아내버렸습니다, 결국 요는, 근엄하고 굽힘 없고 놀랄 만큼 왕성한 여러분의 관심을 염두에 뒤보면, 제가 공상가들과 한자리에 있다고 믿을 수도 없고, 세계의 현 상태를 고려해보건대, 망상이라는 우둔한 행위가 얼마나 참을 수 없는 것일지를 (다른 사람들도 아닌 여러분에게) 밝힐 필요가 조금도 없다고 믿기 때문입니다.

노선을 잘못 잡았다는 것을 깨닫자, 저는 그 개념을 버리고 여러분이 제안한 화제의 실제 의미를 해독하려는 노력을 포기했습니다. 대신에, ─여러분이 요청한 화제의 실제 내용이 뭔지 풀지 못해서 내 마음속에서 일어난 파도에 이만저만 흔들리기는 했지만─ 나는 자문해보았습니다. 만약 나의 원래 의도와 달리, 그럼에도 여기 또 한 번 온다면 어떻게 될까? 그리고 그 상황에 맞게 생각에 잠긴 표정을 띠고 앞을 응시하면서 생각했죠, 좋아, 여기 한 번 더 온다면, 내가 여전히 얘기할 수 있는 화제란 무엇일까?

사랑으로 해도 될까? 저는 궁금했죠.

아니, 그렇다면 죽음이 나을 수도 있어!

처음에는 침대 위에 앉았다가, 그다음에는 전화기 옆에, 그런 다음은 창가 옆 의자에 앉아서 창밖은 내다보지도 않고 계속 생각을 굴려보았죠(질문: 사랑으로 할까?), 그런 후에는 똑바로 앞을 바라보기도 하고(질문: 죽음으로 할까?), 그래도 여전히 그 상황에 적합한, 생각에 잠긴 표정은 짓고 있었습니다.

아마도 반란에 대해서 이야기하는 것이, ─여기서 저는 일어섰습니다─ 현재 존재하는 상황들을 그렇게나 참을 수 없게 하는 것들에 대해 이야기하는 편이 최상이겠지요.

저는 다시 침대에 앉았고, 그 후로 제 결심은 변하지 않았습니다. 그러니 이게 오늘 밤 제가 이야기할 주제입니다.

그렇지만 그 전에 요청 하나를 드리며 시작하려 합니다.

이 강당에 들어설 때, 저는 저기 계신 한 신사분이……
제 뒤에서 문을 걸어 잠갔다는 것을 알아차렸습니다.

저는 강당에 갇혀 강연을 하는 것을 좋아하지 않습니다.

그래서 여러분의 양해를 부탁드립니다…….

자, 그러면 이제 시작해볼까요!

명예로우신 청중 여러분, 존경하는 신사분들! 질문은 다
음과 같습니다. 반란이라는 주제에 관해 무슨 말을 할 수 있
을 것인가?

먼저, 이야기 한 편을 들어주십시오.

II.

1992년 여름, 저는 베를린 지하철 시스템의 중추인 동물
원 역에서 크로이츠베르크 방향에서 오는 기차를 기다리는
중이었습니다. 도착 기차의 앞쪽 끝을 위한 장소, 즉 도착하
는 기차가 서는 자리에는, 다른 플랫폼과 마찬가지로, 알루미
늄 막대에 거대한 거울과 함께 다양한 신호등을 부착하여 표
시를 해놓았더군요. 여기가 바로 각 전동차 운전수가 전차를
대야만 하는 자리였지만, 빨간 불이 켜져 있을 때는 어떤 전
차도 그 지점을 넘어갈 수가 없었습니다. 그러므로 여기까지

는 괜찮지만, 여기서부터는 조금도 넘어갈 수 없다고 거울과 그 밑에 부착된 신호등이 선언하며 전차의 도착에 관한 질서 정연한 교통법규를 확립하는 것이지요. 하지만 그렇다고 해서 이게 플랫폼 자체가 여기서 끝난다는 뜻은 아니었습니다. 아뇨, 플랫폼 자체는 이 신호를 지나 그 너머 1미터 반 정도 떨어진 곳에서 끝나지요. 그리하여 거울과 플랫폼의 실질적 끝 사이에는 두 번의 금지 구역이 존재합니다. 전차와 전동수가 아까 묘사한 방식으로 출입 금지되는 곳이지만, 지금 서 있는 나를 포함해서 기다리는 승객들은 절대적인 의미로 거기서도 이중으로 배제됩니다. 아무리 명확하고 합리적인 교통법규라고 하더라도 우리를 언급하지는 않기 때문이며, 우리는 도착을 알리는 적신호와 출발을 알리는 청신호가 주기적으로 번갈아 교차한다고 해도 아무런 영향을 받지 않기 때문이죠. 거기 있는 우리를 위해서는 거울 발치 바닥 위에 노란 횡단선이 있을뿐더러, 뒷벽의 표지판에 작은 글자로 금지 경고문이 적혀 있으니까요. 그리고 마지막으로는 이 선과 이런 표지만의 내적 반영, 흠 없이 작동하며 이런 금지 경고를 받아들이는 본능이 우리를 적어도 두 번은 완벽하게 영원히 차단해버리는 것입니다.

어느 8월의 일이었습니다. 저는 크로이츠베르크 방향에서 오는 전차를 기다리고 있었지만, 전차는 약간 늦었습니다. 저는 제 뒤에 태평하게 모여든 승객들을 관찰하고 있었죠, 그리고 처음으로 소위 태평한 이 승객들에게서 어떤 긴장감을 알아챘습니다. 저는 한참 후에야 노란 선으로 표시한 공간, 벽에 쓰인 경고문으로 금지된 공간을 보고 드디어 그 이유를 알았습니다. 아마도 제가 이 긴장한 태평한 군중들 사이에서는 가장 마지막이었던 것 같은데요, 그 금지 구역에 지금 누군가가 서 있던 것입니다.

한 늙은 부랑자가 플랫폼 위에 서서 레일에 소변을 보고 있더군요. 저희에게 반쯤 등을 돌리고, 약간 웅크린 모습이 이 소변과 이 레일 때문에 괴로워하는 것만 같았어요

그 공간에 발을 들이는 걸 금지하는 특별한 본능은 단지 발을 들이는 것만 금지하는 게 아닙니다, 그걸 말 그대로 의식에서 지워버리는 거죠. 이제 이 의식이 갑자기 깨어나서, 거울과 플랫폼 끝 사이에 어떤 전체 구역이 존재한다는 걸 깨달으며 즉시 선언합니다. 만약 어떤 보행자가 그런 구역이 교통 기술의 관점에서는 확실히 잉여적이며, 교통안전의 관점에서는 전적으로 무의미하다고 주장하려 한다면, 그건, 즉 이 의식은 무척 결연하게 항의하며 이 모든 것이 실수라고 답할 것입니다. 그런 구역의 영구 보존과 유지는 널리 영향을 미치며 중요성을 갖죠. 이런 유의 금지 구역은, 우리가 동물원 역에서 보았던 것과 마찬가지로, 불가피한 임의성을 명시적으로 전달하며, 우리 인간 세계의 규율이란(가장 간단한 것이라고 해도 말이지요) 그 깊이를 가늠할 수 없을뿐더러 도전 불가능하다는 예

시를 제공합니다. 우리의 의식은 계속 주장합니다. 이런 규율은 가장 사소한 것이라고 할지라도 보이지 않는 언어 목록과 분리될 수 없습니다. 이런 법들은 아무리 가벼운 것이라고 해도 위반되었을 때 오롯이 드러나고, 어떤 추잡한 행동의 요소를 통해서만 그 작동 방식이 파악될 수 있습니다. 즉, 어떤 정도의 위험이 도입되어야만 보인다는 것이죠. 그리고 위험을 법의 작동 과정에 도입하는 것은 우리 자신을 향한 일종의 공격을 개시하기로 결정하는 것이죠. 그 공격이 아무리 가벼운 것이라고 해도 말입니다. 이 말인즉, 저런 노상방뇨는 멈추게 해야 한다고 이 의식이 명령을 내리는 것입니다. 저 부랑자를 보내버려야 한다, 추잡한 행위는 싹부터 잘라버려야 한다, 그 규율을 언어 목록에서 끄집어내어 백주대낮 환한 곳에 드러내야 한다. 이런 경우에는 1.5미터 너비의 구역으로 들어가서는 안 된다는 금지 경고죠. 그런 후에는 이 금지는 다시 언어 목록 속으로 가라앉고, 전체 체계가 적어도 내 관점에서는 정말로 보이지 않게 계속 기능하도록 해야만 한다는 것입니다. 그리고 여기에서 의식은 다시 자기 자신을 향합니다.

그리하여, 이것이 이 8월의 이른 오후에 모여 있던 승객들 사이에서 퍼져가던 분위기의 본질이었습니다. 그리고 나는 이것이 이 이른 오후에 일어나는 일의 전부일지도 모르겠다고 생각했습니다. 즉, 이런 방뇨 행위가 멈춘다면, 이 부랑자와 함께 금지 구역은 우리의 의식이 인식하는 한, 천천히 도로 가라

앉아 보통 근무일의 익명성 속으로 사라질 것이라는 뜻입니다. 다만 이 순간 반대편, 반대 방향으로 가는 전차 노선용인 우리 건너편의 플랫폼, 크로이츠베르크로 향하는 대중을 위한 자리에는 경찰관 두 명이 갑자기 나타났습니다, 그리고 이와 함께 8월의 이 이른 오후 전체가 경찰이 등장할 때면 세계가 늘 그러하듯 급격히 단번에 바뀌었습니다.

이 이야기의 위협적인 관성에서 청중들의 시선을 다른 데로 돌리는 건 정말로 내키지 않습니다만, 맙소사, 지금 잠깐 브레이크를 걸어야 할 적절한 시점이 아닌가 싶습니다. 여러분들의 주의를 확실히 벗어난 모양인데, 잠긴 문만 아니라면 매력적인 이 강의실에 대한 저의 요청을 다시 환기하고 싶습니다. 여러분 뒤쪽에 있는 저 화려한 바로크 시계가 정확한 시간을 가리킨다면, 저는 이 단상 위에 대략 15분 정도 서 있던 셈이겠지요. 그리고 제게, 평생을 갇혀 사는 걸 두려워하거나, 아니면 혼자 틀어박힐 수 없는 것을 두려워하며 살아온 남자에게, 이 15분은 영원과 같습니다. 신사 여러분들에게 이런 고백으로 부담을 드리고 싶지는 않았습니다. 이 문제를 다른 방식으로 이해시킬 수 있었다면 그러지 않았겠죠. 달리 표현하면, 저를 여기까지 안내하고 제가 강연장으로 들어와서 등을 돌리자마자 아주 무심히도 자물쇠의 열쇠를 돌려버리고 역시 더 나아가 무심한 태도로 그 열쇠를 자기 주머니 속에 집어넣는 이런 신사분의 자동적인 손짓에도 저 같은 사람은 지옥으로 곧장 처박힐 수 있을 것 같은 기분을 느낀다는 거죠.

존경하는 선생님, 제 강연이 끝날 때까지 기다리지 말고, 지금 당장 일어나서 그 문을 연다고 해서 그 누구도 선생님이 딴 데 정신을 판다고 놀리거나 비난하진 않을 것 같습니다. 그리고 우리 화제와는 전혀 관계없는 제 특별한 예민함을 설명하느라 더는 쓸데없이 말을 낭비할 필요도 없겠죠. 선생님의 손짓에서 제 요청을 들어주겠다는 의도를 볼 수 있으니 저는 다시 동물원으로 돌아가서 하다 만 얘기를 계속하도록 하죠. 이 지하철역의 구도를 간략히 그려본다면, 여러분은 그 8월의 이른 오후에 지하철역에서 경찰들이 도착했을 때 실제로 일어난 일을 따라갈 수 있을 것입니다.

동물원 역의 지하철 환승 센터는 여러 지하층이 포함된 체계입니다. 계단이 딸린 어둡고 금지된 보도와 통로가 한 층에서 다른 층으로 이어지고, 똑같은 유형의 어둡고 금지된 통로가 그 아래층과 연결합니다. 양쪽 방향의 전차를 위한 플랫폼 두 개가 있죠. 이렇게 말해볼까요, 루레벤 방면으로부터 동물원 역에 도착한다고 합시다, 그렇지만 마음을 바꿔서 크로이츠베르크 방향으로 계속 가지 않기로 하고 대신 루레벤으로 돌아가기로 합니다, 그렇다고 해서 단순히 일어나서 같은 층의 반대편 방향으로 곧장 걸어갈 수는 없습니다. 크로이츠베르크에서 오고 가는 전차가 지나가는 한 쌍의 철로는 도랑에 박혀 있지요. 그렇게 깊은 홈은 아닙니다만, 무척 엄격하게 부여된 목적을 가지고 있습니다. 그러니 마음을 바꿨다면, 이 한 쌍의 레일 아래에 지나는 어둡고 불길한 통로로 향하는 계단을 내려가야 합니다. 그런 후에는 이 한 쌍의 철로가 있는 도랑 아래를 지나서 반대편으로 건너간 후 다시 다른 계단을 올라 플랫폼에 이르는 거죠. 여기를 우리 플랫폼이라고 합시다. 거기서부터는 상황이 유리하게 잘 돌아가면 루레벤으로 돌아갈 수 있을 것입니다.

이런 복잡한 체계하에서, 이 두 명의 지하철 경찰이 우리 반대편에 갑자기 나타난 겁니다. 한 쌍의 철로가 나 있는 도랑의 반대편에요.

사실상, 그중 한 명만이 버젓한 경찰관이었고, 다른 한 명은 어린 나이와 자기를 향해 계속 으르렁거리는 말 안 듣는 독일 셰퍼드를 진정시키느라 귀 끝까지 빨개진 얼굴로 미루어 볼 때 아직 신참 경찰관이 분명했습니다. 어찌 되었든 나는 그들의 얼굴 특징은 구분할 수 없었습니다. 나이 든 쪽이든 젊은 쪽이든, 개기름이 번들거리고 여드름이 난 얼굴과 경찰 특유의 얇고 무자비한 입술 말고는요. 그러므로 얼굴 특징이라고 할 만한 게 없었죠, 이런 얼굴 특징이라면, 내 앞에 도화지 천 장을 갖다주고 채찍을 내려치며 그림을 그리라고 해도, 죄다 망쳐버려서 천 장 중 하나도 진짜 초상화를 그려낼 순 없을 것입니다. 그래서 둘 중 한 명만이 진짜였다, 이것만이 분명했습니다. 반대편 플랫폼, 그 금지 구역에서 방뇨하는 노숙자를 알아보고 즉시 행동에 옮겨 플랫폼의 가장자리까지 걸어온 쪽이요. 그 경관은 부랑자에게 가장 가까이 갈 수 있는 지점까지 가서 격분하며 당장 하던 짓을 멈추라고 명령했습니다. 그렇지 않으면, 경찰은 외쳤지요, 그 부랑자가 후회하게 될 거라고요.

두 플랫폼 사이의 최단 거리는 필연적으로 두 전차가 서로 스쳐 가는 너비와 동일합니다. 그 말은 두 남자 사이의 최단 거리는 끽해야 10미터 남짓이라는 거죠. 하지만 이 10미터 정도 되는 가까운 거리에 있다고 해도 부랑자가 경찰을 두려워하는 마음은 이런 불편한 방뇨를 불쑥 끊는 게 더 괴롭다는 마음속 확신을 누르지 못했습니다. 그래서 부랑자는 이제 구슬픈 얼굴을 반쯤 우리 쪽으로 돌리고, 경관이 쉰 소리로 외치는 공식 경고를 한 귀로 듣고 다른 귀로 흘렸습니다. 그리하여 이 경관이 훤히 보는 앞에서 감히 그 누구도 경관에게서는 해서는 안 될 짓을 저지른 겁니다. 부랑자는 경관을 무시하고 계속 방뇨를 한 거죠.

저는 이전에 이 이후에 일어난 일을 적어보려고 시도했던 적이 있습니다. 고백하자면, 결국 그러지 못했고 그 실수가 제게 깊은 영향을 끼치고 말았습니다. 오늘에서야 제가 어디서 실수를 했는지 똑똑히 볼 수 있습니다만, 이 실수를 똑똑히 본다는 것이 물론 그 실수를 되돌릴 수 있다는 것과 같은 이야기는 아니지요. 이 실수, 다른 것에 강조를 두는 결과는 나

1부 말하다

자신의 집중력에서도 빈틈을 만들었고, 저는 엉뚱한 자리에서 사건의 축을 찾는 바람에 표적을 놓치고 맙니다. 하지만 이게 가장 고통스러운 측면은 아니었습니다. 제게 그런 깊은 흔적을 남긴 실제의 실수라기보다는 원인이었던 거죠. 즉, 제 집중력이 연민, 그 부랑자에 대한 연민으로 방향을 잃고 말았던 겁니다. 저는 이 8월 이른 오후에 일어났던 사건의 본질은 오롯이 경찰들의 추적으로 촉발된 부랑자의 도주에 있다고 보고 싶었기 때문입니다.

여러분도 익히 짐작하시겠지만, 제가 지금 여기서 하는 이야기가 추적과 도주에 관한 이야기라는 걸 부인하지는 않으렵니다. 그것 말고는 더 할 얘기가 있겠습니까? 하지만 처음 쓰려고 했던 시도는 그저 그 추적을 언급하는 데만 엄격히 국한되어 있었고, 그 후에는 도주에 대한 상세하고 철저한 분석에 몰두했습니다. 독점적으로 이것만 다루었다고는 할 수 없다고 해도, 주로 그 도주에만 국한되었다는 말입니다. 마치 그 사건 앞에, 그리고 동시에 추적이 있었다, 두 명의 추적자가 있었다는 사실은 무시해버리기라도 하려는 것 같았죠. 그리고 이 사실, 이런 추적자들이 무척 철저히 검토되는 주제여야 할 것입니다. 이렇게 한쪽으로 치우쳐버린 편파성 때문에 평형과 함께 진실이 어그러져버렸으니, 저는 이제 지금은 같은 실수를 반복하지 않겠습니다. 특히, 여러분들 앞에서는요.

제가 써놓은 글에서 유일하게 그 실제 경찰관에 관한 무언가를 드러내는 부분은(그것도 무척 서둘러 쓰인 것입니다, 되도록이면 빨리 그 부랑자 얘기로 넘어가고 싶었으니까요) 바로 이런 내용입니다. 경관은 자신의 경고가 아무런 효과를 내지 못했다는 걸 보고 레일 위에 계속 떨어지는 소변 줄기를 보자, 유일하게 할 수 있는 해결책을 선택하기로 했습니다. 그는 두 플랫폼 사이를 연결하는 레일 아래 복도로 향하는 계단 입구를 겨냥했습니다. 그리고 약간 뛰다시피 그는 이 계단으로 향했고, 그 뒤는 신입 경찰과 으르렁대는 독일 셰퍼드가 뒤따랐죠. 네, 정말 그랬습니다. 이 경관은 그 장소를 겨냥했다고 할 수 있습니다. 이 말을 즉시, 그리고 훈련을 통해 쌓은 절제력으로 차분하게 덧붙이고 있긴 합니다만, 이렇게 고쳐 말하는 것이 절대적으로 꼭 필요하다고는 해도, 실은 그보다는 이렇게 외치고 싶습니다. 그래요, 그 사람이 뛰어갔죠. 이 10미터의 거리를 훌쩍 뛰어넘을 수는 없었으니까요.

존경하는 청중 여러분, 이 말을 마침내, 두 번째 시도로, 필사적으로 끈질기게 오늘 여러분 앞에서 하고 싶습니다. 이 거리는 10미터였습니다, 존경하는 청중 여러분. 그 거리가 이른 오후 크로이츠베르크 방향에서 오는 연착 열차가 도착하기 몇 분 동안의 초점을 구성했습니다. 동물원 역의 지하 플랫폼에서 이 10미터 위로 수백 개의 조명이 빛을 내뿜은 듯이 이 광경을 선명히 그려봐주시기 바랍니다!

그 첫 번째 원고는 말이죠······. 잠깐만요, 여기 있네요……. 그래요, 여기 있어요. 이 기록에는 이렇게 쓰여 있네요, 인용해보겠습니다. "양쪽을 가르는 심연에 격분한 그들은 튀어 나가…… 철로 아래로 이르는 계단 입구를 향했다." 어쩌고저쩌고, 이미 벌써 그 내용은 알죠. 이 글은 이렇게 계속됩니다. "그들이 질주하는 모습으로 보아", 네, 바로 이거네요! "자기들이 그를 향해 철로 아래로 달려가는 동안 이 범법자가 빠져나갈지도 모른다는 가능성 때문에 그들이 얼마나 격분하고 있는지 볼 수 있었다. 계단 입구로 가는 도중에 그들은 일시적이라고 해도 자기들과 죽도록 다다르고 싶은 대상 사이의 거리를 더 넓게 벌릴 수밖에 없다는 생각에 안절부절못했고, 자기들이 전차 선로 아래를 건너가는 동안 반대편 플랫폼의 부랑자가 사라지지 않을까 싶어 뛰어가는 내내 그에게 괴로운 시선을 보냈다. 그쯤 되자, 늙은 부랑자도 마침내 이 상황을 눈치채고 방뇨를 멈췄다. 그도," 첫 번째 원고에는 이렇게 쓰였네요. "그들이 순식간에 그를 잡으러 나타날지 모른다는 걸 깨달았기 때문이다. 그래서 그는 도망칠 대비를 하고 자유로 향하는 우리 플랫폼 쪽의 중앙 출입구를 목표로 삼았다. 그렇지만 그가 우리 쪽으로 돌아서서 소위 도주를 재개하려 하자, 이런 도주는 절대 성사되지 않으리라는 사실이 그 자리의 승객들 모두에게 즉시 명확해졌다. 늙은 부랑자의 온몸이 너무 심하게 후들거리고 있어서 갑작스러운 침묵이 전체 플랫폼 위로 내려앉았다. 어쨌든 그의 다리 근육은 움직이려

하지 않았고, 아무리 기를 쓰고 손을 허우적거려본들, 부랑자가 고작 몇 센티미터 나아가는 데 1분 30초나 걸렸기 때문이었다. 우리의 눈앞에서 그는 떨리는 몸으로 팔로 공기를 가르며 비틀비틀 앞으로 나아가려고 애썼다." 첫 번째 원고는 이렇게 계속됩니다. "그동안 경찰관과 으르렁대는 독일 셰퍼드를 데리고 있는 동료는 바람처럼 민첩하게 다가오고 있었다. 나는 그 노인을, 헛된 탈출 시도를 지켜보았고, 그동안 눈이 날카로운 경찰관이 보이지는 않아도 점점 가까이 다가와 곧 미소를 띠며 눈앞에 나타나리라는 것을 느꼈다"라고 쓰여 있네요. "그는 이 세계의 모든 것이 온전하며 모두가 제자리에 들어맞을뿐더러, 이 멋진 세계의 모든 것은 원래 이루어져야 하는 모습 그대로라는 만족감을 발산하고 있으리라. 죄를 지은 자는 몸을 떨며 슬금슬금 기어가야 하지만, 반면 추적자는 바람처럼 민첩하게 축지법을 써서……" 기타 등등, 이렇게 이어지다가 마지막에는 모든 게 긴박하고 히스테릭하게 돌변하니, 여기서 인용은 멈추겠습니다. 이 인용문만으로도 차고 넘칠 테니까요.

이 첫 번째 원고가 그저 본질을 무시하고 있다는 사실을 여러분이 알아차리셨는지는 모르겠습니다. 이 첫 번째 원고는 중차대한 10미터를 그저 뛰어넘었을 뿐이죠. 경찰의 묘사할 수 없는 얼굴이 굳어졌다가 완전히 어두워진 후에 분노와 그를 뒤따른 복수에의 갈망에 잠겨버렸다고 해도 그런 건 아무 상관이 없다는 듯이요. 이 모든 일이 이 버림받은 세계에서 이전 글의 저자, 이전의 나에게 아무런 상관이 없다는 것처럼 요. 그렇지만 바로 이 음울한 어둠, 복수에 대한 이런 갈망이 그 10미터 때문에 경관의 마음에 일어난 일이 무엇인지를 확연히 드러내주었죠.

이 경찰은 자기 자신의 눈으로 볼 때는 제한된 권력의 피조물이었습니다. 사회가 부랑자들에게 품었으리라 추정되는 경멸에 최대한으로 권한을 부여받아, 그런 부랑자들을 치고 짓밟기 위해 이런 제한된 권력을 *무제한의* 권력으로 바꾼 거죠. 여기 동물원 역에 있었던 부랑자처럼 초라한 늙은 불가촉천민들을 즉시, 가장 결연한 힘으로 제압하는 동안, 금지된 공간 안에 있다는 것만으로도 사회의 경멸 뒤에 깔린 근거를 뒷받침해주는 그런 불가촉천민은, 순전한 무시를 통해서 이런 결연한 법의 실행자의 발밑에 자기 자신을 내던진 것이나 다름없죠. 경찰의 표정은 이런 말을 하는 것만 같았습니다. 이런 부랑자들이 금지 지점(그들에게 위험투성이인 구역이죠)을 종일 피해 다닌다 해도, 이 사람들에게는 그런 지점, 위험 구역으로 에워싸인 경로만 있을 뿐입니다. 그들은 온갖 곳을 비틀비틀 걸으며 지뢰밭에서 길을 잃고 지뢰 사이를 헤치면서 간신히 빠져나가는 민간인처럼 헤매다니기 때문입니다. 하지만 가끔은 피할 수 없을지도 모릅니다. 이따금 —아마도 피로 때문이겠지요, 어이없을 정도로 지쳐버렸기에— 이런 사람들은 실수로 길을 잃고 어쩌다 그런 지뢰밭에 발을 들이게 됩니다, 그러다 지뢰가 폭발해버리는 것이지요. 그런 후에는 이렇게 쇠약하고 아무짝에도 쓸모없는 쓰레기들은 즉시 책임을 추궁하며 체포해버리는 사람과 마주하게 됩니다. 지금 이 경찰관이 하듯이 이런 천민들에게 일격을 날리는 사람이요. 뭐, 저는 묘사하기 어려운 그 얼굴에서 이 모든 것과 그 이상을 읽을 수 있었습니다. 그동안 이 버젓한 경찰관은 반대편에서 무슨 일이 일어나는지 눈치채고, 그와 부랑자를 가르는 최단 거리의 지점을 달리며 그에게 방뇨를 멈추라고 명령했습니다.

앞서 말한 내용은 물론 매일 일어나는 사건일 수도 있다는 것, 저도 압니다만, 여러분이 너무 졸려서, 그래서 뭐, 부랑자가 오줌을 싸고, 경찰이 체포하는 얘기잖아, 라고 혼잣말하기 전에 제가 여기서 말하는 이 이야기에서 경찰은 그 부랑자를 체포할 수 없었다는 점을 부디 생각해주시기 바랍니다. 거기 그들은 선로 건너 10미터도 되지 않는 거리를 두고 마주 보고 서 있었기에 서로 눈 속의 미세한 곡면까지도 볼 수 있었지만, 그 사람에게 손을 댈 수는 없었습니다. 그래요, 그 사람들은 서로 마주 보고 서 있었습니다. 완전한 천민과 완전한 경찰. 그리고 이 완전한 경찰은 무력한 경찰로 변했고, 이 완전한 천민은 불손한 천민으로 변했습니다. 바로 이렇게 그들은 동물원 역의 지하 한 층에 서로를 마주 보고 서 있었죠.

경찰의 눈으로 보면, 무력한 경찰은 술에 취한 천민보다

1부 말하다

도 못 견디게 싫은 존재였습니다. 그래서 이 경찰이 반대편의 불응 행위를 보고 그의 곤봉을 움켜쥐었다가 휘둘러봤자 소용없다는 걸 깨닫는 광경을 보노라니 살짝 놀라지 않을 수 없었습니다. 바로 그 거리, 10미터 때문이죠. 뭐, 그래요, 그의 표정이 정말로 굳어졌고, 이마는 확실히 어두워지더군요. 무제한의 권력이란 이 무제한의 권력이 즉각적이고 절대적인 효과를 내야만 한다는 뜻입니다. 그 천민은 사회가 보장한 최소한의 보호, 권리, 자원까지 박탈되어야 한다는 것이지요. 하지만 이런 무제한의 권력은 부랑자가 경찰을 무시하고 고통스럽게 찡그린 얼굴로 방뇨를 이어가면서 갑자기 모든 효력을 잃고 말았습니다. 그 부랑자가 이 수심에 찬 얼굴을, 약간이지만 확실히 우리 쪽으로 돌리는 한편, 경관은 이 모욕적인 무대에서 무시당한 채 제자리걸음만 하고 있을 뿐이었습니다. 어쩔 수 없이 자신의 무제한적인 권력이 어떻게 단순한 무력감으로 변해버렸는지 깨달을 수밖에 없었지요. 더욱이 결국 그는 불운하게도 자신의 권총을 그 남자를 향해 발포할 허가를 받지 못했기에, 자신이 확실히 무장 해제당했다는 느낌을 받았으며, 이런 무장 해제의 상태가 ─ 그의 그늘진 이마가 가리키듯이 ─ 겨드랑이에 총집을 차고 있는 경찰관에게는 특히 참을 수 없는 것임을 알 수 있었습니다.

경찰은 보통 세계를 선과 악으로 나누지요, 그리고 저는 이 경찰관의 눈에서 그도 다르게 생각하지 않는다는 걸 볼 수 있었습니다. 그가 자기 입장을 어디에 두고 있는지에 대해선 의심의 여지가 없고, 늙은 부랑자의 입장을 어디에 두고 있는지는 더욱 의심할 여지가 없었죠. 그리하여 여기 그의 시점에서는 선이 악에 보복하려는 순간이었던 겁니다. 저는 선과 악이라는 이런 화제에는 얽히고 싶지 않습니다. 경찰관의 눈에서 그걸 떠올린 건, 그저 지금 화제를 가장 선명히 비추는 것은 바로 정확히 그러한 경찰관다운 단순한 정신이었기 때문이죠. 그리고 그것이 당시에는 두 사람을 갈라놓으며 절대로 넘을 수 없는 10미터의 간격을 더 선명히 비추었죠. 놀라운 것은, 첫 번째 원고에서 감정을 자극해서 전달하려 했던 대로 그 추적과 도주가 일어난 방식과 분위기가 아니었습니다. (그건 그렇고, 그 모든 일은 첫 번째 원고의 거칠고 신속한 표현이 묘사한 대로이기는 했습니다만) 그러나 추적에도 불구하고, 또 도주에도 불구하고, 경찰관은 10미터의 간격을 건널 수가 없었죠. 그 10미터는 그대로 유지되었습니다. 아니, 이렇게 되었다는 편이 더 맞겠죠. 경관이 마침내 그 부랑자를 체포하려는 순간, 거의 동시에 도착한 열차가 포효를 내지르며 역으로 들어와서 허사가 되어버린 것입니다. 내 눈에는 그 10미터는 극복 불가능함을 증명한 것만 같았습니다. 단순한 경찰 용어로 말하자면, 제 눈이 이 추적과 이 도주에서 본 것은 선은 절대로 악을 따라잡을 수 없다는 것입니다. 선과 악의 간극으로 거기에는 그 어떤 희망도 없으니까요.

저의 마음을 깊이 흔든 건 이 점이었습니다. 슬금슬금 도망가며 몸을 떠는 부랑자도 아니고, 바람처럼 민첩하게 축지법을 쓰며 날아간 경찰도 아니었지요.

신사 여러분, 이제 제가 왜 이 이야기를 끄집어냈는지 아마 짐작하셨을 것입니다.

III.

여러분은 이제 말씀하실지도 모르겠군요, 좋아, 좋아, 하지만 이 남자가 하는 말이 소변 냄새는 어디에서든 풍기기 마련이니, 우리가 이런 범법자의 이마에 입을 맞춰야 한다는 건 아니겠지?

본질적인 문제에 관해 이야기하기 전에는 저는 보통 잠깐 뜸을 들이며 되도록 오래 미루는 습관이 있습니다. 하지만 지금 이 순간에는 다음과 같은 선언이 몹시도 중요하다는 생각이 듭니다. 더 시간 끌어봤자 아무 소용 없다고. 여러분에게 이해를 부탁드립니다. 경찰은 이 *10미터라는 거리* 때문에 그 부랑자를 죽일 태세였습니다. 저는 여러분 앞에 서서 이 점을 확실히 하기 위해 이 이야기를 끌어냈습니다. 악은 존재한다, 그리고 슬픈 말이지만 선은 절대로 그것을 따라잡지 못한다.

그런 후에 저는 동물원 역에서 전차에 올라탔습니다. 거울 아래 신호등은 녹색으로 바뀌었고, 우리는 1.5미터 정도로 특정되는 그 구역을 미끄러져 지나쳤습니다. 이제는 물론 그 자리에는 아무도 없었지요. 저는 세계는 참을 수 없는 곳이라는 생각을 하고 있었고, 어두운 선로 위로 뛰어내리고 싶은 기분까지 들었습니다. 물론 그렇게 하지는 않았죠. 대신에 마지막으로 내가 '선'과 '악'이라는 단어를 입 밖에 냈던 때를 곱씹어보았습니다.

어린 시절이었나? 아니면 고등학교 때였나?

어쨌든 오래전이었고, 저는 동물원 역에서 루레벤 방면으로 질주하는 기차 안에서 그렇게 결론을 내렸습니다. 그리고 이제 신사 여러분들에게 이런 부탁을 드리고 싶습니다. 제가 혼탁한 심연에서 끄집어낸 '악'을 넌지시 언급하면서 이걸로 부랑자와 경찰을 암시하려 했다고 생각하시면 절대 안 됩니다. 단 한순간도요! 아까 우리는 선과 악의 드라마에 관해서 이야기했으며, 그리고 슬프게도 둘 사이에 아무런 소통이 없다는 얘기도 했고, 슬프게도 세계에 있는 하나의 결정적인 세부 사항만으로도 전 세계를 견딜 수 없는 곳으로 만들기에는 충분하다는 이야기를 했다는 것을 여러분도 이해하시리라 생각합니다.

루레벤행 기차를 타고 가며, 저는 그 떨리던 몸, 사방으로 휘두르던 팔을 떠올려보았습니다. 그리고 그 부랑자와 다른 천민들에 대해 깊이 생각해보았지요. 그들이 반란을 일으킨다면, 그 반란은 어떠한 행태가 될까요? 당연히 무척이나 격

1부 말하다

렬하고 무시무시하겠지, 저는 몸을 부르르 떨었습니다. 그들은 교대로 서로 학살하겠지요. 하지만 나는 거기서 상상을 멈추고 나 자신에게 말했습니다. 아니야, 아니야, 내가 염두에 둔 반란은 다른 것이야, 전면적 반란.

반란이란 늘 전면적이지, 갑자기 맑은 정신이 퍼뜩 들면서 저는 불 밝힌 역 뒤에 또 다른 역이 스쳐 날아가는 광경을 빤히 보다 내 앞에서 바로 그 부랑자를 보았습니다. 그리고 이해하게 되었죠. 그에게는 그저 거울과 플랫폼의 1.5미터가 금지되었던 곳이 아니라, 그의 금지 구역은 전체 플랫폼, 계단, 거리, 건물, 지상과 지하에 있는 것, 그 모든 것이라는 사실을 말입니다.

그때 나는 불 밝힌 역들이 스쳐 지나가는 걸 초조하게 바라보고 있다가, 무언가를 깨닫고 소스라쳤습니다. 이 도시에, 이 나라에, 이 전 대륙에 출입을 영원히 금지하는 어떤 지점이 존재한다는 사실을요. 그리하여 나는 입을 떡 벌리고 밖을 바라보았죠. 비스마르크스트라세, 테오도르-호이스-플라츠, 그리고 마침내 루레벤까지요.

존경하는 위원 여러분, 그렇습니다, 악은 존재합니다.

IV.

절 보십시오. 이제 피곤하군요.

저 문은 어떻게 된 거죠?

제가 얘기하는 42분 동안, 저 문은 잠긴 그대로였습니다.

다시 한번 보라고, 여러분은 말씀하시겠죠? 이제는 열렸
으니까요? 좋습니다. 하지만 보안 사항은 어떻게 되죠? 또다
시요? 저를 호송해주시나요? 어디로요?

저는 그저 집에 가고 싶습니다.

접대요? 무슨 접대요?

강연은 끝났습니다.

이번에는 반란에 대해 이야기했습니다.

세 번째 강연

I.

마지막으로 여기 와 있군요.

마지막으로 강연을 하기 위해서 여러분 앞에 서 있습니다.

그리고 저는 아무런 질문도 하지 않겠습니다. 제가 강연
을 하기로 되어 있다는 걸 잘 압니다. 목적이 뭔지도 묻지 않
겠습니다. 알고 싶지도 않습니다.

제가 완전히 침묵을 지키지 않을 이유는 딱 하나, 제 상
황을 고려하면 저는 억지로라도 말을 해야 하기 때문이죠. 여

러분은 제가 침묵을 지키는 사람처럼 말해주기를 의도하시는 것 같지만요. 필연적으로 이 강연은 꼬치꼬치 캐묻는 내용으로 변모하지는 않을 것입니다. 즉, 여러분의 궁극적인 정체가 뭔지, 저를 어떻게 하려는지에 대한 여러분의 의도가 약간 불길하게 모호하기는 해도, 우선 그걸 캐묻지는 않으려 한다는 것입니다. 저는 약속을 지킬 테니, 저기 계신 걱정스러운 얼굴의 신사분들, 지하에서부터 여기 위까지 안내하고 그 무슨 질문도 묻지 않을 것이며 어떤 대답도 기대하지 않겠다는 제 약속을 받아 간 보안 책임자들, 네, 거기 신사분들은 마음 편히 놓으시고 처음에는 안도의 한숨을 내쉬어도 좋습니다. 저는 묻지 않을 겁니다. 이 화려한 강당 안에서, 여러분이 특별히 참석해주신 것만으로도 보호의 표시가 될 테니, 지난 몇 주 동안 여러분의 의도가 무엇이었는지는 묻지 않겠습니다. 보셔서 아시겠지만……. 어떻게 말해야 하나……. 본 연사는 대중 강연자로서는 아주 터무니없는 자이올시다. 〈세상에 안녕을〉이란 곡에 맞추어 춤 스텝을 밟는 데는 홀딱 빠져 있기는 해도, 그 외에 다른 건 하나도 못 하거든요. 그렇습니다, 어째서 여러분이 저를 골라 여기까지 초대했는지 그 이유야 캐묻지 않겠습니다. 제 두 번째 강연을 끝내고 제 양쪽에서 팔을 잡고 지하 객실로 끌고 가서 제 자유를 빼앗은 이유도 말입니다. 그러니 결국엔 이것만은 확실히 마음 놓으셔도 됩니다. 제가 지금 하는, 사람들이 떠날 때 하는 이 작별 연설이 무슨 소용인지 뭔지 파고 들려고 하지 않을 테니까요. 떠나는 사람은 청중을 필요로 하지 않죠, 혹은 이 청중은 떠나는 사람을 필요로 하지도 않습니다. 이제는 같이 나눌 게 더 없으니까요.

제 경우에는 확실히, 이곳을 실제로, 최종적으로 떠날 것입니다. 그리고 저의 강의는 진정한 고별사가 되겠지요. 전자의 진술은 내적 충동으로 설명할 수 있고(그에 대해서는 지금 충분히 말했습니다만), 후자의 진술은 여러분의 세 번째 초대로 설명할 수 있습니다. 아니, 여러분의 항의할 수 없는 소환 명령이라고 하는 편이 나을까요? 다음의 짧은 사건 개요에서 즉시 볼 수 있을 것입니다. 여러분 중 몇몇에게는 불필요한 내용이 아닐 수도 있겠지요.

여러분도 아실지 모르겠습니다만, 오늘 새벽 동틀 녘, 제가 여기 구류된 지 이레째 되던 날이었습니다만, 저는 침대 옆의 집 전화가 울리는 바람에 잠에서 깼습니다. 드문드문 들리는, 우아함이 밴 목소리가 오늘 저녁 제가 다시 한번 여러분 앞에 나서야 한다고 알리더군요. 기념할 만한 우리의 만남 덕택에, 그 목소리가 이렇게 말했습니다. 우리는 우울과 반란에 관한 당신의 관점을 알 수 있었습니다. 이번에는 소유에 대해서 무슨 말을 할지 듣고 싶습니다. 그러더니 이 목소리가 더 부드러워지면서, 이런 말을 덧붙이더군요. 나는 ―여기서 '나'란 그가 아니라 나를 가리키는 거죠― 일찍이 나의 내적 상태가 작별을 고하는 사람이랑 닮았다는 암시를 여러 번 주었지요. 그러니 그는, 그 목소리는, 이제 내게 걱정할 게 없다며 안심시키려 했습니다. 오늘 저녁 청중 속에 앉아 있는 사람들 또한 작별을 고하는 사람들에 불과하니, 오늘 저녁은 양쪽에서 작별을 고하겠네요. 이제 제 강연을 고별사라고 생각해도 될 만한 근거가 있다, 이겁니다. 그런 다음 뭔가 대단한 기대에 대해 이야기를 했던 것 같은데, 말이 중간에 끊기고 목소리가 사라지고 전화가 끊어졌습니다.

존경하는 신사분들!

오늘 아침까지만 해도 그 집 전화는 오로지 한 방향으로만 기능했습니다. 제가 음식이나 음료를 주문하면, '시비스' 직원이 이럴 때만 나타나죠. 전화는 다른 방향으로는 절대 작동하지 않았습니다. 즉, 이레 동안 그 누구도 제 상황이나 여러분의 상황에 대해서 저와 소통하려고 하지 않았다는 거죠. 그리하여, 이런 일방향 통신 덕에 지금 여러분에게 알려드릴 수 있게 되었습니다. 저는 여러분이 제게 원하는 것엔 관심이 없습니다. 여러분의 의도에는 관심이 없고, 여러분이 무엇에 작별을 고하는지도 마찬가지입니다. 고별사에 대한 우리의 상대적인 해석 사이에는 건널 수 없는 간극이 있을 가능성이 농후할뿐더러, 우리의 고별사의 내용도 절대 동일하지 않을 테니까요. 힘주어 말하건대, 여러분이 이 사실을 이해해주셨으면 합니다. 단조롭고 무의미한 지하 체류 이후에, 저는 이 강의를 하기로 했습니다. 저 자신이 즐겁다는 이유를 제외하고도, 근거 없이 추정되는 공통의 특질 때문이 아니라 여러분의 요청에 응함으로써 매일 두 번 허락되던 산책(아침과 오후)에 더해 이른 아침과 소위 저녁 것까지 포함해서 세 번째, 네 번째 산책도 허락받고 싶었기 때문이죠.

제가 공기를 절실히 필요로 한다는 것, 여러분도 아실 겁니다. 제 몸이 말이죠, 몇 년 전 갑작스러운 병을 앓은 이후로는 신선한 공기 없이는 버티질 못해요, 그래서 바람을 쐬는 게, 특히 제 경우에는 자주 바람을 쐬는 게 가장 바람직합니다. 그리하여 여러분에게 신선한 공기의 대가로 강의를 제공하기로 한 겁니다. 그리고 제가 이런 두 번의 산책을 더 실행하는 데 심각한 장애가 있지는 않을 것 같다는 여러분의 허락을 받았으니, 이제 제게 남은 것은 우리가 여기서 어떤 유의 강연을 이야기할지 명확하게 하는 것뿐입니다.

이쯤 되면 그 무엇도 약속하지 않는다는 저의 방식에 여러분이 익숙해졌겠죠. 사실, 매번 저는 여러분의 열띤 기대를 식히려고 최선을 다해왔습니다. 이번에도 똑같이 해야겠네요, 아니, 이번에는 이전보다 약속할 수 있는 게 더 적습니다.

일주일 전, 저를 여기로 데리고 왔던 바로 그 신사분들이, 오늘 밤에도 저를 여기 아래서 지하실로 비상구를 통해 안내했죠(그 문에 약간 문제가 있었던 걸 기억하실지 모르겠네요). 그리고 일주일 전에 저한테 여기가 구금 장소처럼 보여도 아무 질문도 하지 말고 걱정도 하지 말라고 말했던 신사분들이 —사실 저도 여기 머무는 동안 무척 정중한 대접을 누리긴 했습니다만 ― 지금 지하에서 저를 호위해주시면서 계속 이전과 똑같은 말을 하시네요. 질문은 자제해야 하며, 걱정할 게 없고, 그저 차분하게 상호 관심사 화제에 정신을 집중해달라는 말을 또 하더군요. 결국 우리는 ―여기서는 신사분들 본인을 지칭하는 거죠― 당신이 아무 방해 없이 일을 이룰 수 있도록 여기 있는 거라고요. 이렇게 정도를 벗어난 접대와 구속의 해석은 확실히 이 신사분들이 지하부터 강의실까지 오는 도중에 완전히 다른 데를 짚고 있고, 그리고 상황을 짐작하는 방식에서 우리 입장이 급격히 차이가 나며, 우리의 '상호 관심사 화제'라는 꺼져가는 별자리 불빛 아래 우리의 관심사가 완전히 다르다는 사실을 명백히 보여줄 뿐이었습니다. 이 성채와 여러분의 모임에 관해 제가 추정해낼 수 있었던 극미한 사실로부터 제대로 결론을 내렸다면, 여러분은 세계의 예측성, 즉 다른 말로 하면 여러분 자신의 안전에 관해 무척이나 신경을 쓰시는 것 같습니다. 하지만 그 모든 것은 제게는 별 접점 없는 관심사일 뿐입니다. 반면, 제가 신경을 쓰는 건 (앞에서 말한 대로요) 제가 다시 세계로 나갈 수 있게 되는 단계의 순서입니다. 제 말을 오해하지 마십시오. 저는 여기서 말하는 세계는 실로 확실성을 결여하고 있다는 말을 논박하려는 것이 아니고, 저도 견디는 건 마찬가지니까요, 하지만 신사 여러분이 이 우주에서 안전의 부재를 통탄하는 동안, 저는 인간 세계에서 아름다운 의미의 부재를 통탄합니다. 아니, 우리가 환멸로써 우리의 차이를 측정할 수 있는 것만큼이나 여러분의 환멸은 소위 우주를 구성하지만, 저의 환멸은 소위 인류라는 것에 한정되어 있죠. 이 말의 뜻이 무엇인가 하면, 여러분은 사실 우주로 들어가는 열쇠를 발견하지 못해 실망하지만, 이 우주를 그대로 보유하고 있죠. 반면 저는 우주를 여는 열쇠가 평범한 매춘이라는 걸 깨달은 이래로 인간 지성에 대한 환상에서 깨어났습니다. 그 밖에는 아무것도 발견하지 못했기에, 그야말로 아무것도 없는 채로 남아버렸죠.

기술적인 전략으로 치장하려는 노력조차 하지 않는 게 특이하게 들릴 수도 있겠지만, 제 경우에는 제가 꽤 하찮은 얘기를 논하고 있다는 사실을 대놓고 인정합니다. 특이하고, 아마도 그만큼 터무니없을 수도 있겠지요, 여러분이 제게 고함을 질러도 이해할 겁니다. 어이, 예술가 양반, 이런 하찮은 통찰력을 우리 앞에 내던지기 전에 케케묵은 먼지나 좀 털어. 이거 적어도 150년은 된 이야기잖아. 다른 말로 하면, 곰팡이 슬었다, 이거야. 그래서 뭐, 인간 지성에 환멸을 느꼈다니, 왜 인류 전체에 느꼈다고 하지그래? 제발, 제발, 우리한테 그런 유의 얘기로 시간 낭비하지 마. 그렇다면 전 뭘 해야 하는 걸까요? 150년, 좋아요, 150년 되었습니다. 제게 일어난 것과 똑같은 일이 150년 전에 어떤 사람에게도 일어났다면, 아마도 그건 이런 식으로 일어난 것이겠죠. 제가 거슬러 올라갔으니까요. 이 세계의 여러분에게는 150년 후에 모든 게 사라졌다고 하겠지만, 그에 비하면 저한테는 모든 게 거슬러 올라간 셈입니다. 왜냐하면 여기, 지금 지성인이 한 주제를 선택하는 관습적인 과정은 이전의 경험과 뒤따른 재앙적 트라우마가 지나간 자리를 뒤따르며, 인간 우주에 관한 체념을 넘어선 그 인간 지성체가 단조로운 절망감의 수렁에 빠진 이 세계에 물려버린 나머지, 그를 초월해서는 마침내 뒤로하고 떠나면서 이 특별한 주제를 불가해할 정도로 위엄 있는 태도로 규명해내는 것입니다. 해독 불가능하고 신비로운 장엄함, 즉 우주에 있는, 아니, 우주의 신성에 있는 속성이죠.

여기서부터 —이런 말을 해서 안타깝지만, 예언적으로 덧붙일 수밖에 없네요— 그 지성체는 번영할 수가 없습니다. 그의 흥미가 자기 자신을 넘어설 수가 없기 때문이죠. 그리고 흥미를 보이는 주체로서 이 지성체는 영원히 자기 자신이 지키는 죄수로 갇혀 있게 됩니다. 그건 우주에서의 자신의 특별한 지위만큼도 우주에는 관심도 없어요. 자신이 선택받을 가능성에 대한 관심만큼도 우주의 신성에 관심이 없죠. 한마디로 이 주제는 신성하지만 후회스러울 만큼 성취할 수 없는 목표죠, 하지만 흥미를 보이는 주체의 순위나 가치와는 대조적으로, 이 주제의 위엄과 거기 보이는 높은 수준의 흥미는 계속 존재할 것이고, 영원히 존재하게 될 겁니다.

제게는 이 모든 게 아주 다르게 일어났어요.

시작은 보통 시작하는 그대로였습니다. 제가 맨 처음으로 의식적으로 한 행동, 어머니의 배 속에서 나오는 길에 이루어졌다고 해도 과언이 아닌 그 행위는 제가 일부분이 된 이 우주적 공간에 관한 모든 것을 당장 알아내고자 했던 것이었죠. 그리고 그 공간의 존재는 다른 사람의 경험이 아니라 다른 사람이 한 간단한 언급으로 저도 알게 된 것이었습니다. 처음에는 대충 한번 훑듯이 쳐다보고, 내 주변의 세계란 흥미라고는 전혀 없구나, 생각하게 되었죠. 백치 같고, 무의미하며, 그리하여 무시해버릴 수 있다고. 그리고 이런 판단은 적어도 무모해 보이는 만큼이나 확실해 보였기에, 이렇게 처음에 대충 한 번 훑어낸 후에는 인간 세계를 아주 단순히 무시해버렸습니다. 마치 그게 부끄럽다는 듯이, 그래서 그걸 뛰어넘어 즉시 다른 세계로 갈 수 있다는 듯이요. 그 또한 하나의 세계에 서라면 나는 마치 장엄과 영원이라는 극적인 존재를 알현할 수 있기라도 한 것처럼요. 아니, 그렇게 믿었습니다. 그 과정 자체는 대체로 백일몽과 같았지요. 내가 발견해냈다고 믿었던 우주는, (여기서는 이런 이름으로 부를까요) 궁극적으로는 그 본성상 어떤 확인도 필요로 하지 않았고, 오로지 상상력에만 의존했지요. 이런 상상력은 무한하고 편파적이지 않은 자연을 완전히 정당화할 수 없는 인력으로 장식했고, 이렇게 장식된 자연을 우주로서 경험했죠. 그리하여 결국 응당히 해야 할 절차로서 소위 궁극의 의미를 확립하려는 것을 목표로 삼고 좀

1부 말하다

더 철저하고 탐색적인 조사를 실행하여 소위 우주라는 곳에서 인력을 박탈해버렸더니, 남는 것은 사람 부아를 지르는 중립성만을 지닌 자연 그 자체뿐이었습니다. 길들일 수 없는, 신동 같은 전지전능함. 그리고 물론 이런 환멸, 극도의 붕괴, 이와 함께했던 모든 것은 지식에 대한 갈망이라기보다는 소유에 대한 욕망이었지만, 소유는 결국 실현되지 못했다는 씁쓸한 깨달음만이 남았을 뿐이지요. 저는 여기서 꾸물거리고 싶지 않으므로, 이 붕괴에서 대해 제가 하고 싶은 말을 요약하면, 가장 음울한 결과는 결국 상상력, 자유로운 상상력의 붕괴라는 말입니다. 그 후에 남은 가능성이라고는 후퇴뿐이고, 여기서 우리는 전지구적인 후퇴를 이야기하는 것이죠. 이 세계 안에서는 사건이 긍정적인 방향으로 반전하리라는 기대를 할 수가 없습니다, 이건 근거가 충분한 일입니다, 동어반복적으로 다시 말하자면, 긍정적인 방향의 반전이 있을 수가 없다는 겁니다. 하지만 이 일이 어찌 일어났건, 저의 후퇴라는 슬픈 이야기가 얼마나 교훈적이건 간에, 그 과정에서 제가 그렇게도 갈망하며 응시했던 대상이 실은 존재하지 않았다는 깨달음은 점차 분명해졌습니다. 그 이유는 그것이 이러한 경이로만 접착되었기 때문입니다. 여기서 자세한 내용은 뛰어넘기로 하죠. 아무튼 그 사실을 말하는 것만으로도 내가 정확히 여기 계신 여러 현명한 분들이 떠나왔을 바로 그 자리로 도로 굴러떨어져버렸다는 걸 설명하는 데는 충분할 것입니다. 재미

없기 그지없는 환경, 가망 없는 지루함이라는 늪에 빠져버린
세계 말입니다.

그리고 여기서 제가 말하는 건 삶의 진부하기 짝이 없는
현실입니다. 그릇 안에서 굳어버린 소금, 날이 갈수록 가늘게
해져서 매듭진 얼룩이 되어가는 신발끈, 길거리 폭행, 하수구
로 떠내려가는 연인의 맹세, 그런 현실 속에서는 제비꽃 다발
조차도 돈 냄새를 진하게 풍기죠. 여기가 바로 제가 쿵, 하고
도로 굴러떨어져버린 곳이었습니다. 그런 곳에서는 소위 사소
한 것들의 기쁨을 찾아내는 일이 무척 중요할 수도 있죠. 그런
곳에서는 인간 세계의 작동을 통제한다는 원칙하에서 웅장
함, 영원함, 다른 말로 하면 더 광대한 존재를 향한 갈망의 뚜
렷한 흔적을 찾아내는 일이 중요했을 수도 있겠죠.

앞서 말한 내용에서 저에 대해 모아온 정보를 아직 기억
하고 계시다면, 제가 진부하기 짝이 없는 삶의 현실에서 사소
한 것의 기쁨 대신에 사소한 것의 혐오를 발견했다는 말을 별
다른 설명 없이 고백한다고 해도 놀라지 않으시겠죠. 또 영원
한 것들의 웅장함을 향한 갈망의 뚜렷한 흔적을 찾는 대신에,
하찮은 현실을 보여주는 반박할 수 없는 증거와 순간적인 만
족을 향한 욕구를 찾았다고 해도 놀라지 않으실 테고요. 그래
서 지금까지는 그 무엇도 내가 진부한 표현을 쓰면서 특별한
즐거움을 느끼는 것을 막지 못했죠. 가령, 손으로 움켜쥘 수
있을 것 같은 생생한 현실에 갇혀버린 이 환멸의 인간 세상 속

의 제 상황을 고려한다면, 저는 어떤 미묘한 형태를 탐색하려 필사적으로 고군분투해왔다고 말할 수 있을 것입니다. 저는 어떤 시대의 무기력한 상황을 전달할 수 있었던 그런 형태를 꿈꾸고 있었습니다. 그 시대에서는 사람들이…… 가장 클리셰다운 정의로는 뭐라고 해야 할지 모르겠는데요, 이상이 부재하는 끔찍한 상황의 한가운데에서만 살아야 하는 시대죠. 하지만 곧, 저는 깨닫고 말았습니다. 하나의 표현 방식은, 형태가 무엇이든, 그게 아무리 미세하게 미묘하다고 할지라도, 그 자체를 생각하는 일이 목적 없는 자유에 익숙하지 못한 이상, 순전한 의지에서 솟아나지는 않는다는 것을요. 그리하여 나는 그 논의의 대상인 표현의 형태와 방식은 앞에 말한 인간 세계의 작동을 통제하는 원칙에 뿌리박은 감수성을 다시 지칭해야 한다고 상상했습니다.

뭐, 그게 바로 제가 찾아낼 수 없었던 것입니다. 통제 원칙에서의 어떤 감수성 말이죠. 그리고 그런 것이 없었기 때문에 제가 찾을 수 없었다는 그 사실로 저의 마음은 씁쓸함으로 가득 차, 오늘날까지도 떨칠 수가 없었습니다. 아무리 술을 마시고, 달콤하거나 시거나, 맵거나, 짠 것을 먹어도, 아무리 노력해도, 그 무엇도 소용이 없었습니다.

제가 여러분들에게 이 모든 이야기, 우리가 느낀 각각의 환멸과 지적 선택 사이의 차이에 관한 이야기를 해드렸으니, 이젠 제가 선언해야 하는 말을 이해할 수 있으시겠죠. 여기 저에게서 정보가 넘치는 강연을 들을 수 있을 거라 기대하는 여러분들 앞에 서 있노라니, 입에 쓴맛이 도네요. 이 쓴맛은 저 자신의 안전을 위해 강요된 포로 상태 때문에 야기된 억압된 감정과는 무관합니다. 이 쓴맛을 그저 스쳐 지나지 않고, 얼마나 쓴지를 정확히 강조하기 위해서 그 문제를 자세히 논하도록 하겠습니다. 그러면 여러분도 입안에 이렇게 쓴맛이 돈다고 되풀이할 때 무슨 의도인지를 정말로 이해하실 수 있기 때문입니다. 그 얘기는 오늘 저녁 여러분의 강연자로서 제가 말씀드리겠다고 약속할 수 있는 내용보다 눈곱만큼도 나을 게 없는 것입니다. 제 경험상 화제가 우울이거나, 반란이거나, 소유라고 해도 별반 다를 바가 없더라고요. 제 것 같은 강연은 어쨌든 오늘 오신 청중들의 관심을 끌지는 못합니다. 듣는 이야 이런 주제가 아무리 흔하다고 해도 너무 "어렵다"고 할지 모르지만, 그 때문은 아닐 것이고, 이런 분야에서 (기억하시겠지만, 150년 정도 되었을 얘기라는 건 저도 인정한 바이니까요) 나오는 모든 건, 이런 분야에서 나와서 우리에게 다다르는 모든 것은 이런 청중 여러분에게 지루하기 때문이죠. 어째서 누군가, 가령 여기 있는 이 강연자가 특히 150년이나 지난 후에 인간 세계가 천박하거나 허위라는 것을, 아니, 둘 다라는 사실을 극복할 수가 없는지 청중들은 이해할 수 없을 테니까요.

물론 지금 저는 이런 일은 그냥 그런 것뿐이라고 대답할 수도 있을 겁니다. 그러면 이 150년의 세월, 그걸 어떻게 간주

해야 할까요? 한 세기하고도 반이나 되는 세월이 여전히 우리 앞에 놓여 있는지 아닌지, 우리가 확신할 수 없다면요? 어쩌면 우리가 150년을 다시 거슬러 올라가야 한다는 건 제게 유리하지 않을 수도 있습니까. 즉, 제가 느낀 환멸에서부터 시작하면 그렇단 말입니다.

그렇습니다. 저는 그런 말을 할 수도 있고 그런 질문을 할 수도 있었지만, 그렇다고 해서 제가 인간 지성의 세계를 천박하게(그리고 기타 등등으로) 만들어버리는 것을 극복하지는 못한다는 사실을 바꾸지는 않았을 것입니다. 아무리 150년이 저의 앞에, 그리고 여러분들의 뒤에 놓여 있다고 해도 말이지요. 저는 그런 천박과 허위를 간과할 능력이 없습니다. 저는 계속 바라보면서 우주도, 우주의 신도 저의 시야에서 사라져버리도록 못 본 척 지나칠 수가 없어요. 그리고 그렇게 표현해도 될지는 모르겠지만, 시야 범위로 말하자면 인간 세계의 무시무시한 특질만큼만 뻗어 나갈 수 있는 것 아니겠습니까? 노골적으로 말하자면, 이런 천박과 허위의 가차 없는 안개 속에서는 시야 범위를 잃어버렸다고 할 수밖에 없습니다.

이 모든 일이 처음으로 제게 명백해졌던 때가 있었습니다. 그리고 나의 마음 가장 깊은 곳에 다소 충격을 받은 상태 때문에 저는 이런 심각한 생각을 할 수밖에 없었습니다. 이런 심사숙고가 있고 나서, 혹은 한참 그러는 동안의 어느 날, 잠에서 깨어보니 구역질이 나더군요. 그리고 이 구토는 다른 구토와는 확연히 달랐습니다.

여기에는 대상이 빠졌으니까요.

저는 그날을 아직도 똑똑히 기억합니다. 저는 거기 침대 가장자리에 구부정하게 앉아 내 앞 바닥의 한 점을(햇빛이 떨어지는 자리였죠) 응시하며, 구역질이 지나가기를 기다렸습니다. 하지만 그 증세는 좀체 사라지려 하지 않았고, 어쩌면 영원히 사라지지 않겠다는 예감도 들었습니다. 처음에는 식별하는 데 어려움이 있었던, 가벼운 현기증과 결합되어버렸습니다. 이런 유의 가벼운 현기증은 해방이나 안도감과는 같지 않고, 전혀 닮지 않았죠. 되레 악몽 같은 무중력이랄까요. 그 무언가를 콕 짚어 말하려 해도 그럴 수가 없을 때처럼. 아무것도 무게가 없고 아무것도 콕 짚어 말할 수 없으니까요. 이렇게 사물의 사라진 무게가 일종의 몽마처럼 가슴에 턱 하니 얹힌 악몽이었습니다. 하지만 그걸 가슴에서 떨치기도 전에 그 악몽은 신비한 과정을 통해 세포의 알 수 없는 영역 속으로 빨려가버렸지요. 거기서부터는 무방비 상태가 되어버리고, 세포는 벌써 1톤 무게가 나가는 데도 온몸은 너무 가벼워서 거의 떠다니는 것 같죠. 바로 이런 상태라서, 대체 몸은 토할 것처럼 가벼운데 어떻게 세포들은 참을 수 없이 무거운지 궁금해질 지경입니다. 이런 토할 것 같은 현기증이 사람에게서 차츰 물러가면, 사람도 거기서부터 차츰 물러나게 됩니다. 한마디로 말해서, 짐을 진 사람이 이 모든 짐 때문에 진이 빠지면서 문득 자기 손을 내려다보면, 그 안에 아무것도 들려 있지 않은 걸 보게 되는 거죠. 들려 있었던 적이 없었어요, 그 사람은 아무것도 지고 있지 않았던 겁니다. 즉, 무언가 이제 자신의 소유가 아님을 갑자기 깨닫게 되면, 그 무엇도 자기가 소유했던 적이 없다는 것도 알게 된다는 거죠.

존경하는 신사분들!

제가 그 사람입니다!

그리고 제가 여러분께 거의 아무것도 약속드릴 수 없는 이유는 제가 약속을 할 만한 걸 가지고 있지 않기 때문입니다.

여기 신사분들 뒤에 우주가 서 있죠, 그것이 존재하지 않는다고 해도요. 그리고 제 뒤에는 우주가 존재한다고 해도 아무것도 없을 뿐입니다. 무 이외에는 전무하죠.

하지만 저는 더 이상은 여러분의 인내심을 악용하지 않겠습니다.

제 과제는 소유에 대해서 이야기하는 것이지요.

그럼 부디 제게 집중해주시기 바랍니다.

II.

어느 가을날, 사람들이 허가 없이도, 경호원을 대동하지 않아도 거리를 자유롭게 돌아다닐 수 있었던 옛날, 저는 무슨 일인지 우체국에 갔어야 했습니다. 그때 용무가 뭐였는지는 정확히 생각이 안 나는데요, 아마 편지였겠죠. 아니면 작은 소포 몇 개였을지도요. 확실하지는 않습니다만, 두 손에 뭔가 가득 든 채로, 대로에 있는 우체국 입구를 향해 돌아섰습니다.

아시겠지만, 그때만 해도 이런 유형의 건물들은 아직 경비원들이 지키고 있지 않아서 그 누구도 아무런 방해도 받지 않고 입구로 들어갈 수 있었습니다. 돈을 부치거나 찾으러, 우표를 사고, 요금을 내러 들어갔다가 나올 수도 있었고, 무언가 잃어버린 경우라면 다시 들어갈 수도 있었죠. 다른 말로 하면, 사람들은 하고 싶은 대로 할 수 있었고, 이 가을날에도 그건 마찬가지였습니다.

저는 우체국 안으로 들어갔고, 들고 나는 인파들을 지나치자 제가 찾던 창구를 어렵지 않게 찾을 수 있었지요. 이런 종류의 업장이 처리하는 바에 따라 돈 기호가 표시된 창구를 찾거나 봉투 기호가 표시된 창구를 찾으면 되니까요. 저는 봉투였나 소포였나 들고 있었기에, 봉투 기호가 있는 창구 앞에 서야 했습니다. 아니, 줄 끄트머리에 자리를 잡았다고 하는 편이 맞겠네요. 어떤 쪽 창구든 그 앞에는 사람들이 길게 줄을 서 있었다는 말을 하는 걸 잊어버렸군요. 이런 장면을 완전히 묘사해보자면 이렇습니다. 그 시절의 환경은 여러분에게도 익숙하시겠지만요. 이유야 이상하지만, 문 왼쪽, 대형 소포를 부치는 쪽 창구에는 아무도 서 있지 않았습니다. 그리고 또 하나, 이 모든 것의 건너편에는, 대형 소포 발송 구역과 다양한 업무에 따라 지정되어 그 앞에 줄 선 사람들이 있는 창구들의 건너편에는, 선반이 딸린 다양한 높이의 탁자들이 있었습니다. 즉, 글씨를 쓸 수 있는 접수대와 의자 딸린 책상들이 있었던 거죠. 그래서 간단하게 우표를 붙일 사람은 굳이 자리에 앉지 않아도 되고(그러면 접수대에서 쓰면 되겠죠), 반면에 편지나 엽서를 쓸 사람은 앉을 수도 있었습니다(그러면 책상과 의자를 이용하면 되겠죠).

뭐, 저는 바로 거기 줄을 서서 내 앞에서 대기하는 사람의 뒤통수를 바라보고 있었습니다. 하지만 사실상 저는 그 뒤통수를 보고 있는 게 아니라, 저와 해당 창구 사이의 거리를 끊임없이 가늠하고 있었습니다. 눈은 건성으로 뒤통수에 박혀 있었지만 보고 있지 않았고, 내 앞에 선 사람이 몇 명인지 세고 있었던 거죠. 한 명, 두 명, 세 명, 네 명, 다섯 명, 여섯 명…… 일곱 명이군, 저는 결론을 내렸지만, 어쩌면 거기 있는 두 사람, 어른 남자와 아이는 함께 왔을 수도 있으니 여섯 명으로 쳐도 되겠죠. 그리고 그 순간, 너무나 우연으로, 저는 갑작스럽게 내가 있는 곳이 어딘지 돌이켜 봤습니다. 나를 마치 위에서, 구름 위에서 내려다보듯 거기 줄 서 있는 저를 볼 수 있었던 겁니다. 모두 어떻게 돌아가는지 볼 수 있었던 거죠. 아주 매끄럽게 돌아간 것만은 아니었지만, 우체국에 있는 모든 것들이 명확하게 구획되고 난 후에는 덜컹덜컹이라도 일이 돌아가기는 했죠. 아시잖습니까, 창구 이쪽에는 한 사람이 기다리고, 창문 뒤 안쪽에는 한 사람이 앉아 있기 마련이죠. 모든 것은 편지, 소형 소포, 우편환, 대형 소포들이 계속 이동할 수 있도록 그렇게 배치되었고, 우표의 기능이란 이런 운송에 치러야 할 요금으로 여겨지죠, 달리 말하면 대체로 이 우체국은 작동하고 있었던 겁니다. 확실히 작동 불가의 우체국이라면 무슨 쓸모가 있을지 알 수가 없겠죠. 그곳에 팽배한 분위기가 딱히 명랑하지는 않았습니다만, 그렇다고 침울하지도 않았죠. 우체국 직원은(내 앞에 서 있는 뒤통수에서 눈을 돌려서 직원과 우리를 갈라놓은 유리판 너머를 보면 그 여자가 똑똑히 보였습니다) 썩 시원시원하게 일하고 있는 건 아니었지만(그랬더라면 그 여자는 즉시 동정심이 많은 사람이 되었겠지요), 그렇다고 달팽이 같은 속도로 일하는 것도 아니었습니다(그랬다면 그 여자는 사악한 사람이 되었을 거고요). 그저 이 상황을, 대체로, 거기 줄 서 있는 우리와 함께 받아들이고 있었습니다. 누구라도 상황은 앞으로도 그런 식이겠다, 생각했겠지요.

여섯, 나는 속으로 세었습니다. 남자와 아이가 함께라면, 다섯이군.

햇빛 한 줄기가 바깥에서 스며들었습니다.

꽤 많은 이들이 들어왔다 나갔습니다. 누구는 그저 서서 어느 줄에 설까 두리번거리기도 했고, 다른 사람들은 문으로 뛰어 들어오다시피 하더니 자기가 가야 할 줄 끝으로 향했습니다. 거기 서서 두리번거리는 사람들 중 하나가, 아니면 뒤늦게 온 날카로운 고객 하나가 자기 앞에 새치기하지 않도록요. 일단 줄에 서면, 저처럼 앞에 있는 사람들의 뒤통수를 보면서 수를 세고, 남은 거리를 계속 다시 계산하는 거죠, 그동안 마음속에는 딱 하나밖에 없습니다. 저 창구까지 가는 데 얼마나 걸릴 것인가. 줄에 자리를 차지한 사람들은 자기 앞 사람들 모두를 계속 주시했습니다. 앞 사람이 다섯이든, 여섯이든 상관은 없었어요. 새로 온 사람이 뻔뻔스럽게도 줄 뒤에 서느니 앞에 가서 끼어들겠다는 생각은 품을 수 없을 테니까요. 그건 명백한 위반 행위로 여겨져 비난받기 쉽겠지요. 하지만, 또 한번, 은근슬쩍하는 시도가 있었습니다. 누가 줄을 무시하고 창구로 다가간 거죠. 자기는 다른 사람들과 똑같은 이유로 거기 온 것이 아니고 단지 질문 하나만 하려는 것뿐, 필요한 정보, 질문 하나만 하고 가버릴 테니 새치기가 아니란 거죠.

저는 사람이 줄을 서 있을 때 발생할 수 있는 잠재적으로 불편한 장면을 계속 분석하진 않을 겁니다. 도를 넘게 뭔가 하거나 괴롭게도 수사적으로 어리석은 짓을 하여 긴장감을 높이고 한계점에 이르도록 놔두고 싶지는 않기 때문인데요, 그래도 동시에 그 현장에 팽배한 쪼잔한 태도는 약간 맛만 보여드릴 작정입니다, 부분적으로는 그날 우체국이라는 형태로 나타난 그 존재가 실로 무척 황량했다는 걸 확실하게 알려드리고 싶기도 하지만, 이런 점을 명확히 해두고 싶기 때문입니다.

이 이야기에, 이 시점에서 갑자기 우리가 서 있던 창구로 걸어간 한 여자가 있었는데, 그 여자는 이 특정한 날뿐 아니라 어떤 의미에서는 내 평생에 결정적 반전의 계기가 되었는데요. 이 여자는 우체국 형태의 존재에 전혀 맞아떨어지는 점이 없었기 때문이죠.

여자는 마치 이전에는 한 번도 우체국에 와본 적이 없는 사람처럼 문으로 들어왔습니다. 당황해서, 겁에 질려서, 극도로 괴로워하며. 이 안에 들어오기까지 엄청난 노력이 필요했고, 그대로 있는 것도 엄청난 노력이 든다는 건 분명했죠. 외모로 봐서는 눈에 띄는 사람은 아니었습니다. 옷으로 봐서는 그 사람에 대해 알 수 있는 게 거의 없었고요(연녹색 면 재킷을 단추를 풀어놓은 채로, 그 아래는 니트 카디건과 검은 치마를 받쳐 입었고, 머리에는 일종의 머릿수건을 쓰고 있었죠. 색이나 재질은 생각이 안 납니다만, 니트 모자였을 수도 있어요, 정말 기억이 나지 않네요). 다만 눈만이 그 여자에 대해 뭔가 드러내고 있었습니다. 그리고 자세도요. 그것 때문에 이 여자가…… 완전히 넋이 나갔다는 걸 분명히 알 수 있었습니다.

문에서 한참 망설이다가, 여자는 책상으로 가서 우리를 등지고 앉더니 핸드백을 무릎 위에 놓고 초조하게 뒤지기 시작했습니다. 여자가 뭘 찾는지 몰라도 못 찾았다는 건 분명해 보였죠. 여자는 핸드백을 닫고 외투 주머니를 뒤졌지만, 성과는 없었습니다. 알고 보니 찾던 물건, 볼펜은 카디건 왼쪽 주머니 안에 숨어 있더라고요. 바로 거기서 여자는 볼펜을 꺼내더니 여전히 겁먹고 혼란스러운 얼굴로 한 손에 펜을 들고 두리번거렸습니다. 주변에서 쉬지 않고 오가는 사람들을 생각하면, 그 여자가 겁먹은 혼란에서 빠져나갈 수 있으리라는 소중한 희망은 거의 없어 보였어요. 그래도 여자는 자기 혼자 힘으로 그렇게 해냈습니다. 차츰 여기 온갖 지불과 발송이라고 표시된 여러 창구가 뭐에 쓰는 건지 알아차린 것 같았거든요. 여자는 일어서더니 약간 비틀거리면서 봉투 기호가 표시된 오른쪽 창구로 머뭇머뭇 갔습니다. 줄에 선 사람들이 눈에 띄게 불쾌한 기색을 내비치는 가운데, 여자는 창구 가까이 몸을 내밀고 아주 부드러운 목소리로 말했습니다. "실례합니다⋯⋯. 전보를 보내고 싶은데, 용지를 찾을 수가⋯⋯ 없어서요."

칸막이의 유리판 너머로 점원이 여자를 뚱하게 쳐다보더니 구멍으로 전보 용지를 찔러 넣어주는 게 선명히 보였습니다.

여자는 용지를 받았지만, 창구에서 물러나지 않고 그저 옆으로 살짝 비켜서기만 했습니다. 여자는 종이를 빤히 보다가 뒤집어 살폈습니다. 이게 제가 보기에는 자기에게 주의를 끌어서 그 용지를 어떻게 작성하는지 지침을 받으려는 의도인 것 같았습니다만, 헛된 노력이었죠. 우체국 직원은 그를 알은체하지 않았고, 사실 완전히 무시하고, 가식적인 진심을 담아 얼굴을 다음 손님에게 돌려버렸죠. 줄에 서 있던 사람들은, 특히 창구에 가까이 있던 사람들은 아마도 그 여자를 거기서 밀쳐버리고 싶었을 겁니다. 어쩌면 ─우연인 척─ 여자의 발을 살짝 밟아서 정신 좀 차리게 해주고 싶었겠죠. 여자를 밀쳐서 줄에서 비키게 하거나요. 한편, 줄에 선 바로 이 사람들도 약간은 어안이 벙벙한 것 같았어요. 대체 이 여자의 문제가 뭔지 확실히 정할 수가 없었으니 말입니다. 그리고 어쩌면 이 여자의 문제는 전보 용지가 아니라 그 여자에게 꺼져라, 전보 보낼 생각 따위는 집어치우라고 말해주는 사람이 아무도 없었다는 데 있지 않을까, 하고 생각한 사람은 저만이 아닐 겁니다. 그래요, 저는 차츰 그런 결론으로 쏠리기 시작했습니다. 그동안 고작 다섯 명, 어쩌면 네 명만이 내 앞에 남아 있었습니다. 이제 곧 그 남자와 아이가 일행인지 알게 되겠지요. 저는 이 여자는 전보를 확실히 보내야 한다는 확신을 받는 것만큼이나, 전보를 보내지 말라고 설득당하는 쪽을 기대하고 있다는 의심이 점점 들었습니다.

제가 그런 생각을 전혀 못 했다고 한다면…… 그러니까 이것이 가족이나 연애 관계에서 일어나는 드라마일지 모른다는 생각을 전혀 해보지 않았다고 한다면 이상하다고 여기실지도 모르겠습니다. 이 모든 얘기가 어쩌면 다소 괴상하게, 어쩌면 의심스럽게 보일 수도 있겠네요. 이런 사건 후에, 이렇게 오랜 세월이 흐른 후에, 제가 이 사건의 초점을 제 구미에 맞는 쪽으로 옮겨버린 것처럼요. 하지만 그런 게 아닙니다. 이런 식으로 이야기에 간섭한다는 건 오랫동안 제 구미에 안 맞기도 했지만, 이야기의 강조점에 간섭했다는 것을 사실로 추정하는 그 자체가 꽤 다른 이야기를 서술하죠. 그러므로 여자의 별난 행동 뒤에 무언가가 있었을 거라고 추측하지 않아야 한다는 건 자명해 보입니다. 그 말인즉, 여자 그 자체와 그 여자의 이야기야말로 이야기의 강조점에 간섭하지 않아야 할 명백한 필요성의 이유가 된다는 겁니다. 또 그만큼 그 여자에게(많고 많은 사람 중에서 그 여자에게) 연애나 가족 드라마를 연결시켜서 상상하는 것도 말이 되지 않는 것 같습니다.

그렇다고 거기서 다른 걸 상상하는 것도 역시 불가능했습니다. 그 여자 뒤에 어떤 배경이 있는지 말할 수는 없었습니다. 여자의 혼란에는 뭐라 정의할 수 없는 덧없는 성질이 있었고, 놀란 눈에서는 특별하고도 완벽한 무지가 발산되었습니다. 그리고 그 창구에서 머뭇거리다 다시 책상으로 돌아가 의자에 앉는 절망적인 동작에서는 일종의 순수성이 있었습니다. 저와 줄에 서 있던 사람들 중 적지 않은 수가, 이 장소에는 어울리지 않는, 거의 다른 세상에 있는 것 같은 느낌 때문에 그 순수성이 뭔지를 침착하고 세속적인 고려의 관점에서 (부끄러워하지 않고) 설명할 수는 없었을 것 같습니다.

그 여자의 구슬픈 순수성을 감안하여, 이 여자가 천사였다는 주장을 하려는 건 아닙니다. 혹은 이 여자가 천사가 아니었다는 말을 하고 싶지도 않습니다.

그럼에도 이에 대해서 뭔가를 이야기해야만 한다면, 그 책상과 의자가 제게서 8~10미터도 떨어져 있지 않았지만, 내가 시도하려 했던들 그 8~10미터의 틈을 좁히지는 못했을 거란 말밖에 할 수가 없겠습니다. 그저 그 여자에게 다가가서 깜짝 놀라게 어깨를 톡 두드리고 말을 걸 수는 없었다는 거죠. 이것만은 인정할 수밖에 없습니다. 거기 아주 우글우글 구겨지고 허리가 비틀린 면 재킷을 걸친 등을 우리에게 돌리고 앉은 이 여자에게 다가가 말을 걸 수도, 접근할 수도 없었습니다.

그리고 여자는 왼손잡이였습니다.

저는 여자가 글을 쓰는 모습을 가만히 바라보다가, 줄에 막 변화가 있었음을 알아챘습니다. 셋, 저는 혼잣말을 했죠, 이제는 남자와 아이가 일행이라는 결론을 마침내 얻었지만, 만족감은 전혀 느껴지지 않았습니다.

그때 여자가 손에 전보 용지를 들고 다시 자기 자리에서 일어나더니 창구로 돌아갔습니다. 여자는 거기 선 고객이 용무를 마칠 때까지 기다리더니 창구 구멍으로 몸을 내밀면서 용지를 가리키며 말했습니다. "다시 죄송한데요……. 이거 망친 거 같아서요……." 직원은 이렇게 반복적으로 방해하는 게 귀찮다는 기색을 숨기려는 노력도 하지 않고, 지금 줄 서 있는 사람들과 공동 대의를 함께한다는 유대감을 보여주려는 듯 못마땅해하며 새 용지를 여자 앞에 턱 내려놓았고, 여자는 고맙다고 인사하고 줄 선 사람들에게 사과한 후 자기 자리로 돌아갔습니다. 여자는 핸드백에서 화장지 뭉치를 꺼내더니 코를 풀고 화장지를 접어 코트 주머니에 넣은 후 다시 써내려가기 시작했습니다.

저는 여자가 글을 쓰는 모습을 보았죠.

여자는 경련이 일어난 듯 떨면서 거의 펜촉에 가까운 아래쪽으로 펜을 잡고 있었습니다. 여자는 글자 하나하나 천천히 그렸고 단어 하나를 쓰고는 멈춰서 곰곰이 생각했습니다. 이따금 창문을 내다보려는 듯, 아니, 그보다는 우체국 창문으로 흘러 들어오는 햇빛을 찬찬히 보려는 듯 고개를 들어 생각에 잠겼다가 들어오는 햇빛을 따라가기도 했습니다. 그리다가 다시 용지 위로 몸을 숙이고 종이에 바짝 붙어서 글을 써나갔습니다.

이제 두 명만 더, 저는 줄 선 사람들을 확인하고, 남자와 아이가 함께 떠나며 등 뒤로 문을 당겨 닫는 모습을 바라보았습니다.

그때 여자가 다시 일어나더니 세 번째로 창구로 다가갔습니다. "또 방해해서 죄송한데요……." 여자는 불안하게 말을 시작했습니다. "다 썼는데…… 다만…… 뭔가 덧붙이고 싶어서요. 이렇게 쓰면 괜찮을지……." 여자는 창구 구멍으로 전보 용지를 건넸습니다. "한 단어만 더 붙이고 싶어서…… 하지만 알 수가 없어서…… 다 새로 써야 할까요?"

잠시 동안 우체국 직원은 아무 말 하지 않고 엄격한 표정을 띠고 여자를 똑바로 쳐다보기만 했습니다. 직원이 이 여자를 싫어한다는 건 딱 보면 알 수 있었습니다. 그런 다음, 속으로 열까지 세면서 뭔가 진정하려는 사람처럼, 직원은 두 팔을 무력하게 펼치며 공모하는 동지의 눈빛으로 줄에 선 다음 사람, 젊은 군인을 한번 보더니 얼굴을 찡그리고 "뭘 도와드릴까요?"라고 말하고 전보를 받아 그 위로 몸을 숙였습니다. "말씀을 하세요, 무슨 단어인지. 제가 써넣어드릴 테니까요. 이거, 끝내버리죠."

여자는 들릴락 말락 한 목소리로 대답했습니다.

"여기, '쓸모없는'이라는 말을 덧붙이고 싶어요."

그런 후에는 전보 용지 위에 정확한 자리를 가리켰습니다.

우체국 직원은 눈썹을 치키더니 고개를 끄덕이고는 원하는 자리에 단어를 써넣고 글자 수를 세더니 재빨리 더해서 돈을 받고 거스름돈을 건네주면서 여자를 똑바로 보았습니다. 여자는 거의 뛰다시피 우체국을 나갔고, 그 여자의 등 뒤로 문이 닫혔습니다.

그런 후에 여자 직원은 모든 사람이 들을 수 있을 만큼 커다란 목소리로 이렇게 말했습니다.

"이런 미치광이들은 참을 수가 없어요. 이런 사람들은 진절머리가 난다니까요. 한 명만 더 만나면…… 그냥 이것 좀 보세요!" 여자는 젊은 군인을 향하며 역겹다는 듯 손바닥으로 전보를 내려쳤다. "이걸로 대체 뭘 하란 말이에요?"

"뭐죠? 뭐가 잘못됐습니까?" 청년이 물었다.

분개한 손짓으로 직원은 전보를 그에게 내밀며 주먹을 쥐어 구겨버렸다.

"수취인이 없잖아요."

존경하는 신사분들!

III.

이 시점에서, 잠깐 숨 좀 돌릴까요.

모든 생각의 연쇄는 저 자신을 포함해서 저기 나름의 템포가 있습니다만, 고백하자면 저는 제 자신의 템포도 못 지킬 때가 왕왕 있죠. 다른 사람의 템포는 말할 것도 없고요. 어떤 자경당원들이 거리를 순찰한다고 생각해볼까요. 어쩌면 하지너지Hajnóczy 순찰대일 수도 있겠지요,*(그 수많은 것 중 무엇인지는 중요하진 않아요) 그들이 처형 혹은 생포 허가를 가지고 누군가를 쫓고 있어요. 이제는 별로 차이도 없지요. 그리고 쫓기는 남자는 그저 숨이 턱에 차도록 뛰고 있고, 순찰대는 한참

---

* 크러스너호르커이 라슬로에게 이 고유명사를 삭제해도 되느냐고 물었더니, 그냥 두기를 바랐다고 합니다. "나의 전체 작품 속에서 하지너지Hajnóczy Péter와 그의 중편 《페르시아를 탈출한 죽음》에 대한 유일한 헌사입니다. 이 소설에 비슷한 자경단이 나와요." 라슬로는 심지어 이를 강조하기 위해 각주나 미주를 달 것을 제안했습니다.—영어판 주석

뒤에 처져 있습니다. 양쪽 다, 이런 인간 사냥은 계속되고 있다고 주장하죠. 실제로 그렇지 않다고 해도 말입니다. 지금은 이렇게 심호흡을 하며 문간에서, 혹은 기름통 사이의 뒷마당에서 템포를 되찾으려는 순간이죠. 이렇게 숨을 헐떡이며, 우리의 템포를 다시 찾는 짧은 순간이에요. 열띤 추적의 목적은 실제로 이겁니다. 쫓는 자와 쫓기는 자, 양쪽 둘 다 동시에 잃어버린 템포를 다시 찾는 것. 뭐, 그렇게 해서, 지금 저도 모르게 제 강연을 끊을 수밖에 없었지요. 이 막간 사이에, 제가 숨을 고르는 적당한 문간이나 기름통 사이의 뒷마당 다음에는 뭐가 올지 여러분도 아실 겁니다. 하지만 이게 마지막이라는 건 약속드리죠, 이제 더는 중간에 끊는 일은 없을 겁니다. 에둘러 가는 일도 없겠지요. 즉, 이것이 최종이라는 겁니다. 그리고 지금부터는 모든 게 매끄럽게 흘러갈 겁니다. 제 말 믿으세요. 마치 기름 잘 친 기계처럼 아무런 방해 없이 결승점까지 최단 코스로 달릴 겁니다. 이 강연뿐 아니라, 여기서의 저의 임무가 확정적으로 결론에 이르는 마지막 문장까지 절대로 멈추지 않을 겁니다. 그 지점에서는 저 또한 영원히 여러분의 관심 초점에서 물러날 수가 있겠지요. 이제까지는 모두 애매했던 여러분의 관심사가 다소 불길해지고 있는 것 같은데요.

그래요, 여기서 잠깐 쉽시다. 제 안의 '나'가 적절한 속도를 찾는 동안 헐떡이는 소리가 좀 가라앉을 테니, 여러분 건물의 지하에서 제가 머물렀던 평범한 현장으로 다시 돌아가볼까요. 제가 추가적으로 날마다 산책을 허락받았다는 기억을 되살려드리면서, 원래 언급하려고 했던 또 다른 문제를 꺼내겠습니다.

저한테 계속 숨기고 있는 현재 상황에 발생한 결정적인 반전 때문에, 여러분이 이 강연을 저의 고별사로 지정해주긴 했어도, 제 마지막 출연이 해방으로 향하는 첫걸음이 될 거라는 보장을 해주지는 않을 것 같아 두렵군요. 즉, 저는 여기 쭉 있어야 할 것처럼 보인단 말입니다. 여러분의 관심의 초점에서는 벗어날 수 있겠지만, 그렇다고 여러분이 정해놓은 보호 수감 조치에서는 벗어날 수 없을 거 같습니다. 상황이 그렇다면, 여기에서의 체류가 연장될 거라는 확신이 드는데요, 그런 연장된 체류가 저한테는 타이타닉호에 올라타고 출항하는 거나 마찬가지라는 걸 이해해주셔야만 합니다. 그 말인즉, 저의 요구 조건이 급격히 변화하여 합리적인 요구 조건은 거의 0에 가깝게 줄어들었지만, 반면 저의 비합리적인 욕구, 0에 다가갈수록 나타나기 시작한 것들이 이제 너무 중요해져버렸죠, 생사가 걸려 있을 만큼 중요하다고 말할 수 있겠네요. 그래서 최근에 침대에 누워서 여기저기 TV 채널을 돌리며 평소처럼 경제 지표 같은 것들을 보고 있었는데, 지난주 어느 날, 이 TV 채널 중 하나가 꺼져 있다는 걸 문득 눈치채고 말았습니다. 아, 그렇지만 물론, 제가 보고 있는 게 이미 녹화된 프로그램일 뿐이라는 건 알았죠. 바깥, 진짜 세계에서 뭔가 급격히 변해버렸고, 돌이킬 수 없는 일이 벌어져서 신사 여러분이 기나긴 포위 동안 가만히 머물러야 한다는 필사적인 결정을 내릴 수밖에 없었다는 걸 깨달은 겁니다. 그러니 이제 저는 그 포위 기간 동안 여러분의 특별 포로로 남아 있겠죠. 아마 높은 확률로 제가 이 성, 여러분들의 화려하지만 치명적인 영역을 절대로 떠날 수 없을 거라는 사실이 명확해졌습니다. 저는 갑자기, 간결하게 말하자면요, *여기 또다시, 여기 우리가 또 타이타닉호에 오르는 것임을 깨달았습니다.*

백색에 대해서, 지하의 순백색에 대해서 말하는 게 아닙니다. 바닥, 벽, 금욕적인 가구의 백색이 내 기분을 거슬렀다고, 저를 지키는 경비원들(여러분들은 그 사람들을 뭐라고 하는지 모르겠지만요)은 여러 번 그렇게 생각했겠죠. 아니, 문제는 다른 사람들에게는 눈이 멀 것 같은 이 백색이 문제는 아닙니다. 그 문제로 말하자면, 뭐가 됐든 색이란 완전히 부재했기 때문이 아닙니다. 아뇨, 이 주제로 말하자면, 제게는 모든 색채가 백색이 되어버린 이 보편적 색의 추방은 실제로 진행되는 사건을 우아하게 총합하여 요약한 것이나 다름없습니다. 그러니 다시 그걸 항의할 마음은 조금도 없어요, 그건 전혀 말이 되지 않으니까요.

제가 말하려는 건 저의 보수에 대한 겁니다.

지금까지 저는 이런 화제를 꺼낸 적은 없고, 지금도 그러려고 하진 않았습니다. 제가 타이타닉호에 올라탔다는 기분이 들지 않았더라면요. 하지만 이제 제 상황이 그런 것 같으니, 딱히 금전적 배려를 해달라고 요청하는 건 아니지만, 이제껏 말한 대로 내 자신의 필요는 0에 가까웠으나 이제는 다음과 같은 필요가 발생했습니다. 그러니 부디 이 점을 유념해주시기 바랍니다:

1. 제 어린 시절부터 아직까지 남아 있는 서류와 사물 일체
2. 털실 22만 미터
3. 리볼버 한 자루

첫 번째를 보면, 제가 생각하는 게 일기, 성적표, 증명서, 사진, 학교 공책, 이야기책, 색칠공부책, 그림, 인형, 장난감, 냅킨과 우표, 배지와 성냥갑이라고 하면 충분할 거 같습니다. 다른 말로 하면 여러분이 보낸 특수부대가 이 어린 시절의 미로에서 추출할 수 있는 모든 것을 말합니다. (부대가 제가 태어난 집을 찾는다면, 다락방을 샅샅이 수색해야만 할 겁니다. 이런 건 제 파일에 나와 있지 않겠습니다만, 거기로 향하는 입구는 집 뒤편, 페리 삼촌 댁 옆에서 찾을 수 있습니다……)

두 번째 요구 사항에 대해 말하자면, 제 목적을 위해서라면 털실은 뭉치로 있어도 되고 타래로 말려 있어도 됩니다. 어느 쪽이든 제게는 상관없습니다. 중요한 건 모두 한 가닥이어야 한다는 겁니다. 그러니까 저는 전체 22만 미터의 털실 한 가닥을 원합니다.

세 번째 물건으로 말하자면, 딱히 덧붙일 말이 필요 없을

것 같군요. 자기 방어를 위한 무기 허가 발급은 중학생까지도
포함할 수 있도록 확대되었습니다.

다 해서 이거면 될 겁니다. 그리고 여러분이 되도록 빠
른 기회에 특수부대를 파견해줄 거라고 믿습니다. 또, 여러분
이 제게 이유를 묻지 않으리라고도 믿습니다. 딱히 신경 쓰진
않습니다만, 여러분은 이게 제 마지막 요청이라고 생각하실
수도 있겠군요. 어찌 되었든 여러분이 그렇게 받아들이든 아
니든, 제게는 별 상관이 없으니까요. 우리는 지금 제가 왜 이
런 것들을 필요로 하는지, 이것들이 서로 어떤 관련이 있는
지, 어째서 정확히 이 세 개가 있어야 하는지 같은 완전히 사
적인 문제들을 다루고 있으니까요. 여하튼 제 어린 시절의 이
런 서류와 물건 들을 가져오는 것은 신사 여러분들에게도 아
주 시의적절한 일이 될 것입니다, 이 이야기가 곧이어 나올 테
니까요. 이런 것들에 대한 언급 말이지요. 우리는 한참 에둘러
서 끝에 다다랐습니다. 이 지점에서 저는 모든 것들을 다 드러
낼 수 있습니다. 우리 세계, 아니, 이 이전 세계라 해야 하나요,
이 세계의 초석, 받침 기둥, 기반, 가장 심오한 본질로서 소유
에 대해서 제가 여러분에게 말씀드릴 수 있는 모든 것은, 이제
까지 그 모든 것은 모든 소유물의 절대적 상실을 가리킵니다.
다만 그 뿌리는 제가 요구하는 이 모든 서류와 물건이 유래한
나의 어린 시절로 돌아갑니다. 이건 신사 여러분에게 관련 있
는 이야기에 속한 인형, 성적표 그리고 성냥갑 수집물과 같은

어린 시절입니다. 곧 이어지는, 그리고 이 모든 겉보기에는 우연적이고 사소한 일화와 분석들 후에 여러분이 고대해 마지 않을 이 이야기는 제 어린 시절부터 시작합니다. 그리고 그 시작점은 소유물을 향한 사랑이었습니다. 물론 여러분의 흥미를 불러일으킬 만한 점은 이 이야기의 시작과 끝 사이에 무슨 일이 일어날 수 있었는가 하는 것이겠죠. 뭐, 문제는 여러분이 생각하시는 것보다도 훨씬 간단하고, 간략하게 개괄할 수도 있습니다.

처음에 저에겐 인형이 하나밖에 없었고, 저는 그걸 무척 사랑했습니다.

그런 후에는 곰 인형과 사자 인형을 받았는데, 둘 다 인조 플러시천으로 만들어졌고, 저는 그 인형도 무척 사랑했습니다. 그 후에는 양철 병정까지 갖춘 나무 궁전을 받았고, 그 후 학교 다니게 되었을 때는 축구공, 배낭, 파란 운동복이 생겼죠. 사랑은 천천히 호감으로 바뀌었고, 저는 이 모든 것을 갖게 되어 기뻤습니다. 축구공, 배낭, 운동복. 그렇게 비축된 나의 소유물이 늘어나고, 점점 늘어났고, 계속 늘어나게 됨에 따라 저의 기쁨은 이런 것들을 더 소유하고 싶다는 허기로 바뀌었습니다. 적어도, 가장 엄격하고, 논란의 여지 없는 의미로 영원히 나의 소유로 남아 있을 이 물건들, 점점 더 늘어만 가는 이 비축 물품에 대한 허기가 생긴 것입니다.

그리하여 제가 자라남에 따라 비축물도 점점 늘어났지

요. 그리고 저는 다른 평범한 사람들과 마찬가지로 남자 어른의 영토에 들어서게 됐습니다. 아내, 아이, 집, 자동차, TV. 이 모든 것들은 물론, 정말로는 내가 소유한 모든 것들은 내 것으로 남아 있어야 한다는 허기와 욕망에 상응했습니다.

하지만 물론 성인 시절에 이런 날이 오고 말았죠. 저는 보통 장을 보고 돌아가는 남편들이 그러듯이 술집에 들러 서성거렸습니다. 그리고 막 나가려던 차에 누가 저 가득 찬 장바구니는 누구 거냐고 물었습니다. 저는 약간 취하기도 해서 아무 말 하지 않았지만, 그건 내 것이었죠. 하지만 아무도 몰랐고 제 입에서는 말이 나오지 않아서 저는 아무런 말을 하지 않았고, 술친구들 사이에선 없어진 장바구니 주인이 누구인지를 둘러싸고 당혹감이 일었다가 토론까지 벌어지는 바람에 결국에는 그 가득 찬 장바구니 속 물건을 나눠 갖기로 했습니다. 정체 모를 술주정뱅이가 자기 물건을 제대로 지키지 못한 모양이니, 각자 모두 자기가 좋아하는 물건을 가지고 집에 돌아가자고요. (제 기억에는 저는 토마토를 가지고 돌아간 것 같습니다.) 나중에 왜 아무 말 하지 않고 있었는지 진지한 이유를 생각해낼 수는 없었지만요, 그 특정한 날은 운명적이었다는 게 밝혀지고 말았습니다. 그때부터 저는 무슨 악마에라도 썰듯 같은 짓을 점점 더 반복하게 되었고, 저는 내 소유물과 거리를 두거나 그 물건이 내 것이 아니라고 부인하는 습관이 생긴 것만 같았습니다. 그리고 이러한 거리 두기와 부인하기는 처음에는 손으로 만질 수 있는 물건, 소유를 정당하게 주장할 수 있는 물건으로 시작되었지만 거기서 멈추지 않고, 이제 소유를 적절하게 말할 수 없는 물건까지 전이되어버렸습니다. 말하자면, 물건이 가득 든 장바구니는 착상이 가득 든 머리로, 토마토에서 생각으로, 마침내는 언어 그 자체로까지 퍼진 거죠. 가령, "이리 와, 내 사랑!"이라거나 "내 모자 좀 건네줘!"라고 말하는 게 점차 어려워졌고, 저는 심지어 "오, 나의 하느님!"이라거나 "네 어머니……"와 같은 무해한 표현조차 말하는 데 어려움을 겪었습니다. 그러니까 저는 그 무엇이 됐든 소유격의 언어, 형용사, 대명사, 접사 등에 어려움을 겪기 시작했고, 1인칭 단수를 포함할 때 더 심했죠. 그러는 동안에도 물론 저는 이런 말들을 계속 써야 하는 이유가 있었습니다. 어쨌든 제게도 내 사랑, 내 모자, 나의 하느님, 나의 어머니는 있었으니까요.

어쩌면 저는 이런 변화와 병행하여 결국에는 그런 말을 할 필요가 없어지기도 했습니다. 그와 연결된 건 아니더라도, 저는 모든 것을 잃었습니다. 나의 신, 나의 어머니, 나의 사랑, 그리고 궁극적으로는 나의 모자조차도. 하지만 잠시 동안은 이것이 그 사악한 소유형용사와 소유대명사의 위기를 설명해준다는 생각은 하지 말기로 합시다. 전혀, 절대로, 이건 그 무엇도 설명해주지 못합니다. 이렇게 사람을 꼼짝 못하게 하는 이중성의 세월이 몇 년 흐르자, 저는 거기서 빠져나올 길을 찾을 수 없었습니다. 저는 이중성이라고 불렀는데요, 그걸 완전한 무질서 상태라고 할 수도 있겠네요. 제가 안간힘을 써서 그 소유물들에 거부 의사를 밝히긴 했지만, 동시에 수용 의사를 받아들이기도 했기 때문입니다. 어떤 거리 하나를 예로 들어볼까요. 아시겠지만, 저는 거기서 어떤 특이한 사실을 알아냅니다. 즉, 오가는 사람들은 정상적인 태도로 똑바로 앞을 보는 게 아니라, 비정상적으로 게걸음을 치고 있었습니다. 그들 모두가 예외 없이, 몸을 비틀어 상점 진열장을 곁눈질로 바라보았죠. 즉, 저는 소유물을 얻고자 하는 최면적인 매력에 전혀 저항할 수 없는 사람들 사이에서 살아간다는 사실을 깨닫고, 나 자신은 기피하려고 한 것이지만, 동시에 이따금 저도 그런 상점 진열장에 눈길을 주는 것까지는 피할 도리가 없었습니다. 그리고 이따금은 구토를 애써 누르면서 이런저런 가게에 들어가서 머리를 가릴 새 모자 같은 걸 사고는 했죠. 저의 상황은 심연에 빠진 무질서라고밖에 묘사할 수가 없겠네요. 소유대명사와 구토, 실제 소유와 실제 역겨움, 그리고 허위의, 혹은 가장 덜 더럽혀진 내 삶의 기초 사이에서 분열되기는 했지만, 나를 무너뜨리고 있는 것이 무엇인지, 내가 세계에 1인칭 단수를 적용하려고 할 때 나를 그다지도 철저하게 당혹스럽게 하는 게 무엇인지에 대해서는 저는 조금도 알 수가 없었습니다.

여러분은 제게 닥친 이 무질서를 끝장낸 게 무엇인지 이

1부 말하다

미 알고 계시겠죠.

　네, 신사 여러분, 바로 그 가을 오후에 우체국에서 보았던 그 전보입니다.

　모든 것이 그 순간 즉시 명백해졌다는 주장을 하고 싶지 않습니다. 처음에는 그저 그 한 단어, '쓸모없는'이라는 말이 제 심장을 뚫고 갔고, 그다음에는 '수취인 불명'이었습니다. 심장이 뚫린 채로 저는 집으로 휘청휘청 걸어갔습니다. 제멋대로 이렇게 표현해도 될지는 모르겠습니다만, 치명적으로 달콤한 우울과 즉각적 반란의 필요성 사이에서 흔들거렸다고 할까요.

　이것이 얼마나 오래 지속되었는지는 기억이 안 납니다. 어쩌면 며칠, 심지어 몇 주일 수도 있죠, 어느 날 아침 창가에 앉아 위로가 되지 않는 빛을 내다보고 있었지요. 부엌 창문 아래 바깥에는 참새 떼가 다듬지 않은 울타리 덤불의 마른 나뭇가지에서 후르르 날아올랐다가 다시 금방 휙 내려앉고 있었습니다.

　마치 베일이 한 겹 젖혀졌다 다시 내린 것 같았습니다. 이렇게 날아올랐다 내려앉는 동작이 너무 재빨랐고, 거기에 직접적인 연결은 없다고 해도, 오늘날까지도 저는 이 참새 떼의 재빠른 추진력과 제 계몽 사이에는 어떤 연결이 있다고 믿고 있습니다. 구토를 느꼈던 그날(아직도 그 몽마가 떠오르네요), 내가 깨달음을 얻은 방식이 마치 계몽 같았죠. 나는 그 무엇도 소유하지 않았고, 앞으로도 그럴 수 없으며, 이런 사람은 나만이 아니라는 깨달음입니다. 저는 소유를 향한 욕망이라는 수렁에 빠진 이 세계를 제 눈으로 받아들이는 상상을 했지요. 우리 모두가 과거에도, 앞으로도 영원히 이렇게 되리라는 상상이었습니다.

이쯤 되면 여러분도 저한테서는 증거를 반복하는 것 말고 달리 기대할 게 없다는 사실에 익숙해지셨을 겁니다. 그러니 두 번째로, 하지만 더 깊은 곳에서부터 나오는 이 말을 들어도 놀라지 않으시겠죠. "나는 아무것도 소유한 것이 없다"와 "여러분도 아무것도 소유한 것이 없다"는 말입니다. 그래도 저는 여러분에게 제 말뜻을 다시 한번 명확하게 해드리려 합니다.

신사 여러분들은 ―그 내용을 한정하는 것과는 별개로 ― 아무리 제한된 의미라고는 해도, 소유의 의미를 분명하게 확정하는 게 가능한 세계가 있다는 걸 잘 아실 겁니다. 그리고 우리는 소유란 오로지 인간과 자연 관계 양쪽 모두에서 평화가 지배할 때만 가능하다는 걸 지적함으로써 이를 정의할 수 있지요. 부엌 창문 앞에서 마른 나뭇가지를 바라보면서 저는 갑자기 깨닫고 말았습니다. 참새 무리가 휙 올라갔다가 다시 휙 내려오는 것만으로도 많은 사람들이 개념적으로 규정하던 존재였던 이 세계가 이제는 끝나버렸고, 이제 평화라는 상태가 인간과 자연 관계에서는 얻어질 수 없다는 사실을 감추고 있던 베일이 들춰지고 만 것이죠. 이런 관계에 전쟁이 만연하고 있기 때문입니다. 짧게 말하면, 여기서는 결정적인 전환이 일어났다는 말입니다. 그것의 접근 방식, 발생과 진전의 가능성은 우리도 물론 줄곧 알고 있었던 방향으로 향하고 있었죠. (심지어 우리는 눈을 깜박이면서 계속 서로 말하지 않았습니까. 이제 그를 돌릴 기회는 전혀 없으며, 모든 것은 멈출 수 없이 낭떠러지까지 쓸려가버렸다, 등등…….) 다만 우리는 그 변화가 이미 일어났다는 것을 깨닫지 못했을 뿐이었습니다.

기차를 타고 가다 보면, 숲이나 완만히 굽이치는 언덕에서 빠져나오면 갑자기 황량한 사막 한가운데 있을 때가 있습니다. 지금 일어난 일이 바로 이런 식이죠. 평화에서 전쟁으로 빠져든 겁니다. 유일한 차이라고는 이 경우에는 무엇 하나가 끝나고 다른 게 시작되었다는 선을 긋기가 불가능까지는 아니라도 훨씬 어렵다는 거죠. 이 둘을 갈라놓을 경계선이 없고, 하나가 다른 것을 일으키지요, 어쨌든 하나가 다른 하나에 박혀 있는 것입니다. 이게 바로 —실제 기차 여행과는 대조적으로— 전쟁/평화 상황에서는 모든 것이 거의 눈치채지 못하게 일어나고, 어느 순간 창문을 내다보면 여전히 숲과 완만히 내려가는 언덕이다가 다시 보면 사막이 나오는 것입니다.

제 말뜻을 오해하지 마시죠. 제가 전쟁 상황이라고 말할 때는, 뭐랄까, 그러니까…… 거리에 총격전이 일어나고 그런 걸 생각한 게 아닙니다……. 아뇨, 거리에서 총탄이 날아다니거나 총을 맞을까 봐 두려워한다는 게 아니에요. 확실히 이런 일은 언제라도 일어날 수 있지만, 전쟁을 이루는 건 그게 아니죠. 전혀 아니에요. 거리에서 일어나는 인간 추적 작전이나 이런 게 아닙니다. 하지만…… 어떻게 표현해야 할지 모르겠지만, 시간이 흘러가고, 세계가 자기 길을 가다가 길 옆 표지판에 다다를 때, 그리고 이 표지판이 아무 곳도 가리키질 않을 때 길은 거기서 끝나고, 더는 계속 갈 수 없을 때 모든 것이 여기 이 지점으로 모아지는 것처럼 보이죠. 그리고 그때, 무슨 이유엔가, 우리는 이것을 유일무이한 설명할 수 없는 수수께끼라고 할지 모릅니다. 악마가 호리병에서 풀려났다.

가장 사악한 악마는 죽음의 천사와 같지 않습니다. 이건 평화의 혼령이 아니라, 전쟁의 악마, 존재하는 모든 것이 파괴될 수 있다는 기쁨의 악마이기 때문이죠. 이건 가장 강렬한 극상의, 그 무엇도 능가할 수 없는 기쁨이며, 그 무엇도 그 지배권에서 벗어날 수 없습니다.

여러분은 모든 것에 안 된다고 거절할 수 있지만, 이것만은 예외입니다. 그건 알지 못하는 사이에 사방에 스며들기 때문에, 이것이야말로 모든 진정한 발화發話의 완전한 대단원이고 파국이며, 사물을 지배하는 힘의 그 어디에도 비길 데 없는 환희이기 때문이죠. 그 안에서는 지배력의 깊이는 전혀 한계가 없습니다.

이 악마는 설명할 수 없는 증오가 동력이 되고, 우리가 자기 자신을 파괴하도록 몰아갑니다. 일단 한번 풀려나면, 우리 주위의 방어막, 우리 바깥의 왕국, 성냥갑 수집물에서부터 왕국까지 우리가 떵떵거리며 자랑하던 모든 것, 우리의 것이었던 모든 것이 갑자기 그 의미를 잃고 무너져버립니다.

거기, 부엌 창문 옆에 제가 앉아 있을 때 푸드득 날아오르는 참새 떼를 보고 제가 깨달은 것이죠.

그건, 음…… 우리는 실제로는 아무것도 소유하지 않았다는 겁니다.

IV.

존경하는 신사분들!

마지막 인사를 올리기 전에, 여러분과 새로운 소식을 나누도록 해주십시오. 아마도 여러분은 아직 듣지 못하셨을 겁니다.

오키나와, 미군 기지가 있다는 것으로 주로 알려져 있으며 동아시아 동물지리구에 속하는 일본의 최남단 섬에서, 1981년 미군 기지가 해체되어 일본에 반환된 후에 지방 정부가 도로를 건설하기로 했습니다. 그때까지는 미군 기지 덕분에 상당히 광범위한 문명이 지배하고 있었던 오키나와의 남부와 전적으로 자연 상태로 남아 있던 섬의 북부를 연결하는 도로가 없었습니다. 건설될 도로는 남부와 북부, 문명과 자연

사이의 연결을 만들려는 목적이었죠.

작업이 시작되고, 불도저와 굴착기, 작업 인부들이 그때까지는 인간이 방해하지 않았던 아열대 정글에 도착했고, 1981년 7월 4일 어느 맑은 날, 이전에는 인간의 손길이 닿지 않았던 자연의 영역에서 불도저를 몰던 인부가 아름다운 새 한 마리를 치었습니다. 이 새는 30센티미터 정도 길이로 등은 올리브 빛이 도는 갈색이었고, 가슴과 배에는 검정과 흰색의 줄무늬가 있었으며, 긴 부리와 다리는 환한 적산호색이었습니다. 인부들은 그 새가 아름답다고 생각했으며, 이 때문에 새의 사체가 도로 건설 인부와 미군 부대의 자취를 따르며 그 섬의 동물군을 연구하는 학자의 손으로 떨어졌고, 이 학자는 경탄하며 그 사체를 보았습니다.

이 새는 미지의 종이었습니다.

그 누구도 이전에 그 새를 본 적이 없었으며, 어느 조류학 논문에서도 언급되지 않았기에, 마노라는 이름의 학자는 그 발견의 중대성을 깨달았습니다. 하지만 그는 그 영광을 독점하기를 거부하고, 일본인 특유의 태도로 그 명예를 도쿄의 조류학 연구소 소장인 야마시나 교수에게 돌리며, 이 종을 묘사하는 특별한 명예는 교수의 것이라고 했습니다.

섬 북부의 자연이 훼손되지 않았다 해도, 그곳에는 수세기 동안 살았던 원주민들이 있었고 이런 원주민들의 인구가 존재한다는 걸 감안하면, 이 새가 몇 세대든 끝없이 이어져 내려오는 동안에도 자신의 존재를 보이지 않게 감추는 완벽한 능력을 증명했다는 사실, 그래요, 이런 사실은 당연히 전 세계의 관심을 상당히 불러일으켰습니다.

야마시나 교수는 마노의 관찰을 바탕으로 이 새로운 종이 뜸부기과에 속한다는 결론을 내렸는데, 부리가 길기 때문에 짧은부리뜸부기로는 분류될 수 없었기에 그 분류에 곁가지를 쳐서 오키나와 뜸부기, 일본어로 얀바루-쿠이나라고 명명했습니다. 놀랍지도 않게, 이 새의 행태의 묘사에서 야마시나 교수가 처음으로 쓴 문장은 오키나와 뜸부기는 무척이나 은둔적인 생태로 살아간다는 것입니다.

이제 남아 있는 모든 것은 모두 이렇게 비밀스럽게 살아가는 존재 양식이 그렇게 굉장한 성공을 거둘 수 있었는지를 설명하는 것이었습니다.

관찰기는 이렇게 끝을 맺습니다. 우리는 안타까울 정도로 매우 적은 개체수와 맞닥뜨렸고, 바로 이 점이, 이 종의 극도로 제한된 범위와 더불어 비가시적 생존 양식의 성공을 부분적으로 설명해준다는 겁니다. 하나의 가설은 이 새들은 작은 포식자들이 상대적으로 거의 없었던, 아니면 전적으로 부재했던 지형에서 거주했다는 겁니다. 그리고 또, 어쩌면 인간들이 위험을 가하지 않았고, 기적적으로 원주민들이 이 새를 사냥하지 않고 자제했다는 사실을 고려했습니다. 어쩌면 이 새들이 시야에서 계속 벗어나 있었기에, 행로가 엇갈린 적이 없었기 때문일 수도 있습니다.

그런 수줍은 생물체의 경우에도 관찰이라고 부를 수 있다면, 이런 관찰은 철저하고 광범위하긴 했으나 이 수수께끼의 해결책에는 더 가까이 다가갈 수 없는 지적인 추측 몇 가지에 대한 여지는 남겼습니다.

이어지는 조사는 오키나와 뜸부기의 비행 불가능성에 잠재된 중요성을 제기했습니다.

이 새로이 발견된 종은 지상에 거주하며 날 수가 없었으니까요.

비행 불가능성은 광활한 대륙과 대양 위 섬 양쪽 모두의 조류상에서 발견되는 현상이지만, 섬의 조류에서는 설명이 훨씬 더 명백합니다. 더 명백하지만, 그 때문에 난관에 봉착하게 되었지요. 제기된 문제의 해결책을 무한히 미뤄두었던 것입니다.

섬에 서식하는 새들에게 커다란 위험 중 하나는 폭풍우에 쓸려 가는 것임을 감안해보면, 어떤 조류 종은 단순히 대기로 날아오르지 않으려 함으로써, 그리하여 쓸려 가는 일을 피함으로써 폭풍에 방어했습니다. 날지 않으려는 방어 본능은 유전이 되었고, 특히 덩치가 더 큰 새들의 경우에는 처음부터 잘 날지 못했기 때문에 상대적으로 짧은 시간 내에 비행능력을 완전히 잃어버리는 결과가 되었습니다. 결국에는 이런 사정 때문에 은밀한 존재 양식이 요구되었던 거죠. 지상에 서

식하는 종은 완전히 포식자의 처분에 달려 있었던 거죠. 이게 바로 우리 뜸부기의 경우에 일어난 일이 분명합니다. 비행 능력의 상실로 극도로 수줍은 성질을 갖게 되었다고 두 학자는 결론을 내렸죠. 하지만 조류 세계에 비슷한 케이스가 몇몇 건은 있었다는 사실에 비추어 보면, 그래도 우리의 뜸부기만큼 성공적인 종은 없었다는 건 기억할 만한 일입니다.

교수와 그의 공저자는 오키나와 뜸부기, 이 은둔의 위대한 예술가의 완벽한 방어기제 때문에 그에 대한 무한한 감탄을 감추지 않았습니다.

저도 이 새에게 경의를 표합니다, 그래서 이 이야기를 여기서 하는 것이죠, 하지만 동시에 저 자신이 덫에 걸린 느낌이 드는군요.

아시겠지만, 저의 관점은 야마시나와 동료 연구원과는 다릅니다. 제 눈에는 오키나와 뜸부기는 그저 날 수 없는 새일 뿐입니다.

V.

음, 저의 소식에 관한 건 여기까지 하도록 하죠, 지금 이 시점에서는 다른 게 생각나지 않는군요.

저는 제 약속을 지켰고, 하려고 했던 말을 다 했습니다.

내려가는 길에도 같은 경비원들이 따라오십니까?

그렇다는 말인가요?

그렇다고 한다면 신사분들, 저는 준비가 됐습니다.

강연은 끝났습니다.

이제 우리 갈 길을 가도록 하죠.

모두 다 해서 100명의 사람

    그 사실이 논란의 여지 없는 정확성으로 명백해지고 식별 가능해지기까지는 2,500년, 대체로 2,500년이 걸렸고, 그건 대략 100세대 정도, 그것이 여기까지, 우리 시대까지 이르기까지 걸린 시간, 그렇지만 또한 그 사실이 바스라지고 쇠잔하지기까지, 그 사실이 전하는 메시지가 침침해지고 역전되기까지도 대강 2,500년이면 충분하다고 할 수 있는데, 원래 의미가 오독과 몰이해의 끝없는 사슬을 거쳐 완벽히, 고칠 수 없이 무너지는 데 100세대가 걸린다면, 우리는 또한 그 *과정에 필요한 건 고작 100명뿐이었다*고 할 수 있는데, 그걸 이해해서 전통으로 넘겨준 첫 번째 사람, 반면에 그 사실과 관련된 지식의 최대 영역을 확정적으로 포기한 마지막 사람까지 포함해서 100명이면 충분한데, 이 마지막 사람은, 다른 관점에서 보면, 이렇게 바닥을 알 수 없이 깊은 지식의 *왜곡*에 기반을 두고 인간이 상상할 수 있는 세계를 구축할 능력이 있는 사람, 원래의 가르침을 회복한다는 게 불가능할뿐더러 무엇을 잃어버렸는지 알아내는 일 자체가 관심을 끌지 못하기 때문에, 이것이 이미 일어난 일이니까, 100명의 사람, 100세대, 2,500년, 그리고 우리는 세계에서 가장 독창적인 철학자가 기원전 450년과 380년 사이, 혹은 기원전 563년과 483년 사이에 이시파타나 녹야원과 쿠시나가르에서 깨달음을 얻어 설법한 내용을 다 잊어버렸으니*, 고작 100명만 있으면 그만, 21세기 초의 사람들은 *사실*이라는 것은 동시에 스스로 창조하며 파괴한다는, 흐릿하기 그지없는 개념조차 없으니, 우리는 단어와 사상은 세계에 대해서, 소위 자명한 사실이라는 거대한 우주에 대해서는 무無, 완벽하고 반짝이는 무를 단정하는 것 말고는 아무것도 말할 수 없다는 개념조차 없으니, 반면에, 세계가 작동하는 방식이 글로 기록될 때쯤에는 이 개념은 무척이나 확고하게, 영원히 우리의 기억에서 빠져나가버리고 없는데, 최종적으로, 되돌릴 수 없이 빠져나가버리고 없으니, 그렇다고 해도 사실이나 현실의 결핍 때문이 아니라 원시적인 영적인 상태, 인간적으로 인지할 수 있는 세계에 대한 통제권을

---

* 앞의 날짜는 석가모니의 추정 생몰년, 뒤의 장소는 석가모니가 수행하고 다섯 고행자를 만나 설법한 장소들─옮긴이

얻고, 그로 인하여 자연의 영역에 있는 존재로서 안정성을 성립할 수 있는 탄탄대로를 획득하기 위해서는, 이러한 망각은 불가피한 것으로 보이는데, 그 외에 무엇도 필요하지 않아서, 유일하게 없어서는 안 될 필수 조건은, 널찍하고, 천천히 흩뿌려지는 생각의 연쇄로 향하는 비좁은 입구 속, 이러한 포기 선언뿐, 그리하여 우리는 유달리 복잡한 세계에 대한 인식을 내버리고, 언제나 명쾌하고 천진난만하지만 잔인한 논리의 파도가 황량하게 밀려와 부딪치는 한가운데에서 살아가다가 자성적인 인간 존재를 낳고, 인과성이라는 기제를 가슴 아프게도 오해하는 과정을 통해, 사실-반응-사실, 아니, 그보다는 증상-반응-사실의 연관 체계에 기반을 둔, 황홀하리만큼 조잡한 처리 원칙을 만들어내는데, 이 원칙은 자기 나름대로 그 무엇도 방해하지 않는데, 사실상 법의 실행은 그 무엇으로도 방해받지 않도록 보장해주는데, 특히 모든 것까지는 아니라고 해도 많은 것을 가질 운명인 이 생명체가 방해할 수는 없으니, 그는 끝내는 자신이 사물의 심오한 상관관계를 볼 수 있는 수단을 내주고 그 대가로 지성을 얻을 수 있다는 환상 아래 버티고 있었으니, 이런 환상은 오류가 있기에 파기되었지만, 무척이나 신비롭게도 여전히 직관적으로 작동하고 있어, 그리하여 진정한 지성의 지휘력을 스스로 박탈당하고, 이렇게 스스로 쏜 탄환에 맞아 이제껏 한 번도 지식이지 않았던 지식의 오만함 속에 허덕이니, 그 지식이 있었다 해도 그건 어리석은 자의 지식일 뿐, 그런 자는 온전한 자기 역할, 즉 온전한 현존, 다시 말해 자신이 존재해야 하는 온전한 상태로 거슬러 올라가야 한다고 주장하는데, 이것은 이러한 불가해한 수수께끼 안에서, 그는 존재하는 동시에 흩어져버리기도 하는, 수조, 수억 개의 서로 맞닿은 사실로 이루어진 맥락 속에서 이런 존재가 되어야 한다는 것이다.

그저 2,500년만 있으면 되는데, 그러면 100명 중 두 번째 사람이 옛날에 녹야원이나 쿠시나가르에서 들었던 이야기를 완전히 아는 사람은 남지 않는데, 사상의 원초적인 연쇄 속 고리 하나하나가 어처구니없는 오류로 바뀌어버리고, 경전 속 말씀 하나하나가 오류가 되고, 주해서에 적힌 말씀 하나하나가 오류가 되니, 모든 수정과 변경, 설명과 역전 속에 있는 모든 말이 그러하듯이, 오류밖에 없어, 오류 위의 오류, 그리하여 이런 냉소주의의 광기로부터 우리를 구해주는 것, 가느다란 바람 한 줄기보다 더 옅기 그지없는 확신이나마 주는 것은, 창조되고 존재하는 모든 현상 안에서 **느낌**만이 가능하다는 것뿐, 원래의 가르침은 실로 옛날에는 존재했었고, 세계는, 우주는, 은하계는, 다른 말로 하면 세상만사 모든 것은, 어쨌건 절대로 소통되지 않는 태도로 말하자면, 세계가, 우주가, 은하가 정확히 무엇인가와는 상관없이, 잠깐이나마 여전히 존재한다는 것, 단, 어디에도, 이해 불가능성과 포착 불가능성 속에도 사실은 늘 존재한다는 것이 우리 안에 그저 지울 수 없이 내재되어 있어 느낄 수 있는데, 더욱이, 수조, 수억의 사실은 여전히 고요한 시간 속에 풀려나 존재하니, 끝없는 의심의 번개 속에서 느낌만이 실로 파괴할 수 없는 것, 가령 지금 봄이라고 한다면 봄날의 새순이 터져 나오고 초록을 띠어야만 하는 것은 무엇이든 초록색으로 바뀌는데, 그 짧은 순간 새순이, 초록이, 봄이 정확히 무엇인가와는 상관없이 이를 느끼는데, 여기에 우리는 완전히 버려진 채로, 옛날에 진리를 이해했기 때문에 우리를 계몽해줄 수 있었던 누군가를 잃어버린 채로 서 있으니, 우리는 여기 내동댕이쳐졌고 알려줄 사람 하나 없이, 봄날과 새순과 이 모든 초록색으로 변하는 과정과 마찬가지로 그저 여기 있을 뿐, 새순과 녹색으로 변하려고 하는 모든 사물이 있는 이때가 봄날임이 확실하다는 것이 무슨 의미인지를 전혀 모르는 상태에 빠졌으니, 그러니 직접 경험, 다시 말하면 직접 대면과 경험을 위한 사건만이 있을 뿐, 아니면 더 정확하게 말하자면, 직접 대면과 경험만을 위한 사건만이 있을 뿐, 봄이 있기에 봄날인 거기 서서 새순과 초록을 띠는 모든 것들을 관찰하는 사건, 봄날이 올 때 그 자리에 서 있는 사건, 가장 무시무시할 정도로 즉시성만이 넘치는 한가운데에 서서 이를 관찰하는 사건이 있을 뿐, 우리는 그저 그렇게 남겨져, 이렇게 수많은 존재들이 있는데, 이런 수조, 수억의 사실이 있는데, 동시에 그 무엇도 존재하지 않는 상황이 어떻게 가능한지를 언젠가 이해할 수는 있을까 싶은 절망적인 의구심에 빠져 있다.

　어쩌면, 정말로 다 해서 100명이면 되었을지도, 그렇게 되기까지 필요했던 사람은 그만큼, 백한 번째가 있으리라는 희망은 없으니, 몰이해와 오해, 오류에 바탕을 둔 삶은 봄날이 끝나야 하듯, 새순이 돋고 초록을 띠는 과정이 끝나야 하듯, 끝나야만 하기 때문에, 기억에도 없는 먼 태고의 시작 이후로 어찌할 도리가 없이 늘 그래왔던 것처럼 모든 것은 그렇게 불가해해질 것, 그리고 이런 결말은 아무런 깨달음도 가져오지 못하니, 그를 전달해줄 수도 있었던 사람들은 이미 옛날에 전달해버렸지만, 그 가르침을 아무도 파악하지 못했기 때문에, 논리도 사라지고, 의미도 사라졌으며, 욕망과 고통에 대한 갈망도 사라져서, 진정으로 파악하고 포용한 사람은 아무도 없으니, 확실히 그건 기원전 380년이나 438년 이후에 행해졌어야 할 텐데, 철학을 연구하며 고행한 왕자님의 말씀으로부터 파악된 것을 포용하고, 어떤 형태, 이렇게나 마음 깊이 감동한 상태를 구현하는 새로운 형태를 찾아야 했어야지, 그것을 소위 이해에 넘기거나, 소위 해석에 던져 내동댕이치지 않고, 그것을 즉시 파괴해버릴 수밖에 없었던 정신에 내맡기지 않았어야 했는데, 그 말씀을 그 자체로 보존을 하든 종교의 영역으로 밀어내든, 그 정신이 어느 쪽을 택하여 이 왕자님의 말씀을 처리한들 아무런 차이는 없었으리, 어느 쪽이든 환한 대낮에도 아무것도 보지 못하는 맹목 상태, 청자에게서 이 가르침을 낚아채는 정신, 그리하여, 이제 어디엔가 우리가 이 가르침을 가지고 있다 한들, 남은 것은 이 구슬픈 불치의 맹목 상태, 그 100명 후에는 또 다른 이를 언급해도 실제로는 그 사람에게 절대로 가 닿을 수 없다는 사실조차 깨닫는 사람마저도 나타나지 않게 되어, 오로지 이제는 말만이 남게 되니, 또 한 번의 2,500년 동안 인간의 말은, 이전에도 그러했듯 아무짝에도 쓸모없게 될 것, 사람들이 과거부터 지금까지 무엇에 의해 매개되지 않고 신성하게 지켜진 수조, 수억의 사실 속에 새겨진 것을 해독해낼 수 없기 때문만이 아니라, 이 말들이 우리를 이끌어야 하는 곳에서 벗어나 다른 곳으로 돌아가게 할 뿐 아니라, 우리가 이제는 바로 원래의 말로 돌아갈 길도 없다는 상실로 슬퍼해도 그를 위로하기에 적합한 말이 아니었고 앞으로도 못 할 것이기 때문에, 그리고 우리에게 이런 경고도 주지 못하기에, 우리는 무언가 말해지기라도 한다면 그 말에 아주 조심스럽게 귀를 기울여야 한다는 것, 그 말은 한 번, 오직 딱 한 번만 말해질 테니까.

헤라클레이토스의 길 위가 아니라

기억은 망각의 기술이다.

기억은 현실을 다루지 않으며, 현실은 그와 관련된 것이 아니니, 기억은 뭐가 됐든 간에 현실 자체라는 표현할 수 없고도 무한한 복잡성과는 본질적인 연관을 맺지 않고, 그와 마찬가지 방식으로, 또 마찬가지 정도로 우리 인간은 이 묘사할 수 없고 무한한 복잡성을 잠깐이나마 엿볼 수 있는 지점에 다다르지 못하니, (현실과 그를 엿본다는 건 하나이며 같은 것이기 때문), 그리하여 기억하는 자는 과거에 대한 기억이 불러일으켜질 때면 과거가 현재였을 때 지나친 만큼의 거리를 과거에 이르기까지 다시 지나치며, 그로써 현실과의 연결은 단 한 번도 있었던 적이 없었으며, 이런 연결을 갈구한 적도 없었다는 걸 드러내게 되는데, 기억이 불러일으키는 공포, 혹은 아름다움과는 상관없이 기억하는 자의 일은 늘 불러일으켜지려는 이미지의 본질, 현실이라고는 품고 있지 않은 본질로부터 시작하기에, 심지어 실수로부터 시작하는 것도 아니니, 사람이 현실을 회상하는 데 실패하는 것은 실수를 하기 때문이 아니라, 복잡한 것을 가장 헐겁고도 임의적인 방식으로 다루고, 무한히 복잡한 것을 무한히 단순화하여 그가 상대적으로 어떤 거리를 둔 무언가에 다다르게 되기 때문, *바로 이렇게* 기억은 달콤해지고, *바로 이렇게* 기억은 황홀해지고, *바로 이렇게* 기억은 비통하면서도 매혹적이게 되는데, 바로 여기, 무한하고 인식할 수 없는 복잡성의 한가운데에 당신이 서 있기에, 당신은 여기, 완전히 어안이 벙벙하며, 무력하고, 구제불능으로 길을 잃은 채로, 손 안에 무한히 단순화된 기억을 붙잡고 서 있기에, 더욱이 물론 마음을 무너뜨릴 만큼 상냥한 우울까지도 함께 있으니, 당신은 기억을 붙잡고 있는 동안에는 그 현실은 무정하고 냉철하며 얼음처럼 차가운 거리를 두고 어딘가에 있다고 감각하기에.

2부

이야기하다

구룡주 교차로

미래, 옛것과 똑같은.

그는 늘 언젠가 앙헬 폭포*로 여행을 가리라고 계획했고,
그런 후에는 빅토리아 폭포**에 가보겠다는 계획을 세웠으며,
결국에는 적어도 샤프하우젠*** 폭포는 가보겠다는 생각에
안착했다, 언젠가는 가서 봐야지, 그는 폭포를 사랑했다, 설명
하기는 쉽지 않아, 그는 폭포를 향한 열정에 대해 질문 받을
때마다 이렇게 운을 뗐다가, 즉시 자기 말을 끊곤 했다, 이걸
어떻게 말해야 할까, 대화 상대가 마치 그와 폭포 사이에 정확
히 무엇이 있는지 대답해주리라고 기대라도 하는 듯 당혹스

---

*   베네수엘라에 있는 세계 최고 높이의 폭포―옮긴이
**   잠비아와 짐바브웨 사이에 있는 폭포―옮긴이
*** 스위스에 있는 유럽 최대의 폭포―옮긴이

러운 시선을 보내면서, 하지만 물론 그 질문을 한 사람은 그 대답을 대신 거들려 서두르는 법이 없다, 왜 그러겠는가, 결국 그 대답을 모르니까 질문을 한 것이니, 그리하여 보통 이런 대화는 약간의 혼란을 빚는다, 그러다가 혼란이 더 심해지기도 하고, 그렇지 않으면 즉시 끝나버린다, 임시변통으로 둘러댄 후에는 즉시 그 문제를 덮어버리곤 했기에, 사람들이 그에게서 대답을 끄집어내려고 하는 때면 그는 차츰, 아니면 갑작스레 말 그대로 대화 상대자로부터 등을 획 돌려버리곤 했기 때문이다, 딱히 무례하게 굴려던 건 아니지만, 이런 일이 늘 벌어진다는 것에 그는 신경이 몹시 날카로워지곤 했다, 자기가 바로 당혹감을 느끼고 만다는 것, 그에 대해 질문을 받는다는 것, 이 모든 일들이 신경에 거슬리곤 했고, 바로 그 때문에 당혹감을 느꼈다, 마치 프라이팬으로 머리를 얻어맞은 사람처럼 서 있는 동안, 대화 상대자는 물색 모르는 것이 분명하다, 프라이팬이 이것과 무슨 상관이 있다고? 그리하여 사정을 아는 지인들 사이에서는 그런 화제를 금방 그만두는 편을 택했고, 그 질문 자체는 정당화할 수는 있었겠으나, 그의 주변 사람들은 모두 그가 폭포를 좋아하고, 적어도 한 개는 보러 여행할 계획을 세우고 있다는 건 알았다, 그들 말마따나, 적어도 평생 한 번은, 무엇보다도 가장 먼저 앙헬 폭포나 빅토리아 폭포를 보겠지, 그래도 적어도 샤프하우젠 폭포는 보겠지, 그러나 상황은 완전히 반대, 사실 아주 정반대였다, 이제 인생이 앞으로 얼마나 남았는지 알 수도 없는 시기에 이르렀을 때, 어쩌면 많이 남았을 수도 있지만, 어쩌면 5년, 10년, 끽해봤자 20년 정도 남았을 수도 있지만, 바로 내일모레까지도 살날이 남지 않았을 수도 있을 때, 인생의 이런 시기 어느 날에, 그에게는 다음과 같은 사실이 명명백백해지고 말았으니, 이번 생에서는 사람들 말마따나, 그는 절대로 앙헬 폭포든, 빅토리아 폭포든, 심지어 샤프하우젠 폭포든 보러 가지 않으리라는 것, 그래도 이런 폭포들의 이름은 그의 귓가에 끊임없이 울리곤 했는데, 이렇게 오랜 세월 폭포들에 대한 환상을 품어왔기에 그중 하나의 소리가 들리기 시작한 것이다, 하지만 그중 어떤 폭포인지는 당연히 몰랐다, 그리하여 얼마 후, 그가 예순쯤 되었을 때, 그는 이제는 어째서 자기가 이 폭포 중 첫 번째 것을, 아니면 두 번째 것을, 적어도 세 번째 것을 보고 싶은 것인지조차 확실하지 않았다, 그래도 적어도 그가 평생, 아니, 좀 더 정확하게는 반평생 동안 밤에 눈을 감을 때마다 들어왔던 폭포 소리가 어느 것인지를 결정할 수는 있지 않을까, 그는 정말로 그중 하나를 보고 싶었기에, 처음 둘 중 하나가 아니라면, 세 번째라도, 그는 이제 예순이 넘었고, 그렇기에 늘 열려 있던 이 문제의 결말이 실제로 종결된 것이나 다름없었다, 더욱이, 그는 첫 번째, 아니면 두 번째, 적어도 마지막 폭포라도 보러 가지는 않으리라는 것이 확실해졌다, 그것이 불가능한 일이었기 때문은 아니다, 어째서 불가능했겠는가, 예순이 넘은 지금에도 돈이 생기면 여행사에 쓱 들르기만 하면 됐는데, 앙헬 아니면 빅토리아, 적어도 샤프하우젠에 가는 여행에 돈을 내면 되는데, 다른 한편으로는 그는 늘 그저 이럴 목적으로 생각만 해왔다, 우연히 폭포가 있는 곳이 있고, 거기 여행을 가는 것이 아니라, 그저 어쩌다 업무상 그 근처에 가게 되는 날까지 기다리면 되지 않을까, 다만 이런 일은 절대 일어나지 않았다, 기괴한 운명의 장난으로, 그는 그 오랜 세월 동안 일하며 세계 온갖 구석구석 다 가보았지만 한 번도 앙헬, 빅토리아, 심지어 샤프하우젠 폭포 근처에는 갈 일이 없었다, 그리하여 결국에는 평생 앙헬, 빅토리아, 적어도 샤프하우젠 폭포를 보고 싶었던 남자, 많고 많은 사람 중에서도 폭포에 대한 이런 열정이 있던 이 남자는 어쩌다 보니 상하이에 십수 번째로 다시 가게 되었다(그렇게 흥미로운 행사는 아니었다, 평소대로 연이어 있는 사업 회의 때문에 통역을 해야 했으니까), 그리고 일생 동안 폭포가 그렇게 특별한 역할을 차지했던 이 사람은 이제 완전히 놀랍기 그지없는 방식으로, 정확히 여기 상하이에 와서 왜 자신이 평생 앙헬이나 빅토리아 아니면 적어도 샤프하우젠 폭포를 보길 간절히 원했는지 그 이유를 깨달을 수밖에 없었다, 정확히 여기 상하이에서, 폭포라고는 전혀 없다는 게 상식인 이곳, 그의 하루 일과가 끝나고서야 모든 일이 시작되고야 말았다, 그는 기진맥진한 상태였다, 자신은 기억할 수 없는 오래전부터 동시통역사였고, 세상 모든 일 중에서도 정확히 동시통역이야말로 그

2부 이야기하다

의 진을 가장 빼는 것이었다, 특히 지금처럼 아시아에서 사업 회의가 있을 때면, 그리고 그 후에 의무 회식이 있을 때는 그는 의무적으로 술을 많이 마셔야만 했다, 오늘 그러했듯이, 뭐, 어쨌든, 끝난 일은 끝난 일이니까, 이제 저녁이 된 지금 그는 사람들 말마따나, 진이 다 빠진 행주가, 고주망태가, 낡아빠진 행주가 되어 술이 머리끝까지 올랐다, 그렇게 그는 지금 도시 한가운데, 곤드레만드레 취해, 낡아빠진 행주처럼 강둑에 서서 소리를 낮추고 제정신이 약간 나간 채로 웅얼거렸다, 그게 여기가 상하이구나, 이 말인즉, 나는 다시 한번 여기 상하이에 있다는 거지, 그는 인정할 수밖에 없었다, 맙소사, 그는 신선한 공기가 그렇게까지 이롭지는 않았다는 걸 알았으나, 사람들 말마따나 거기에 너무 큰 희망을 걸긴 했었다, 우리가 지금 그의 경우에서 인식이라는 말을 할 수 있다면, 그는 인식했다, 술을 너무 많이 마셨구나, 자기가 감당할 수 있는 이상으로 마셨구나, 하지만 그는 거절할 처지가 아니었다, 한 잔이 두 잔이 되고, 그러다 여러 잔이 되고, 방 안에서 벌써 그는 토할 것 같은 기분을 느꼈고, 신선한 공기가 필요하다는 희미한 개념이 배 속에서 빙빙 돌며 굳어졌다, 신선한 공기, 그렇지만 일단 바깥 신선한 공기로 나오자 그 주위의 세계는 더욱 심하게 빙빙 돌기는 했다, 정말, 그래도 실내보다는 실외가 훨씬 더 나았고, 그는 자리가 파해서 나온 건지, 그냥 슬쩍 빠져나온 건지도 기억나지 않았다, 맙소사, 그의 경우에는, 웅장한 건물들이 호를 이루며 늘어선 와이탄 위쪽 지구 가까이에 특이한 자세로 서 있는 그 순간에는 기억에 대해서 말을 꺼내는 것조차 의미가 없었다, 그는 난간에 기대어 강 반대편의 유명한 푸둥 신구를 구경했다, 그리고 이쯤 되자, 재난에 가까웠던 신선한 공기가 충분한 효과를 일으켜 그의 의식이 한순간 맑아졌고, 갑자기 이 모든 것들은 그에게 조금의 관심도 불러일으키지 않는다는 것을 깨닫게 되었다, 그는 상하이에, 여기에, 웅장한 건물들이 호를 이루며 늘어선 와이탄 위쪽 지구 가까이 강둑에 서서 끔찍한 지루함을 느꼈다, 이건 그의 자세로 명확히 알 수 있었다, 여기서 대체 뭘 해야 한단 말인가? 결국 그는 점점 재앙이 된 상황 속에서 세계의 종말까지 그 난간에 기대어 있을 수도 없었다, 그는 혼자였다, 그의 의식은 다시 한번 흐려졌고, 머리가 헤엄치고 있었다, 분명히 이 경우에 식당을 찾아 들어간다는 건 선택 사항이 아니었다, 먹는다는 생각만 해도 참을 수가 없었다, 이런 불안정한 상황에서는, 심지어 그저 저녁을 보내기 위해 어디로 가서 식당에 앉는다는 생각도 참을 수 없었다, 어쨌든 그럴 기분도 아니었다, 어떤 일도 할 기분이 아니었다, 그렇지만 다음 순간 그의 의식은 떠돌다 돌아와 질문했다, 이제 무얼 하지? 여기 영원히 머물러 있어야 하나? 영화라도 봐야 하나? 아니면 나이트클럽 같은 데라도? 하지만 이 근처에 나이트클럽이 있었나? 그는 강둑에서 고개를 흔들었지만 바로 그만두었다, 고개를 흔드는 것만으로도 메슥거림

이 더 심해졌기 때문에, 그는 푸둥을 찬찬히 감상하는 사람처럼 앞을 똑바로 바라보았지만, 눈앞에 보이는 건 더러운 강물뿐이었고 그는 그 풍경에 완전히 질려가고 있었다, 그래도 남은 저녁 동안 자유의 몸이 되었다, 사실 좀 더 정확히 말하자면, 이날 저녁은 그가 여기까지 날아와서 사흘 내내 일하던 통역 업무에서 벗어난 유일무이한 저녁이었다, 유일무이한 저녁, 이 생각이 그의 머릿속에서 돌기 시작했다, 이게 유일하게 자유로운 저녁, 그는 뭘 해야 할지 알 수 없이 때 낀 강물 표면 위에 시선을 고정하고 있었지만, 그의 의식은 바로 그때 이렇게 속삭였다, 이렇게 자유로운 저녁에 아무것도 하지 않으리라, 뭘 할지 여기서 고민을 그만둬야지, 몸을 일으켜 술을 깨고 호텔로 돌아가 침대에 누워 텔레비전을 봐야지, 유럽에 있을 때는 중국 TV 프로그램을 거의 보지 않았는데, 그의 방은 쾌적하게 시원할 테고, 룸서비스를 불러서 얼음 한 통과 페리에 탄산수 한 병 정도 가져다 달라고 할까, 그래, 진짜 페리에 큰 병하나면 좋겠지, 그 생각에 전율이 일었다, 그는 이제는 영문 없이 세계가 그의 주위를 이전보다 더 심하게 빙글빙글 돈다고 해도 그게 그렇게 끔찍하게 여겨지지는 않았다, 순전한 의지력으로 맑은 정신을 찾는 데 성공하지 못했다고 해도, 어쨌든 푸저우루福州路까지 도로 찾아갈 수는 있었다, 그렇게 상황이 길하게 돌아가는 듯 보였으나, 몇 발짝 떼자마자, 끔찍한 구역질이 치밀었다, 그래도 토하기 위해서 멈추진 않았다, 그는 계속 걸었다, 즉 제대로 걸어갈 수는 있었다, 얼굴은 벌겋게 달아오르고 머리카락 끝이 곤두섰지만, 그는 다행스럽게도 이를 잊을 수는 있었다, 어쨌든 그것에는 관심을 두지 않았다, 오로지 걷기만이 관심 있었다, 이런 구역질이 곧 가라앉고 그는 곧 호텔에 돌아갈 거라는 희망만이 있었다, 그는 푸저우루를 걸으면서 호텔방을 그려보았다, 시원한 에어컨 바람을 느낄 수 있었다, 비좁은 택시 안에 몸을 구겨 넣거나 지하철을 탄다는 건 말도 안 되는 일이었다, 어느 쪽이든, 특히 여기 푸저우루에서는 손쉬운 편이었지만, 그는 지표면 위에 머물러 있어야 했다, 너르고 탁 트인 지면 위에, 이런 생각이 그의 머릿속에 데굴데굴 굴러갔다, 그는 계속 되는대로 심호흡을 하며, 허파 깊이, 허파 깊숙이 공기를 크게 꿀꺽 삼켰다, 이 생각만이 그의 머릿속에서 굴러갔지만, 그렇다고 기분이 더 나아지지는 않았다. 사실, 기분은 더 나빠지기 시작했다. 이제 오후 10시가 다 되어가는 시각, 날씨는 상쾌하다고 할 정도였고, 계속 걸었지만 멈춰서 구토를 해야만 했다, 기겁한 행인들이 그에게서 멀찌감치 떨어졌고, 그는 또다시 길을 걸었다, 다시 비틀거리다가 마지막 순간에 균형을 잡고, 또 비틀거리다가 다시 균형을 잡고, 계속 발걸음을 이어갔다, 푸저우루에서 멈추지 않고 걸어갔다, 물론 그 순간에는 계속 도보로 걸어가게 되리라고는 생각하지 않았다, 생각을 할 만한 겨를이 찾아오지 않았다, 오히려 그 반대, 사실상 사람들 말마따나 바로 다음에 오는 기

2부 이야기하다

회를 잡아야 한다는 생각이 머릿속에 계속 까닥거릴 뿐이었지만, 그는 바로 다음에 올 기회를 잡지 않았다, 그 기회가 뭔지 몰랐기 때문이었다, 공교롭게도 그냥 걷다 보니 무척 암시적인 이름인 인민광장(人民廣場, 런민광창) 모퉁이에 다다랐고, 갑작스레, 마치 이걸 줄곧 계획했던 양, 그는 일말의 망설임도 없이 왼쪽으로 돌았다, 그의 동작은 광장을 대각선으로 가로지르는 것처럼 읽혔을지도 모르지만, 실제로는 그렇지 않았다, 그의 발이 다른 결정을 내렸기 때문이었다, 그의 상체는 대각선 횡단으로 쏠렸지만, 그의 발은 직진 행로를 이어갔고, 그저 급히 직행하여 나아가는 수밖에 다른 도리가 없었다, 이제 메슥거리는 기운은 조금 잦아들었지만, 이쯤 되자 기진맥진한 기분이 슬슬 들었고 애초에 도보로 가기로 한 것이 잘못되었다는 후회가 찾아와 그는 자기 자신을 꾸짖었다, 상하이에서 어슬렁어슬렁 나다니다니 멍청이 아니야, 거리가 평소보다 열 배, 백 배가 되는 이 도시에서, 게다가 택시 쿠폰까지도 받았고 대중교통을 타면 무료였는데, 회사는 이런 문제에 대해서는 상대적으로 자유로운 정책을 유지하고 있었다, 하지만 이제는 아무런 차이가 없었고, 그는 손을 흔들어 생각을 쫓아버렸다, 몸짓이 너무 커서 그는 어쩔 수 없이 발길을 멈춰야만 했지만, 계속 움직여 나아가야만 하기도 했다, 그의 안에서 의식의 목소리가 끝없이 일깨웠다, 지금 길을 가야만 해, 그래서 그는 다시 한번 출발했다, 계속 걸었다, 그 무엇보다도 어떻게

72번 버스를 찾아야 할지 아주 약간의 개념조차도 없다는 흐릿한 인식이 떠오르는 지점에 이르렀기 때문이었다, 그 버스만이 유일한 기회였는데, 그는 이제 72번 버스와 사랑에 빠져들고 있었다, 그는 늘 그 버스에 무척이나 정을 느꼈고 늘 사랑했다, 이 버스의 노선 때문이었다, 그렇지만 그게 어땠는지는 잠시 머릿속에 별로 떠오르지 않았고, 그렇다고 달리 떠오르는 것도 없었다, 오로지 무슨 일이 있어도 버스를 찾아야겠다는 욕망뿐, 72번 버스만이 그의 문제를 해결해줄 수 있었다, 오로지 72번 버스만이, 그의 안에 있는 의식의 목소리가 반복했다, 이 의식은 평소에 이 버스와 그 노선이 그에게는 꽤 익숙했다는 것을 알고 있기 때문이다, 이 버스는 무척 인기가 있고, 널리 미치는 노선으로 그가 상하이에 출장을 올 때마다 무수히 이용했다, 바로 이 이유 때문이다, 목소리가 그의 안에서 우레처럼 울려 퍼진 건, 넌 이 버스를 찾아야 해, 그래서 계속 터벅터벅 걸으며 마음속으로 기본 방위는 염두에 두었다, 이런 상황에서도 그는 그건 대강 알고 있었다, 그는 기본적으로는, 어느 쪽이 동서남북인지 결정할 때는 실수하는 법이 없었다, 그리고 그는 시내 안쪽, 너른 의미로 중심지라면 도시 어디에서도 길을 잃지 않을 정도로는 상하이에 익숙했다, 그리고 지금이 그런 경우였다, 그는 의식적으로 알지는 못했지만 인민광장을 걸었다, 발길이 남쪽으로 향했고, 그는 더 작은 이면 도로를 쭉 걸어갔고, 갑자기 프랑스 구역에 이르렀다, 이전에 프랑스인들의 거주지였던 이곳은 놀라울 만큼 재생의 과정을 겪었고, 그의 안에서 다시 깨어난 의식 때문에 그는 얼간이처럼 되어버렸다, 지난번에 왔던 이래로 이 장소, 상하이의 작은 생제르맹-데-뭐시기라는 이곳은 생명을 얻었다, 그는 그 단어를 발음하려고 해보았다, 생제르…… 생-데, 아니, 적어도 그런 비슷한 글자가 들어 있는 지명이었는데, 그는 발음하려는 시도를 포기했다, 이제는 여기는 대로였다, 여기 화이하이루淮海路는 다른 거리와는 대조적으로 지나치게 길었고, 금요일 인파도 너무나 북적였다, 상점들은 아직 영업 중이며, 식당이나 상상 가능한 다른 유흥업소도 아직 영업 중이었다, 여기서의 삶은 절대 정지를 허용하지 않았다, 밀려드는 인파는 그저 제정신이 아니었고, 지나는 차들은 어마어마했으며, 모든 것이 한 사람의 제정신이 버틸 수 있는 정도보다 한 치수 정도 큰 속도로 움직였다, 이게 바로 그의 마음속에서 형태를 잡아가고 있는 의견이었다, 한 치수 더 크다, 그의 안에서 다시 살아난 의식은 생각했다, 참을 수 있는 크기를 3X라고 명명한다면, 4X는 되어야만 상하이의 크기에 맞을 것이었다, 아니, 그 외에 어떻게 표현해야 할까, 그는 환하게 불 밝힌 상점 진열장 앞을 스치는 군중들을 팔꿈치로 헤치고 나아가며 생각했다, 이런 속도는 끔찍했고, 그를 어딘지도 모를 곳으로 쓸고 가버렸다, 그래도 그 누구도 이것이 왜 그처럼 끔찍한지 알지 못했다, 자, 한번 해보시지, 그의 발걸음이 느려졌고, 이번에 그의 발은 순순히 따라서, 그가 질문을 던지도록 두었다, 자, 한번 해보라고, 이 사람들아, 어디를 그렇게 서둘러 가는 거지, 정말? 어쨌든 어째서 여기 사람들은 모두 서두르는 거지, 그는 고개를 좌우로 돌려 두리번거렸지만, 금방 현기증이 일어 재빨리 그만두었다, 다시 한번 그는 머리를 목 위에서 세워 균형을 잡고 시선을 한 점에 고정했다, 여기는 금요일 밤이었고, 쳐다볼 사람을 하나 고른다면, 옷차림이 세련된 이 여자를 쳐다보면 어떨까, 여자는 우아한 상점들에서 산 쇼핑백 두 개를 움켜쥐고 있었고 그렇게 미친 듯이 서두르고 있다고는 말할 수 없었지만, 그의 시선이 보도를 지나가는 전체 군중에게도 돌아가는 순간, 그는 다시 한번 이렇게 무분별한 템포의 혼돈이 참을 수 없고 미친 것 같다고 느꼈다, 어째서 느긋하게 걷지 않는 것이지? 그는 지나는 얼굴을 도발적으로 하나하나 차례로 응시했다, 전 세계적으로 금요일 밤, 10시 반이나 11시였지만 별 차이는 없다, 공기는 상쾌하고, 살짝 휘저은 듯 점점 더 상쾌해졌다, 산들바람이라고도 할 순 없었다, 연옥과 다름없는 8월에 상하이에서는, 아니, 딱히 그렇지도 않았다, 그래도 한 줄기 바람이 모두를, 화이하이루를 혼란스럽게 빙빙 도는 이들을 어루만졌다, 이제 그는 이것, 여기가 혼돈이라는 것조차도 인지할 수 있게 된 기분이었고, 이 인지가 그의 회복의 첫 징조였다, 이 사람들, 여기 있는 이 모든 사람이 혼돈에 빠져 완전히 정신이 나가 여기저기, 앞뒤로, 건너로, 안으로, 위

2부 이야기하다

아래로 뛰어다니고 돌아다니고 있다는 것, 이 미친 듯이 거대한 야단법석을 인지한다는 것, 하지만 어쨌든 이 시간 전 세계의 사람들은 천천히 속도를 늦추고 있으리라, 주말이니까, 사람들은, 그는 바보들에게 빛을 보여주려고 애쓰는 예언자처럼 목을 쭉 뻗어 다가오는 얼굴들을 향했다, 여기 화이하이루에 왔네요, 좋아요, 쇼핑을 하시네요, 멋진데요, 그런 후엔 저녁 식사를 조금 하고, 잡담이든 뭐든 조금 나누고, 좋아요, 하지만, 아니, 여기 사람들은 뭔가 나사 빠진 것처럼 행동했다, 이곳은 정말로 정신병원 같았다, 그래서 그는 급작스럽게 우회전을 했다, 즉 호를 반 정도 그리면서 반대편으로 건너갔다는 뜻이다, 지나가던 차들이 브레이크를 끼익 밟으며 급히 도움을 주는 데 성공한 덕에 그는 협조적인 운전자들이 차 사이로 통로를 내준 그 몇 분의 1초 사이에 간신히 맞춰 지나갈 수 있었다, 건너서, 위로, 저 멀리, 그것이 그의 결연한 계획으로 보였다, 마당루馬當路를 따라 북쪽으로 간다, 이런 생각이 마치 신호등처럼 그의 안에 번쩍 떠올랐다, 이제 이건 물렸으니까, 여기서 이 길로 올라갈 거야, 그리고 이런 전략은 실로 먹혔고, 조금만 우회하면 될 테지, 이제 여기 이 작은 골목에 들어섰어, 어쩌다 보니, 좁고 작은 뒷골목으로 들어섰다, 작은 유럽 크기의 골목 같은, 빽빽한 파리의 크기군, 그는 혼잣말을 했다, 그리하여 옆으로 차가 흘러가는데 행인들에게는 좁은 보도뿐이었다, 결코 실용적이지 않을 좁디좁은 보도였지만, 뒤에 제쳐두고 있던 화이하이루에서 일어나는 광적인 질주, 아까 이곳을 지배하던 필사적인 기운은 이제는 느껴지지 않았다, 여기 사람들은 어쨌든 그렇게 서두르고 있지 않았다, 결국 이 거리는 정말로 유럽적, 거의 파리의 아늑함이 있었고, 어쨌든 그게, 이 파리적 개념이 먹히는 듯 보였다, 그는 고개를 끄덕이고 약간 안도해서 계속 걷다가 길 끄트머리에 슬쩍 눈이 갔다, 그리고 거기에서 길이 끝난다는 걸 알게 되었다, 실로, 그에게서 가까이, 바로 거리에서 위쪽 길 반대편에는 고속도로의 음울한 거구가 쭉 펼쳐져 있었다, 어떤 괴물 같네, 그는 히죽 웃으며 생각했다, 마치 골렘이 저기 등 대고 누운 것 같네, 대자로 뻗은 몸이 빌딩들로 이루어진 블록 사이에 깔끔한 호를 그린 것 같아, 그는 도로를 슬쩍 보면서 혼잣말했다, 여기에서는 그는 이런저런 말을 혼잣말로 할 수 있었기 때문이었다, 가령 *아니야, 이건 아니야* 하는 말, 상하이의 초고속도로는 근본적으로 반대편에서는 걸어서 건널 수 없을 정도의 규모였다, 그는 이러기에도 너무 지쳐 있었다, 뭐라고 표현해야 할까, 이건 곤드레만드레 취한 사람에게는 그다지 소용이 없을 것이었다, 그는 너무 피곤해서 이런 고속도로와는 싸울 수가 없었다, 한 명의 보행자로서 그는 이제 맑은 정신으로 생각할 수 있었다, 이런 고속도로 근처에서는 사람들 말마따나 기회가 없었다, 그의 운명은 이제 막을 내렸다, 다시 한번 그는 버스를 생각했다, 대체 걸어서 돌아다니면서 여기서 뭘 하

2부 이야기하다

고 다닌 거지, 그의 발은 피로로 불타는 것 같았다, 몸의 다른 부분은 말할 것도 없었다, 그는 자기 자신에게 경고를 내렸다, 단 한마디, 발은 끝장났어, 그는 결론을 내렸다, 재빨리 버스 정류장, 72번 버스를 타는 대신에 여기까지 터덜터덜 걸어오다니, 어째서 아직도 걷고 있는 걸까? 그는 스스로 물었지만, 그제야 자기가 아마도 빠져나갈 길을 찾기에 최적의 장소에 와 있는 건지도 모른다는 것을 기억해냈다, 이제 한번 볼까, 그의 소중한 두 발은 이제 브레이크가 걸렸기 때문이었다, 나는 지금 마당루에 있어, 뒤로는 화이하이루가 있고, 그리고 내 앞에는 진링시루金陵西路가 있지, 그러므로 바로 이 부근이 맞는 거야, 정확히 이 고속도로 근처, 바로 그 옆에 있어야만 해, 실로 그 주변에 72번 버스 정류장이 있어야 했다, 그는 이제 생각이 났다, 그가 지금 있는 위치의 윤곽이 차츰 더 익숙해져만 갔다, 자기가 어디 서 있는지, 고속도로가 어디 있는지, 지금 마당루에 서 있는데 가장 가까운 버스정류장이 어디였는지, 아, 그래, 그는 다시 발걸음을 뗐다, 정확히 이 고속도로, 옌안延安 고가도로의 차로 옆을 따라서 나아가야 할 것 같았다, 이것이 바로 그가 이 우울하고 거대한 덩치를 보고도 돌아서지 않은 이유였고, 옌안을 건너편에 두고 계속 걸어가는 이유였으며, 그가 이렇게 쭉 뻗은 괴물의 가장자리에 도착했을 때 씩 웃은 이유였다, 그 이유를 자기도 몰랐지만 왠지 그는 이 괴물이 재미있다고 생각했다, 그래서 그는 이 유명한 초고속도로의 가장자리에 도달했을 때, 여기도, 저기도, 어디에도 버스정류장의 흔적이 없다는 걸 확인했을 때, 그는 계속 걷기 시작했다, 이 살뜰하고 소중한 발이여, 그는 계속 걷고 있는 두 발을 슬쩍 내려다보았다, 한 발, 또 한 발, 그랬을 가능성도 배제할 수는 없지만 눈이 속인 게 아니라면, 혹은 그랬더라도 놀랍지는 않지만 그의 기억이 장난질을 친 게 아니라면, 그의 시력과 기억의 본능이, 합쳐서 그의 본능이 찾아낼 거라고 그는 생각했다, 정류장은 있어야만 하니까, 그는 짜증스러운 표정을 지으며 생각했다, 그건 있어야 하지 않겠어, 그가 찾아가고 있는 그것, 그리하여 계속 걸었다, 여기서 왼쪽으로 틀어 계속 옌안 고가도로를 따라 쭉 걸어가면서, 그는 소중한 발을 내려다보았다, 그의 발, 한 발이 다른 한 발 뒤에 내딛는 모습, 그는 이제 모든 게 괜찮을 거라는 확신이 들었다, 그가 옌안 고가도로를 계속 똑바로, 꾸준히 따라 걸으면, 몇백 미터면, 기껏해야 500미터면 나타날 것이었다, 이제껏 바라왔던, 그 모든 걸 구원해줄 집으로 가는 버스가 나타나리라, 그는 자랑스럽게 아래의 두 발을 눈여겨보았다, 그는 그 두 발이 있으면 모든 게 잘될 거라고 확신할 수 있었다.

저는 동시통역을 합니다, 그는 소리 내어 말했다가 누가 들었나 싶어 잠시 멈칫했다, 하지만 그의 말을 들은 사람은 아무도 없었다, 그리하여 그는 필사적으로 도움을, 즉각적인 구

조를, 빠른 개입을, 긴급한 천사의 기적이 행해지기를 필요로
하고 있었음에도 어디선가 도움을 받을 거라는 기대를 할 수
가 없었다, 아, 하기는, 물론 이 헝가리어로 말한 그의 선언이
이 상하이에서 도움이 될 수 있으리라고 생각할 수 있을까, 그
래, 그건 설명하기 힘든 일이지만, 그의 상황에서 뭐든 설명한
다는 건 거추장스러운 일일 것이리라, 동시통역이오, 그리하
여 그는 반복했다, 고통이 유래되는 곳은 두개골 안이기는 했
지만, 이 말을 하면서 자기 능력을 다해 머리를 차분하게 유지
하려고 애썼다, 온몸이 완전히 굳어졌다, 고통을 그 안에 가
두어 더 자라나지 않기 위한 노력이었다, 극심한 고통은 점점
더 극심해졌고, 너무 극심하고 너무 강력해서 눈이 보이지 않
을 지경이었다가, 얼마간 초연해졌다, 외부인처럼, 그는 그 고
통이 자신의 것임을 인정하기를 거부했다, 이 고통은, 말로는
이루 다 표현할 수 없는 이 지옥 같은 고통은 인정할 수가 없
었기 때문이었다, 그건 고문과도 같아서, 번개가 내려치는 것
처럼 그에게로 재빠르게 내려앉았다, 좀 더 정확히 말하자면,
그는 여기, 당분간은 어디라고 파악하기도 힘든 위치에서 갑
작스레 찬물을 맞은 듯 정신이 번쩍 들었다, 그의 주변에는 차
들이 포효하고 구르며 천둥처럼 내려치는 소리로 정신이 나
갈 것 같았다, 사방에서, 머리 위에서, 아래에서, 왼쪽에서, 오
른쪽에서, 그래, 그 끔찍한 소음이 그저 사방에서 울리고, 그
는 여기 그 한가운데에 앉아 있었지만, 여기가 어디인지는 어

렴풋하게라도 알 수가 없었다, 눈이 멀어서 아무것도 볼 수 없었으며, 더욱이 아무것도 들을 수 없었다, 그가 듣고 있는 소음은 너무나 강렬하고 그의 두개골 속 고통이 늘어가는 만큼이나 커져가서 그는 아무것도 들을 수 없었다, 그리하여 그는 눈이 멀었을 뿐 아니라 귀도 멀었으며, 이제 자기가 누군지만 말할 수 있을 것 같은 생각이 들었으나 실제로는 말할 수 없었다, 고통이 더 커지지 않도록 목소리도 잃었기 때문이었다, 물론 질문은 그렇게 참을 수 없을 만큼 심하게 아픈 상태인데도 더 아플 수도 있는가 하는 것이고, 대답은 그래, 그럴 수도 있군, 이라고 그는 결론을 내렸다, 무언가 이 고통을 훌쩍 넘어 쿵쿵 뛰었다, 그리하여 그는 그저 가만히 앉았다, 꼼짝하지 않고, 자세도 바꾸지 않은 채로, 여기, 어딘가에, 그의 주위에는 그렇게 포효하고 굴러가고 울리는 소리뿐, 그리고 이렇게 머무르는 것 이외에는 달리 할 일이 없었기에, 아무것도 하지 않고, 아무 말도 하지 않고, 움직이지 않고, 지금 어디 있는지 무슨 일이 일어나는지 생각하지 않았다, 그래, 특히 아무 생각도 하지 않았다, 심지어 어째서 지금 이렇게 맑은 정신이 드는지 생각하지 않았다, 아까는 술에 잔뜩 취해서 머리가 꼭지까지 돌지 않았던가, 그래, 지나치게 취했었지, 하지만 그만 기억해, 그는 광적으로 자기 자신에게 경고했다, 분명히, 기억해낸다는 건 움직인다는 것일 테니까, 이제 그의 유일한 기회는 모든 동작을 체념하는 것, 완전히 멈추는 것뿐, 그의 머릿속 이

2부 이야기하다

고통이 가라앉을 수 있게, 아무 말도 하지 않고, 아무 소리도 듣지 않고, 아무 생각도 하지 않고, 아무 기억도 하지 않고, 안 된다, 심지어 아무 바람도 하지 않고, 바란다는 건 또 움직인다는 거니까, 그것만으로도 그가 고통을 줄이려고, 잦아들게 하려고 애써 유지하는 이 마비 상태를 천천히 굴릴 수 있었다, 완전히 멈춰서, 이런 엄격한 훈련을 하면 효과가 있겠지, 비록 이루 다 헤아릴 수 없는 시간이 지난 후겠지만, 몇 날이, 몇 밤이 지난 후일까? 그런 후에 날이 더 지나고, 밤이 더 지나고? 갑작스레, 펑, 고통이 잦아들고 줄어들더니 멈춰버렸다, 그리고 몇 날과 밤이, 몇 밤과 날이 지난 후에 눈을 뜰 수 있는 순간이 돌아왔다, 실눈을 뜨고, 처음에는 그저 실눈이긴 했지만, 그가 앉아 있는 곳은 이전에 한 번도 앉아본 적이 없다는 사실을 확인하기에는 충분했다, 아마도 그 누구도 이전에는 앉은 적이 없는 곳이리라, 그는 즉시, 자기가 고속도로가 사방으로 휘어져 뻗어나가는 한가운데 앉아 있다는 것을 깨달았다, 아니, 좀 더 정확히 말하면, 다양한 방향으로 호를 그리는 고속도로 한가운데, 고속도로에 둘러싸여 있다, 잘못 봤을 리가, 실눈을 뜨고 본 이미지로 봐서는 머리 위에 고속도로가 있고, 아래에도 고속도로가 있고, 왼쪽으로도 고속도로가 있고, 오른쪽에도 마찬가지로 고속도로가 있었다, 다음으로 든 생각은 그뿐만이 아니라, 그를 둘러싼 모든 것들이 잘못되었다는 것이다, 여러 층의 고가도로라니, 그런 걸 누가 들어봤겠는가, 이런 식으로 자신이 인식한 것을 인정하지 않으려 하며 잠시 움츠러들었다, 동시통역사로서 그는 여러 분야의 전문 지식을 지녔고, 그중 하나가 차량 교통 체계에 대한 지식이었다, 차량 교통 체계에 대한 전문 지식을 지닌 동시통역사이기에 자기가 어디에 있는지 감을 잡을 수 있었지만, 다만 그를 믿기를 거부할 뿐이었다, 어찌해도 그가 여기로 올 수 있는 방도가 없기 때문이었다, 그는 은유적으로 고개를 저었다, 물론 고통 때문에 실제로 고개를 저은 것은 아니었지만, 어떤 인간도 지금 그가 있는 자리에 올 수는 없었다, 그 사실에도 불구하고 그는 용들이 휘감고 있는 그 유명한 기둥을 저 아래로 볼 수 있었다, 오, 맙소사, 그는 이제 생각했다, 오, 맙소사, 나는 구룡주九龍柱,九龙柱 교차로 한가운데에 있는 거야, 하지만 내가 어떻게 여기 안으로 들어올 수 있었지, 그게 문제네, 구룡주는, 아니면 이 지역 사람들이 부르는 대로 지우롱주 쟈오지(九龙柱 交集, 구룡주 교차로)는 사람이 안에 들어갈 수 있는 곳이 아니었다, 마침내 실눈이 아니고 똑똑히 볼 수 있는 순간이 돌아왔다, 이쯤 되자 그는 한쪽 눈을 떴기에 고통은 머릿속을 흐릿하게 지배하며 버티고 있었고, 그래서 그는 자기 안에서 다시 불씨가 붙은 희망은 완전히 근거가 없는 건 아닐지도 모르겠다고 생각하며 한쪽 눈으로 내다보았다, 왼쪽 눈밖에 뜰 수는 없었지만 크게 뜰 수는 있었다, 아니, 눈이 크게 뜨였다고 하는 편이 맞을 수도 있다, 그는 환각에 빠져 있는 게 아니었던 것이다, 그는 실로 구룡주, 이 지역 사람들이 부르는 대로 지우롱주 쟈오지 안에 들어와 있었다, 깊숙이, 일종의 보행자 육교 난간 같은 데 등을 기대고 섰다, 누가 그를 거기 기대놓기라도 한 듯, 누가 그런 짓을 할 수 있었을까, 그는 전혀 짐작도 할 수 없었다, 어쨌든 여기 그가 있었다, 기대놓인 채로, 이렇게 부를 수밖에 없다, 보행자 육교에는 투명 플라스틱 난간이 있었다, 다리 길이만큼 쭉 붙여놓은 허리 높이의 옆 패널, 아마도 누가 난간 위로 넘어져 흘러가는 차 위로 떨어지는 걸 방지하기 위한 것이리라, 아마도 네가 넘어지지 않도록, 그는 반복했다, 이때 그의 다른 눈이 대담무쌍하게 팍 뜨였다, 이 순간에야 그는 자기가 얼마나 높이 있는지 깨달았다, 이 보행자 육교라는 것은 그 이름대로 땅에서 허공으로 솟은 진짜 다리였다, 무언가 위에 걸쳐진 다리일 뿐 아니라, 실로 위아래, 이쪽저쪽으로 이어진 고속도로에서 보행자들이 다양한 층으로 옮겨 갈 수 있도록 해주는 다리였다, 이거, 제정신으로 할 수 있는 짓이었을까? 그는 자기 자신에게 물었다, 아니, 그럴 순 없어, 그는 대답했다, 결국 그는 시선을 낮춰 자기 발 앞을 보았다, 그러면 내가 미친 거겠지, 이렇게 끝나버리는구나, 나는 보기 좋게 술에 취해서, 페르펙타멘테*perfectamente*하게 취했던 거야, 얼마나 취했는지 이런 광기 속에 여기로 올라오는 꼴이 됐지, 이 광기에 갇혀버렸어, 그가 감금되었다는 건 명백했다, 그는 옴짝달싹할 수 없었다, 이제 움직일 용기가 부족한 게 아니었다, 이제는 위쪽 대기권 내에 감돌던 그 모든 통증은 상당히 가라앉았지만, 그래도 에너지는 부족했다, 그는 피곤했다, 너무 피곤해서 눈알을 굴리는 것조차도 피곤했다, 처음에는 왼쪽 눈을 살짝 실눈으로 뜨고, 그다음엔 완전히 뜨고 다른 눈으로도 주위를 돌아보았지만, 그렇다고 물론 고개를 돌리진 않았다, 아니, 처음에는 조심스럽게 고개는 돌리지 않고 눈알만 옮겼을 뿐이지만, 그렇게 할 수 있게 시도하기까지 한참 걸렸고, 그렇기 했을 때는 성공이어서 통증이 늘지는 않았다, 그저 똑같이 흐릿한 수준에 머물러 있을 뿐이었다, 그러자 그는 다시 한번 두 눈을 뜨고, 다시 한번 자신이 어디 있는지 보았다, 그는 말했다, 이번에는 자신이 누군지 말한 건 아니었지만, 말했다, 나는 말짱한 맨 정신이야, 내 머리는 맑아, 나는 생각할 수도 있고 보고 들을 수도 있어, 하지만 내가 보고 들을 수 없었더라면 좋았을걸, 이제 나는 보이는 것을 보고 들리는 것을 듣고 내가 어디 있는지 생각할 수도 있어, 이건 있을 수 없는 일이야, 내가 구룡주 교차로 한가운데 있다니 있을 수 없어, 구룡주 교차로가 상징적으로, 혹은 그렇게 상징적이지 못하게 기대고 있는 그 유명한 기둥이 여기 아래에 훤히 보이게 서 있다는 건 완전히 다른 문제야, 아무리 그래도 내가 구룡주 교차로, 여기 지역 사람들이 부르는 대로 지우룽주 쟈오지 안에 앉아 있다는 건 있을 수 없는 일이야, 사람이 구룡주 교차로 안에 앉아 있을 수는 없기 때문이지, 차를 타고 지나

2부 이야기하다

갈 수는 있어, 바로 그거야, 결국 이것도 교차로니까, 전 세계적으로 유명한 교통 요지, 소위 대도시 분할 고속 교차로라고 하는 거지, 그는 머릿속에 넣고 다니는 전문 어휘집에서 이 정도까지는 끄집어낼 수는 있었다, 그리고 사람이 이 대도시 고속 어쩌고저쩌고 안으로 기어오를 수는 없다, 특히 그렇게 해서 통행로 육교 투명 플라스틱 난간에 등을 기댈 수는 없단 말이다, 반쯤 몸이 넘어가서 미끄러지지 않도록 왼쪽 팔로 지탱하고 있다, 아니, 아니야, 이런 식으로든 저런 식이로든 이건 이상해, 나는 아마도 제정신이 아닐 거야, 그는 스스로 안심시켰다, 하지만 환각일 순 있겠지, 나처럼 취하면 그렇게 드문 일도 아니야, 이렇게 페르펙타멘테하게, 《화산 아래서》에서 맬컴 라우리가 그렇게 말했지, 내가 화이하이루를 걸었던 기억은 나, 마당루까지도 선명히 생각나지, 그리고 옌안 고가도로도, 아, 그래, 마지막 이미지가 그에게 휙 스쳐 갔다. 한 남자를 보았다. 토사물에 젖은 셔츠, 토사물에 젖은 면바지, 토사물에 젖은 가벼운 여름용 가죽 구두, 그 남자는 그 자신이었다, 그리고 그는 여기 있었다, 구룡주 교차로 안에 아래로 기대고 있는 남자. 그리고 왼쪽 팔, 그 왼쪽 팔은 점점 힘이 빠져서 이 몸을 받칠 수가 없다, 토사물에 젖은 그 셔츠, 토사물에 젖은 그 바지, 토사물에 젖은 그 가벼운 여름 가죽 구두, 그는 아래로 쭉 미끄러질 것이었다, 그는 깨달았다, 아래로 미끄러져 머리를 얻어맞은 양 잠에 빠져들 것이다, 사실 그는 피곤한 참이

기도 했다, 끔찍하도록, 이해할 수 없도록 피곤했다, 바로 여기 구룡주 교차로 한가운데에서.

나는 동시통역사이고, 기억력은 완벽해, 그는 육교에 걸친 수치스럽게 무기력한 자세로부터 일어났다, 이와 같은 교차로에 관해서 교통 체계적 관점에서 대해 알아야 할 필요가 있는 모든 건 자세한 거 하나까지 다 내 머릿속에 있어, 그리고 그는 일어섰다, 처음에는 난간 손잡이를 잡아야 하긴 했지만, 첫 3~4미터 후에는 그걸 놓고 도움 없이 완전히 위엄 있는 태도로 몸의 균형을 잡으면서 몇 걸음 뗄 수 있었다, 그런 후에는 어딘가로 향하는 육교 위에서 발을 내디뎠다, 그러나 육교는 바로 휘어져서 그에게는 너무 불확실해 보이는 미래로 향했다, 그는 멈추는 게 더 현명하다는 결정을 내렸고, 멈춰서 심연을 내려다보았다, 그 후에는 위에 있는 모든 게 무사한지 확인하려는 양 높은 곳을 올려다보았다, 이제 모든 것이 무사했다, 머리는 맑아졌다, 머리는 더는 아프지 않았다, 이 머리는 무척 명징하게 존재에 관한, 즉 그의 존재에 관한 질문을 할 수 있었다, 그는 계속 그렇게 해나갔다, 즉 여기서 자신이 이제는 영원히 무명으로 남겨질 운명에 있는 무명의 역사의 수동적 객체가 되어버렸다면, 확실히 거기에는 어떤 이유가 있을 것이었다, 그동안 그는 깊은 아래와 높은 위를 계속 힐끔거렸다, 이 이유는 다름 아닌 바로 그 사실이어야 했다, 그 깨달음이 그의 안으로 찢고 들어왔다, 내가 이제 60년이나 되는 세월, 동시통역사로서 40년이나 되는 세월을 살아오는 동안 세계에 대해서 배웠던 것을 선언해야 하는 삶의 기점에 이르렀다는 깨달음, 그리고 내가 그렇게 하지 않는다면, 나는 그걸 무덤까지 가지고 가리라는 것, 그러나 생각이 꼬리에 꼬리를 물었다, 그렇지만 그런 일은 일어나지 않을 거야, 나는 여기서 내 선언을 할 테니까, 그리고 이런 문장이 그의 머릿속에서 차례차례로 꽤 매끄럽게 이어졌다, 다만 이 순간, 그는 다시 한번 심연을, 다시 한번 높이를 바라보았다, 짧게 말해, 이 구룡주 교차로, 혹은 이 지역 사람들이 부르는 대로 지우룽주 쟈오지가 무수한 가지를 뻗치고 있는 사방을 바라보았다, 이 고속도로는 사방으로 구불구불 난잡하게 펼쳐져 이 무수한 가지를 여러 층위로 나누고 뒤섞어 각자의 길로 보냈다, 좋아, 이 시점에서 그는 눈을 비비고, 손가락으로 헝클어진 머리카락을 몇 번 쓱쓱 빗어 내리고, 빽빽한 구룡주 교차로의 한 지점을 그저 응시하기만 했다, 그의 시선은 벌써 육교, 난간 손잡이, 투명 플라스틱 패널, 도로 전체 표면의 구석구석, 입자 하나하나를 파악했다, 실로 그러하여 그는 여기 지금 기쁘게 선언할 수도 있었다, 그러나 문제는 그가 세계에 대해서 알아낸 건 아무것도 없다는 것이었다, 그러니 그가 무슨 말을 하겠는가, 실로 무슨 말을, 그는 거의 40년 가까이 직업에 헌신하며 살아온 동시통역사였다는 것, 그런 말들, 여기서 그는 집게

손가락을 들었고, 자기가 육교 위에서 소리내어 말한다는 것을 깨달았다, 사실상 그가 늘 좋아했던 행동이기도 했다, 나는, 그는 마치 청중에게 이야기하듯 자신을 손가락으로 가리켰다, 늘 동시통역을 좋아했습니다, 사실 그건 기운 빠지는 일이기도 했습니다, 그는 처음으로 인정하려고 했다, 아주 기운 빠지는 일이라는 것을, 사실 그에게는 세상에 그 무엇도 동시통역보다 기운을 빼앗진 않았다, 그래도 그는 그 일을 좋아했다, 그는, 가령 카드 한 벌을 보고, 대답을 모르는 질문이 있다고 주장을 할 수는 없었다, 사실상 몇 개의 대답은 할 수 있었다, 특히 그 카드 한 벌을 두고, 자신의 직업 외에도 그는 또한 카드 게임을 좋아했고, 음, 이제 그의 질문은 이것이 완전한 카드 한 벌인지, 아니면 그저 마흔여덟 장의 개별 카드인지 하는 것이었다, 하지만 그건 그저 그런 유의 질문일 뿐이고, 세계 자체에 대한 그 특정한 질문은, 그도 뼈저리게 알고 있듯이 경험 많은 60대 동시 통역사에게 기대할 법한 그 하나의 특정한 질문은, 아니, 그에게는 한 번도 떠오른 적 없었다, 그리하여 만약 그가 무엇에 대해서든 아무것도 알지 못하기에 이제 곤경에 빠졌다는 선언을 하도록 운명이 그를 이리로 내던진 거라면, 그가 전반적으로 세계에 대해서 할 수 있는 말은 아무것도 없었다, 삶의 철학의 형태로 할 수 있는 말은 아무것도 없었다, 아니, 그런 것은 없었다, 여기서 그는 머리를 살짝 저었다, 그에게 말을 건 것은 그가 여기, 육교에서 바라

2부 이야기하다

본 것이지만, 전반적인 삶에 대해서는, 맙소사, 그는 아무런 말
도 할 수 없었다. 왜냐하면 이 장소를 예로 들어보면 여기 그
는 이 육교에 서 있고, 그는 구룽주 교차로 전체를 포함해서
팔로 크게 호를 그렸다, 여기에서 보면 모든 것이 뭐가 되었
든 아무 의미가 없다, 사실상, 여기 구룽주 교차로에서 보면,
그 무엇도 전체적인 일이 이처럼 시작되었다는 선명한 인상을
준다, 일단, 그는 말했다, 먼저 여기 고속도로가 하나 있었겠
지, 대충 서에서 동으로 가는 도로라 하자고, 그 말인즉 이 고
속도로는 또 동에서 서로 가기도 한단 말이다, 그리하여 우리
의 예에서 여기 어쩌다 있는 그런 고속도로가 만들어졌다, 그
는 육교에서 옌안로를 내려다보았다, 그래, 이 3차선 고속도
로, 각 방향으로 차로가 세 개 있는 이 고속도로는 다른 방향
에서 오는 고속도로와 직각으로 교차하며 통과하는 이 지점
에 이르렀다, 이것이 공교롭게도 그 유명한 난베이루南北路라고
할 수 있다, 그는 계속 말을 이었다, 즉 이런 만남이 교차로를
만들었다는 것이다, 그러나 우리는 여기 있는, 대도시 배경 속
이 고속도로들을 다루고 있다, 그런 교차로의 경우에는 차들
이 다양한 목적지로 향한다는 것을 무척 당연하게 여긴다, 딱
히 같은 방향으로 직진하여 달릴 필요가 없는 차들이다, 하지
만 가령, 그중 한 대가 직진하는 대신에 회전하려고 하면, 한
대가 끈질기게, 가령 왼쪽으로 돌아간다고 한다면, 이 동작은
아수라장에 가까운 복잡한 사태를 일으킬 것이다, 비슷한 의

도를 지닌 차들이 이 교차로에 엄청나게 몰려들 것이고, 그리하여 교통 통제 문제가 야기된다, 주요 방위만 네 개라는 것을 감안하면 그러고도 남지 않겠는가, 그리하여 그는 정신이 나갈 것 같은 소음 한가운데에서 주변을, 위아래를 둘러보았다, 이론적으로는 4 곱하기 3이니, 그러면 열두 개의 다른 방향이 가능하다, 이 말인즉, 그는 두 팔을 잠깐 펼쳤다, 처음부터 보자, 여기 나름의 목적지를 향해 서쪽에서 옌안 고가도로를 타고 오는 차가 있다, 이 차는 한편으로는 직진할 수도 있고, 아니면 난베이루를 타고 북쪽으로 전진하기 위해 직각으로 좌회전할 수도 있으며, 물론 난베이루 남쪽 방면 주로를 타고 남쪽으로 향하는 여행을 계속하기 위해 90도로 우회전할 수도 있다, 이렇게 세 개의 방향이 있는 것이다, 그리고 이 차에는 형제가 셋 딸려 있다, 접근로 네 개를 통해 이 교차로로 오는 차가 자기 자신에 더해 세 대 더 있기 때문이다, 그는 생각의 연쇄를 이어갔다, 그러니 결론을 내려보자면, 다 해서 넉 대의 차가 있고, 각각 한 대마다 세 개의 선택을 할 수 있다, 그러므로 모두 열두 개의 가능한 방향이 태어난다, 그리고 이 때문에 지옥 같은 충돌이 일어난다, 그는 고뇌에 찬 한숨을 지으며 말했다, 우리는 여기 만들어진 것을 지옥 같다는 말 외에는 부를 수 없어, 단순하고 직선적인 상황이 **이런** 복잡하기 그지없는 지옥의 구조로 바뀌었으니까, 그는 점점 차오르는 공포에 사로잡혀 그의 위와 아래, 여기저기에 호를 그리며 펼쳐지는

2부 이야기하다

다중의 고속도로 콘크리트 덩어리를 바라보았다, 어떤 합리적인 설명이라고는 없는 지옥의 구조, 그 외에 뭐라고 할 수 있을까, 거대한 질문에는 대답할 자격이 없는 동시통역사, 그는 교통 기술의 전문가도 아니고, 그저 다른 여러 전문 지식과 함께 전문 자격증이 있는 동시통역사일 뿐이었고, 그는 그 많은 것 중에서도 이를 강조하고 싶었다, 다른 말로 하면, 어떻게 해야 할까, 그 단순한 시작점을 감안하면, 서쪽에서 와서 세 가지 가능한 방향 중 하나로 가려고 하는 그 차 한 대는 직진할 수도, 좌회전을 해서 북쪽으로 갈 수도, 우회전을 해서 남쪽으로 갈 수도 있었고, 다른 세 대의 차들도 마찬가지다, 한마디로 그렇게 명료한 상황에서 왜 우리는 결국에는 **이런** 꼴이 되었는지?! 다시 한번 그의 눈이 서로의 위와 아래에 쭉 뻗어 가거나 호를 그리고 있는 웅장한 고속도로 램프의 끔찍한 행진을 훑었다, 그는 그저 이런 식으로 입을 벌리고, 저런 식으로 입을 벌릴 수밖에 없었다, 그는 차들이 어느 방향으로 들어가는지 알아내기 위해 고속도로의 개별 주로를 따라가려고 했지만, 불가능하다는 것만 증명되었다, 적어도 여기에서는, 안쪽에서는 모든 것이 당황스러울 정도로 복잡하게 되어 버려서, 지금 그가 하듯이 바라본들 한눈에 사태를 알아내는 건 불가능하다, 조만간 눈뿐 아니라 머리까지도 아파올 것이다, 상황은 모두 그가 자랑스럽게 언급했던 교통 기술 어휘에 기반을 두어 막 묘사하고 시범을 보여준 대로이기 때문이다,

실로 처음에는 오로지 두 가지의 기본 방향밖에 없었다, 그리고 이 두 가지 방향은 그대로다, 옌안루의 동서, 난베이루의 남북, 이 두 개의 주요한 대도시 교통의 동맥은 지상 1층에서 서로 교차하고, 그 위에서 움직이는 차들은 신호등으로 제어되기에 보행자로서 누가 이 교차로에 온다고 해도, 그의 운명은 소위 지상 보행 교차로에 맡겨질 것이다, 이 정도로 충분히 좋다, 이건 저기 아래 지상에서 일어나는 일이다, 하지만 여러 다른 방향에서 오는 차들은 오로지 이런 지옥과 같은 규제만을 제공받을 수 있을 뿐이다, 다른 말로 하면, 이 직선의 지상 교차로 위에 그들은 소위 '복합 도로망', 소위 '방사형의' 대도시 고속도로 괴물을 구축해놓은 것이다, 당연하게도 이런 경우에는 필수 불가결한 불교식 7일제를 지내서 저 아래서 심기를 거슬린 아홉 용을 진정시키는 의식을 거행한 후에야 가능했다, 제 이후에 용들은 건설 인부들에게 계속 작업을 진행하여 아홉 마리 용을 상징하는 중앙 기둥부터 건축하도록 허락해주었고, 그 후에는 고속도로의 개별 구간을 받치는 철근 콘크리트 기둥들을 캔틸레버 삼각 평판, 버팀대, 부벽, 들보, 반들보, 상부 구조물, 하부 지지 구조물을 건설할 수 있게 했다, 놀라고 경계심 어린 시민들의 시선을 받으며 공사는 진행되었고, 확장되었고, 뻗어갔으며, 전체 공사 프로젝트가 완결될 때까지 좀 더 진행되었고 좀 더 높이 올랐으며 더욱 확장되고 더욱 뻗어나가 오늘날 이런 모습이 되었다, 위에서 아래로, 지상

2부 이야기하다

의 교차로 위에 1층 높이로 올려 북남과 남북으로 나뉜 고속 도로가 지어졌다, 두 개의 반대 방향으로 가는 아래층을 그대 로 복제한 도로다, 그런대로 좋다, 그렇지만 이에 더해 사람들 은 상층을 또 하나 더할 수밖에 없었다, 교통 기술에 전문 지 식이 있는 동시통역사가 아니라 교통 디자인 전문가들이 '간 방間方 1층'이라고 지정한 것이었다, 이 말인즉 고속도로가 북 서와 남동 방향의 간접 연결 램프와 남서와 북서 방향의 직접 연결 램프로 이루어져 있다는 뜻이었다, 여기까지 했는데도 끝난 게 아니다, 이제 우리는 3층에 다다른다, 다시 말하지만 동시통역사가 이름 붙인 게 아니라 교통 디자인 전문가들이 '간방 2층'이라고 한 층이다, 이 말인즉 북서와 남서 방향의 직 접 연결 램프와 남서와 북서 방향의 간접 연결 램프가 있다는 뜻이고, 이 모든 것은 소위 '교류 직접 고속도로'라고 하는 4층 으로 올라간다, 이 말인즉 다름 아니라 이미 합리적으로 우리 의 시작점이었던 지상층에 지어놓은 동서와 서동 고속도로를 고가의 형태로 복제한 도로다, 그러니 여기서 전문가들이 어 떻게 성공적으로 해결책을 지어내면 어떻게 되는지 볼 수 있 다, 바로 이 구룡주 교차로, 아니면 여기 지역 사람들이 부르 는 대로 지우롱주 쟈오지에서, 이 도로를 건설했을 때는 그랬 겠지만, 가령 어쩌다 여기 있게 된 동시통역사를 위해서는 아 니다, 그는 고속도로 아래서 그 악명 높은 기둥, 구룡주를 보 며 말했다, 그리고 그의 견해로 보면 여기서 일어났던 일은 처음에는 심오한 염려로 시작되었다, 주요 네 방위에서 와서 열두 개의 간방으로 떠나려는 차들, 이 모든 차는 별로 기다릴 마음이 없고, 열두 방향의 통행을 교대로 허락했다가 금지했다가 하는 교통 통제 신호 때문에 속도를 늦추려 하지도 않는다는 뜻을 비친다, 그런 차들은(네 개의 기본 방위에서부터 온 차들은), 너무나 많고, 그리고 곧 더 많은 차들이 올 것이다. 아무리 많은 교통 통제 신호등이 있어도 감당할 수 있는 수를 넘어선다— 그러니 당신들 모두 마비될 거야, 악마는 그들에게 말한다, 당신들 모두, 악마는 그들을 향해 싱긋 미소 짓는다, 여기에서 아무 데도 못 가, 당신들은 이제 빨강이었다가, 이제 녹색이었다가 계속 바뀌는 교통 신호등의 영원한 죄수가 되어 지상에 남아 있을 거야, 그러니 내가 이런 제안을 해도 괜찮지 않겠어, 악마는 교통 통제 디자이너들에게 말했다, 당신들은 저 위를 감안하여 구룽주 교차로, 아니 당신들이 부르는 대로, 악마는 어깨를 으쓱하며 말했다, 지우룽주 쟈오지를 짓도록 해, 왜냐하면 이것만이 도시가 운영되는 속도를 맞출 수 있는 유일한 해결책이니까, 물론 교통 통제 디자이너들은 구룽주 교차로의 건설이 점점 증가하는 속도를 처리하는 데 긴요한 사안이라는 사실에 동의했고, 그래서 그것을 건설했다, 그 후에 난베이 고가도로 위에만, 즉 난베이 가오쟈루에만 그들은 이런 비슷한 것을 일곱 개 정도 구축했고, 옌안 고가도로, 즉 옌안 가오쟈루라고 해서 별다를 건 없었다, 한마디로 원하는 속도는 얻어냈다, 그리고 그만이, 여기서 말하는 동시통역사만이, 구룡주 교차로 위 납빛 안색의 저주받은 남자만이, 오직 그만이 어째서 우리가 그런 속도가 필요한지 이해하지 못했다, 게다가 금방 더 증가될 속도라니, 세상에, 아무도 없어요, 그는 이제 인공적인 조명을 받은 구룡주 교차로의 하늘을 향해 외쳤다, 우리는 그런 속도가 필요하지 않다는 걸 이해하는 사람이 아무도 없냐고?! 그리고 그는 잠시 기다렸지만 아무도 대답하지 않았다, 그리하여 그는 지난 몇 분 동안 기대고 있던 난간에서 몸을 떼고 무척이나 주의를 기울여 불확실한 미래로 휘어져 이어지는 보행자 육교 위 어둠 속으로 발을 내디뎠다, 정확히 열일곱 걸음 뗀 후에 그의 형체는 구부러진 모퉁이 너머로 사라져버렸고, 곧 그 뒤로 모든 인간 존재는 구룡주 교차로의 내면의 지옥 속에서 멈추어버렸다, 그곳은 어쨌든 인간을 위한 장소가 아니다, 인간은 그곳에 있을 일이 없기 때문에.

주문하신 페리에입니다, 손님, 룸서비스 담당 웨이터가 문밖에서 말했지만 그는 한 병 더 가져오라고 웨이터를 돌려보내야만 했다, 그리고 처음 가지고 온 병도 더 큰 걸로 바꿔달라고 요청해야만 했다, 그런 후에는 얼음통 두세 개를 가져다 달라고도 했다, 그가 마침내 자기 방에 도착하여 침대 위로 쓰러진 후에는 즉시 머리가 아프기 시작했다기보다는 갑작스레 머리 대신에 커다란 죽사발이 붙은 것 같은 느낌이었기 때문이었다, 그는 방에 들어가서 옷을 벗고 발을 차 신발을 벗고는 침대에 몸을 던져서 거기서 모든 일을 처리했다, 손 뻗어 전화를 걸어 룸서비스를 주문하고, 주문을 수정하고, 주문을 반복하고 등등, 그동안 침대에 등을 대고 누워 머리를, 죽사발을 베개에 대고 꼼짝도 하지 않은 채로 눈을 감았다, 그렇게 한참이 흘렀을까, 자기 몸에서 발산되는 고약한 구린내가 신경에 거슬려서 그는 욕실로 기어가 양치질을 하고 샤워기를 틀어 비누로 몸을 득득 닦은 후 힘이 버틸 수 있는 한 오래 샤워기 아래 서 있다가 수건으로 몸을 닦은 후 호텔에 비치된 냄새 제거제를 무서울 만큼 뿌려대고, 깨끗한 티셔츠와 속옷 바지를 입은 후 다시 더러워진 옷과 가벼운 여름 가죽 신발을 집어 비닐봉지에 넣고 꽉 묶어서 문 앞에 놔둔 후 침대에 다시 돌아가 누워 대자로 뻗어서 TV를 켜놓고서는 보지도 않고 그저 소리만 들었다, 그의 머리는 계속 죽사발 상태로 남아 있었다, 이건 괜찮다, 모든 것이 이젠 괜찮다, 눈은 감았고, TV는 켰고, 소리는 그렇게 크지 않고, 지난밤에 돌려놓았던 홍콩 채널에서 어떤 목소리가 그에게 말을 건다, 전체는 아무 목적이 없습니다, 거기에서 여기로 이어질 수 있는 전체의 바깥에 아무것도 없기 때문입니다, 거기에서라는 장소는 없고, 바깥도 없고, 그 자체로는 자신의 목적을 가질 수 없기 때문입니다, 목표란 늘 누군가 목표를 욕망하는 지점의 너머에 있기 때

2부 이야기하다

문이죠, 하지만 전체에는 아무런 의미도 없습니다, 의미가 있다면 전체는 하나의 내러티브 안에 포함됩니다, 하지만 내러티브는 늘 필수적인 한 가지 요소를 갖고 있는데, 그건 끝이 있어야 한다는 것, 반면 전체에는 끝이 없습니다, 그러므로 우리는 전체는 내러티브를 가지지 않는다고 말할 수도 있습니다, 그러므로 아무런 의미도 없고, 아무런 지향도, 목표도, 목적도 가지지 않습니다, 그러하다면, 존재조차 없을 것입니다, 전체라는 것도 존재하지 않기 때문입니다, 한 남자의 목소리였다, 부드럽게, 계속해서 규칙적 리듬으로 울리는 목소리, 하지만 그는 눈을 감고 떠 있다시피 한 자세로 반듯이 누워서 귀를 기울였다, 머리에 죽을 가득 채운 채로 그는 이 목소리에 귀를 기울였다, 아니, 귀에 들리도록 놔두었다는 편이 맞으리라, 그는 이 목소리가 딱히 무슨 말을 하려는 게 아니라 그보다는 그를 달래 잠재우려, 광둥어 남부 방언의 음악적 소리로 그를 흔들려 한다고 느꼈다, 그 안에 거칠었던 모든 것, 흘러나오려 했던 모든 것, 아픈 모든 것을 매끄럽게 만들어 흘려보내며, 조심스럽게 그의 머릿속에 있던 심각한 죽 덩어리를 감싸고 식히고 또 식혔다, 기분이 좋았다, 이것이야말로 바로 그가 필요로 하던 것이었다, 그리하여 그는 TV 속 사람들이 광둥어에 담긴 남중국의 악기를 통해 계속 이야기하도록 놔두었다, 전체는 아무 지향도, 아무 의미도 없고, 전체란 목표와 합리의 인과적 그물 안에 가둘 수 있는 것이 아닙니다, 전체란 필수불가결하게 내러티브 안에 엉켜 있는 것이지만, 다른 요소들 속에서 하나의 내러티브에는 하나의 성격이 있는데, 즉 끝이 있어야 한다는 겁니다, 이 이야기는 벌써 하지 않았나? 커다란 죽 덩어리가 이제 그의 머릿속에서 질문을 던졌다, 아니, 하나의 목소리가 대답하고 말을 이었다, 전체란 끝이 있을 수 없고, 끝없는 내러티브는 존재하지 않습니다, 그러므로 거기에는 목표가 없습니다, 그러므로 의미도 없습니다, 여기서부터 이어지는 결과란 우리가 세계라, 은하라, 우주라 부르는 모든 것은 혹시나 어떤 뚜렷한 내용물이 빠져 있지나 않을까요, 다른 말로 하면, 존재하지 않습니다, 다른 말로 하면, 전체란 존재가 없는 게 아닐까, 그것은 존재하지 않는 것이지 않을까, 그것이 존재한다면, 실로 존재한다면, 더 작은 전체와 이런 더 작은 전체 사이의 관계에 관한 언급들은 모두 또한 전체를 가리키게 될 테니까요, 하지만 그렇진 않습니다, 그러므로 그건 존재하지 않습니다, 하지만 동시에 무언가의 일상적 경험으로부터 또 다른 것이 생겨난다는 것도 사실이라, 거기서 또 다른 것이 생겨납니다, 우리는 분간 가능한 현재, 과거, 미래의 전체가 있다고 해서, 반드시 이런 것들의 거대한 총합이 존재할 것이라는 결론을 내릴 수가 없습니다, 이것이 전체의 개념과 일치하지 않는다는 이유, 무한이 없다는 이유 때문이 아닙니다, 그것은 비존재의 이유가 되지 않습니다, 여기서 잠시, 누가 텔레비전 뒤의 옆방에서 전기면도기인지, 다른 가

전제품인지 플러그를 꽂은 듯했다, 몇 초 동안 텔레비전이 지지직거렸기 때문이다, 그러나 오직 몇 초뿐, 그것이 다였다, 모든 것이 이전대로 돌아왔고, 규칙적 리듬으로 말하는 남자의 목소리가 나오던 프로그램도 웅웅댔다, 그러나 그저 규칙적인 읊조림과 웅웅대는 소리 이상이었다, 그건 은근하게 감미로웠으며, 끊임없이, 한순간을 가장 작게 쪼갠 시간 동안, 설득하고자 하는 목적으로, 계속해서, 음률에 따라 유혹적인 기운을 풍겼고, 광둥어가 언제나 그러하듯 선명했다, 그리고 그 목소리는 이렇게 달콤하도록 설득적이고, 더욱 선명한 광둥어로 말하던 중이었다, 전체의 총체는 존재한다고 한들 그저 존재하고 있는 더 작은 전체의 합이 아닙니다, 하지만 그런 건 존재하지 않죠, 그러므로 그에 대해 말해봤자 아무 의미가 없습니다, 그건 괜찮겠죠, 다만 한 가지 문제가 있습니다, 이제 그에 대한 믿음조차 아무런 의미가 없습니다, 그러나 그런 믿음이 없다면 우리가 생각하는 전체 방식은 무너지고 맙니다, 우리는 존재하지 않는, 부분의 총합에 해당하지 않는 전체와 공존할 수는 없기 때문입니다, 우리는 존재하지 않는 것이 있다는 생각을 참을 수가 없습니다, 우리가 인지할 수 없는 무엇이 있다는 것이, 그 앞에서는 우리의 모든 생각, 모든 직관, 모든 개념이 순전한 무의미로 무너져내린다는 것을 참을 수 없습니다, 그것을 생각만 해도 오류이며, 잘못되었고, 오도하며, 어리석기 때문입니다, 그러나 반면 그것이 사물이 이루어진 방식이라면, 모든 다른 전체를 포함하는 단일의 궁극적 전체라는 게 없다면, 그러면 부분의 합인 전체들도 있을 수 없겠지요, 이리하여 더 작은 전체의 의미에 관해서 질문한다는 게 아무런 의미가 없게 된 겁니다, 그렇다고는 해도, 만약에, 특히 우리가 인과-실험적인 것이 없이는 살아갈 수 없다고 하면, "내가 이걸 위에서 떨어뜨리면 떨어질 거야"라는 특별한 설득력, 그의 단순성, 소위 명료성에 있는 특별한 설득력은 있다는 뜻입니다, 그게 바로 우리가 강박적으로 사로잡혀 있는 것이죠, 선행과 결과, 이것이 유행 양식입니다, 남자의 목소리는 말했다, 이것이 정신의 최신 유행 양식이죠, 상상의 최신 유행 양식, 사물들이 어떻게 존재하는지에 대한 우리의 생각과 상상의 패턴이죠, 즉 우리는 숙련된 일꾼처럼 패턴으로 작업합니다, 유일한 문제는 우리가 접근할 수 없는 것과 조우하고 싶은 욕구를 갖고 있다는 거죠, 이렇게 해서 접근할 수 없는 사물이 발생하게 되는 거죠, 그리고 여기, 이 접점에서, 맙소사, 신념은 아무런 도움이 되지 않습니다, 신념은 우리의 공포를 다루는 양식이죠, 그리고 우리의 하느님, 우리 신들, 소위 지고의 종교, 초월적인 것, 이 모든 것들은 우리의 신념에 바탕을 둔 우리의 공포에서부터 유래된 오류의 터무니없이 복잡한 그물에서 생성되어, 우리를 재앙과 같은 우행으로 빠트립니다, 그 모든 것들은 그렇게 기적과도 같은 방식으로 행해져서 우리는 절대 이런 것들을 포기할 수 없고, 지속적으로 제조

2부 이야기하다

하게 되어 심지어 그것들이 우리를 창조해나가는 식이 되어버리죠, 이것은 일종의 노동 분담이고, 보수는 상당합니다, 우리는 무한을 받아들이고, 우리는 영원을 받아들이죠, 그럼에도 불교도들이 깨우쳐주듯이 이런 것들은 두 가지 방식으로 존재하지 않는 것입니다, 하나는 그들은 아무런 현실을 가지고 있지 않다는 것이고, 다른 하나는 그렇다고 비현실도 아니라는 것이죠, 이런 말씀은 꼭 드려야겠군요, 텔레비전은 광둥어로 웅웅댄다, 이 얘기를 해야 할 때가 왔습니다, 이런 생각을 참을 수 있을 만큼 너무 늦어버린 것입니다, 텔레비전은 농담을 시도했다, 사실상 그런 것들은 존재하지 않는다는 생각이죠, 존재하지 않을 뿐만 아니라, 불가능하기까지 합니다, 불가능할 뿐만 아니라, 그것들을 가리키는 어떤 연설, 생각, 상상, 느낌과 신념, 그게 다일 뿐입니다, 그건 존재하지 않기 때문이고, 의미가 없죠, 그 후에 우리가 할 수 있는 유일하게 지각 있는 행동은 침묵을 지키는 것입니다, 말을 자제하는 것이죠, 그것만이 유일하게 할 만한 가치가 있는 일이죠, 말을 자제하는 것, 유일하게 이익이 있는 일이죠, 그러므로, 텔레비전은 말했다, 누군가는 유의미하게 행동하고 있는 게 아니었습니다, 가치가 있는 행동도, 장점이 있는 행동도 아니었어요, 그리고 이 지점에 이르자, 이 무의미하고 가치 없고 장점이 없고 우울에 빠졌으나 그럼에도 꿀처럼 달콤하고 선명하게 확신을 주는 예언적 주장이 완전히 다른 질서를 가진 소리로 녹아들었다, 단어, 문장, 목소리, 연설이 느리고 드리워진 거미줄처럼 가볍게, 조금씩, 소위 흐르는 물의 영원한 소리로 형태를 바꾸었다, 하지만 아니다, 정말로는 철썩거리는 물소리가 아니었다, 그리하여 그는 이불을 끌어올렸다, 그의 몸이 떨리기 시작했기 때문이었다, 에어컨 바람이 너무 세게 설정이 되어 있었다, 아니, 이건 철썩거리는 물소리가 아니야, 이건 대양처럼 포효하는 소리, 아니, 정말로는 대양도 아니었다, 그의 머릿속에 있는 커다란 죽 덩어리가 떠올랐다, 이건 다른 것이었다, 이건…… 이 소리는, 그는 이제 깨달았다, 잠이 그를 삼켜버리기 전에 소리의 정체를 알았다, 그것은 폭포였다.

그는 즉시 전기 충격을 받고 움찔한 것처럼 즉시, 갑작스레 깨어났다, 금방 몽구스처럼 바짝 경계심이 들었다, 그는 믿을 수 없는 눈으로 텔레비전을 보았다, 하지만 여전히 줄곧 얘기하고 있었을 똑같은 남자였다, 그는 여전히 자기 할 말을 하고 있었다, 하지만 그의 목소리는 들리지 않고, 폭포 소리만이 들릴 뿐이었다, 그는 침대에서 벌떡 일어나 가장자리에 앉아 몸을 앞으로 내밀고 텔레비전을 응시했다, 그 남자는 사제도 아니었고, 어떤 유의 전도사도 아니었다, 진청색 정장에, 금속 테 안경을 쓰고, 이마가 좁고 입술이 얇은 남자는 어느 강단에 서 있었다, 마치 이게 무슨 대학 강의라도 되는 양 강단에 서 있었다, 그는 다시, 또다시 목소리 없이 말했다, 오로지 폭포 소리만이 똑같았다, 맙소사, 그는 두 주먹을 쥐고 허벅지 위에 올려놓았다, 그건 그가 셋 중에서 한 번도 구분할 수 없었던 폭포 소리와 아주 똑같았다, 악몽이야, 그는 생각하며 꼬집었다, 하지만 그는 깨어 있었다, 여전히 강단 위에 안경을 쓴 남자의 이미지였다, 하지만 배경음은 폭포였다, 하지만 그럴 리가 없었다, 그는 경악하며 텔레비전 화면을 보았다, 그러다가 경악은 점점 줄어들고, 마침내 그는 차분해져서 다시 한번 맨 정신으로 모든 걸 훑어봐야겠다고 생각했다, 그런다고 달리 뭐가 되는 것도 아니고, 뭐든 될 리도 없었다, 하지만 갑자기 금속 테 안경을 쓴 남자가 화면에서 사라지더니, 지금은 떨어지는 폭포의 이미지를 보여주었다, 그는 이게 악몽이 아니라는 사실을 천천히 깨달았다, 새벽 4시 15분, 홍콩 TV 스튜디오에서는 아무도 눈곱만큼도 신경 쓰지 않을 것이었다, 그들은 모두 잠이 들었으리라, 갑자기 그 사실이 그에게 명확해졌다, 사람들은 비디오를 바꾸지 않고 잠이 들었지만, 오디오는 벌써 흐르고 있었던 것이다, 그것만이 유일하게 가능한 설명이었다, 생각해보면 여기는 딱히 특별할 게 없었다, 그는 좀더 가까이 몸을 기울여 TV 화면의 폭포를 보며 소리 내어 말했다, 그래, 이거네, 여기 폭포가 있어, 우연은 존재해, 그런 일이 한 번은 일어난다는 게 불가능하지는 않지, 그리고 그게 지금 일어났어, 그런 일이 일어날 수 있는 거야, 그는 자신에게 확신을 주었다, 그런 후에는 그저 응시했다, TV에 나오는 폭

포를 응시했다, 자막 같은 건 보이지 않았기에, 어느 것인지 알
아내는 데 도움이 되지는 않았다, 앙헬인지, 빅토리아인지, 혹
여나 샤프하우젠인지, 보이는 것이라고는 폭포 그 자체였다,
소리는 끊임없는 포효였고, 비몽사몽간에 안경 쓴 남자의 말
에 한참 기울였던 탓인지 아직도 꽤나 어지럽기 그지없는 그
의 머릿속에서는 단어의 돌풍이 다시 소용돌이치기 시작하였
다, 전체는 그 전체성으로 존재한다, 부분은 그 자신의 개별로
존재한다, 그리고 전체와 부분은 한데 뭉뚱그릴 수 없다, 하나
가 다른 하나를 따라오지 않는다, 가령 결국에는 폭포는 개
별적 물방울로 이루어진 것이 아니다, 단일 물방울들이 폭포
를 구성할 수도 없다, 하지만 물방울은 그럼에도 존재하고, 햇
빛을 받아 반짝이면 너무나 아름다워 가슴이 미어질 것만 같
다, 실로 얼마나 오래 그들이 존재하였는가, 한순간의 섬광, 그
런 후에는 사라지고 말지만, 여전히 이렇게 시간을 거슬러 반
짝이는 섬광 속에도 여전히 시간이 있다, 거기에 더해, 또한 전
체가 있다, 그것은 얼마나 사랑스러운지, 이 전체는, 단일성으
로서의 이 폭포는 얼마나 환상적으로 아름답게 보일 수 있는
지— 언젠가 그가 앙헬에 갈 수 있는 날을 찾는다면, 언젠가
그가 빅토리아에 갈 수 있는 길을 찾는다면, 적어도 딱 한 번,
단 한 번이라도 샤프하우젠 폭포로 향하는 기회를 가질 수만
있다면, 그런 말들이 그의 머릿속에서 빙빙 돌았다, 이것은 그
자신의 인생과 같았기 때문이었다, 새로운 생각의 연쇄가 줄

줄이 그에게 열렸다, 그의 인생 또한 전체와 부분의 위대한 문제를 포함하고 있었다, 그 둘은 서로 포개지거나 투사될 수 없었다, 그럼에도 그의 삶에도 그런 순간들이, 이런 순간들로만 존재하는 시간과 날들이 있었다는 건 사실이었다, 그리고 이들이 과거가 되자, 현재에서는 거기에 이를 수 없었다, 그의 삶 또한 자신만의 전체성이 있었다, 조만간 끝을 만날 것이 분명한 이런 삶, 그의 삶이 있었다, 그러나 그의 삶에도 오게 되리라, 그의 삶 또한 어느 날 자신만의 충만함에 이르고, 이는 미래에서 오지 않을 것이다, 그리하여 그를 위해 무언가가 여전히 비축되어 있다, 부분은 물론 거대한 전체까지, 그의 삶의 이러한 거대한 전체는 그 순간 형체와 형태를 얻을 것이었다, 그가 죽는 그 신성한 순간, 죽음의 순간에, 이 폭포가 포효하며 외치는 소리가 그것이었다, 그는 하나의 물방울도 놓치지 않도록 되도록 몸을 가까이 기울여 TV 화면을 응시하며, 폭포가 계속 포효하도록 놔두었다, 허벅지 위에 올린 두 주먹이 꽉 쥐어졌다, 폭포가 충만함이 존재한다고 노래하도록 놔두었다, 그것은 과거나 미래와는 아무 상관이 없었다, 심지어 그에게 어제 일어난 일과도, 오늘 일어나는 일과도, 내일 일어날 일과도 상관이 없었다, 그는 폭포의 물방울 하나하나를 보면서 말할 수 없는 안도감을 느끼며 새롭게 발견한 자유의 맛을 음미했다, 그는 자신의 삶이 충만한 삶이 될 것이라는 것을 이해했다, 이 충만함은 부분들, 공허한 실패와 분과 시간, 날의 공허한 기쁨으로 이루어진 것이 아니었다, 아니, 아니야, 그는 고개를 저었다, 앞의 텔레비전이 계속 소리쳤다, 그의 삶의 충만함은 완전히 다른 것이 될 것이었다, 어떤 식으로 다를지는 아직 알 수 없었고, 앞으로도 알지 못할 것이다, 그의 삶의 이 충만함이 태어난 순간은 그의 죽음의 순간이 될 테니까, 그는 눈을 감고 침대에 반듯이 누워 잠들지 않은 채로 아침까지 있다가, 아침이 되자 재빨리 자기 짐을 챙겨 프론트에서 체크아웃을 했다, 어찌나 환한 얼굴이었는지, 프론트 사람들은 그의 층을 담당한 청소 직원에게 연락해서 이 손님이 뭔가 들고 가지 않았는지 확인해보라고 요청할 정도였다, 무엇 때문에 그가 그렇게 행복해졌는지 그들이 어떻게 이해할 수 있었겠는가, 택시 운전수나 공항의 직원들이 어떻게 이해할 수 있었겠는가, 그들은 그런 행복이 존재한다는 것도 몰랐는데, 그저 그는 이런 행복을 감추지 못하고 그저 환히 발산하며 보안 검색대를 통과하고, 환히 웃는 얼굴로 비행기에 탑승하며, 눈동자를 빛내며 좌석에 앉아 안전벨트를 맸다, 꿈꾸어왔던 선물을 마침내 받은 아이처럼, 그는 실로 행복했기 때문이었다, 다만 그에 대해 말할 수 없을 뿐이었다, 그가 상하이에서 깨달은 건 말로 할 수 없는 것이기 때문이었다, 실로, 비행기 창문 너머로 눈이 멀 정도로 찬란한 푸른 하늘을 바라보며 심오한 침묵을 지키는 것 말고는 달리 할 일이 없었다, 어느 폭포였는지는 이제는 더는 중요하지 않았다, 그 폭포 중 하나를 보게 될까 하

2부 이야기하다

는 것도 더는 중요하지 않았다, 모두 마찬가지였기 때문이었다, 그 소리를 들은 것만으로 충분했다, 그는 구름 높이, 대략 1만 미터 고도에서 시속 900킬로미터의 속도로 북북서 방향으로 빠르게 날아갔다, 눈이 멀 것같이 푸른 하늘, 언젠가는 죽으리라는 희망을 향해서.

언젠가 381 고속도로에서

중년의 아말리아 로드리게스*를 기리며

그는 여기서 멀리 떠나려, 남쪽으로 가려고 했다.

새벽 이후 바람은 불지 않았고, 그는 대리석 먼지가 소용돌이처럼 일어 생긴 구름 속에 다른 이들과 함께 서 있었다.

하얀 보호 헬멧은 아무런 도움이 되지 않았고, 검은 고글도 아무런 도움이 되지 않았으며, 입을 덮으려고 묶은 손수건도 아무런 도움이 되지 않았고, 귀를 덮는 모자도 아무런 도움이 되지 않았다, 그 무엇도 조금도 도움이 되지 않았다, 그래서 그는 거기 하얀 헬멧에 검은 고글을 쓰고 손수건으로 입을 덮고 그의 차례를 기다리며 서 있었다. 앞에는 외바퀴 손수레를 미는 어른 세 명이 아직도 남아 있었고, 줄은 천천히,

---

*   1920~1999, 포르투갈 파두 가수이자 배우로, 파두의 여왕이라고 불렸다.— 옮긴이

늘 깔짝깔짝, 한 번에 조금씩만 나아가고, 다시 줄이 느릿느릿 움직일 때까지는 대기해야 한다, 이럴 때면 그도 줄에 서서 느릿느릿 걸었다, 뒤에도 역시 어른 네댓이 더 있었기 때문이다, 그래서 그들은 모두 합을 맞춰 앞으로 느릿느릿 나아갔다, 가운데 선 그는 몸을 앞으로 숙이고, 손수레를 밀었다가, 허리를 펴고, 기다렸다, 그런 후에 한 번 더 똑같이, 언제나 똑같이 움직였다, 그는 기다리는 동안에만 오로지 바라볼 수 있었다, 앞에서 작동하는 기계를 바라볼 수 있었다. 그는 다른 사람들이 그러듯이 머릿속에 아무 생각도 없이, 바라보았다. 기계를 보는 동안 생각할 점은 무엇이었는지, 생각 없이 그 기계에서 바라볼 점은 무엇이었는지에 대한 생각도 없었다. 어쨌든 그저 어질어질한 피로라는 영구적 상태 속에서 아무런 생각 없이, 그저 눈먼 듯, 동상인 듯, 대리석 먼지를 거르는 기계를 바라보는 것만으로도 충분했다, 다이아몬드 톱날이 호흡처럼 가벼우면서도 동시에 잔인할 정도로 강력한 힘을 써서 거대한 덩어리부터, 크레인이 올려 쌓아둔 거대한 암석에서 얇은 대리석 판을 하나하나 잘라내는 광경을 보는 것만으로도 충분했다. 더 멀리에는 바위 낭떠러지 위를 거대한 기계가 덜컹덜컹 굴러가며, 또 다른 다이아몬드 톱날이 열심히 일하고 있었다. 다만 이 기계는 다이아몬드 날이 달린 거대한 회전형 동가리톱 기계로 레일을 타고 앞뒤로 흔들거릴 뿐이었다. 하지만 정말로는 그 누구도 이 기계에 조금의 관심도 주지 않았다. 그것이 어떻게 돌벽을 부수고 나아가는지, 그리고 어떻게 어딘가 근처에 있는 크레인에 날라다 준 다음 덩어리를 부수어 이렇게 백설의 지옥 한가운데에서 석판을 잘라낼 것인지에 관심이 있는 사람이 어디 있겠는가? 여기 있는 그 누구도, 여기 있는 그 무엇에게도 관심이 없었으며, 그리하여 그들이 바라볼 만한 것도 없었지만, 그래도 사람들은 소음과 먼지 속에서 미쳐가지 않도록 무언가 바라봐야만 했다. 그래서 그들은 기계가 득득 끽끽거리며 고통스러운 사이렌 비명을 지르며 대리석판을 잘라내는 광경을 바라보았고, 그동안 다이아몬드 톱의 무시무시한 강철 띠는 빙빙 회전하며 버터를 자르는 나이프처럼 바위를 가르며 나아갔다.

그는 손수레를 약간 더 굴리며 나아갔고, 다시 줄의 맨 앞에 섰다. 그는 손에 긴 장갑을 고쳐 끼고 대리석 판을 들어 필수적인 균형을 맞추려고 가볍게 휘둘렀다가 비틀거리며 손수레로 가지고 갔다. 그런 후에 홈이 난 고무 커버를 씌운 양 손잡이를 잡고 다른 판들이 놓인 곳으로 밀고 갔다, 새벽부터 일한 그와 그의 동료가 이제까지 여덟 개씩 열아홉 줄로 쌓아 놓은, 얇게 잘린 이스트레모스 크렘 대리석판.

그는 이곳을 떠나 남쪽으로 향할 작정이었다.

손으로 짐을 나르는 작업으로는 4유로를 받았고, 그는 임금 인상도 없이 일을 8개월 동안이나 했다. 4유로 10센트, 그게 다였다, 찌는 듯한 태양 아래, 숨 막힐 듯한 대리석 가루가 날리는 통에, 아침 6시부터 11시까지, 다시 오후 4시부터 9시까지 4유로 10센트. 휴식 시간이야, 그는 헐떡거리며 말했다. 휴식 시간. 하지만 그는 다시 줄에 자리를 잡았고, 잠시 이 줄에 머물러 있었다, 다른 사람들은 그가 손수레를 옆으로 밀쳐놓고 더는 서 있지 않다는 것만 알아차렸을지도 모른다, 처음에는 그의 등만 보였을지도 모르겠지만, 잠시 후에는 채석장의 희부연 먼지 속으로 사라져가는 그의 작고 마른 체구가 보였으리라.

그는 칸테이로(석공)는 되지 못할 거라고, 그러니까 꿈도 꾸지 말라고, 채석장 현장 감독은 그에게 말했다. 4유로 10센트를 받는 거나 다행으로 여겨, 다른 사람처럼 어깨를 수레에 대고 무게를 실어, 너같이 **빼빼** 마른 애들은 채석장에서는 싹수가 노래.

나는 떠날 거야, 머릿속에서 쿵쿵 울리는 말이었다.

그는 자기가 돌아올 거라는 걸 알았다. 세계 어딜 가도 자기가 있을 곳이 없다는 걸 알았기에, 그래도 그는 떠날 것이었다, 무슨 일이 있어도 길을 나서서 남쪽으로 향할 것이었다.

그는 줄을 떠나서 채석장 출구로 향했다.

그를 부르는 사람은 아무도 없었다. 어쩌면 누구도 알아차리지 못했는지도 몰랐다.

마을은 왼쪽에 있었다.

그는 집들에서 멀어져야만 했다, 누군가를 만나면 모든

게 즉시 엉망이 될 것이기에, 그래서 그는 주택가에서 떨어져 걸음을 재촉하여 마을의 저지대 가장자리를 지나쳤고, 곧 원하는 것을 찾아낼 수 있었다.

그는 381고속도로를 찾고 있었다.

이스트레모스*로부터 숲을 지나 헤돈두**까지 이어지는 도로였다.

하지만 그는 헤돈두에 가려는 것이 아니었다.

그는 381고속도로를 타고 싶었다.

그 길은 아스팔트로 덮인 고속도로로 1961년에 포장되었으며, 1980년대에 여러 번 재포장되었기에 길에는 갈라진 흠 하나 찾을 수가 없었고 거울처럼 매끄러웠다. 어린아이였을 때는 조금밖에, 강까지밖에 가볼 엄두를 내지 못해서, 어쨌든 히베이라 데 테라가 무슨 표지판이라도 되듯이 경계선이 되었다, 거기까지는 되지만 어떤 상황에서도 그 너머로는 갈 수가 없었다.

그 길은 아스팔트가 깔린 고속도로이고, 이제 10시가 넘은 시각에는 열기 속에서 김이 피어오르다시피 뜨거웠다. 장화의 두꺼운 밑창을 통해서도 도로가 지옥 불처럼 뜨거운 것이 느껴졌다.

---

* 포르투갈 에보라 현의 도시로 대리석이 유명하다.—옮긴이
** 포르투갈 에보라 현의 또 다른 도시—옮긴이

먼지와 소음이 최악이었다. 흰 돌가루 먼지 속에서 여덟 시간을 꼬박 보냈다. 이미 처음 30분 동안에 이 흰 돌 먼지가 사람들을 완전히 덮었다. 보호 고글 뒤의 눈도 선명히 구분되지 않아서, 연신 안경을 닦아내야 때 긴 동그라미로 보일 뿐, 그 눈으로는 서로의 모습을 어렴풋하게라도 볼 수 없었고, 그 누구도 고루한 농담이라도 건넬 기분도 들지 않았다. 무슨 일이야, 방앗간 친구, 길을 잃고 채석장에 온 건가?

그를 본 사람은 아무도 없었다. 이 시간에 이 길을 지나는 사람은 없었다. 그는 서둘러 프리메이로 데 마이오와 N4 교차로를 지나쳤다. 그는 이제 381고속도로 위를 걷고 있었다. 태양이 끔찍한 열기를 발산하며 이글거렸다. 그는 보호 헬멧과 장갑, 손수건은 채석장 문 옆에 버려두고 왔지만, 귀 덮개가 달린 모자만은 머리에 남아 있었다.

이제 그걸로 뭘 한담?

소음은 먼지만큼 심했고, 거기서 탈출할 길이 없었다. 지게차와 굴착기, 띠톱, 대형 트럭, 대형 크레인, 그 대형 크레인들! 그 모든 것이, 모두 하나하나가 끔찍한 울부짖음, 덜커덩 소리, 포효, 비명을 내지르며 왔다 갔고, 부수고 들고 내려놓고 그를 위해서 다시 들고 내려놓기를 반복했다. 그리하여 사람들, 손수레를 미는 이들은, 혹은 집배원이나 트럭 운전수들이 부르는 대로 "보행자"는 한순간도 편히 마음을 놓을 수가 없었다.

스페인과의 국경 쪽으로 구부러진 고속도로 위에서 낮게 떨리는 소리가 멀리에서 들려왔지만, 소년은 여전히 모자와 귀 덮개를 내려쓰고 소음을 막으려 했다. 그리고 어쨌든 덤프트럭, 지게차, 띠톱, 불도저, 대형 크레인, 그 대형 크레인들이 내는 무시무시한 소음 때문에 머리가 징징 울리고 있었다. 폐에는 하얀 대리석 먼지가 가득했지만, 그걸 끄집어낼 생각은 포기한 지 오래였다. 8개월 전 그를 고용하면서, 채석장 측에서는 소음과 먼지는 어떻게 처리해줄 도리가 없다는 사실을 똑똑히 알렸다. 그가 첫날 새벽에 출근하다 말고 문간에 멈춰서 어머니를 돌아보았을 때, 어머니가 한 말이라고는 이뿐이었다. 어쩔 수 없단다, 페드로.

정말로 달리 할 수 있는 게 없어, 페드로. 늙은이가 될 때까지 넌 채석장에서 일하게 될 거야.

그는 육교 아래를 지나 채석장 쪽에 모습을 들키지 않으려고 왼쪽으로 우회해서 그런 다음 381고속도로 위를 걸으려고 다시 돌아갔다. 가는 길에 농가를 지나치게 되어 있었지만, 사람들이 볼까 하는 걱정은 할 필요가 없었다. 하루 중 이 시간에는 집에는 개미 한 마리 남아 있지 않았다, 모두 들판에서 일하고 있을 시각이었다.

그는 모자를 커다란 돌 아래 숨겨놓았다. 감히 던져버릴 엄두는 나지 않았다. 다시 돌아오면 거기서 찾을 수 있으리라.

돌아온다면.

이제까지는 그늘의 흔적 하나 어디에서든 볼 수 없었고, 어쩔 수는 없는 일이지만, 적어도 그는 열기가 신발 밑창을 태워버리지 않도록 갓길에 붙어서 걸을 수는 있었다.

여기서부터 상황이 달라지기 시작했다. 농가가 뒤로 물러나고 타오르는 태양 아래 희미하게 선 나무들이 더 많이 나타났다. 고속도로의 소음은 여기까지 미치지 않았지만, 새 소리 하나 들리지 않기도 마찬가지였다. 새들도 순식간에 통구이가 되지 않도록 덤불 속으로 피난 갔으리라.

숲은 여기서 멀지 않았다, 그는 첫 번째 유칼립투스 나무들을 볼 수 있었다. 거기서부터는 상황이 나아질 것이었다.

그는 공기를 깊이 들이마셨다가 사레가 걸려 컥컥거리고 말았다.

그는 강에 도착했다.

사실상 누구도 381고속도로를 사용하지 않았다. 이 동네 사람들은 거의 쓰지 않았다. 헤돈두에 사는 사람들은 이스트레모스에 올 일이 없고, 이스트레모스에 사는 사람들도 헤돈두에 볼일이 없었다. 오가는 차가 있다면 몇몇 관광객이었고, 대부분 에보라에서 길을 잃었든가, 아니면 스페인으로 가는 길이었다. 이들 외에는 그 누구도 없었다, 모두 그 길이 불필요하다는 사실을 다 알았다. 이스트레모스 사람들도 알았고, 헤돈두 사람들도 알았다. 하지만 물론 이 사실을 이 도로가 지어지기 전인 1961년에는 말하는 사람들이 없었다. 그때 이 길

2부 이야기하다

이 필요하지 않다고 말할 수도 있었을 텐데, 그들은 필요하다고, 어째서 필요하지 않겠는가, 라고 말했다. 그래서 도로는 건설되었다, 아스팔트로 완벽하게. 그리고 그 이후로 그 위를 달리는 차는 거의 없었다. 어쩌면 하루에 한 대, 그리고 지금 페드로가 태양을 올려다보는 이 시점에는 차 한 대도 이 길을 지나지 않으리라고 확신할 수 있었다. 이런 괴로운 열기 속에서는 누구도, 어디로도 가지 않는다, 늘 이러했다. 이제는 확신할 수 있었다. 그도 그런 확신이 들었다. 앞에서도 아무도 다가오지 않았고, 뒤에서도 누구도 오지 않았다. 나는 혼자이고, 혼자인 채로 있을 거야. 이제 그는 길이 점점 가팔라지는 것을 느낄 수 있었고 앞에는 오르막길이었다. 곧 그는 세라 데 오사에 다다를 것이었다, 적어도 작은 언덕에는 이르렀다, 사실 그는 어디서 세라 데 오사가 시작되는지는 전혀 감을 잡지 못했다. 이전에는 381고속도로를 타고 이만큼이나 와본 적이 없었다, 물론 헤돈두에 가본 적도 없었다, 하지만 그는 숲은 언제나 알았다. 가끔은 한밤에 깨어서 저 멀리에서 들리는 숲의 소리를 듣기도 했다. 지금 그렇듯이, 점점 더 분명하게 들려왔다. 새들은 아무 소리도 내지 않았지만, 숲에는 사람이 들을 수 있는 자기만의 침묵이 있었다. 남쪽에서 지속적으로 들려오는 숨죽인 소리. 물론 진짜 소리는 아니었다, 그저 저류, 소식, 결코 끝나지 않는 한숨. 남쪽으로부터 오는 소리. 저 방향 어딘가에 세라 데 오사가 있다. 세계가 끝나는 곳, 그는 지금 그리로 향하고 있었다.

일단 세라 데 오사에 도착하면 무슨 일이 일어날 거라 기대하는 건 아니었다. 아니, 전혀 아니었다. 사실, 페드로는 그무슨 일도 일어나지 않으리라는 것을 확신했다. 여기에 오고자 계속 갈망했던 것도 아니었다. 그는 언젠가 이곳에 오리라는 것을 쭉 알고 있었고, 그곳을 찾아서, 381고속도로를 따라 걸어가리라는 것을 알고 있었을 뿐이었다. 그리고 그럴 때가왔다. 그가 손수레에서 대리석 판을 내려서 돌 더미 위에 올려놓았을 때, 바로 그 순간 그는 생각했다. 그럼, 이 손수레를 내려놓을 때다. 이걸 내려놓고 381고속도로로 출발하자.

그래서 그는 손수레를 내려놓았고, 여기 381고속도로를 탔다. 구불구불 오르는 오르막길, 이 매서운 열기 속에서 터벅터벅 걸었다. 신발 밑창이 타버리는 걸 피해 아스팔트에서 멀어져서 아스팔트와 길옆을 따라 자라는 덤불 사이의 좁은 길에서 벗어나지 않고 걸었다.

채석장이 싫었던 것이 아니었다, 그는 그 무엇도 싫어하지 않았다. 그에게는 기대가 없었다. 그 무엇도 욕망하지 않았다, 그 무엇도 희망하지 않았다. 그는 사물을 있는 그대로 받아들였다. 먼지를 참아야 했고, 소음을 참아야 했으며, 억센 장갑을 끼는 것도, 손수레를 미는 것도, 줄을 서서 느릿느릿 움직이는 것도, 처음에는 절대로 들 수 없을 듯 보였던 대리석 판을 들어서 내려놓는 것도, 이 모든 일을 하면서 칼날이 비명을 지르며 돌을 자르는 과정을 바라보는 것도 해야만 했다. 그 모든 일을 그는 질문도 없이, 반발도 없이 견뎠다. 그리고 그 모든 일을, 그렇게 되어버린 상황에도 불가피하다고 여겼다. 그 무엇에도 그는 기운이 나지 않았지만, 그 무엇에도 우울하지도 않았다. 그는 세상을 참을 수 있는 것으로 보았으며, 그래서 괜찮았다. 밤에 침대에 누워 눈을 감고서 세계를 상상할 때면, 세계는 또한 먼지에 덮인 모습으로 나타났다. 모든 것이 하얬다. 숨 막힐 정도로 하얬다. 언젠가, 잠이 막 들락 말락 하던 순간에 그는 세계가 그와 광산에 있는 다른 사람들과 똑같다고 생각했다. 세계는 그저 유령일 뿐이야. 그는 절대로 어떤 꿈도 꾸지 않았다.

이제, 새의 노랫소리가 처음으로 귀에 와 닿았다. 그는 높은 고도를 걷고 있었다, 이제 금방이면 세라 데 오사에 도착할 것이었다. 길 양쪽에 선, 열기에 바짝 탄 유칼립투스 나무들에는 아직도 나뭇잎이 조금 달려 있어서, 그는 불쑥 길을 떠나 좀 더 나이 든 나무를 찾아 땅에 주저앉았다. 그는 벗겨진 나무둥치에 등을 기댔다. 온몸이 땀으로 흠뻑 젖어 있었다. 새들은 잠잠해졌다.

이스트레모스 크렘 대리석은 세계에서도 최고급으로 꼽히는 흰 대리석이었다. 어린 시절에 그는 칸테이로들이 이 대리석은 첫날에 감상해야 한다는 말을 들었지만, 그 말이 무슨 뜻인지 이해하지 못했다. 그러다가 채석장에서 그를 채용하고 일하러 가는 첫날이 왔을 때, 그는 단번에 익혀야 하는 모든 것에 너무 겁을 먹었고, 매 시간 피로로 쓰러지지 않도록 온 힘을 끌어모아야 했기 때문에, 어째서 이것이 세계에서 가장 아름다운 대리석인지 자기 눈으로 직접 보겠다는 이유 하나만으로는 그 앞에 멈춰 설 생각이 들지 않았다. 그리고 어쨌든, 매 순간 그는 감독에게 감시당하는 기분을 느꼈고, 그 남자의 허가 없이 단 한 발짝도 움직일 기분이 들지 않았다. 이스트레모스 크렘은 그에게는 그저 또 하나의 돌 쪼가리일 뿐이었고, 그가 다시, 또다시, 백번 천번, 날마다 씨름해야 하는 이름 없는 덩어리일 뿐이었다. 감독관들의 눈이 언제나 그에게 박혀 있었다.

끔찍한 갈증이 그를 괴롭히기 시작했다.

그는 비틀비틀 일어나 숲을 가로지르기 시작했다. 세라데 오사에 있다고 들은 수많은 시냇물 중 하나를 찾을까 싶어서였다. 길에서 너무 멀어지고 싶진 않았다, 그리고 거친 땅이 까맣게 타버리고 수많은 금이 쩍쩍 갈라진 것을 보고, 찾아봤자 가망 없다는 걸 곧 깨닫고 말았다. 발길을 멈추고 주변을 돌아보았지만 아무것도 보이지 않았다. 유칼립투스 나무 사이에서는 물을 찾을 수 없다는 게 분명했다. 그는 다시금 길로 향했다. 381고속도로를 따라가면 여기 숲속에서 농가나 오두막, 사냥꾼 숙소 같은 걸 찾게 될 것이고, 그러면 갈증을 채울 물을 마실 수 있으리라. 그는 걸음을 빨리했지만, 금방 지치고 말았다. 결국 작열하는 태양 아래에서 몇 시간 동안이나 걷고 있었으니까. 다시 앉는 편이 나을 것 같았다. 하지만 갈증이 피로보다 더 강력했다. 망할 갈증, 그가 너무 그에 사로잡혀 있어 그런 것일지도 몰랐다. 그래, 그는 갈증을 가라앉혀야만 했다.

헤돈두까지는 얼마나 남았을까?

그는 또다시 길을 꺾었다가, 다시, 또다시 꺾었다.

헤돈두는 적어도 두 시간은 더 가야 할 것이었다.

세 시간이 아니면 다행이지.

그는 길의 구부러진 모퉁이를 다시 한번 빤히 보고, 거기 도착하면 그늘진 자리를 찾아서 잠시 쉬기로 했다.

하지만 구부러진 모퉁이에 이르자 그는 자리에 앉지 않았다, 그저 속도를 약간 늦추었을 뿐이었다. 그는 머리를 빙그르르 돌리며 멈추었다. 무슨 소리가 들리는가 싶더니 눈앞에 뭔가 보였다.

그는 자기 눈을 믿을 수가 없었다.

언덕의 바위틈에서 거의 알아차릴 수 없을 만큼 물방울이 보글보글 솟아나고 있었다. 가는 실개천이 길 옆으로 흘렀다가 햇빛을 받고 금방 공기 중으로 날아가버렸다.

마침내 물을 마실 수 있다니 경이감까지 느껴졌다.

이스트레모스 크렘이 어떠한지 그가 몰랐다고 주장하면 진실은 아닐 것이었다. 하지만 누가 물었다면, 그는 한마디로 제대로 대답 못 하고 더듬거렸을 것이었다. 어쩌면 이렇게 말했을지도 모른다. 하얀색이에요. 그러나 아주 이따금 한여름에 집의 지붕에 올라 누워서 햇빛에 눈이 부시면 그는 눈을 감았다. 그리고 그럴 때면, 자기가 보고 있는 것이 뭔지 몰라도, 눈에는 보였다. 눈으로 된 부드러운 담요. 무색의 타오르는 불꽃이 그 표면 위에 굽이치는 것만 같았다. 그러나 그는 현실에서는 그것은 아무것도 아니며, 그저 신기루일 뿐임도 알았다.

공기로 보아 이제 산을 꽤 높이 올라왔다는 것을 알 수 있었다. 길의 오르막 쪽에는 돌벽이 있었고, 다른 쪽, 몇몇 되지 않는 골짜기 쪽으로 내려가는 비탈 쪽에는 코르크참나무가 여기저기 서 있었고, 껍질은 사람 키 높이까지 벗겨져 있었다. 비틀리고 옹이진 나무등걸 위에는 나뭇잎이 거의 없었다. 계속 걸어야 하나? 어느 쪽으로? 왼쪽에 오솔길이 보였기에, 그는 큰길을 놔두고 그쪽을 택했다.

아니, 이게 길이긴 했을까? 최근에 그 길을 이용한 사람이 없다는 건 분명했다, 과거에도 그렇게 누가 오간 흔적은 많지 않았다. 어쩌면 오솔길일 수도 있다고 그는 생각했다. 오른쪽으로, 가파르게 오르는 산 쪽으로 오래된 유칼립투스 나무 네댓 그루가 한 줄로 서 있어서, 하나의 길, 하나의 방향을 가리키는 것처럼 보였다. 왼쪽으로는 가시 돋은 다즙 식물들이 산 쪽에서 자라 땅으로 늘어져 있었다. 돌벽이 그림자를 드리웠다.

또다시 100걸음 나아간 후에는 두 손, 두 발로 기어야 했다. 길은, 이걸 정말 길이라고 할 수 있을지 모르지만, 정상으로 이어졌다. 그는 고개를 수그리고 극도로 지친 상태로 나아갔다. 돌벽의 시원한 그늘 아래 고개를 낮추고, 굶주리고 지친 채로. 앞에서는 무엇이 그를 기다리고 있을까? 또 다른 샘물? 이전 건 이제 저 뒤에 있었고, 그는 다시 한번 물을 마시고 싶었다.

고개를 들기 전에 이미 감각으로 느껴졌다.

무언가 앞에서 그를 기다리고 있다는 감각이 들었다. 길은 갑자기 왼쪽으로 홱 꺾였고, 급격히 구부러진 모퉁이 때문에 보이지 않았다. 그는 모퉁이를 돌아간 후에야 뭔지 볼 수 있으리라는 것을 알았다. 그 일은 너무 급하게 일어났다.

거대한 건물이 높은 산 위, 그의 앞에 우뚝 서 있었다.

한눈에 그 규모를 바로 담을 수 없을 정도였다.

너무 거대했다, 지나칠 정도로 거대했다, 그래도 풍경에 완전히 녹아들었다.

마치 바위에서 튀어나온 것 같았다, 움이 튼 후에 완전히 웃자라버린 식물들 같았다.

아니면 동시에 숲과 혼연일체가 된 것만 같았다.

꼼짝할 수 없이 그는 거기 서서 응시했다. 한 번도 이런 것을 본 적이 없었다.

이스트레모스의 포우사다*도 거기에 비하면 난쟁이처럼 보일 정도였다.

그리고 이 건물의 존재에 대해 들어본 적이 없었다.

이제 어쩌지?

그는 입고 있던 작업복의 먼지를 털었다. 하지만 금방 먼지구름이 일자 재빨리 멈췄다. 그는 입구 위의 아치와 위에 솟은 시계탑의 빈틈, 좁은 총안을 쳐다보았다. 전체는 보지 못하고 부분만 바라볼 용기를 냈을 뿐이었다. 전체는 정말로 너무나 광대했다.

어째서 아무도 이 이야기를 하지 않았을까?

그는 수도원에 대한 얘기를 들은 기억이 어렴풋이 떠올랐다. 세라 데 오사 깊이 숨은 콘벤토, 그러나 거긴 훨씬 더 멀리 헤돈두 아래 있을 것이었다. 그리고 헤돈두는 아직도 저 멀리 있었다. 그렇다면 이건 뭘까?

그는 소심하게 한발 내디뎠다.

아무 일도 일어나지 않았다.

곧 그는 아무것도 두려워할 게 없다는 것을 깨달았다. 여기엔 사람 하나 없었다.

용기가 돌아왔다.

무거운 문은 잠기지 않아 들어가기 쉬웠다.

---

* Pousada, 여관, 호텔을 뜻하는 포르투갈어 ─ 옮긴이

어째서 이렇게…… 이렇게 아름다운 궁전을 버린 건가?

그리고 누가 버린 것인가?

그는 숨을 죽이고 첫 번째 홀로 들어갔다. 현관은 없었지만, 높은 궁륭형 천장이 있는 커다란 홀로, 보르바의 채석장에서 나온 검은 대리석이 깔린 바닥, 움푹 들어간 창문, 벽 길이를 따라 1.5미터 높이에 붙여놓은 놀랄 정도로 아름다운 채색 타일에는 성인과 풍경, 제문이 새겨진 장면들이 묘사되어 있었지만, 그중 어느 것을 보아도 페드로는 그 무엇도 알 수 없었다.

그는 그다음 홀로 들어갔다, 그리고 그다음으로, 또 다음으로, 황홀의 표정이 그의 얼굴에 얼어붙어 있었다. 어디를 보든 이런 성인과 풍경과 장면과 제문이 코발트블루 색으로 벽에 칠해졌고, 어디를 보든 바닥에는 보르바 채석장에서 나온 검은 대리석이 깔렸다.

하지만 온전한 형태인 것은 거의 없었다. 타일 대다수가 바닥에 떨어져서 깨진 상태였다. 벽과 한때는 정교하게 채색되었을 천장은 곰팡이가 슬어 있었다. 문틀은 휘어졌고, 문은 썩어 바스러져 파편으로 바닥에 흩어져 있었다. 창문의 외부 셔터는 너덜너덜 걸려 있었다. 여기저기에서 외풍이 들어왔지만, 곰팡이 슨 썩은 냄새가 짙게 배어 이따금 들어오는 바람도 소용없었다. 황폐의 흔적이 전체적으로 퍼졌다.

궁전은 폐허로 쓰러져 있었다.

궁전?

사실 이건 거대한 폐허 더미였다.

황홀경에 빠져 그는 하나의 홀에서 다른 홀로 헤매다녔
다. 그는 잡초가 무성히 자란 폐쇄된 정사각형 뜰 안으로 들어
섰다. 그는 다시 건물로 들어가 위층으로 향하는 너른 계단을
올랐다. 마술에 걸린 듯 그는 다시 한번 몸이 마비되어 움직일
수 없었다. 이제껏 한 번도 보지 못했을 뿐 아니라, 상상도 해
보지 못했을 만큼 기다란 복도가 펼쳐져 있었기 때문이었다.
거기 더해, 이 복도의 중심에는 다른 복도가 가로질렀다. 각
복도의 끝에는 커다란 창문을 통해 빛이 쏟아지고 있었지만,
이런 환한 빛은 고작 몇 미터만 밝힐 수 있을 뿐이고, 나머지
부분은 모두 어둠이나 희붐한 빛 속에 잠겨 있었다……. 복도
에서는 작은 방들로 연결되었다, 그 말인즉 어떤 방들은 그랬
고, 다른 방들 문을 밀어봐도 안에서 누가 못으로 박아 잠근
듯 열리지 않았다는 것이었다.

그리고 어디를 보아도, 그가 아무리 위층, 아래층 돌아다
녀보아도, 이런 환상적인 아술레호, 이 근사한 타일벽을 볼 수
있었다! 한 곳에서는 십자가를 진 예수의 형상을 알아보았고,
다른 곳에서는 수태고지의 천사와 성모를 보았다, 하지만 그
림 하나가 다른 그림으로 계속 이어져 끝이 보이지 않았고, 대
부분은 무슨 그림인지 알아볼 수 없었다. 이런 타일로 칠한 거
의 무수한 그림이 이어진다. 이 광대한 궁전에서는 인류의 역
사에서 일어난 일을 처음부터 지금까지 모두 낱낱이 설명하

2부 이야기하다

려는 듯했고, 그는 그 모든 것을 볼 수 있었다. 눈이 벌써 어지러웠고, 그 모든 푸른 성인과 장면, 풍경과 제문에 압도되었다. 그렇지만 그들이 자기 나름대로의 이야기를 하고 있다고 해도, 각각의 타일이 처음부터 우리 시대에까지 일어났던 일들을 설명하며 나름의 이야기를 갖고 있다고 해도, 그를 향해서 말을 거는 건 아님을, 그에게 말하는 것은 아님은 명명백백했다.

몇 시간 동안 그는 홀과 계단, 안쪽 정원을 헤매고 다녔고, 바로 궁전에서 이어지는 성당에도 들어갔다. 거기서 또 한번 계단으로 올랐고, 다시 내려갔다가 접근할 수 있는 공간은 어디든 조사했다.

전체 뼈대는 폐허 속에 서 있기는 해도, 이 잔잔한 황폐 속에서도 버려졌으나 아직도 누군가의 소유인 이 건물에는 느낌이 들었다, 저 아련한 세계, 어쩌면 천국 그 자체, 아니면 끝없이 먼 거리, 영원의 훨씬 더 멀리 있는 신에게 속한 느낌이 감돌았다.

그는 이곳과 아무 상관이 없었다.

그는 자기 기분을 자신에게도 설명할 수 없었다.

그는 냉담하고 선명한 고립에 사로잡혀 이 모든 것들을 살펴보았다.

그는 물을 찾으러 들어갔다.

정교하게 조각된 대리석 분수가 안쪽 정원마다 서 있었

으나 한동안 거기서는 물이 흐른 흔적이 없었다. 그는 저장고로 향하는 통로를 발견해서는 혹시나 버려진 병 바닥에 아직도 출렁이는 액체가 남아 있지 않을까 싶어 한쪽 끝에서 저쪽 끝까지 찾아다녔지만, 결과적으로는 허사였다. 마침내 그는 건물의 가로축으로 쭉 뻗은 바깥 테라스 정원으로 나가 석류나무에 아직도 시들지 않고 새들이 아직 완전히 쪼아 먹지 않고 매달린 과일을 찾아 먹어치웠다. 그런 후에 물도 찾아냈다. 바위벽이 정원 맨 끝에 서 있었고, 거기서 다시 한번 졸졸 흐르는 기분 좋은 물소리를 들었다.

그는 서서 버틸 수 있는 한 양껏 마시고, 협죽도의 너른 가지 아래 누웠다. 뒤에서, 새로운 각도에서 건물을 보노라니, 궁전의 다른 부분들이 땅의 여러 층에 지어졌으며 모두 합쳐서 자신을 향한 개방형 고가 테라스를 이루고 있다는 것을 깨달았다. 잠이 밀려왔으나, 그는 무언가 종이 땡그랑거리는 소리에 화들짝 놀라 깨었다. 그는 즉시 의식을 되찾았으나, 놀랄 이유는 없었다. 오로지 양 떼가 다가오고 있을 뿐이었다. 양 떼는 천천히, 아주 천천히 저 아래 어딘가, 혜돈두 방향에서부터 평화롭게 풀을 뜯으며 산을 올라왔다. 그는 협죽도 아래에서 잠시 기다렸지만, 양 떼는 양치기도 없이 길을 잃고 여기까지 온 모양이었다.

태양은 이제 타오르고 있지 않았고, 곧 근처의 산봉우리가 햇빛을 막아버릴 것이었다.

그는 테라스로 올라갔다. 옆에서 접근하는 건 애들 장난이었다. 건물 뒤편을 바위 절벽이 받치고 있었다. 성큼성큼 몇 발만 디디면 됐다. 여기 왼발, 저기 오른발, 그는 테라스 위에 올라서 있었다.

널찍하고 공간 여유가 있으며 사방으로 트인 테라스는 돌기둥 위에 얹혀 있었다. 그 둘레를 빙 두른 건 거의 50센티미터 두께의 튼튼한 돌난간으로, 이전에는 타일을 씌웠던 것 같았다. 테라스 삼면을 두른 이 난간에는 각각 거기에 붙은 벤치가 있었다. 그는 중앙 벤치에 앉아 편안한 자세를 취하고 왼쪽 팔에 기댔다. 그의 앞에는 저 아래 헤돈두 방향으로 풍경이 길게 뻗어 있었다.

나른하고 잔잔한 풍경이 파노라마처럼 지평선까지 완전히 펼쳐졌다.

그렇게 넓은 세계가 존재할 리가 없었다.

그는 새 무리의 지저귀는 소리, 양 떼의 방울 소리를 들었다.

그의 앞, 저 아래에, 멀리 뻗어나가는 놀랍도록 광대한 숲, 사방을 감싸는 무한한 고요, 나무 위 광활한 하늘의 천장이 있었고, 그의 귀에는 새들의 지저귐과 방울의 땡그랑 소리가 들리다 모두 조용해지고, 점점 평화로워졌다.

새들은 하나둘, 둥지를 향해 날아갔다.

해는 뉘엿뉘엿 지고 있었다.

평화가 땅 위를 덮었다. 그리고 이 평화는 너무 깊어서 페드로는 거기 앉아 그를 누리면서 이제 채석장의 줄을 생각했다. 어쩌면 지금도 서야 했을 수도 있는 줄. 그러다 보니 그의 손수레가 생각났다. 홈이 진 고무 손잡이를 잡기 위해서 허리를 숙여야 할 때면, 작업용 장갑을 꼈어도 그는 수천 개의 다른 손수레에서 자기 손수레를 알아볼 수 있었다.

그래, 알 수 있었다.

그는 테라스를 내려가서 정원을 지나 오솔길로 돌아갔다. 거기에서 381고속도로로 내려가서 이스트레모스를 향해 떠났다.

해는 져버리고 어둠은 내려왔지만, 발을 내딛는 자리를 볼 수 있을 정도는 빛이 늘 남아 있었다.

돌아오는 길은 더 짧았다.

죄르지 페허*의 헨리크 몰나르**

2002년, 영화감독 죄르지 페허가 죽던 해, 이젠 정확한 날짜도, 달도 기억나지 않지만, 그해 봄 언젠가 그가 부다페스트에서 전화해서 자기가 짐 가방에 넣어서 싸들고 다니던 프로젝트가 하나 있다고 했다. 영화 프로젝트, 사실상 그가 평생 정말로 하고 싶었던 유일한 일이었지만 아주 복잡한 문제라서, 직접 보고 의논하고 싶다고 했다. 최근 몇 년 동안 나는 그를 점점 좋아하게 되었고, 이즈음에는 이 호감이 정점에 올라

---

* 죄르지 페허(György Fehér, 1939~2002)는 헝가리의 영화감독으로, 크러스너호르커이 라슬로의 소설 《사탄탱고》의 영화 제작을 맡기도 했다.—옮긴이

** 헨리크 몰나르Henrikje Molnár는 1965년에 부모 살인 미수를 포함하여 여러 차례 살인 미수와 강제추행, 횡령죄를 저지른 범죄자로, 출소 후인 1979년에도 13세 소녀와 15세 소년을 공격하여 소년만이 간신히 살아남았다. 소설 내의 재판은 이 사건을 다루고 있다. 헨리크 몰나르는 이 죄로 사형을 선고받고 처형되었다.—옮긴이

서 언제든 그를 만날 준비가 되어 있었다. 언제 갈 수 있을지는 모르겠는데, 그가 말했다. 그래도 미리 알려주겠네, 그렇지만 그동안에 먼저 비디오테이프 하나를 보내지. 그는 말했다. 다큐멘터리 필름이야. 그런 종류, 그러면 자네도 이게 다 무슨 일인지 알게 될 거야. 내가 이 영상을 찍은 건 아주 오래전이야, 1960년대쯤 됐나, 실제 일어난 일이었는지도 지금은 확신할 수 없네, 그는 덧붙였다. 당시 정황도 지금은 거의 기억 안나. 당시에 나는 국영 방송국에서 카메라맨으로 일했는데, 나보고 어떤 재판의 기록 영상을 찍어 오라고 보냈어, 하지만 결국에는 대실패로 끝나버렸지, 전체 프로젝트가 엎어졌고, 이건 어쩌다 우연히 남은 유일한 사본이야. 하지만 자네가 한번 본다면 거기 뭐가 있다는 것을 알게 될 거네. 어쩌면 원래는 뉴스 프로그램으로 계획했을지도 몰라, 재판에 관한 한 코너로, 물론 편집해서. 더는 기억이 안 나네. 그리고 물론 방송국에서는 무엇으로도 쓰지 않았고, 이 물건 가까이 간 사람도 없었지. 이 비디오테이프가 유일하게 존재하는 사본이야, 원본은 없어졌어. 그러니 이게 우리 영화의 기초가 될 것이네.

나는 정말로 놀랐다. 우리 둘이요? 영화를 만들어요? 많고 많은 사람 중에서도 그는 내가 얼마나 영화 제작을 싫어하는지 누구보다도 잘 알 법한 사람이었다. 더욱이 그가 영화 제작을 개시하기 전, 한 신 촬영 도중에, 촬영 사이에, 내가 그에 대한 혐오와 그 이유를 그대로 드러낼 때마다 그는 늘 내가 전체 과정을 싫어한다는 말을 믿고 이해하기는 하지만, 본인이야말로 그 누구보다 이를 더 싫어한다는 사실을 이해해 달라고 했다.

그는 나를 향해 우정을 키워가고 있다는 신호를 여러 번 주었다. 아마도 그때는 내가 전체 헝가리 영화계에서 제일가는 얼간이로 여겨졌기 때문일 것이었다. 우리가 말할 때마다, 그가 나를 볼 때마다 혹은 내가 영화 촬영 전이나 중간, 사이에 해야 하는 말을 듣는 자리에 있거나 할 때면, 그는 항상 눈에 이상한 빛을 살짝 띠었다. 열정의, 혹은 불신의 빛이었다. 애초에 어떻게 사람이 자기가 어디 있는지, 이 영화계 사람들과 뭘 하고 있는지 전혀 감도 못 잡고 있을 수 있지, 하는 눈빛이었다. 우리는 점점 더 자주 만났고, 그의 동정 뒤에는 내가 보이는 것만큼 실제로도 반푼이인지 알아내고 말겠다, 자기 눈으로 확실히 보고 말겠다는 호기심이 있다는 것을 느낄 수 있었다. 그는 내게 자기가 가장 좋아하는 작가와 자기가 가장 좋아하는 문학 작품에 대해 말했지만, 나와 함께 하는 작업 이야기는 한마디도 하지 않았다. 나와 영화를 만들자고? 그가 내 반푼이 같은 모자람을 이용하려고 하지는 않을 거라는 확신은 있었다. 그가 나의 비밀을 아는 몇 안 되는 사람 중의 하나가 분명했다는 말은 할 필요도 없다. 내가 영화나 영화 제작에 대해서는 쥐뿔도 모른다는 비밀. 그는 자기도 쥐뿔도 모르기는 매한가지라고 안심시켜주었다.

어쨌든 나는 얼이 빠져서 말문이 막혔다. "영화라고, 내 말 듣고 있어?" 그는 계속 말을 이었다. "자네와 나만……." 그는 이 부분을 강조했다. "이렇게 오랜 세월이 흐르고 보니 자네와 내가 함께 뭔가 할 수 있겠다는 생각이 들더라고." "그럼 정확히 뭘 염두에 두고 있는데요? 어떤 종류의 영화를 만들려고 하는 건데요?" 나는 물었다. "아, 그게…… 알잖아…… 영화야." 그는 이상한 질문을 재미있어할 때마다 쓰는 약간 냉담한 말투로 대답했다. 어떤 종류의 영화냐고 묻는 거야?! 뭐, 영화잖아. 영화는 한 종류밖에 없어. 그의 목소리에 있는 무감정에는 이런 것들이 내포되어 있었다. "어쨌든, 테이프 한번 봐." 그는 덧붙였다. "뭔가 생각나는 게 있나 보게. 내일 부칠 테니."

그는 작별 인사를 하고 끊었다. 그리고 나는 다시는 그의 살아 있는 모습을 보지 못했다.

그의 장례식 후, 나는 장지에 왔었던 사람들 몇몇과 마주쳤다. 우리는 모두 고인에게 깊은 애정을 품었다는 공통점이 있다는 것을 깨달았다. 시간이 흐른 후 이들 중 한 명이 내게 말하기를, 쥬리*가 죽기 전에 그에게 연락해서, 마지막 부탁처

---

* 죄르지의 애칭─옮긴이

럼 같이 일하자고 청했다는 것이다. 둘이서만 영화를 만들자고. 그는 이 사람에게 테이프를 보내겠다고 했다고 했다. 그런데, 아세요, 그 테이프는 오지 않았어요, 이 사람은 내게 말했다. 이어서 나는 또 다른 남자를 만났는데, 와인을 몇 잔 나눈 후에 우리 둘 다 각자 쥬리에 관한 작은 사연을 갖고 있다는 걸 알게 되었고, 그는 내게 가까이 와보라고 손짓하더니 목소리를 낮추고 쥬리의 마지막 소원은 자기와 아주 특별한 영화를 만드는 것이었다고 설명했다. 자네와 나만, 그러더라고요, 이 남자는 계속 말했다. 쥬리가 그에게 했다는 말이었다. 급기야 세 번째로 그런 사람이 내 인생에 나타났는데, 똑같은 사연이었고, 전형적으로 페허에게 어울리는 똑같이 익살스러운 현실성을 띠고 있었으며, 그의 얘기도 똑같이 끝났다. 약속한 테이프는 절대로 모습을 드러내지 않았다.

나는 나 또한 이 사건에 연관되었다는 사실을 밝히지 않고 참았다. 또한 다른 사실도 말하지 않았다. 나는 그들과는 달리 테이프를 받았다는 사실.

내게는 그 사건에 대한 선명한 기억이 있다. 집배원은 그것을 우편함에 넣는 대신에 내 아파트 문 앞까지 가지고 왔다. 나는 테이프를 안으로 가지고 와서 비디오에 넣고 끝까지 보았다. 그리고 다시 한번 보았다.

그런 다음 나는 펜과 종이를 가지고 와서 내 친구에게 고

전적인 방식으로 직접 손으로 편지를 썼다. 편지를 다 쓰자, 봉투에 넣어 봉하고, 우표를 붙인 후 그의 어머니의 집 주소로 부쳤다. 그에게는 본인의 주소가 없었기 때문이었다.

쥬리에게!

쥬리가 법정의 문에 시선을 고정하면서 각도를 조절할 때 손에 든 카메라가 흔들리는 게 보이더군요, 그 문으로 남자가 들어오면 적절히 쭉 이어서 줌인을 할 수 있도록요, 하지만 또 카메라가 여기저기 튀는 모습을 보아서 다음에 누가 들어올지 예측 못하고 있을 거라는 것도 알 수 있었죠. 그게 바로 다음에 일어난 일입니다. 손이 실수한 거죠. 카메라가 기다리는 사람 앞에 들어온 누군가를 향해 확 뛰더니 잠시 쭉 따라가더군요, 이 사람은 어쨌든 상관이 없는 사람이었고, 카메라를 든 손은 벌써 이 사람이 목표 대상이 아니라는 걸 알고 재빨리 버리고 떠났죠. 카메라와 그를 든 손 둘 다 약간 부끄러워하는 것 같았습니다. 카메라가 입구로 미끄러질 때 이걸 느낄 수 있었죠. 자기가 하는 일을 제대로 모른다는 것을 인정하는 것 같다고나 할까요. 자기는 이 일에 적합한 사람이 아니다, 지나치게 **'세속적 카메라'**다. 전체 상황은 악마가 살짝 작은 장난을 치는 것만 같았습니다. 자기는 여기에 적합한 감독은 아니지만, **어쨌든 자신도 여기 존재할 것임을 보여주기 위해**

서……. 그러다 갑자기 장면이 진지하게 전환되지요, 우리가 기다리던 사람이 지금 들어오기 때문입니다. 확실히 그 사람입니다. 이런 세속적 카메라라도 잘못 볼 수는 없어요. 당신의 손에 들린 카메라가 떨립니다. 그렇지만 이제는 그 남자가 법정에 들어선 순간 카메라도 현실에 들어섰기 때문인 거죠. 더욱이 지금 이 현실에서는 특히 중요한 사건, 정말로 무시무시한 현실 이야기 중 하나가 펼쳐지려고 하는 순간입니다. 단순히 현실의 일부로서의 이야기가 아니라, 사실의 관점에서 그 현실이 무엇인지 드러내려고 하는 이야기입니다.

저는 그 비디오 영상을 보려고 몸을 앞으로 숙였습니다. 가장 먼저 알아챈 건, 남자가 두 손을 앞으로 뻗는 방식이 뭔가 맞지 않다는 것이었습니다. 피상적으로 보면, 손을 앞으로 내밀어 수갑을 찬 사람이 어디로 끌려가면서 넘어지지 않기 위해서 두 손을 약간 앞쪽 위로 뻗는다는 건 아주 당연하게 보이지요. 어디에 발을 내디딜지 보기 위해서. 사실상 이게 이 사람이 하고 있는 행동입니다. 두 손을 앞쪽 위로 뻗고 문지방에서도 속도를 늦추지 않고 법정으로 들어옵니다. 그의 뒤에는 양쪽에 경비원이 서서 그의 팔을 잡고 이끌고 있죠. 문 가까이 선 사람들 사이로 지나 그는 발을 딛는 자리를 보려고 고개를 살짝 앞으로 숙인 채 법정에 들어왔습니다. 나는 이미 그가 입장하는 순간 알았죠. 여기서 중점은 그에게 채운 수갑이 법적인 의미에서 불의라는 게 아니라, 여기서 가장 큰 불의는 애초부터 법적 의미가 존재한다는 사실임을 그가 우리에게 일찌감치 알려주고 있다는 것을요. 그의 경우에 관건은 어떤 법적 의미가 없기 때문이었습니다, 그의 사건은 법적 사건이 아니었습니다. 그 사람은 기소할 수 없습니다. 그가 기소되었다고 해도, 그건 그가 가장 원시적인 덫에 빠진 사람일 뿐이었기 때문입니다, 그 덫이 무엇인지는 여기, 오늘 한마디도 하기가 어렵죠, 말을 걸 수 있는 사람도 없어요. 유일무이한 사람은 ―그의 모든 동작이 이런 의미를 띠었죠―, 이 법정에서 그의 동일한 입장에 있는 유일한 개인은 그 자신뿐이죠. 그의 엄격하게 단련된 태도 아래에서 끔찍한 연약성이 느껴졌습니다, 그가 수갑을 차고 있다는 것, 그가 혼자라는 것, 이 법정에서는 그 외 달리 수갑을 찬 사람은 없기에 수치스럽다는 것. 이런 식으로 모든 상황이 사슬에 묶인 동물을 여기 끌고 온 모양새였죠. 나는 그가 빠른 걸음으로 나아가는 걸 봅니다. 그는 자기가 어디로 향하는지 정확히 알죠. 그 누구보다도 자기가 어디로 가야 하는지 더 정확히 압니다. 그의 바로 뒤에 경비원 둘을 두어서 그의 시선을 차단한 이유도 압니다. 그보다 더 차단된 시선은 없을 거예요. 끔찍하게 무방비 상태인 게 보이네요. 그가 자리를 잡는 모습, 그가 수갑을 풀어달라고 경비원 한 명에게 두 손을 내미는 모습. 나는 그 정확한 동작을 알아차렸어요. 그는 경비원이 뭘 해야 하는지 정확히 압니다. 그

　　　　　　　　　　　2부 이야기하다

가 수갑 자물쇠가 있는 쪽을 위로 해서 경비원을 향해 들어 올리는 모습, 이 모든 걸 보면 모든 것이 명확하죠. 난 계속 보고 있을 도리밖에 없었습니다. 수갑이 찰칵 열리고, 이제 손이 자유로워지는 모습. 한순간 전과는 아주 딴판이 되었죠. 그가 아직도 수갑을 차고 있을 때와는요! 그는 의자에 깊숙이 앉았고, 이제 그가 얼마나 단련되었는지, 얼마나 집중하고 있는지 볼 수 있었죠. 그는 주위를 돌아보지 않았지만, 딱 한 번 오른쪽, 딱 한 번 왼쪽을 보았고, 마지막에는 그를 향한 판사석에 누군가 들어와 앉는 소리가 났을 때 고개를 드는 모습이 보였습니다. 실제로 내가 그의 시선을 본 건 이때가 처음이죠. 그가 판사를 볼 때 나는 그의 눈을 봅니다.

맙소사, 그 시선은 다른 곳에선가 본 적이 있었어요!

판사의 목소리, 반감과 무관심으로 거세고 경직된 목소리는 치명적인 확신을 가지고 이건 재판이 아니라고 말하죠. 아무것도 여기서 결정되지 않을 거라고. 이건 졸렬한 연기죠, 배우들이 나름대로 그들의 역할을 완벽하게 해내요, 판사 같은 목소리가 들리네요, 특히 사건 번호와 날짜를 읊고 지난 공판의 기록을 언급한 대목에서는요. 다른 말로 하면 전시지요. 여기서는 이 모든 것들이 처음부터 미리 결정지어져 있었습니다. 그리고 그 사실을 그 누구보다 이 죄수가 가장 잘 압니다. 이 지점부터 손에 들린 카메라는 결코, 잠시라도 그에게서 떠나지 않습니다. 마치 서투른 실력 때문에 어쩔 수 없이 그의 얼굴, 시선에 카메라가 붙어 있기라도 한 것처럼요. 그리하여 **누가 무언가에서 그저 눈을 뗄 수 없다면**, 이 자체가 바로 보는 사람이 바로 자기가 카메라를 든 것처럼 느끼는 이상한 감정을 설명해줍니다. 그 사람은 지금 자신이 통하여 보는 카메라와 마찬가지로 서투르고, 흐렸으며, 자기 눈을 믿을 수 없고, 무슨 일이 일어났든 어떻게 그런 일이 생길 수 있었는지 이해할 수 없는 거죠. 나도 내 눈을 믿을 수 없었으니까요. 여기 이 잘생기고, 지적이며, 연약하고, 남다르게 예민한 남자가 초인간적인 집중력으로 몸을 구부정하게 숙이고 앉아 있고, 나는 그에게 어떤 일이 닥치는 동안 무력하게 바라만 보는 거죠! 물론 그게 무슨 일일지는 처음에는 알 수가 없습니다, 그리고 카메라를 든 손이 유달리 서툴렀기 때문에 나는 오로지 차츰, 그리고 어렵사리 이 이야기를 이해할 수밖에 없었어요. 야금야금 수수께끼를 풀어내려고 하면서, 야금야금 실제로 피고가 무슨 일을 했는지, 뭐가 앞에 오고, 뭐가 나중에 일어났는지 들은 파편으로부터 조합하려 했죠. 내가 그 죄수의 무시무시한 내면의 시선을 보고 있는 동안 이 모든 일들이 내 마음속에 벌어지고 있었던 겁니다. 그것 말고는 달리 어쩔 수가 없었으니까요. 당신이 다른 건 주지 않았으니까요! 또 나는 어떻게 그렇게까지 서투를 수 있는지 줄곧 생각하지 않을 수 없습니다, 어떻게 이 오디오가, 비디오가 계속 엉망이 될 수 있을까, 여기서 무슨 일이 일어나고 있는가, 어떻게 뭔가 항상 잘

2부 이야기하다

못되는 게 가능한가, 하나하나 차례차례 다시, 또다시, 그리고 가끔 나는 분노도 하죠, 이게 진짜일 수가 없어! 이거 고의로 하는 거죠, 정확히 지금, 내가 이쪽이든 저쪽이든 듣거나 보고 싶을 때, 아, 그래요, 이 생각이 계속 나는 겁니다. 어째서 이렇게 서투른 거야, 어째서 카메라 뒤에 오류가 난무한 거야, 나는 대체 그 카메라를 작동하는 사람이 누군지 궁금해하지 않을 수 없었습니다, 누가 그렇게 기술을 모르는 건지, 아니면 그 사람 잘못이 아니라면, 어째서 그렇게 고장 난 카메라가 그의 손에 주어진 건지. 그러다 잠시 후에 나는 이런 생각의 연쇄를 거부하기로 했습니다, 그리고 이렇게 생각할 수밖에 없었죠, 아니, 반면에, 이 촬영을 하는 사람들은 최선을 다하고 있는 거야. 이 사람들은 자기 힘 안에서 인간적으로 상상할 수 있는 모든 일을 해내는 정직하고 괜찮은 사람들인 거지. 그렇지만 그 카메라는, 그 기계가 단순히 오작동을 하는 거야. 이 사람들은 어쩔 수가 없어. 이건 그 사람들의 부주의도 무책임도 아니고, 카메라를 가지고 장난치는 것도 아니야. 단순히 다른 선택권이 없는 거겠지. 여기서 일어나는 일은 무력함을 이기려는 고군분투, 기록되어야만 하는 특별한 시도가 진행 중인 것이지, 그렇게 하지 않는다면 세계는 산산이 무너질 테니까, 손에 든 장비의 방해를 받으며 기록되겠지, 그러므로 이것은 담당 기사와 카메라 간의 전투인 거야, 카메라와 세계 사이의 전투. 나는 죄수의 얼굴을 바라볼 뿐이었지만 정말로는 눈앞에 그려볼 수가 있었습니다. 거기 있던 당신들 모두를요. 카메라맨, 조명 담당, 말없는 몸짓을 이용해서 뜻을 전하려고 애쓰는 감독. 처음에는 한 번, 곧이어 또 한 번 좌절에 빠져서 카메라의 한 부분을 찔러보죠. 상대방에게 비어 있는 오디오나 사라진 비디오를 되살리려면 뭘 해야 할지 가리키려고 하면서요. 나는 현재 일어나고 있는 사건만큼이나 이 상상의 무언극에 관심을 기울이고 있는 나 자신을 발견했습니다. 그런 가상의 막간극은 그때 들려온 새로운 사실에 의해 차례차례 쓸려 나가고 말았지만요. 거기서 벌어졌던 사건에 관해 뭔가 이해할 수 있게 해준 사실, 저에게 천천히, 한발 한발, 과거에 무슨 일이 있었고, 지금 무슨 일이 일어나고 있는지 알려준 사실 말입니다.

여러 건의 살인이 저질러졌다는 것을.
그리고 그들은 여기 한 남자를 살해하려고 한다는 것을.

이 첫 번째 공판은 벌어지는 동안 내내 자신만의 내적 관성과 더불어 내적 속도를 얻었습니다. 그리하여 방청객인 나는 죄수의 시선에 못박혀서, 그의 이야기 속으로 더 깊이 차츰 빠져듭니다. 이 남자가 살인을 저질렀다는 기소 내용이 불합리하다는 사실이 차츰 명확히 드러납니다. 피고인의 반대에 선 권력, 이 판사, 이 배심원들, 두 명의 경비원과 여기 있는 이 사람들은 누구 하나 빠지지 않고 천박하고 살의 넘치는 불한당들로, 그들의 가장 큰 범죄는 이 불운한 남자를 이런 상황으로 몰아넣은 것이 아니라, **그들이 그를 이해하지 못한다**는 것입니다.

그리고 그들은 앞으로도 결코 그를 이해하지 못하리라는 것이고요.

이쯤 되자, 나는 점점 더 무력함을 느꼈고 그와 함께 진정으로 비통한 좌절감을 맛보며 이 죄수의 얼굴을 보았어요. 그에게 말해주고 싶었죠. 당신이 무슨 짓을 했든, 난 당신을 이해할 수 있어요. 저 사람들은 못하겠지만, 여기 앉아 있는 나는 할 수 있죠. 당신의 이야기는 흔적도 없이 사라져버리지 않을 겁니다, 저 사람들이 지체 없이 바로 이렇게 할 순 없어요. 내가 여기 앉아 있고, 내가 당신을 보고 있으며, 내가 당신을 동정하고 있고, 내 마음속에서 당신이 받은 혐의를 모두 벗겼기에, 동시에 나는 당신 주위의 모든 사람이 정당하게 기소당해야 한다고 논란의 여지 없이 통고합니다.

당신의 얼굴이 내 눈앞에 있는 동안, 그리고 당신의 사연이 내 마음속에서 차츰 조립되어가는 동안, 나는 마땅히 이런 생각을 합니다. 이것이 바로 충분히 예민하고 "지적이어서"(이 단어의 특별한 의미로 말하자면) 인간 사회의 현실과 그 손아귀에 사로잡힌 자신의 필연적 패배에 관한 본질을 표현할 수 있는 사람에게 세상이 준비한 운명이라고.

이 모든 일들은 끔찍하게 오랫동안 벌어지고 있었습니다. 나는 그 테이프를 몇 시간 동안이나 보는 기분이었고, 내가 보는 광경이 무엇인지에 관해 확고한 의견이 형성되고 있었죠. 운명적으로 저주받은 지성과 고양된 영혼의 엄청난 증거인 것입니다. 그리고 나 자신은 그걸 바라보고 있는 것만으로도 죄수가 됩니다, 죄수를 도울 수가 없기 때문이죠. 이 모든 일에서 가장 끔찍한 점은 누구도, 단순히 이 법정 전체에 있는 그 누구도 이제 지긋지긋해!라고 소리 높여 외치지 않는 것을 볼 때 마음속에서 동정이 솟는다는 것입니다. 그동안 시청자는 그저 될 수 있는 한 가까이에 존재하고 있죠. 이건 영화가 아니야! 당신은 마음속 깊이 부르짖습니다. 더욱 몸을 앞으로 내밀고 그에게서 고작 1밀리미터 떨어진 곳까지 바짝 붙어요. 다른 남자의 얼굴을 보여주는 화면에 닿을 정도로 얼굴을 바짝 갖다 댑니다. 그래도 여전히 그를 변호할 수는 없죠…….
아니, 그들이 그의 파멸을 가져올 때까지 쓰디쓴 결말을 지켜봐야 합니다.

이쯤 되면, 첫 번째 공판의 끝에 이르게 되면, 여기서 일어난 일을 나 자신에게 어떻게 설명할지조차 별로 고려하지 않게 됩니다. 어떻게 이 남자, 헨리크 몰나르를 사랑하게 됐는지를요. 그의 이름을 말하는 것만으로도 지금은 꽤 이상하게 느껴지네요. 마치 실제로 그 사람을 알기라도 하는 것 같죠. 마치 그 사람을 알았다는 것을 증명해야 할 필요라도 있는 것 같아요. 자기 자신도 이렇게 깊이 사랑할 수는 없습니다. 오직 자기 자식만 이렇게 깊이 사랑할 수 있겠지요. 한편 그 사람은 당신의 자식이 아니에요. 한편 그 사람은 살인자이지요.

당신의 자식은 살인자입니다.

당신은 이제 재판의 분위기에 익숙해져가고, 법정은 차츰 친근해집니다. 판사도, 경비원도, 물론 피고도 마찬가지이지요. 이제 동화되어간다는 느낌을 받게 됩니다. 모든 것이 자명하고, 앞으로도 계속 그렇게 될 것입니다.

그리고 두 번째 공판이 여기 열리자, 당신은 특히 새로운 감각에 맞닥뜨리게 됩니다. 이런 사실을 참아야만 하죠, 눈앞의 이 남자가 ─ 가끔은 남자의 모습만 보일 때도 있고, 소리만 들릴 때도 있습니다. 카메라와 기사들 실력은 더 나아지지 않았고, 여전히 안절부절못할 정도로 소리 그리고 영상을 두고 고군분투하는 기색이 역력합니다. 그리고 당신, 시청자, 즉 나는 계속 빌게 됩니다. **소리가 돌아왔으면, 영상이 돌아왔으면**. 그리고 이 지점이 이 남자, 피고인은 실제로 살인자라는 사실과 맞닥뜨리는 때입니다.

당신은 움찔하며 TV 화면에서 살짝 물러섭니다. 알고 있는 모든 사실과 느끼고 있는 모든 감정을 조화시킬 능력이 없습니다.

이 남자, 헨리크 몰나르는 여자애에게 너는 죽게 될 거라고 말한 후에 실제로는 몸을 돌려 칼로 남자애의 가슴을 찔렀다고요?

하지만 그건 불가능합니다.

당신은 이 남자가 그런 짓을 하는 걸 상상할 수 없으니까요.

당신은 그의 시선을 줄곧 바라보고 있지만, 거기서 아주 약간의 변화조차 감지할 수가 없습니다. 그 불변성에 충격을 받고, 자기 자신에게 질문을 던져야만 하죠. 정말로 이 남자를 이해하고 있는지. 그의 얼굴이 전혀 변함없이 그대로 있는 동안 당신 자신은 너무나 많이 변했죠. 다음 순간 이 얼굴은 탁 닫혀버리고 거기 접근할 수 없게 됩니다.

어린아이를 칼로 찔렀다고? 살아 있는 사람에게 칼을 꽂아 넣었다고?

그런 모습을 그려볼 수 있습니까? 그걸 헨리크 몰나르에게 느끼게 된 감정과 조화시킬 수 있겠습니까?

살아 있는 사람에게 칼을 꽂아 넣을 수 있겠습니까?

저 판사에게?

할 수 있죠.

저 경비원에게?

할 수 있어요.

그럼 여기 이 어린아이에게는?

할 수 있을지도.

그렇다면 헨리크 몰나르는 어떻게 되는 걸까요?

그리고 그렇다면 당신은 어떻게 되는 걸까요?

* * *

당신은 화면 위의 사건을 계속 바라보는 동안 당신이 정말로 살아 있는 한 사람의 가슴에 칼을 꽂아 넣을 수 있는지를 스스로 시험해봐야 한다는 걸 깨닫습니다.

저 판사의 가슴에는?

못해요.

저 경비원의 가슴에는?

못하죠.

여기 이 어린 소년의 가슴에는?

절대로요.

그런 동작을 억지로라도 상상해보면, 실제로 그걸 한다고 상상해보면 모든 것들이 불가능해집니다. 당신은 절대로 살인자가 될 수 없습니다.

당신은 찌르기라는 동작을 수행할 수 없습니다.

그리고 이제 다시 피고의 얼굴을 찬찬히 살피죠.

그것은 살인자의 얼굴입니다.

당신은 헨리크 몰나르를 보다가, 그리고 우리가 살인을 방지하기 위해 행동하지 않았다면, 법이나 감옥, 재판관이나 경비병이 없었다면, 다른 말로 말해 어떤 유의 문명도 없었다면 무슨 일이 일어날지 그 전망을 생각해보고 깜짝 놀랍니다. 그리하여 당신은 판사를, 경비원을, 배심원들을, 감옥을, 전체 공포를 **이해한다고** 상상하려는 노력을 합니다. 아무도 누구도 죽이지 않도록. 이 판사를, 이 배심원들을, 이 경비원들을 이해한다는 상상을 하려 합니다.

하지만 그저 그렇게 될 수가 없는 것이죠. 이 판사, 이 경비원들, 그리고 이 배심원들, 그들은 이해하기가 불가능한 이들입니다. 헨리크 몰나르를 생각할 때면 그들 모두가 괴물처럼 보이죠.

그리고 거기 그가 무한히 순수한 모습으로 앉아 있습니다. 더할 나위 없이 죄 많은 이 남자, 이 죄수가요.

그리고 이것이 당신이 그에 대해서 이해할 수 있는 최후의 사실입니다. 완벽히 고독하다는 것이 의미하는 게 무엇인지를요. 당신은 몇 시간 동안 그의 변하지 않는 얼굴, 그의 시선을 보았습니다. 믿을 수 없지요, 하지만 그렇게 줄곧 똑같은 얼굴이었습니다. 몇 달, 어쩌면 몇 년이 흘러간다고 할지라도요. 헨리크 몰나르는 변하지 않습니다. 이걸 이해하기까지는 잠깐 시간이 걸립니다. 그는 변하지 않는다. 그는 그저 여기에서부터, 당신이 바라보는 자리에서부터 이해를 거부하는 집중력의 상태를 유지하고 있을 뿐이니까요. 당신은 그에게 종신형이 선고될 거라고 추측합니다. 운 없는 그 남자, 그리고 힘없는 관객인 당신. 당신은 피곤해져서 이제 종막을 기대하게 되죠. 어쩌면 그가 종신형을 받지 않을 가능성을 가늠해봅니다. 이 모든 사건은 너무 질질 끌어서 여기서 어느 정도 끝나지 않을까 생각합니다. 종신형은 아닐 거라고 믿지만, 마지막에 그렇게 되지 않을까 두렵기도 하죠. 이 판사와 이 경비원과 배심원 무리에서는 그보다 더 낮은 형은 기대하기 어렵습니다.

이제, 실로 이것이 여기서 끝에 다다랐다고 생각합니다.
그때 선고가 들리죠.
사형.
그렇게 이들이 그를 죽일 겁니다.
이건 끔찍해요.

영화 스태프들은 다시 한번 눈에 띄게 동요합니다. 이쯤 되면, 이건 단순히 도망가는 소리나 사라지는 영상의 문제가 아니지요. 이제 당신들 모두, 모든 스태프들은 특히 중요한 뭔가를 녹화했다는 확신을 얻은 게 분명합니다. **그리고 여러분이 여기서 촬영한 모든 것은 삶과 죽음의 문제라는 것을요!** 그리고 다시 한번 이것이 카메라 워크에서 흔들림을 보여주는 원인이 됩니다. 다시 한번 카메라가 비틀거리고, 모든 스태프들이 눈에 보이게 초조해하죠. 사형선고라니.

그게 바로 당신들 마음을 스치고 지나갔던 것이겠죠. 그 긴장 때문에 손에 든 카메라가 구르고, 약간 튀어 오릅니다.

다시 한번, 카메라는 시작 때처럼 서툴러집니다.

자연스럽게 당신들은 법정을 나서는 그의 모습을 따라가야만 합니다.

되도록 오래 촬영을 이어가죠.

그러나 복도에 더 촬영할 만한 것이 있으리라는 기대는 누구도 하지 않습니다.

모두 그걸 보고 충격을 받고 맙니다.

그 누구도 이를 예상하지 않았다는 건 카메라를 통해서 당신도 인정합니다.

몰나르는 마지막 하나하나까지 다 섬세하게 계획해두었던 겁니다. 그의 놀라운 단련과 집중력은 그저 외면만이 아니었어요. 당신들이 내게 사형선고를 한다면 난 자살할 것이다. 경비원의 허리에 찬 무기를 이용해서요. 그는 그저 세상으로부터 숨어버린 것이 아닙니다. 그렇지만 자기 자신의 모습 그대로죠. 단련되고 집중한 모습. 그는 완전무결하고, 아주 정상적이며, 아주 제정신입니다. 그와 동시에 그 모든 것이 광기였죠.

그는 자기 자신을 처형하려고 한 겁니다. 완전한 차단, 심지어 경비원들은 아무런 동정도 느끼지 않은 채 가장 거대하고 종합적인 혼란의 상태에 빠져 있었죠. 마치 무언가, 자신들이 보호하기로 하고 맡은 물건을 깨트린 것처럼요. 정신이 쏙 빠지는 사건이죠.

그는 가슴에서 피를 흘리며 거기 누워 있습니다, 그는 시청자를 다시 처음에 있었던 자리로 몰고 가죠, 맙소사, 이 남자를 놓쳤구나!

구제할 수가 없습니다.

쥬리, 나는 기록된 소리와 영상을 그대로 놔둬야 한다고 생각합니다. 사실상 이건 작업할 필요가 없어요. 이것이야말로 정확하게 있는 그대로 당신의 작품 소재를 구성합니다. 사운드트랙 위에 원래의 잡음과 대사를 놔두고 감독, 카메라맨, 조명 기사 사이의 대화를 전달하기 위해서는 자막을 쓸 수도 있겠죠. 후진 장비, 누가, 무엇을, 누구랑, 언제 했는지, 누가, 무엇을, 어디에 연결했는지, 혹은 어쩌면 연결하지 않았는지, 뽑았는지, 그리고 이젠 어떻게 할지, 누가 케이블을 어디에서 어떻게 들고 있어야 하는지, 혹은 들고 있어야 하지 않는지, 그리고 정확히 어디에 있어야 했는지 설명해주는 전문적인 코멘터리를 달면 되겠죠. 자막은 촬영 관련한 기술적 문제만 다뤄야 합니다.

기술적 문제들.

제가 제안하는 제목입니다.
포옹을 보내며,
라시

　몇 주가 지나갔다. 그는 내 편지를 받았다는 낌새도, 프로젝트가 어떤 진전을 보인다는 낌새도 비치지 않았다. 내가 그에게 전화를 했을 때는 6월 초였다. 아, 그래, 받았지, 물론, 미안하네, 라고 그는 사과했다. 어머니께서 자네에게 편지가 왔다며 가지러 오라고 지난주 내내 들볶으셨네. 하지만 아직까지 자금을 마련하지 못했네, 그렇다고 그 건도 아주 가망 없다고 생각하지는 않네. 곧 조만간 만나러 가지, 내용에 대해 논의할 필요가 있으니까. 아니면 자네, 혹시 오늘 밤 시간 있나? 오늘 밤은 어렵겠는데요, 나는 대답했다. 그래, 괜찮네. 그는 재빨리 말했다. 곧 전화하지.

　그런 후에 그는 죽었다. 장례식에는 내 예상보다 훨씬 더 많은 사람들이 모였다. 동시에 나는 서로 아는 사람은 아무도 없다는 감각을 느꼈다. 마치 모두가 혼자 온 것만 같았다. 그런 후에, 식이라고 할 만한 건 없었기 때문에 모임은 해산했다. 우리 중 몇몇은 뒤에 남았다. 그러다 나밖에 남지 않았다. 나도 떠났다. 묘지 문 앞에서 젊은 여자의 존재를 알아차렸다. 여자는 나무 뒤에서 내가 언제 떠나나 싶어서 보고 있었던 모양이었다. 자기가 돌아갈 수 있게. 문을 나서자마자 나는 여자 쪽을 한 번 더 보고 여자가 다시 묘로 걸어가는 걸 확인했다. 그러다 반대편에 또 다른 여자를 보았다. 이쪽은 더 나이 든 여자로, 젊은 여자를 바라보고 있었다. 보아하니, 이 여자도 자기 혼자 묘로 들어갈 수 있게 다른 여자가 언제 가는지 보려는 것 같았다.

나는 전차를 탔다. 천천히 전차는 구불구불 나아갔고, 나는 거리 반대편에 이상하게 홀로 선 사람들 한둘을 힐끗 보았다. 각각 무언가를 기다린다는 인상을 주었다. 아마도 내가 내 길을 가는 것을 보면서 그들은 다시 묘지로 실어다 줄 반대편 전차를 기다리는 것 같았다.

도시에는 사람들이 가득했다.
나는 그 날짜를 기억한다. 7월 22일이었다.

은행가들

파울, 이름의 일치는 우연이다, 베르호벤스키
뮈르셀, 이름의 일치는 우연이다, 에르타스
익시, 이름의 일치는 우연이다, 포틴브라스

　당신의 이름이 꽤나 이상하다는 건 당신도 알죠, 그 남자
는 뒷자리에 앉은 그에게로 고개를 돌렸다, 처음 만났을 때 남
자는 이렇게만 말했다, 전 파울의 친구입니다, 파울은 아무런
대답을 하지 않았다, 파울은 도움이 되지 않았다, 심지어 이
남자가 차 안에서 뭘 하고 있는지도 설명하지 않았다, 그리고
나중에도 그는 알아내지 못했다, 그리고 이 남자가 저는 파울
의 친구입니다, 라고 말했을 때 남자는 그를 쳐다보지도 않았
다, 이런 소개가 중요하다고 생각하지 않는 사람처럼, 그가 터

미널로 향하는 문에서 나와 파울과 함께 차로 걸어갔을 때 손을 내밀며 뭔가 알아들을 수 없는 말을 했다, 그는 그 손을 잡고, 그들 모두가 공용어로서 즉각 받아들일 수 있는 영어로 뭔가 말했지만, 남자는 그동안에도 줄곧 그를 쳐다보지 않고, 대신에 어깨 너머 어딘가로 시선을 보냈다, 그야말로 완전히 다른 방향, 작은 지방 공항의 슬라이딩 도어를 바라보았다, 아직도 다른 사람을 기다리는 것만 같았고, 그때 막 도착한 사람은 누구든, 즉 그는 자기가 기다리던 사람이 아니라는 듯 행동했다, 이 남자는 이 사람 이상, 그보다 더 중요한 인물에 대비하고 있었다, 두 사람은 악수를 나누었지만, 이 남자에게는 아무 의미도 없는 것이 분명하다고 익시 포틴브라스는 생각했다, 확실히 지금 그는 은행에서 파울과 함께 온 것뿐이고, 파울은 그를 어떻게 대할지 몰라, 공항까지 데려온 듯했다, 아익사이? 파울의 친구는 목소리에 약간의 냉소를 담아 물었다, 아익사이(Ixi) 맞죠, 엑스(x)가 들어 있는? 그래요, 그리고 앞에도 아이(i), 뒤에도 아이(i)라고 쓰는 거죠? 아뇨, 이 두 글자는 영어 글자 e처럼 발음해야 해요, 좋아요, 하지만, 하지만 포틴브라스라니, 정말인가요, 그 뭐더라, 음, 그 어쩌고저쩌고에 나오는 것처럼, 맞죠? 네, 바로 그거예요, 그는 대답했고, 그의 입장에서는 그걸로 그 화제는 끝나버렸다,* 고개를 차창 쪽으

---

* 포틴브라스Fortinbras는 셰익스피어의 《햄릿》에 나오는 이름—옮긴이

로 돌렸고, 띄엄띄엄 늘어선 공장 건물들, 임시 창고, 공항 활
주로를 따라 난 초라한 초원을 보았다, 일상에서 벗어난 점은
없었다, 벌써 첫 5분 만에, 그는 자기가 그저 오래된 아무 곳에
나 와 있는 것이 아님을 알아낼 수 있는 시점을 찾으려 하고
있었지만, 아무것도 없었다, 그저 다른 곳이랑 똑같은 공장 건
물과 임시 창고, 들판뿐이었다, 뭐, 좋다, 물론 그저 키이우일
뿐이니까**, 그는 생각했다, 하지만 그는 파울에게 특별한 건
알아보지 못하겠다고 말했다, 여기가 그런 곳인지 알 만
한……, 앞으로도 모를걸요, 파울은 대답하더니 둘이 계략이
라도 짜듯이 친구를 보고 눈을 찡긋했다, 이 옆에 앉아 있는
사람이 정말로 친구라면 말이지만, 신경이 날카로운 남자는
머리부터 발끝까지 점잖은 자주색 피에르 가르뎅풍의 의상을
입고 있었고, 딱히 달리 눈에 띄는 점은 없었다, 다음 순간 남
자는 덧붙였다, 오, 저 엉망진창 망가진 쓰레기들 때문에 여기
온 건 아니겠죠? 이제는 그에 관심 가지는 사람은 아무도 없
기 때문이죠, 모두 그건 흘려보냈어요, 저어엉말로요, 뭐, 남
자는 말을 이었다, 재난 관광을 오는 사람들은 아직도 있긴
하죠, 그 사람들은 관심이 있거든요, 공포를 살짝 맛보고 싶
달까 하는 마음으로 왔다고 해도 여기서는 아무것도 찾지 못
해요, 특히 저기에서는, 이제 저기에는 뭐가 있을 게 없다던데,

** 키이우 시는 우크라이나의 수도, 체르노빌은 키이우의 북쪽에 있다.—옮긴이

나도 직접 거기 가보진 않았어요, 하지만 사람들 모두 모든 게 그저 창피하다고 하던데요, 남자는 얼굴을 찡그리더니 파울을 보았다, 하지만 아무런 반응이 없자, 남자는 고개를 다시 앞유리 쪽으로 돌리고 왼손으로 물결치는 동작을 해 보였다, 그건 뒷좌석에 앉은 포틴브라스가 알아보기에는 어려운 동작이었지만, 아마도 이런 뜻이었으리라, 그것에 관한 얘기는 벌써 실컷 하지 않았나요, 어쨌든 말이지, 남자는 파울에게 말했다, 아마도 아까 나누다가 포틴브라스가 도착해서 차에 타는 바람에 끊겼던 대화를 계속 이어가는 게 분명했다, 원래는 말이야, 남자는 말했다, 그 여자도 여기 있었어, 여기 도이치뱅크에, 그러다가 몇 달 동안 부쿠레슈티*로 떠났거든, 그러다가 다시 떠난 거야, 이게 가장 중요한 점인데, 티라나**에 간 거지, 티라나에서 내부 감사 과장이 됐어, 거기서 1년 있었는데, 솔직한 말로 이 여자는 거기서도 도망치고 싶었던 거야, 그렇지만 그 여자 대표, 이전 회사 오너가 임명한 사람도 그 여자를 정말은…… 정말은 좋아하지 않긴 매한가지였거든, 나이 든 여자들은 젊은 여자들을 좋아하진 않잖아, 특히 그 여자, 테레사라나, 하는 그 문제의 젊은 여자는 어떤 문제에서는 이 여자 대표와 대립하는 위치에 있거든, 내부 감사 일이라는

---

*　　루마니아의 수도—옮긴이
**　알바니아의 수도—옮긴이

게 그렇잖아, 공식적으로는 테레사는 실제로 대표 감독하에
도 있지 않아, 하지만 이사회 산하에 있는 거지, 물론 내부 감
사는 은행 사주의 이익을 염두에 두고 은행을 감독해야 하는
거고, 대표는 경영의 일환으로 그들의 감독 범위에 속하는 거
지, 뭐, 이 모든 걸 감안해야 할 때, 테레사는 거길 나가야만
했어…… 그 말인즉 그 여자가 티라나를 벗어나길 원했다는
거야? 파울이 말을 끊었다, 맞아, 그게 맞아, 티라나를 벗어나
려 했던 거지, 바로 그거야, 친구는 대답했다, 그리고 그 아무
개가, 그 펠리시타스의 내부 감사장이, 내 말은 제노바의 방카
포르타스 있잖아, 모든 은행 지점에 대한 내부 감사의 감독과
관리를 맡는 그 사람이 그 여자에게 제노바로 와서 자기 밑에
서 일하자고 설득했던 거야, 이게 1년 반 전의 일이었지, 그 상
황에서는 둘이 사이가 좋았거든, 그러다가 이만큼 거리가 생
기고, 또 다른 자리가 난 거지, 그때는 하인츠는 제노바에 있
었거든, 가끔 그는 티라나로 갔고, 테레사는 자기 책임을 정말
로 잘 수행해냈거든, 테레사는 사람들이 원하는 대로 모든 걸
했어, 음, 티라나와 제노바 사이의 관계는 이상적이었지, 그리
고 테레사의 견해로는 이 하인츠란 사람은 이전 상사보다야
훨씬 더 프로답고 유능했기 때문에 그 후에 테레사는 제노바
로 갔지, 그리고 뻔하게도 머지않아서, 테레사는 한편으로는
이 이탈리아인들의 마음가짐이 아주 견디기 힘들다는 걸 깨
달은 거야, 그들은 결정을 제대로 내릴 능력이 없고, 자기 기분

이 내키이이이일 때만 일하며, 뭔가 결단을 내리려면 두세 달
은 걸리지, 그리고 늘 자기 기분이 내키이이이일 때만 일하고,
파울의 친구는 그들이 어떻게 기분이 내키이이이이일 때만 일
하는지 보여주려는지 다시 그 물결치는 동작을 똑같이 해 보
였다, 파울은 조용했다, 그는 시선을 앞에 두고, 운전대를 두
손으로 잡은 채로 그 설명에 귀를 기울였다, (처음에는) 뒷자리
에 앉은 포틴브라스에게도 딱히 거슬리지는 않았다, 그는 이
렇게 생각했기 때문이었다, 저런, 여기 무슨 사소한 문제가 벌
어졌나 보군, 그리고 포틴브라스가 때마침 어떤 사건의 한가
운데에 떨어졌던 것이라고, 어쩌면 파울은 그런 생각을 하고
있을지도 몰랐다, 그래서 그를 무시하고 그저 키이우의 일상
한가운데에 바로 노출되도록 놔둔 것이리라, 포틴브라스는 차
창을 바라보았다, 벌써 그들은 드네프르강 위에 걸린 콘크리
트 다리 위를 다른 차들 틈에 끼여 건너고 있었다, 그는 창밖
을 내다보았고 이멕스 은행을 보았으며, 곧 이어 프라벡스 은
행을, 그다음에는 프리밧 은행, 다시 우크렉심 은행, 오쉬차드
은행, 우크르시브 은행, 우크르소츠 은행, 로도비드 은행, 메
가 은행, 방크 키이우, 브로크비즈네스 은행, 아스트라 은행,
크레사티크 은행, 유니버설 은행, 디아만트 은행을 보았다, 그
리고 곧 나드라 은행, 델타 은행, 에네르고 은행, 포르투나 은
행, 르네상스 카피톨 등등도 보았다, 맙소사, 포틴브라스는 생
각했다, 여기서 무슨 일이 일어난 거야, 한 건물 건너 하나씩

은행이 있잖아, 세상에 어떻게 이럴 수가 있어, 어째서 이렇게 나 많은 은행이 여기에 있는 거야, 하지만 그가 질문을 던질 도리는 없었다, 앞좌석에서의 대화는 눈에 띄게 무척 격렬해서, 끼어들거나 끊을 수가 없었다, 그리고 파울은 원래 너그러운 천성 그대로 대화자가 말하도록 그냥 놔두고 있었기에, 남자는 말하고 또 말했으며 계속 지껄이고 지껄였다, 내 견해로는 이탈리아는 은행의 최고 지도자는 반드시 고등교육 학위가 있어야 하는 관습이 없는 유일한 유럽 도시야, 상당 부분, 즉 대다수가 고등학교 졸업 시험을 친 이후에는 직업학교에 진학하잖아, 음, 거기에 더해 완전히 다른 분야 출신의 직원들도 수도 없어, 가령 인문학 전공자도 있고, 그러니 필연적으로 이 여자는 이 하인츠라는 사람은 전문적 수준이 높겠지만, 하지만 거기서 일하는 팀 전체는, 잠깐만, 파울이 끼어들었다, 이 하인츠라는 인물은 테레사에게 정확히 어떤 존재야? 하인츠? 그 사람은 그 여자를 거기로 꾀어낸 상사였지, 좋아, 파울은 다시 물었다, 그렇지만 그가 거기로 꾀어낸 사람이 누구냐는 거야, 테레사? 그래, 테레사, 내가 바로 이 여자에 대해 얘기하는 거잖아, 상대방은 말을 이었다, 그리고, 음, 하인츠가 사람들에게 보고를 받는 내부 감사실의 최하급 관리자, 지점 은행 책임자였거든, 그래서, 파울이 다시 대화의 꼬리를 잡았다, 이 하인츠라는 사람은 지점에 보고해야 하는 상급 감독 직급이 아니었단 거지? 그래, 그래, 아니었어, 상대방은 고개를 끄덕였다, 그 사람은 최하급 관리자였어, 그 위에도 다른 사람이 두 명이나 더 있었다고, 알겠어? 이 다른 사람 둘은 누구를 감독하는데? 파울이 다시 한번 질문으로 말을 끊었다, 사람들은 언제나 자기 아래 사람을 감독하잖아, 대답이 나왔다, 즉 다른 말로 하면, 언제나 그들 바로 한 단계 밑의 사람들이었다는 거지? 그래, 바로 그거야, 그리고 관리자 최상층이 있어, 전체 은행을 감독하는 거야, 그래서 그들이 또한 이탈리아 부문도 감독하는데, 하지만 지점만 한다는 거지? 그래, 오직 지점만 해, 본점에 대한 책임은 없다고, 유럽에는 오로지 지점만 있거든, 그래서 이제, 파울의 친구는 집게손가락으로 이마를 훑었다, 그래서 여기서 어떻게 된 거냐면, 테레사는 이탈리아인들의 직업윤리를 그렇게 좋아하지 않았던 거야, 그게 하나이고, 또 다른 건, 그 여자가 미처 몰랐던 게 그거였네, 직업적인 관점에서는 하인츠를 비난할 만한 건 없어, 하지만 테레사는 그의 방식을 참을 수가 없었던 거야, 다른 말로 하면 그 남자가 어땠냐면, 그 여자 말로는 그 남자가 어땠냐면, 그런 말은 나도 하겠다, 쉰과 예순 사이의 여자 같다는 거야, 기분이 주기적으로 바뀌는 여자, 음, 아주 다정하게 대했다가 갑자기 분통을 터뜨리는 거야, 언제 다정하고, 언제 반대가 될지 알 수가 없어, 아침에 사무실에 들어갔을 때 그 남자가 이럴지 저럴지 알 수가 없지, 뭐, 그 남자의 아내가 이유인지는 전혀 알 수가 없어, 아니면 그 사람이 문제인 건지, 그의 아내는 종일

2부 이야기하다

집에 앉아만 있거든, 게다가 그 사람들은 제노바 출신인데 지금은 밀라노에 살고, 그러니까 이 사람이 항상 이랬을 수도 있고, 아니면 이렇게 되어버린 걸 수도 있는 거야, 하지만 뭐가 되었든 중요한 건 이 여자는 이런 스타일, 혹은 이 남자가 자기에게 보이는 이런 행동을 참을 수가 없었다는 거야, 복통이 있었고, 등등 하다가, 이 모든 일 후에, 이 분사에서 2년 여 정도 계약하고 일을 한 끝에, 테레사는 자리에 앉아 그 남자와 가볍게 얘기를 시작하더니 자기는 더 참을 수 없다고 말한 거야, 그래서 그 사람이 테레사에게 작년 8월에 그렇게 흥분하지 말라고 했지, 두 달만 있으면 가을에 모스크바에 갈 수 있을 것이고, 모스크바 사무실에서는 갈등을 해소하고 모든 일을 바로잡을 수 있다고, 그리고 테레사가 돌아올 때쯤에는 자기는 거기 없을 거라고, 물론 자기 말을 믿고 안 믿을지는 본인이 받아들여야 했어, 그런데 두 달 후, 테레사가 돌아왔을 때도 그 사람이 여전히 거기 있는 거야, 거기 있었어, 지금도 있지, 그리고 단언컨대 앞으로도 거기 있을 거야, 지금은 누구 얘기 하는 거야? 파울이 물었다, 하인츠지 누구야, 그래서 그 여자는 자기는 이걸 절대 견딜 수 없다고 말했어, 다시 하인츠랑 자리를 마련했고 두 사람은 문제를 해결할 수 없었지, 이따금은 그 사람이 더 정상일 때는 이해하려고 했지만, 정상적이지 않을 때는 그냥 말싸움만 했어, 테레사가 화를 낸 다른 때 얘기를 해봐, 파울이 끼어들었다, 좋아, 아주 특별한 사건을 얘기할게, 남자는 조용히 하라는 듯 파울을 향해 왼쪽 손바닥을 들었다, 그는 파울이 원하는 것을 알고 있었고, 벌써 구체적인 예를 들었다, 내부 감사팀이 있잖아, 음, 그리고 이 여자가 벌써 두 달 동안 모스크바에 다녀왔다는 걸 알아야 해, 뭐, 모스크바 지점장은 벌써 30년 동안이나 그 자리에 있었거든, 이탈리아 공산당이 그를 거기로 보낸 거야, 다른 임무도 있었던 게 분명해, 그는 벌써 연로했지만, 푸틴과 사이는 좋았던 것 같아, 사교적으로 오갈 정도였다지, 아무도 그를 건드리려고 하지 않았어, 하지만 그건 정상적이지 않았어, 이제 그걸 정말 말 그대로 이해해야 해, 이건 정상적이지 않았다고, 뭐, 그런데 이런 일이 생긴 거야, 테레사가 거기 갔는데, 몇 번 공고를 낸 끝에 회사에서는 내부 감사팀장으로 여자를 하나 채용했어, 루드밀라였나, 이름이 그렇지 않았던가, 테레사 말로는 그 여자가 그 자리에 적합하다고 다른 데에서 채용했다는 거야, 이게 언제더라…… 10월인가 11월, 중순쯤 되었을 때, 테레사가 돌아왔을 때 이런 일이 생긴 거야, 이 여자, 내부 감사국장이 은행의 여러 분사를 감사하는 책임을 맡고 있었고, 업무 계획이 있었지, 그걸 세운 사람이 바로 이 여자였고 제노바에서 승인도 받았어, 그리고 그 업무 계획이 어느 분사를, 어떤 단계에서 자기 직원에게 감사를 받을지 결정했어, 그리고 조달 부서도 마찬가지로 감사받으라는 결정이 내렸지, 뭐, 그래서 감사를 받았어, 그랬더니 조달부에 있는 어떤 한 남자 직원이 공개 매입 없이 뭔가를 하청 업체에서 구매했다는 게 밝혀진 거야, 그게 하드웨어인지 소프트웨어인지는 모르겠지만, 다른 말로 하면, 뭐, 일종의 그…… 정보 기술이라거나 은행 서비스였나, 은행에서 자기 필요에 따라서 쓰는 것이지, 그런데 문제는 알고 보니까 거기 무슨 추문이 일어나고 만 거야, 다른 말로 하면, 아예 공개 매입을 한 적이 없었던 거지, 그런 경우에는 가장 유리한 제안을 받아들이도록 되어 있잖아, 그래, 뭐, 이번에 생긴 일은 그게 아니야, 이 여자는 그에 관해 보고서를 썼어, 그 보고서는 처음에 CEO에게 갔다가, 그 CEO가 그걸 또 회장에게 낸 거야, 그게 자기 일이니까 그랬겠지, 그러자 회장이 노발대발하여 이건 말도 안 된다고 한 거지, 요지인즉 회장은 이 보고서를 쓴 여자를 내쫓고 싶었던 거야, 뭐, 상황이 힘들어졌어, 그와 설전을 벌여봤자 안 될 일이야, 회장은 이 조달 업무를 맡은 사람을 보호하고 싶어 한다는 게 뚜렷이 보였거든, 결국 이 모든 일 후에, 하지만, 파울은 다시 물었다, 그 조달 업무를 맡은 사람이 누군데? 우리도 몰라, 상대방은 대답했다, 그래, 그런데 직책이 뭔데? 뭐더라, 부서장 같은 거야, 파울의 친구는 두 손을 펼쳤다, 뭐, 지금 이 일 이후에, 테레사가 제노바의 내부 감사팀으로 간 거야, 무슨 일이 있었는지 보고하고 이제 어떻게 해야 하느냐고 물어보려고 간 거지, 거기서 논의를 한 후에 사실상 이 여자를 구제할 길이 없겠다 했지, 모스크바에서 이 회장에게 맞설 수 있는 사람이 아무도 없으니까, 이 모스크바 회장은 역시 제노바에서 서열 1위인지, 2위인지 하는 거물, 늙은 영감의 비호를 받았거든, 어느 정도냐면, 전화를 걸면, 이 영감은 바로 명령을 내리는 거야, 그리고 결과는 언제나 그들이 원하는 대로 나오지, 하지만 포틴브라스는 이에 반응하지 않았다, 두 사람이 앞좌석에서 하는 이야기를 따라갈 수도 없었고, 그들도 손님이 자기들의 대화를 얼마나 따라올 수 있는지에 관심 있는 티도 내지 않았다, 그가 아무것도 이해하지 못한다고 해도 괜찮았다, 어쩌면 아예 이 이야기 혹은 설명을 전혀 못 알아듣는 편이 더 나을 수도 있었다, 이 대화의 내용과 의미는 포틴브라스에게 불명확했을 뿐만 아니라, 그런 이야기를 하는 이유 자체도 납득이 되지 않았다, 어째서 파울의 친구는 이런 연기를 하는 걸까, 그리고 왜 파울에게? 대체 파울이 이 이야기를 가만히 들어주는 것 말고 뭘 기대했단 말인가? 아무것도 분명하지 않은데, 충고를 구하는 걸까? 아니면 파울은 이 이야기에 나오는 누군가와 무슨 관련이라도 있을까? 모든 게 완전히 모호했다, 포틴브라스는 이렇게 결론을 지었다, 더욱이 그는 나중에라도 이 사람들이 무슨 이야기를 하는지 감이라도 잡을 수 있을 것 같지가 않았다, 그제야 상황이 좀 더 분명해졌다, 이 전체 이야기는, 이게 실제 이야기라고 해도, 끽해봤자 구름처럼 모호함의 덩어리일 뿐이었다, 그리하여 포틴브라스는 신경을 끄고 관심을 기울이지 않았다, 앞좌석에서 흘러나오는 말들이

2부 이야기하다

그에게 와 닿았지만 그저 한 귀로 듣고 흘릴 뿐, 그 의미에는 더는 신경 쓰지 않았다, 그들은 넓은 교차로 몇 개를 지나갔고, 그다음에는 경비원들이 정문에 서 있고 담장이 세워진 고급 주택 단지에 다다랐다, 그들은 안으로 들어가 주차했고, 엘리베이터를 타고 9층에 있는 커다란 아파트로 갔다, 누구의 아파트인지 포틴브라스는 전혀 알 수가 없었다, 물어보려고 했을 때 파울은 미소를 띠고 목 안에서 막힌 소리로 무어라 말하며, 포틴브라스에게 신호를 주었다, 그게, 뭐 관심 가질 애긴 아니잖아, 중요한 건 여기서 편안하게 지내는 거지, 느긋하게 쉬면서 샤워나 해, 그는 친근한 몸짓으로 한 손을 자신의 등에 댔다, 이런, 그는 시계를 눈높이까지 들었다, 4분 있으면 12시가 되니, 2시에 다시 데리러 오도록 할게, 그 정도면 시간이 충분할까? 물론, 포틴브라스가 대답했다, 난 피곤하지 않아, 뭐, 아주 좋은데, 아주 좋아, 아주 좋다고, 파울은 그를 보고 미소를 띠었고, 그를 혼자 두고 떠났다, 포틴브라스는 샤워를 하고 수건을 몸에 두른 후, 널찍한 방 안 커다란 유리창 옆에 섰다, 영문은 알 수 없지만, 무척 불규칙적인 각도로 지어진 방이었다, 그는 밖을 내다보았지만 오로지 반원형의 단지를 이루는 아파트 건물만이 보일 뿐이었다, 건물들 틈으로 드네프르강의 일부분이 약간 보였고, 그는 자기가 지금 도시 내 어떤 지구에 있는지도 알 수 없었다, 그래, 넌 계획이 뭐야, 파울은 나중에, 3시 조금 전에 돌아와서 물었다, 내 계획은 말이지, 포틴브라스는 당황해서 그를 바라보았다, 딱히 계획이 없어, 그렇지만 뭔가 고를 수 있다면 무엇보다도, 음, 알지, 거기 재난 지대에 가보고 싶은데, 우리는 그 안에 들어가볼 순 없어, 굳이 가보겠다면 경계까지는 가볼 수 있겠지만, 아직도 그 일대에 방사능이 너무 많다고 하거든, 난 안 믿지만, 하지만 때에 따라 변할 것 같긴 해, 파울은 설명하며 입에 담배 한 대를 물었지만 불을 붙이지는 않았다, 그는 창틀 하나에 기대어, 그 지대까지 가보는 건 전혀 그럴 만한 가치가 없는 일이라고 생각한다는 뜻을 포틴브라스에게 역설했다, 그는 150달러 정도만 주면 그 지대의 내부까지 들어가볼 수 있다는 가능성까지는 부인하지 않았다, 하지만 그는 한 손으로는 묵살하라는 손짓을 하면서 거기에는 아무것도 없다는 뜻을 비쳤다, 돈 문제가 아니야, 하지만 볼 게 없다니까, 그러다 별안간 파울은 키이우가 정말로 아름답다는 말을 꺼냈다, 포틴브라스는 그의 말을 믿어야만 한다, 키이우가 살짝 둘러보기에는 훨씬 더 볼만하다, 그렇겠지, 포틴브라스는 대답했다, 하지만 지금 당장은 그 지대에 정말로 관심이 있어, 왜냐하면, 그는 더 조용히 말을 이었다, 여기 키이우 사람들은 그렇게까지는 흥미가 없을 거라는 거 알아, 하지만 나 자신은, 알겠지만 나는 이전에 여기 와본 적이 없거든, 머리카락이 쭈뼛 서겠지만, 여기 사람들에겐 그렇지 않을 걸 알아, 방사능이 100킬로미터 반경까지 퍼져 있으니까, 그저…… 알았어, 알았어, 파울은 창틀에

2부 이야기하다

기댄 채로 고개를 끄덕였다, 그러면 내일 가보기로 하지, 문제
없어, 괜찮아. 파울은 말했다, 하지만 적어도, 오늘 도시 구경
을 좀 시켜주지, 그런 다음 오늘 밤에는 저녁 먹으러 가는 것,
괜찮지? 환히 웃으며 포틴브라스는 고개를 끄덕이며 재빨리
옷을 걸쳤다, 금방 그들은 아래층에 내려가 차에 탔다, 운 좋
게도, 그 친구인지 동업자인지 하는 사람은 차에 타고 있지 않
아서 두 사람뿐이었다, 포틴브라스는 그 때문에 무척 기분이
좋아졌다, 심지어 자기의 즐거운 마음을 내비치기까지 했다,
그러자 파울은 차분한 목소리로 대답했다, 뮈르셀은 나쁜 친
구가 아니야, 진짜야, 나랑은 알고 지낸 지 한참 됐는데, 그냥
뭐랄까, 항상 할 말이 많은 사람이지, 그러다 보면 피곤할 수는
있는데, 괜찮은 친구야, 문제도 없고, 두 사람은 거리를 가로질
렀고, 너른 대로를 달려나갔다, 좀 더 넓은 교차로가 나온 걸
보니, 도심에 가까워지는 듯했다, 도심까진 얼마나 남았어, 포
틴브라스가 물었다, 벌써 도심인데, 도심에 와 있어, 파울이 대
답했다, 여기는 장터야, 주말에는 채소 같은 걸 사러 여기 와,
채소라고?? 포틴브라스는 파울을 보았다, 그 같은 거라니?! 반
면, 그를 맞아준 친구는 고개를 흔들며 미소만 지을 뿐 대답을
하지 않았다, 고개를 끄덕이며 그럼, 물론이지, 라고 했을 뿐이
었다, 하지만 채소를 먹어, 여기서?! 포틴브라스가 되풀이하
자, 아하, 파울은 잠시 포틴브라스 쪽으로 몸을 돌렸고, 그의
시선에는 아버지 같은 자상한 인내심이 보였다, 키이우 지역에

서도 가장 좋은 채소가 나는 곳이 여긴데 안 먹을 이유라도? 그러게, 하지만, 하지만은 없어, 파울은 포틴브라스의 항의를 일축해버렸다, 그때 갑자기 성 소피아 대성당이 그들의 눈앞에 나타났고, 손님은 확실히 말문이 막혀버렸다, 그들은 근처에 주차했지만, 성당에 들어가기 전에 어떤 세르비아 식당에 앉았다, 차가운 칵테일을 마시고 요기를 한 후에, 그들은 성 소피아 성당의 고요한 정원에 들어섰다, 포틴브라스는 거기, 적어도 여기만은 인파가 넘칠 거라 상상했으나, 사람은 전혀 없었다, 그는 그에 대해서도 물어보았다, 사람들 어디 있어, 파울, 여행객들은, 이 지점에서 파울은 진지한 눈으로 포틴브라스를 바라보았고, 그는 기다렸다, 마침내 파울은 이렇게 말했다, 그 사람들이야 다 재난 지대에 갔겠지, 그들은 정원에서 발길을 멈추었고, 파울은 포틴브라스의 눈에 시선을 고정했다, 그래서 그도 파울이 지금 농담을 하는 건지 뭔지 구분하려고 바라보았다, 다음 순간 파울은 껄껄 웃으며 친구의 등을 탁 치고, 정말 제정신이 아니군, 익시, 그렇게 상황을 심각하게 받아들이지 마, 라고 말했다, 하지만 글쎄, 뭘 어떻게 해야 했을까, 포틴브라스는 속으로 생각했다, 상황이 심각하다면, 우리가 얼마나 심각한지 모른 척 외면한다고 해도 별 차이가 없지 않은가? 상황은 심각한 채로 남아 있을 텐데, 그는 이 말을 즉시 파울에게 뱉을 뻔했으나 입도 뻥긋하지 않았다, 친구의 대답에 깔린 기이한 오만함에 마음이 약간 상했고, 그렇게 약간 상

2부 이야기하다

한 마음으로, 그는 성 소피아 대성당의 실내 공간으로 들어섰다, 이런 오만함 때문만이 아니라, 전체적으로 친구가 마지막으로 만난 이래로 상당히 변했다는 사실 때문임을 포틴브라스는 마음속으로 인정할 수밖에 없었다, 외모만이 아니라는 건 눈에 훤히 보였다, 지난 2년 동안, 파울은 확실히 몸무게가 줄었고 계속 운동을 해온 게 분명했다, 재킷 어깨 아래로 근육의 윤곽이 보일 정도였다, 그렇지만 내적인 변화도 있었다, 파울의 내면에, 그의 성격에, 그의 본성에 거대한 변화가 일어났다, 파울의 안에 그가 이전에는 한 번도 경험하지 못했던 특질이 있었다, 바로 냉소였다, 포틴브라스는 그에게서 일종의 뻔뻔스러움을 발견했고, 별로 기분이 좋지 않았다, 정말로 별로 좋지 않았다, 이제는 파울만이 그의 유일한 친구였고, 이 나이가 되면 다른 친구란 없을 것이었다, 하지만 그렇다면 이런 냉소적인 뻔뻔함을 어떻게 상대해야 하지, 그는 계속 생각했다, 어떻게, 그는 장엄한 성당 내부를 바라보며 속으로 자문했다, 그의 두뇌는 다시, 또다시 돌아가며 이리저리 궁리했다, 그는 프레스코화 앞에서도 궁리했고, 모자이크화 앞에서도 궁리했다, 그동안에도 자기 눈앞에 보이는 작품들이 황홀하다는 것을 깨달았지만, 파울 없이는 그것 또한 아무 가치가 없을 것이었다, 대체로, 그의 진정한 친구인 파울 없이는 그 무엇도 가치가 없었다, 그는 부드러운 금빛 속을 거닐었다, 그가 보기에는 온 건물이 금으로 지어진 것만 같았다, 기둥과 벽으로 이루어진 작은 미로 속에서 슬금슬금 거닐면서도 그는 세상 그 무엇에도 비할 수 없는 공간에 몰두할 수 없었다, 그에 더해, 파울도 고작 몇 분 후에 눈에 띄게 초조해졌다, 예전에는 이런 건축적 기적에 몇 시간씩이나 흠뻑 빠질 수 있었던 파울은 사실상 이 안에 발을 디딘 순간부터 여기서 빨리 일을 마치고 뜨기만 초조하게 기다리고 있었다, 그랬다, 이제 파울은 이런 사람이었다, 그 무엇보다도 일을 끝마치고 싶다는 생각, 이전의 평온한 태도 대신에 일종의 일반적이고 들뜬 초조함이 그의 안에서 요동쳤다, 그래, 이제 세계란 파울에게 이런 의미였다, 차례차례 잇따라오는 일들의 연속, 그 안에서 파울은 각개의 일을 챙겨야만 했다, 자기 자신을 위해서 하나하나 연속적으로 챙겨야 하는 일들, 그런 후에 또 다음 일이 온다, 가령 포틴브라스와 포틴브라스가 여기 있다는 사실 같은 일, 파울이 그를 우크라이나에 손님으로 초대했다는 사실, 그리고 이제 포틴브라스는 이제 파울이 챙겨야 하는 일이었다, 파울이 그를 챙길 것이었다, 포틴브라스에게 잠깐 전화해서 키이우에 올 마음이 있느냐고 물어보고, 그걸로 충분했다, 다음 순간 벌써 비행기표가 그의 노트북에 와 있었고, 모든 일이 너무 순식간에 일어나서 준비할 시간도 없었다, 맙소사, 나는 어디로 가는 거지, 그는 자기가 어떤 위험 상황에 스스로 걸어 들어간 건지 생각했다, 대체로 어디에나 위험이 있을 수 있는 곳에, 그는 진짜 위험은 말할 것도 없고, 위험이라는 생각 자체도 참을 수가 없었

2부 이야기하다

기 때문이었다. 지난 10년 동안은 위험이 그의 주된 관심사였다. 다른 말로 하면 그는 위험을 참지 못했으며, 삶에서 배제해 버렸고, 아주 작은, 사소하기 그지없는 위험에서 빠져나왔다. 그는 위험의 냄새를 맡으면 멀찌감치 거리를 두었고, 위험이 아주 조금만 예상되는 일이라면 절대 실행하지 않았다. 그가 편집증 환자여서는 아니었다. 아니, 그는 그저 이미 와 있는 위험을 감지한 사람에 지나지 않았다. 아주 사소한 사건들이었기에, 위험이 있다는 생각도 하기 어려웠지만, 그는 이미 와 있는 위험을 감지했다. 감지하는 게 가능한 위험이기만 하다면, 그리고 바로 그게 그였다. 위험한 사건과 이런 관계를 맺은 사람, 파울의 청에 따라 여기 와버린 사람, 친구들 사이에서 과하게 민감한 성격으로 소문이 자자한 사람, 그들 중에서도 누구보다도 파울이 그를 가장 잘 알았고, 이제 그는 그 악명 높은 재난 지대와 근접한 위치에 있다. 100킬로미터도 떨어지지 않은 곳에. 포틴브라스는 비행기에서 지도를 보았다. 내가 미쳤군, 어딜 가는 거지. 파울이 한마디 했다고 벌떡 일어나 오다니. 좋아, 언제나 그랬지. 하지만 언젠가 이런 행동의 대가를 치르고 말 텐데. 그리고 그 언젠가가 오늘인지도 모르지. 하늘 위에 떠서 그가 한 생각이었다. 하지만 비행기에서 내린 후에는 그런 생각은 싹 사라졌다. 주변에서 일어나는 일에 정신이 팔렸고, 친구인지 동업자인지가 파울의 차 안에 타고 있지 않았더라면, 포틴브라스가 도착한 후 처음 몇 시간 동안 그와 파

울이 적어도 첫날은 함께 보내며 얘기할 기회를 갖는 대신에
이 피에르 가르뎅 정장을 입은 남자가 늘어놓는 횡설수설에
완전히 깔려 압도당하는 대신에, 그와 파울이 적어도 첫날은
함께 보내며 얘기할 기회가 있었으면 얼마나 좋았겠는가, 두
사람이 마지막으로 본 지도 2년 가까이 되었으니, 하지만 지금
그게 무슨 문제겠어, 포틴브라스는 성 소피아 대성당 안 짙은
금빛으로 번쩍이는 빡빡한 곡선형 기둥들 사이에 서서 속으
로 생각했다, 이제 여기 와서 이 나라 사람들의 짙은 금빛으로
번쩍이는 빡빡한 곡선형 기둥들 사이에 서 있군, 그리고 호화
로운 금박을 칠한 모자이크화와 프레스코화 속의 성인들이
영혼이 듬뿍 담긴 눈길로 그를 내려다보고 있었다, 그리하여,
어쩌면 이러한 시선 덕분에 그는 여기서 빨리 끝내고 나가고
싶은 욕망이 없었다, 파울은 확실히 몸동작으로 나가자는 뜻
을 여실히 비치고 있었다, 넌 여기 있어, 파울은 귀에 대고 속
삭였다, 난 밖에서 기다릴게, 벌써 파울은 바깥 정원으로 나가
고 없었다, 하지만 이럴 리가 없어, 포틴브라스는 생각했다, 이
사람이 파울이야? 그는 다시 모자이크화와 프레스코화의 성
인들이 답을 알고 있기라도 한 양 그들을 다시 돌아보았지만,
그들은 아무것도 몰랐다, 세상에 아는 것이 아무것도 없었다,
그들은 영혼이 담긴 눈길로 그를 바라보기만 할 뿐이었다, 그
저 묻기만 할 뿐이었다, 과거에 무슨 일이 있었소? 그들은 그
를 응시하며 그에게 물었다, 과거에 무슨 일이 있었소? 그들은

2부 이야기하다

응시하고 물었다, 어디요? 그들의 영혼에 있는 본성이 의미 있게 여겨질 만한 곳은 어디일까? 하지만 그런 곳은 이젠 없었다, 파울에게 일어난 일은 무엇이었을까, 포틴브라스는 걱정스럽게 자문해보았다, 운동을 해서 근육을 키우고, 경박할 정도로 냉소적이 되다니, 포틴브라스는 마음이 아팠다, 그리고 성소피아 대성당은 무척 아름다웠지만, 더는 미룰 수가 없었다, 그는 황금빛 후광 속에 감싸인 영혼 가득한 성인들을 두고 일찍 나와야만 했다, 바깥에서 기다리는 파울이 말없이 강요하는 것 같아 여기 더 머물렀다가는 너무 지각없는 행동이 되고 말기 때문이었다, 다시 한번 그는 차에 앉았고 차는 쭉 미끄러져 갔다, 그동안 파울은 아무 말 하지 않았다, 그러다 마침내 입을 열고 도시 구경을 시켜주겠다고 했다, 포틴브라스는 그에게 감사 인사를 했지만, 한편으로는 가장 좋은 건 어딘가 앉아서 차분한 환경에서 이 문제를 의논하는 게 아닐까 생각했다, 그렇지만 물론 차분한 환경은 어디든 없었고, 도시를 쭉 지나는 드라이브를 한 후에는 카페에 앉았다, 네 마음에 들걸, 파울은 카페까지 남은 200미터를 걸어가면서 그렇게 말했다, 그들은 어떤 집 앞을 지났는데, 집 앞에 붙은 안내판에는 불가코프*가 여기 살았다는 정보가 적혀 있었다, 포틴브라스는

---

*　미하일 불가코프(1981~1940), 우크라이나 키이우 출신의 작가, 극작가, 〈거장과 마르가리타〉로 유명하며 스탈린 치하에서는 여러 번 출간 금지를 당했다.—옮긴이

이걸 보자마자 집 안을 한번 둘러보고 싶었으나, 파울이 짜증스럽게 그에게 손짓하며, 아, 거긴 재미 없어, 관둬, 볼 게 하나도 없어, 카페가 훨씬 재밌지, 빨리 가자, 라고 말하는 바람에 그들은 길에 줄지어 선 불쾌한 거리 예술가들 사이를 지나 계속 갔다, 봐봐, 파울은 포틴브라스를 격려하며 계속 말했다, 여기가 최고야, 하지만 실제로는 그렇지 않았다, 그저 다른 네 가지 색으로 칠한 네 면의 벽 위 잔뜩 멋을 낸 스투코 천장을 얹은 건물 안에 오스트리아-헝가리 아르데코 스타일의 탁자와 의자들이 있고, 옷을 꽤 잘 차려입은 사람들이 자리에 앉아 있을 뿐이었다, 하지만 그, 익시는 어째서 파울이 이런 곳을 그렇게나 좋아하는지 전혀 감을 잡을 수가 없었다, 대체 어째서 파울이 자신, 익시가 그런 걸 좋아할 것이라 생각하는지도 이해할 수가 없었다, 어째서 그가 이런 걸 좋아한단 말인가? 관광객들을 위한 싸구려 키치, 그곳은 그런 유의 장소였다, 어찌 되었든 포틴브라스는 친구의 기를 꺾고 싶지는 않았기에 절제된 태도로 유쾌한 곳이라고 말했지만, 그 후에 다시 불가코프의 집 얘기를 꺼내면서 불가코프와 키이우에 관해 뭔가 물었다, 하지만 파울은 그저 놀란, 아니, 다시 멍한 눈길로 그를 바라보며 커피를 꿀꺽꿀꺽 마셨고, 자기는 불가코프에 대해서는 아무것도 아는 게 없다고 대답했다, 대체로 파울은 무엇이든 딱히 아는 게 없어 보였다, 오로지 지역 내 정치와 사업상의 소문에만 관심이 있어 보였다, 그러면 저

2부 이야기하다

기, 포틴브라스는 내적인 침묵을 깼다, 성 소피아 대성당이나 불가코프 얘기를 해볼까, 그는 파울에게 그런 질문을 던졌지만, 파울은 딱히 분개심을 감추려 하지도 않았다, 불가코프 얘기는 벌써 했고 성 소피아 대성당은 다녀왔잖아, 파울은 매섭게, 약간 화를 내며 말했다, 대체 너는 이런 것들 얘기를 해서 뭐 어쩌고 싶은 거야, 하지만 파울에겐 무슨 일이 있었던 걸까? 포틴브라스는 훨씬 더 서글프게 자문했다, 도대체 무슨 일이 있었던 거야, 포틴브라스는 파울을 보았다, 그의 눈을 들여다보았다, 파울의 눈은 이전과 같았다, 그러나 다른 건 모두 변해버렸다, 이 파울 베르호벤스키는 내 친구였던 사람이 아니야, 땅거미 내리는 저녁, 포틴브라스는 속으로 말했다, 그는 낙심했다, 피곤해 보이네, 저녁 식사를 하러 골라놓은 식당으로 향하며 파울은 친절히 말했다, 별거 아냐, 별거 아니야, 포틴브라스는 의기소침하게 그 말을 떨쳐버렸다, 그는 부드럽게 웅웅거리는 아우디A4의 좌석에 푹 주저앉았지만, 드네프르강이나 도시에는 관심이 가지 않았고, 특히 온갖 특별 요리가 나와서 골라놓았다는 식당에는 관심이 없었다, 여기서 갈 수 있는 식당 중엔 최고야, 파울은 큰 소리로 말했다, 그는 요리를 연이어 주문했다, 피곤하지, 그는 이 말을 계속 반복했다, 하지만 알잖아, 피곤할 때는 바로 누우면 안 돼, 있잖아, 그는 포틴브라스 쪽으로 몸을 기울였다, 내가 어딘가 데려가줄게, 괜찮지? 그의 눈에는 장난기가 떠올랐다, 어딘가? 포틴브라스가 묻자, 그래, 파울은 그를 보며 미소 지었다, 어딘가, 그러면 이 피로를 다 날려버릴 거야, 그들은 벌써 키이우의 거리를 따라 달리며 어딘가 교외로 향했다, 주택가가 모습을 감추고, 어둠 속에서 뭔가 보일 수 있는 한계 내에서 거대한 담장 뒤에 가려진 더 큰 건물만이 보일 뿐이었다, 그들은 어떤 문 앞에 차를 일단 멈추었고, 파울이 경비원에게 뭐라 말하더니 통행증 같은 것을 보여주었다, 그들은 거대한 정원에 접어들었고 곧이어 미쳐버린 성 같은 건물 안으로 들어갔다, 그 안에는 사람이 엄청나게 많고, 소음 속에 안개가 자욱하고, 레코드 음악이 쿵쿵 울려 퍼졌지만, 파울은 포틴브라스에게 잠깐만 기다려, 라고 손짓했다, 아직 조금 더 가야 해, 포틴브라스는 그 뒤를 따랐다, 그들은 엘리베이터를 타고 어딘가 위로 올라가서는 완전히 고요한 복도에 발을 디뎠다, 너무 텅 비어 있어서 포틴브라스는 정말 같은 건물이 맞나 하는 생각이 들었다, 그들의 발소리는 두꺼운 양탄자에 묻혔다, 그때 파울이 버저를 눌렀고 문 옆에 있는 번호판에 암호를 두드리더니, 카메라에 카드 같은 걸 보여주었다, 문이 열리자 그들은 안으로 들어갔지만 엘리베이터에 탄 것처럼 문이 하나 더 있었다, 하지만 등 뒤에서 첫 번째 문은 크게 쾅 소리를 내며 닫혔다, 무슨 일이 일어난 것 같았지만, 뭔지 알아낼 수는 없었고, 작은 진동 같은 게 느껴졌다, 그들이 느낄 수 있는 건 그게 다였다, 그때 두 번째 문이 열리더니 두 사람은 작은 구멍

같은 곳으로 들어섰고, 반대편에는 또 다른 문이 있었다, 다시 무언가가 일어났고, 마침내 세 번째 문도 마찬가지로 열렸다, 포틴브라스는 거대하게 열린 방 안으로 한발 디뎠으나 발을 잡아당기는 힘이 지나치게 세게 느껴졌다, 그렇다, 그것이 바로 그게 맨 처음으로 알아챈 점이었다, 여기서는 마치 방 안에 중력이 올라간 것처럼 동작이 무거워졌다, 파울은 살며시 포틴브라스를 앞으로 밀었고 그는 한발 더 내디뎠다, 그때 그는 자신들이 수족관 안에 있다는 것을 깨달았다, 포틴브라스는 그 자리에 뿌리내린 듯 멈춰 섰다, 바깥에서는 수족관이 보이지 않았는데, 이제 그들은 그 단어의 가장 단적인 의미로, 수족관 내부에 있었다, 의심의 여지는 없었다, 하지만 그들에게는 물방울 하나 떨어지지 않았고, 그들 주위에서는 알몸의 여자 몇 명이 헤엄치고 있었다, 그들의 긴 금발이 등 뒤로 너울거렸고, 포틴브라스는 그저 바라보기만 했다, 그런 후에 파울을 바라보았지만, 파울은 포틴브라스가 너무 놀란 걸 보고 흐뭇한 나머지 아무 말 하지 않았다, 될 대로 되라지, 포틴브라스는 대체 이게 무슨 속임수인지 나중에 알아내기로 하고, 앞으로 몇 발 더 나아갔다, 파울은 계속 그를 부추겼다, 가, 계속 가, 계속 가라고, 가자, 여자들은 그들 옆과 위에서 떠다녔고, 그들 위에는 여자들의 금발이 폭포수처럼 흘러내렸다, 놀라운 광경이었다, 그들을 에워싼 벽은 황금빛으로 타올랐고 천장과 바닥도 마찬가지여서, 모두 금으로 만들어진 것만 같았다, 어딘가에서 비춘 빛이 너무 환해서 눈이 부셨다, 파울은 포틴브라스에게서 반 발짝 뒤처져서 이 효과를 즐겼다, 효과는 어마어마했고, 심지어 1분이 흐른 뒤에도 포틴브라스는 아무 말도 할 수가 없었다, 그때 알몸의 여자 하나가 물일 리가 없는 물속에서 그에게로 둥둥 헤엄쳐 오더니 그의 가슴을 살짝 간질였다, 그녀의 손은 그의 배를 슬쩍 미끄러져 성기로 옮겨 갔다, 무척 아름답고 무척 사랑스러웠다, 너무 아름답고 예뻐서 맨 처음에는 포틴브라스는 이게 일종의 속임수가 아닐까 생각했다, 여기 모든 게 일종의 속임수인 것처럼, 어쩌면 그게 실재일 수도 있었다, 파울은 부드럽게 그의 팔을 잡고 그를 아몬드 모양의 입구로 이끌었다, 그 안은 일종의 동굴이었다, 하지만 그는 벌써 다리 아래에 물이 있다는 것을 느낄 수 있었다, 신발 주변에서 물이 찰랑거렸다, 그래도 아직 무엇 하나 젖지는 않았다, 반면 실제처럼 보이는 여자들이 앞으로 다가왔다, 정말로 실제 사람들이었다, 그들은 두 남자에게 인사했다, 저 영어 들었어? 완벽해! 파울은 열렬하게 감탄했다, 가자, 그는 포틴브라스를 앞으로 끌어당겼다, 저기 앉자, 그는 선홍빛 소파로 그를 데려갔고, 샴페인과 과일을 대접받았다, 하지만 샴페인은 샴페인이 아니었고, 과일은 과일이 아니었다, 오로지 여자들만 진짜였다, 그들은 남자들 옆에 앉았다, 여자들은 믿지 못할 만큼 정확하게 몸매를 강조하는, 광택이 흐르는 새틴 소재의 푸른빛 수영복을 입었다,

2부 이야기하다

옷이 딱 맞아서 포틴브라스는 얼굴을 붉혔다, 그들의 젖가슴과 유두뿐 아니라 엉덩이의 곡선, 여성 성기의 은밀한 부분까지 유혹적으로 선명한 윤곽을 드러냈기 때문이었다, 그리고 여기에는 오로지 육체뿐이었다, 육체와 유혹과 제시와 악몽뿐, 그리하여 그는 자기가 어디 있는지 어렴풋이 깨닫게 되었다, 그래, 파울은 그에게 말했다, 여기 매음굴은 이런 곳이야, 어떻게 생각해, 하지만 여자들은 무척이나 아름답고 예뻐, 포틴브라스는 우물우물 대답했다, 저 사람들이 창녀일 리가 없어, 하지만 그런걸, 그렇고말고, 하나 해봐, 골라봐, 마음에 드는 여자 있으면 네 거야, 파울은 목소리도 낮추지 않고 말했다, 파울이 끈덕지게 권하는 바람에 그는 누군가를 하나 골라야만 했고, 그동안에도 한층 더 열정적인 파울의 목소리가 들렸다, 그래, 뭐라고 할 텐가, 익시, 그래, 이걸 보고 뭐라고 할 거야, 친구? 그리고 여자는 그의 바지 단추를 끄르며 그의 허벅지 위에 올라탔다, 동시에 또 다른 여자가 그의 어깨 위로 몸을 숙이며, 숨결같이 가볍게 얼굴을 건드리며 그의 입을 어루만지더니 장난스럽게 힘을 주어 입을 벌리고 무슨 알약 같은 걸 쑤셔 넣었다, 다음으로 그는 그 알약이 파란색이고, 여자는 혀를 그의 입에 밀어 넣었고, 이 혀가 그의 입안에서 뛰놀며 알약을 그의 입 천장 가득히 퍼뜨렸다는 건 기억했다, 그 직후 그의 뇌는 폭발할 것만 같았다, 그러면서도 그 느낌은 끔찍하리만큼 좋았고 그는 100년 동안 질서 정연한 우주 바

깥으로 나가 있는 기분이었다, 이 우주에선 산들바람이 불어
왔고, 사방 어디를 보든 수조 개의 빛나는 별들이 떠 있었으
며, 모든 것이 정신 나간 속도로 솟아올랐다, 그러다 그는 수
십억 개의 색깔을 띠는 거대한 무지개 아래에 이르렀다, 정말
로 이 무지개는 수십억 개의 다른 색으로 이루어져 있었고,
그는 말할 수 없는 행복감으로 가득 찼다, 헤아릴 수 없이 깊
은 우주, 끝없이 어둡지만 그럼에도 빛이 나는 암흑, 그런 후
에 이어지는 추락, 아찔한 어지럼증, 마지막으로 나타난 눈부
신 빛줄기, 참을 수 없는 우레 소리, 모든 소리가 아팠다, 수백
만 개의 소리가 그를 공격했다, 파울이 그의 위로 몸을 숙이
더니 침대 위 그의 옆에 앉았다, 제발, 이것 좀 꺼, 이것 좀 꺼
줘, 그는 파울에게 애원했다, 그 말에 파울은 웃으면서 옆에
서 일어서더니 음악을 껐고, 포틴브라스는 참을 수 없는 고통
으로 쪼개졌다, 커튼을 쳐줘, 부탁이야, 파울, 그는 파울에게
애원했다, 하지만 커튼은 벌써 쳤는데, 파울은 웃었다, 적어도
그는 이제는 익숙한 아파트 안에 있었다, 이전에 와본 적이 있
는 곳, 적어도 파울이 그의 옆에 있었다, 그건 좋았다, 하지만
좋지 않은 건 파울은 이제 이전과는 완전히 다른 식으로 웃
고 있다는 것이었다. 그의 웃음에는 포틴브라스에게는 고통
스러운 점이 있었다, 그래서 그는 파울에게 부탁했다, 제발 웃
지 말아줘, 좋아, 파울이 말했다, 그러면 웃지 않을게, 하지만
파울은 더 웃었다, 하지만 대신에 너는 이제 몸을 추슬러야

해, 곧 9시 30분이 될 거거든, 네가 정말 가고 싶으면 지금 출발해야 해, 그는 말했다, 간다고?! 어디로?! 포틴브라스는 팔꿈치를 굽혀 몸을 일으켰다, 뭐, 너 그 지대에 가고 싶다고 하지 않았어? 파울이 물었다, 샤워를 하는 건 힘들었다, 둘 다 샤워하면 도움이 될 거라고 생각했지만, 그렇지 못했다, 샤워기에서 떨어지는 물방울 하나하나가 그를 엄청난 힘으로 후려쳤다, 봐, 파울은 간간이 문을 열었다, 어쩌면 미뤄야 할지도 모르겠어, 네가 그러고 싶다면, 아니야, 절대 그렇지 않아, 곧 괜찮아질 거야, 그는 대답했다, 그는 억지로 샤워기에서 떨어지는 물방울 속으로 들어갔다, 벌써 그는 혼자 몸을 말릴 수 있었다, 그리고 혼자 힘으로 옷을 입었다, 엘리베이터로 걸어갈 때는 균형을 잃을지 몰라 부축이 약간 필요했다, 가끔은 아직도 균형을 잃었기 때문이었다, 그게 마지막 증상이야, 파울이 안심시켜주었다, 균형은 곧 알아서 되돌아올 거야, 두 사람은 벌써 가까운 고속도로로 향하는 중이었다, 이번에는 드네프르강의 안쪽이었다, 여기서 뮈르셀을 태워 가야 해, 어떤 신호등에 이르자 파울이 불쑥 말했다, 이런 문제에 대해서 결정권을 쥔 사람 같은 말투였다, 그러더니 그는 옆길로 들어섰다, 하지만 처음에는 포틴브라스는 대체 무슨 일인지 알 수가 없었다, 이 뮈르셀이라는 사람이 누구더라? 어째서 뮈르셀을 데리러 가려고 길을 벗어나야 하는 거지? 두뇌가 있던 자리에 얼음처럼 차가운 거대한 돌덩이가 들어차 있는 것 같았다, 뮈르셀의 모습을 언뜻 보았을 때에야 오늘이 어떻게 흘러가는지 서서히 감이 왔다, 아, 어제 만났던 그 사람, 아, 안 돼, 그것만은 아니길, 이 생각이 얼음 같은 돌덩이를 뚫고 떠올랐다, 하지만 포틴브라스는 그에게 인사말 같은 소리를 중얼거렸다, 내 생각에는, 파울은 포틴브라스를 돌아보았다, 이 일행으로 여행하는 편이 더 재미있을 거 같지 않아? 벌써 차 앞자리의 두 사람은 어제 얘기하던 주제를 시작했다, 파울은 재난 지대에는 전혀 관심이 없었다, 포틴브라스는 깨달았다, 그는 거기에서 100킬로미터 떨어진 곳에 산다, 그리고 그에게는 하등 흥미롭지 않은 일이었다, 포틴브라스는 고속도로 옆에 간간이 나타나는 건물들을 보았다, 술집, 아파트, 농장, 상점, 양철 지붕 교회, 그렇게 그들은 북쪽으로 향했다—재난 지대를 향해, 그리고 이번에는 피에르 가르뎅이 아니라 세루티를 입은 뮈르셀은 벌써 한참 얘기 중이었다, 즉 그의 관점에서는 공동 소유된 합자회사는 정확히 소유자 쪽에서는 진정으로 감시한다고는 할 수 없었던 과거 사회주의 시대의 거대 기업처럼 기능했다, 이런 회사에서 경영진은 일종의 준소유주처럼 기능하고, 결국은 배당 주주인 진짜 소유자들은 무슨 일이 일어나는지 전혀 알지 못하고, 주주총회에서도 발언권이 하나도 없다는 것이다, 경영자들은 자기들이 원하는 건 뭐든 말하고, 그 결과로 내부 구조는 짝패나 친구 무리와 같은 논리 위에 구축되어서, 전문성이 하는 역할은 전혀 없어, 어떤 역할

2부 이야기하다

에 적합한 사람이 누군지는 전혀 문제가 아니지, 사실상 이게 우리 상황이기도 해, 내가 아는 한 이런 일이 내 경우에도 생긴 거야, 화내지 마, 이 파블릭 모로조프 같은 친구*, 파울은 이렇게 말했지만, 이 비유는 그다지 분명하지 않았다, 그래도 말이지, 이번에는 세루티를 입고 어제부터 익숙한 강렬한 손짓을 하는 뮈르셀이 운전대를 잡은 파울과 좀 더 편안히 이야기하려고 반쯤 돌아앉아 말했다, 하지만 여기 말이지, 알잖아, 상황이 다시 아주 개인적이 된 거야, 이 이탈리아인, 이 피치노라는 사람이 여기 키이우에 오게 된 거지, 방코 포르타스가 지점을 둔 많고 많은 나라 중에서 키이우는 대학 학위가 없어도 회장이 될 수 있는 유일한 곳인 거야, 다른 데는 대학 학위를 요구하거든, 이건 지역 당국이 결정하는 거야, 그러니까 여기 키이우에 달린 거지, 여기는 그게 규칙이야, 그게 금융기관을 위해 법률로 정해진 거지, 그래서 이렇게 되어야만 하는 거야, 이 점에서는 그 무엇도 바뀔 수 없어, 금융기관에 관한 법이 이 경기에서 인력 관련 준칙을 포함해서 은행에 관한 준칙을 만들거든, 뭐, 이에 대해 흥미로운 점이 그거지, 생각해봐, 뮈르셀이 고개를 저었다, 알바니아는 금융 준칙으로는 가장 엄격한 나라야, 내가 이걸 아는 건 아주 오래전에 어

---

* 스탈린 시대의 인물로, 12세였던 파블릭은 자기 아버지를 고발해 수용소에 보냈고 후에 파블릭도 살해당했다.—옮긴이

떤 고위직이 나보고 거기 가서 감사회장을 맡으라고 했어, 거기 알바니아에 있는 모든 자회사 임원은 제노바에서 파견되거든, 이 감사회장이 될 만한 적당한 졸업장이 있는 사람은 나뿐이었지, 뭐, 물론, 일이 그런 식으로는 되지 않았어, 그렇지만 웃긴 건 졸업장이 있는 사람은 나뿐이었다는 거야, 알겠어? 모든 상황이 웃겼지, 하지만 그게 흥미로운 부분은 아니야, 뭐, 그래서 그 사람이 여기 키이우에 온 거야, 그리고 그 사람들은 나도 여기로 꾀어서 오게 했지, 지금 누구 얘기 하는 거야? 파울이 끼어들었다, 그게, 내가 말하던 사람 있잖아, 내 말 안 듣고 있었네, 파울, 피치노 얘길 하고 있었잖아, 그 사람 말고 달리 누구 얘길 하겠어, 뭐, 긴 얘기를 짧게 하자면, 먼저 그 사람이 티라나에 있다가 그다음에 키이우로 온 거야, 여기는 졸업증이 필요하지 않으니까, 그렇지만 나도 제안을 받았으니까 나도 왔지, 하지만 이 피치노란 친구는 말이야, 파울이 다시 말을 끊었다, 그 사람은 은행에서 직급이 뭔데, 회장이지, 뮈르셀이 약간 짜증스럽게 대답했다, 내가 말했잖아, 졸업장이 없는 사람도 회장이 될 수 있다고, 그래서 그런 사람들이 여기 올 수 있는 거야, 그리고 이 지점이 우리가 여기 오기 반년 전에 매수한 거라는 걸 알아야 해, 원래는 키이우 시장이 소유하고 있었거든, 그 사람 거였지, 그리고 그 사람이 유일한 소유자였고, 그런데 그 사람들이 이탈리아 무역 대표단과 조사관들을 매수한 게 분명해, 그래서 그냥 똥 덩어리를 사버린 거야, 미불 채무만 해도 거의 똥 덩어리 수준이었거든, 뭐라고 해야 하나, 아무튼 너도 내 말뜻 알겠지, 그리고 이 경우엔 장기 신용 대출 대부분이 소유주 가족이 가진 자금의 일부였던 거야, 그건 의심의 여지가 없어, 뮈르셀은 두 손을 벌리며 말했다, 뭐, 그 사람이 이 지점에서 빠져나올 땐 이 모든 게 똥 덩어리라는 걸 알았겠지, 대출 변제액은 있더라도 아주 적을 게 확실했다는 거야, 그러니까 상환금을 받을 전망이 없었지, 적어도 곧 반환될 가능성이 없었어, 그리고 충당 부채를 기반으로 보면, 이 채무가 분류된 지분은 아무리 봐도 상환 대상이 아니었어, 알겠지, 그건 분명해, 뭐, 여긴 규정이 있어, 맞아, 이 미불 채무와 투자금은 분기별로 분류되어야 해, 이건 전 세계적으로 마찬가지지, 그리고 여기에는 분류 등급이 있어, 그리고 각 등급마다 네댓 개의 하위 분류 등급이 있어, 그리고 아무 문제가 없는 최고 등급을 제외하고는 각 등급마다 지역 법률이 충당 부채의 비율을 결정하지, 이런 건 기본적인 거라 할 수 있어, 하지만 당신 친구도 이해할 수 있게 말하자면, 주요 쟁점은, 뮈르셀은 이제 포틴브라스 쪽으로 몸을 돌렸다, 주요 쟁점은 충당 부채는 이익금에서 빼서 이익금에 포함되지 않는 특정 계좌에 넣는다는 거예요, 이제 알겠지, 그는 다시 파울을 향했다, 이 가족, 그러니까 이전의 사주 가족은, 특히 그 아들은 확실히, 확실하게는 증명되지는 않았지만, 이 자식, 피치노라는 놈에게 오래 돈을 먹인 거야, 즉 이

자를 드네프르강에 있는 자기 개인 요트로 초대하고, 자기 집에서 열리는 파티나 그런 리셉션 같은 데 초대한다든가, 그리고 또 뭔가 줬을 수도 있지, 그 결과로 그 피치노라는 작자는 이 집안을 좋아하게 된 거야, 이 집안의 아들을 비교적 좋아하게 된 거지, 이 호의는 그 가족이 여기 돈을 예금해두고 있다는 뜻이었지, 그리고 수익금이 보통의 이자율보다 훨씬 높았거든, 뭐, 이해하지, 그리고 나와 이 회장의 관계가 급격히 악화되기 시작했어, 그는 포틴브라스에게로 다시 몸을 돌렸다, 이런 상황에서 내가 일종의 관리직 부장처럼 되다 보니까, 그렇지만 명확히 하기 위해서 말하자면, 회장이 아닌 CEO가 은행을 운영하는 사람인 거지, 그곳을 경영하는 사람이 CEO니까, 그리고 회장은 은행 운영에 간섭하면 안 되거든, 하지만 이 피치노란 인간이 간섭한 거야, 그자가 간섭했지, 이 사람은 이탈리아인이고, 은행도 이탈리아 거고, 그리고 CEO는 이탈리아 사람들을 두려워하는 우크라이나인이고, 하지만 물론 나를 무서워할 필요는 없지, 그렇지만 내 자리는 약간 특별해, 보통 나는 중간 관리자에게 보고하지 않고 CEO에게 직접 보고하거든, 내가 재무는 책임지고 있으니까, 다른 말로 하면 자원 할당 책임자지, 그리고 난 늘 구두 요청, 좀 더 대놓고 말하면 이탈리아인들에게서 나한테 명령이 내려와도 서류로 신청해달라고 해, 뭐, 그 작자는 이전 사주 집안 식구들에게 특혜를 주라며 온갖 걸 명령하곤 했어, 음, 다른 사람들도 있었고,

그럴 때마다 나는 서면 요청으로 받겠다고 했지, 뭐, 그의 전략은 언제나 하고 싶은 대로 한다는 거야, 그런 다음 다른 사람이 책임을 뒤집어쓰지, 그러면 자기는 이 멍청이가 일을 망쳤다고 소리를 지르고, 뭐, 이제는 어쨌든 모든 일에 서류로 흔적이 남아 있으니, 이자도 이 짓을 더는 할 수 없는 거야, 음, 사실상 매번 이런 절차를 따를 때마다 호통을 듣긴 했지만, 나는 가볍게 넘겨버릴 수 있었지, 하지만 이 사람은 그럴 수 없었어, 대신에 계속 불같이 화를 냈지, 점점 더 나를 적대했고, 그리고 그 사람이 나를 적대하니까 나도 반응할 수밖에 없었어, 그렇게 그는 점점 자리를 잡아갔지…… 지금 이 사람은 누군데요, 포틴브라스는 질문을 던지려 했지만, 자기 마음속에 담아두었다, 이 이야기에는 일말의 관심도 없었기 때문이었다, 심지어 반도 이해할 수가 없었다, 그는 오로지 가끔씩만 집중하며, 이따금 여기서 한 단어, 저기서 한 단어를 주워들었다, 실로, 잠시 후 차가 붐비는 키이우를 벗어난 후에는 이 이야기에 벌써 반감을 느꼈다, 그는 뮈르셀의 말이 자기 의식에 닿지 못하도록 애썼다, 자작나무인지 너도밤나무인지 분간할 수 없는 가로수가 죽 늘어서 있는 눈앞의 길을 바라보았고, 이제는 아주 드문드문 길옆으로 나타나는 건물들과 노점상을 보았다, 키이우를 떠난 지 한참 동안은 노점상이 많았다, 이제는 땅 위에 자리를 펴놓고 오이와 상추, 감자와 토마토를 파는 사람들이 더 드물어졌다, 세상에, 오이와 상추, 감자와 토마토라니?! 너, 가이거 계수기* 있어? 그는 뮈르셀의 말을 끊고 덴마크어로 불쑥 파울에게 물었다, 뭐라고? 파울은 머리를 획 뒤로 젖혔다, 가이거 계수기 말이야, 포틴브라스는 여전히 두 사람만이 아는 언어로 강조해서 반복했다, 어째서 내가 그런 게 필요한데? 파울은 얼굴을 찡그리더니 다시 달려가던 방향으로 고개를 돌렸다, 포틴브라스의 시선과 오래 마주치고 있어서 하마터면 충돌 사고를 일으킬 것 같았기 때문이었다, 그동안 뮈르셀은 아무것도 이해하지 못하고, 무슨 일인지 알아내려고 파울을 쳐다보았다가, 포틴브라스를 쳐다보았다가 했다, 그렇지만 그건 오래가지 않았다, 그는 자기에게는 너무 길게 느껴지는 침묵을 견디지 못해 그 이야기를 다시 시작했지만, 포틴브라스는 이 시점부터는 뮈르셀의 말에 더는 귀 기울이지 않기로 결심했다, 단 한마디도, 그는 파울의 반응에 상처를 받았다, 그리고 파울에게는 잉여적 주의 조치로 보이는 일이라고 해도, 다른 사람에게는, 가령 포틴브라스에게는 전혀 잉여적이지 않다는 생각조차 못 한다는 사실에 상처를 받았다, 지금처럼 아무리 자발적이라고 해도 위험을 향해 가고자 한다면, 최소한의 주의 조치는 취해야 한다는 사실이 이보다 더 분명할 수 있나, 그들은 이제 채소 노점상들이 길가에 간간이 흩어져 있는 고속도로 위를 달려 위험을 향해 가는

---

* 휴대용 방사능 측정 장비—옮긴이

데, 그 어떤 치명적인 위험보다도 이것이 더 위협적이지 않은가 말이다, 그리고 이 순간 파울의 차에 탄 포틴브라스는 어째서 자기가 이런 위험에 가까이 가자고 주장했는지 설명하고 싶지 않았다, 그러고 싶지 않았다, 그는 그 위험을 알고 있었지만 마찬가지로 그를 갈망하기도 했기 때문이라는 것을, 그는 자기 자신의 헛된 욕망에 혐오감을 느꼈지만 거기 가고 싶었다, 본능보다 더 강한 무엇이 그의 마음속에 있었다, 어쩌면 무시무시한 모든 것에 대한 과장된 공포일 수도 있었다, 이것이 그의 욕망, 그의 소원이었다, 이제까지 한 번도 없었고 이보다 더 무시무시할 수는 없을 그러한 힘에 근접한다는 것, 이것은 일단 시작하면 멈출 수 없었던 하나의 일이었다, 그래, 가이거 계수기가 있었으면 좋겠다고? 파울이 뮈르셀의 말을 끊고 다시 한번 뒷자리를 돌아보았다, 정말, 왜 그런 말을 하는 거야? 왜 그 지대에 그렇게나 관심이 많은 거야? 젠장, 어째서 거길 가고 싶은 거야? 파울은 다시 앞으로 고개를 돌렸다, 그는 약간 언짢은 표정이었다, 그런데 정말이야, 말해봐, 그는 말을 이었다, 뭐가 그렇게 너한테는 흥미가 있어서 다른 사람은 가려고 하지 않는 곳에 가고 싶다는 거야? 아무도 그런 재난 속으로 걸어 들어가 뒹굴려고 하지 않는다고, 정말로 내가 알던 네가 아니야, 익시, 파울은 목소리를 낮추더니 그가 후회하듯 얼굴을 찡그렸다, 포틴브라스는 거울에서 뒤로 힐끔거리는 그의 시선을 보았다, 그러자 포틴브라스는 그가 후회하고 있음을 깨달았다, 그는 혼자 속으로 말했다, 확실히 후회하고 있어, 그것이 그가 조용한 이유였다, 포틴브라스는 조용히 있었다, 잠시 후, 아무도 아무 말 하지 않았고, 뮈르셀조차도 시간이 좀 지난 후에야 말을 시작해 침묵을 깨는 게 좋겠다는 생각을 했다, 이 침묵에는 장점이라고는 하나도 없었고, 이 이상한 이름의 인물을 위험 지대로 데려다주는 건 원래는 훨씬 재미있어야 할 일이었다, 뮈르셀은 이 사실을 혼자 눈치채고 자기 목소리를 다시 찾았다, 재무 관리부에서 손실이 있었다면서 나한테 보너스를 주지 않으려고 했어, 하지만 그건 사실이 아니었지, 작년에는 은행 전체에 손실이 있었거든, 뮈르셀은 목소리를 높였다, 그런데 12월에 이런 일이 생긴 거야, 여기서 뮈르셀은 극적인 효과를 위해 잠깐 말을 끊었다, 하지만 파울은 시선을 앞에 고정할 뿐이었다, 뒷좌석에 앉은 그들의 손님도 차에 탄 사람이 흔히 그러듯 마찬가지로 길에 시선을 고정했다, 모두 길을 본다, 그 또한 길을 보고 있었다, 누군가 움직이는 차 안에 앉아 있다면, 앞의 길을 보는 것 말고는 달리 할 일이 없지, 뮈르셀은 속으로 생각했다, 가령 길옆의 풍경 같은 다른 걸 볼 수도 있긴 해, 풍경이 흥미롭다면, 하지만 여긴 그렇지 않은걸, 하지만 볼 수는 있지, 뮈르셀은 독백을 계속했다, 그래, 이런 일이 12월에 있었어, 하지만 실제로 모든 일은 그보다 6개월 전에, 은행의 환금성 문제와 함께 일어난 거야, 이유야 많지만, 설립 자본이 너무 적다는 사실 때문에 발생한 거지, 모회사에서 그걸 올리려고 했는데, 이탈리아인들이 이 생각을 좋아하지 않았어, 아무도 좋아하지 않았지, 그들은, 특히 지점에서는 설립 자본을 올릴 의도가 없었거든, 그런데 여기 피치노가 낀 거야, 나야 무슨 거래였는지는 정확히 모르지만, 그 집안의 돈을 어떤 은행으로 송금하면서 이자를 붙여 준 거지, 피치노가 이 아들에게 부가 이자를 더 주겠다고 이미 일찌감치 약속을 했었나 봐, 정확히는 달러로 10퍼센트씩, 꽤 높은 이자지, 그런데 내가 구도에 끼게 됐어, 나는 이렇게 높은 이자를 지급할 마음이 없었거든, 그리하여, 나는 피치노에게 이 거래의 이자가 이처럼 높다는 것을 서면으로 명시하라고 요청했어, 이게 6개월 전에 일어난 일이야, 그리고 한 해의 종료 시점에 실행되었지, 1년 동안 그 돈이 우리에게 있을 수 있게, 그동안 12월에 제노바의 이탈리아인들은 그럼에도 불구하고 설립 자본을 올리겠다는 결정을 내렸어, 물론 피치노는 그런 일이, 그렇게 심각한 일이 일어날 줄 몰랐으니까 화들짝 놀랐지, 여기 이 돈에 10퍼센트 고이율을 매겼다는 사실이 나타나면 커다란 문제가 될 거거든, 그래서 그는 빠져나가려고 했던 거야, 그렇지만, 에르타스 군, 파울이 말했다, 우리가 지금 여기서 말하는 총 액수가 얼마나 돼, 내가 감 잡을 수 있게 좀 알려줄 수 있겠나, 어, 뮈르셀은 고개를 젓더니 입을 약간 삐죽 내밀었다, 그러니까 상상을 해보면…… 파울은 그를 날카롭게 쳐다보았다, 아니, 뮈르셀은 자기 집게손가락으로 이마를 쭉 그었다, 다해서 수억 달러 정도 액수인 거야, 뭐, 그 정도 돼, 그건 중요하지 않아, 중요한 건 12월에 피치노는 이 집안에 주는 부가 이자를 종료하라는 말을 들은 거지, 그래도 여전히 이게 전략적인 행보인지는 결정되지 않았어, 그 사람들은 12월 31일에 그걸 돌려놓으려고 했어, 그럼 돈은 다시 회수되지, 아니면 그게 최종이 될 수도 있고, 아무도 몰랐어, 그래서 피치노와 그 일당은 계략을 짜고 있었지, 그게 문제였어, 법에 의하면 특정 은행이 외국 자본 기반으로 비축해야 하는 의무 예비금이 있거든, 다른 말로 하면 중앙은행에는 특정 액수에 대한 보증으로 예금액 문제가 있는 거야, 뭐, 자네도 이건 잘 알 테니까, 미시경제학 이론 같은 데 익숙하면 알지, 그리고 예금마다 퍼센티지가 달라, 그리고 지금은 누구도 그 유효기간이 반년이 될지 1년이 될지 결정할 수 없지, 그래서 피치노와 그 일당은 과도기가 될 테니 반년 정도가 될 거라 기대한 거지, 하지만 그동안 이게 가능하지 않다는 게 드러났어, 오직 1년만 된다는 거야, 아니, 틀렸네, 그 사람들은 1년을 기대하고 있었는데, 반년밖에 안 된다는 거야, 그것 때문에 예비금이 원래 있어야 하는 것보다 훨씬 줄어든 거지, 그런 경우에는 보통 중앙은행이 벌금을 부과하거든, 그러자 이제 피치노는 정신이 나가서, 실수가 있었다고 말했지, 서툴러서 실책이 있었다고, 계산이 틀렸다고 등등, 즉 재무 부서에 책임을 돌린 거지, 뭐, 나는 사실이 아니라고 주장했어, 나는 아무 실

수도 하지 않았다고, 나는 피치노에게 그렇게 말했지, 말씀하셨잖아요, 바로 이 방에서 정보가 뭔지, 이게 제가 들은 대화였습니다, 물론 피치노는 만족하지 않았어, 회사에서는 누가 책임이 있는지 조사를 시작했지, 논쟁이 시작됐고, 내부 감사를 했어, 피치노는 온갖 수단을 써서 나한테 오명을 뒤집어씌우려고 했어, 하지만 이건 내 책임이 아니었고 나는 모든 서면 명령서뿐 아니라, 비영업부서의 책임이라고 명시한 규정집이 있었지, 그래도 비영업부서 쪽에서는 완전히 책임을 질 수 없었어, 그쪽에 정보가 없다면, 실제로도 없었고, 뭘 해야 하고 뭘 하지 않아야 할지 결정할 수가 없으니까, 어느 쪽이든 상황이 피치노에게는 상당히 나빠 보였지, 그래서 그는 모든 사건이 깨끗하게 해결되지 않으면, 이런 일이 미래에는 일어날 수 없도록 이 예금을 다루는 은행 부서를 재무 쪽에서 분리해서 다시 비영업부서로 옮기려고 했어, 참 허무맹랑한 짓이야, 이 부서는 정보가 뭐였는지 전혀 모를 테니까, 그러니까 문제는 해결되지 않았지, 제대로 된 해결책은 재무 부서가 두 부분으로 나뉘어 서로 조화를 이루며 기능하는 것뿐일 거야, 다른 말로 하면 긴장이 높았다고, 지금도 그런 식이야, 그리고 나는 이젠 빠져나오고 싶어, 사실상 내가 그만두고 싶어 한다는 건 공공연한 비밀이지, 그렇지만 네가 이에 대해 뭐라고 할진 모르겠네, 그러면서 뮈르셀은 파울에게로 몸을 돌렸다, 그는 조용해졌다, 그는 파울이 뭔가 말하기를 기다렸다, 하지만 파울은 아무 말 하지 않았다, 그리고 포틴브라스는 파울도 주의를 기울이지 않고 있었으며 뮈르셀이 자기 답변을 기다리든 말든 상관하지 않는다고 생각했다, 파울은 그, 포틴브라스에 대해 생각하고 있었기 때문일 것이다, 그리고 상황은 점점 불편해지고 있었다, 차라리 이 차에서 뛰어내릴 수 있다면 좋겠군, 포틴브라스는 생각했다, 뛰어내려서 여기 왔다는 사실을 돌려놓는 거야, 그는 파울이 두 사람 사이에 뭔가 바뀌었음을 감지하고 있다고 느꼈다, 그게 바로 파울이 지금 하는 생각이었다, 뮈르셀의 이야기를 생각할 리는 없었다, 그 이야기는 뒷좌석에 앉은 손님에게 전혀 흥미롭지 않았던 만큼, 파울에게도 흥미로울 리가 없었을 테니까, 뮈르셀은 계속 잠자코 있었다, 어쩌면 이제야 여기 있는 그 누구도 자기 얘기에 별로 열광하지 않는다는 걸 깨달았는지도 몰랐다, 뮈르셀은 뒤쪽으로 시선을 몇 번 던졌고, 이 시선에는 확실히 분노가 가득했다, 그러면서 옆쪽 파울에게도 시선을 던졌다, 이 시선에는 확실히 상처가 가득했다, 아우디A4는 부드럽게 웅웅댔다, 여기서는 제한 속도보다 더 빨리 달릴 수 없어, 파울은 최대로 친근한 목소리로 말했다, 경찰이 너무 많거든, 저기 누워서 기다리고 있을걸, 위험을 무릅쓸 순 없잖아, 괜찮지? 그러면서 파울은 다시 몸을 돌려 포틴브라스를 보고 미소를 지었다, 파울이 마음을 가다듬는 데는 그걸로 충분했다, 파울은 늘 20초만 있으면 원래의 침착한 성격을 되찾았다, 그리고 그 다정한 미소가

2부 이야기하다

그의 얼굴에 다시 나타났다, 포틴브라스가 너무도 사랑했던 미소였다, 이제는 그 미소가 진심이 아닐지라도 고마웠다, 파울이 관계의 균열을 일으키지 않아서 고마웠다, 그런 불화를 원치는 않았기에 그도 답례로 웃어주었다, 그와 함께 아주 중요한 일치가 두 사람 사이에 이루어졌다, 그들의 우정이 시작되었던 것도 바로 그런 식이었다, 두 사람 다 헝가리에 있을 때, 둘 다 정부 부처의 부서 차장을 괴롭히러 갔었다, 포틴브라스는 자기 화랑에서 열리는 덴마크-헝가리 전시에 대한 재정 원조를 구하고 있었고, 파울 또한 이 차장에게서 자신이 일하는 은행을 위한 기금 같은 걸 얻어낼 필요가 있었다, 야만의 목부들 사이에 낀 두 명의 외국인들, 알고 보니 이런 유의 문화적 행사에 할당된 돈의 액수는 고작 한 프로그램만 지원할 수 있을 뿐이어서, 두 프로젝트 중 하나만 돈을 받을 수 있었다, 그때 파울이 그 미소를 띠고 다가왔다, 자기는 그 돈이 화랑에 가도록 양해해주겠다고 했다, 그렇게 그들은 합의를 보았다, 물론 그, 포틴브라스는 되도록 빨리 그 호의를 되돌려주었다, 그리하여 두 사람은 더 자주 만나게 되었고, 떨어질 수 없는 좋은 친구로 헤어졌다, 그리고 몇 년 동안 각자 사는 곳을 방문했으며, 파울은 자기 나이에 이처럼 진정한 친구를 만날 수 있을 줄은 꿈에도 몰랐다고 말했고, 포틴브라스는 그런 상황은 자기에게도 똑같다고 인정했다, 그가 누구에게서 그렇게 깊고 진정한 우정을 찾을 수 있었다니 상상도 할 수 없는 일이었다, 그런 우정이 모두 어제부터 갈라지기 시작했고, 오늘 지금 이 순간에도 마찬가지였다, 하지만 이제는 해결이 되었고, 다시 한번 파울이 이를 해결했다, 뒷좌석에 앉은 포틴브라스는 파울에게 깊이 고마운 마음이 깊이 든 나머지, 뭘 어떻게 해야 할지 알 수 없을 정도였다, 이제 다시 정신을 되찾아 이야기에 나온 몇몇 세부 사항을 설명하고 있는 뮈르셸을 방해하지 않으려고 하면서 포틴브라스는 눈치채지 못하게 살며시 앞자리로 팔을 뻗어 파울의 어깨를 부드럽게, 마치 숨결처럼 가볍게 토닥거렸다, 파울은 그에게로 고개를 돌리지 않았으나, 한순간 살짝 그런 것도 같았다, 포틴브라스는 파울이 이 화해를 고맙게 받아들였다는 것을 느꼈다, 실로 그는 이 미묘한 사과의 표시를 받아주었고, 이제는 그 무엇도 두 사람을 떼어놓을 수 없었다, 가끔 두 사람이 곤란했던 건 오로지 이 낯선 환경 때문이었다, 어쩌면 이런 곤란함의 유일한 이유는 그 자신의 과도한 감수성 때문일 수도 있다고 포틴브라스는 생각했다, 그는 파울과 뮈르셸의 머리 사이 유리창 너머 앞에 뻗은 길을 뉘우치는 눈빛으로 바라보았다, 그 지대로 이어지며 앞에 뻗은 길, 이제는 야채 노점상 하나도 보이지 않는 길, 자작나무인지 너도밤나무가 늘어선 길, 내 생각엔, 포틴브라스는 생각했다, 자작나무 같군.

한 방울의 물

    그는 보도 위에 하얀 가루로 원을 그려 넣었을 것이고 원 한가운데로 들어서서 물구나무서기를 시작했으리라, 처음에는 발바닥을 벽에 대고 균형을 잡았지만 그 후에는 무게중심을 한 손, 오른손에 옮기고 왼손을 들었다, 그 후로는 계속 그는 거기 한 손으로 물구나무를 서 있었다, 오직 한 손으로만, 그러면서 다른 손으로는 손짓을 시작했고, 처음에는 그렇게 시작했으리라, 그 후로는 그는 계속 그런 자세로 있었다, 그가 한손으로 얼마나 그렇게 물구나무를 서고 있었는지는 알 수가 없다, 그러면서 다른 손, 왼손, 그저 이 손만을 손목, 왼쪽 손목을 움직여 신호를 보내고, 가리키고, 소통한다, 이것은 확연한 신호, 의사소통, 본인 외에는 그 누구도 이해할 수 없는 언어의 단어들이다, 손가락 끝을 한데 모았다가 갑자기 벌어지도록 쫙 펼친다, 그러더니 처음부터 다시 시작해서 몇 분 동안 유지한다, 아니면 이 왼손 손목을 오른쪽으로 돌리고, 그런 후에 다시 오른쪽으로 돌린다, 그런 후에는 주먹을 쥐었다가 폈다가, 오므렸다가, 펼쳤다가, 다시 오므린다, 마침내는 아주 천천히, 다시 한번 오른쪽에서 왼쪽으로 돌리지만, 절대로 왼쪽에서 오른쪽으로 돌리는 법은 없다, 그런 식으로 이 손을 한 방향으로만 완벽히 돌릴 수 있게 된다, 혹은 집게손가락과 새끼손가락을 뻗고 가운뎃손가락과 넷째손가락을 아래로 접으며 엄지손가락을 뒤로 한껏 젖힌다, 언뜻 보기에는 끝없이 다양한 손가락과 손바닥 동작을 보이지만, 그러면서도 한 손만 짚고 물구나무를 선 상태다, 몇 시간이나 그러고 있었을까? 지금은 몇 시간이나 되었을까? 허공에 솟은 발은 무릎쯤에서 살짝 구부러지고, 발바닥은 벽에 기댄다, 하지만 그럼에도 가끔은 살짝 흔들리기도 한다, 하지만 그를 둘러싼 사람들 중 누구도, 관광객이나 순례자 중 하나도 그가 쓰러질 때까지 버티고 볼 수가 없다, 그가 자세를 유지하고 가루 안료로 그린 원 한가운데 보도 위로 쓰러질 때까지는 볼 수가 없다, 그는 누가 발길을 멈추고 바라보는 동안보다도 더 오래 버틸 수 있기 때문이다, 한 손으로 물구나무를 서서 그 누구보다도 오래 버틸 수 있다, 기름 긴 흰 턱수염은 너무 조밀해서, 거꾸로 뒤집혀도 입이나 코 쪽으로 휘지는 않는다, 하지만 촘촘하게 땋은 길고 숱 많고 윤기 나는 백발은 땅을 향해 떨어지며, 이따금 은은한 산들바람이 불어오면 머리 타래가 흔들린다, 오직이 기름 낀 턱수염과 땋은 머리만이, 그리고 자주색 로인클로스* 양쪽 끝자락만이 이 은은한 산들바람에 가끔 흔들린다, 그는 눈을 크게 뜨고 끔뻑거리지 않으며, 반짝이는 하얀 가루로 그린 원 한가운데에서 한 손으로 물구나무를 서서 지치지도 않고 신호를 계속 보낸다, 그의 한 손이 피곤해져서 몸이 떨어질 때까지 기다릴 수가 없는 사람은 없다, 대단하다, 관광객들과 순례자들이 웅성댄다, 이건 말도 안 돼, 여윈 유럽 여자가 말한다, 누가 저 사람을 끌어내려서 발로 설 수 있게 하는 게 어때요? 제발 뭐라도 해요, 여자는 더는 쳐다볼 수가 없다, 마침내 여자의 동행이 그 여자를 끌고 가버린다, 우리의 남자는 계속 여기 마니카르니카 가트**에서 여전히 오른손으로 계속 물구나무 서서 왼손으로는 그 말고는 아무도 이해할 수 없는 언어를 전한다, 그의 피부는 회색이지만, 옛날에는 검은색이었으리라, 이제는 시멘트 먼지에 뒤덮인 듯 회색이고, 여기저기 고름이 흐르는 종기로 덮여 있다, 발, 몸통, 손, 팔에는 살이라고는 붙어 있지 않다, 오로지 이 피부 가죽만이 있을 뿐, 그는 안나푸르나 사원의 거대 코끼리상 발치에 앉아서,

---

* 천을 허리에 두르는 방식의 고대 남성 복식─옮긴이

** 인도 우타르 프라데시 주의 바라나시 시 강변의 화장터로, 힌두교의 성지이며, 가트는 강가의 층계 형태의 구조─옮긴이

아무 일도 하지 않고 이글이글한 거대한 눈으로 행인을 바라본다, 그의 왼손 엄지손가락과 집게손가락은 오른쪽 팔뚝 뼈 위에 걸쳐진 양피지 같은 피부를 꼬집으며 거기에는 살이 없다는 걸 보여준다, 그런 다음에는 두 팔을 벌리고 손바닥을 위로 펼친 채 두 손을 뻗어 지나가는 사람이 자비를 베풀어 루피라도 한 장, 아니, 적어도 파이사 몇 푼이라도 던져주기를 기대한다, 하지만 아무도 그리하지 않고, 그래서 그는 다시 오른쪽 팔뚝 피부를 꼬집고 왼손 엄지와 검지로는 피부를 잡아당기면서, 남다르고 이글거리는 거대한 눈으로 행인을 바라본다, 여기, 이것 좀 봐요, 그의 몸에는 1그램의 살도 없고, 그는 두 손바닥을 앞으로 뻗는다, 누군가 그에게 루피 한 장이라도, 적어도 파이사 몇 푼이라도 던져줄지 모른다, 하지만 아무도 그렇게 하지 않는다, 그동안 그의 여윈 몸 옆에서는 카세트테이프 레코더에서 음악이 쾅쾅 울려댄다, 남자의 목소리, 바바 세흐갈*의 목소리가 멤사브 오 멤사브라고 말한다, 그는 다시 피부를 꼬집어 자기 몸에는 1그램의 살도 없다는 것을 보여주려 한다, 두 손바닥을 내밀고, 어쩌면 누군가 그에게 루피 한 장이라도, 적어도 파이사 몇 푼이라도 던져줄지 모르니까, 하지만 아무도 그러지 않는다, 그의 옆에서 음악은 쾅쾅 울려댄다, 멤사브 오 멤사브, 바바 세흐갈이 거대 코끼리상 아래 우

---

* 인도의 유명한 래퍼—옮긴이

2부 이야기하다

그러진 테이프 레코더에서 울려 퍼진다, 무서울 정도로 많은 사람들이 거리를 지난다, 모두가 서두르고 있다, 모두가 긴박하게 해야 할 일이 있다, 수천 년 동안 그들은 매순간 긴박하게 할 일이 있었다, 하지만 그동안에도 남자들과 여자들은, 여기 한 무리와 저기 한 무리는, 발길을 멈추고 깊이 몰두하는 문제들을 논의한다, 하나씩 차례로, 갑자기 이 광대한 인간의 숲속에 틈을 낸다, 사람들은 손을 잡고 어슬렁어슬렁 걸어가고, 툭툭**은 믿을 수 없이 번잡한 교차로를 휙 가로지른다, 대여섯 대의 툭툭이 동시에 다른 방향에서 나타나고, 바로 그 순간 택시와 인력거가 질주한다, 그 후에는 소, 개 그리고 거대한 인파가 뒤따르지만 누구도 서로 부딪치지 않는다, 그럴 수가 없는 일이다, 사람들은 사실상 교차로에서 서로에게 돌진하다시피 하지만, 모두가 무사히 건너편에 다다른다, 매일, 매 순간 삶이 이어지는 방식이다, 교차로 또한 모든 합리적 기대와 대치되기 때문이다, 바라트 마타 사원 근방, 나무껍질이 연회색으로 매끄럽고 땅 위까지 솟은 거대한 뿌리가 복잡한 거미줄처럼 얽힌 반얀 나무의 거대하고 넓은 나무 둥치 주변에 사프란 색 사리를 걸친 무척 늙은 여자 한 명이 두 손을 내뻗고 위아래로 흔들며 빙빙 돌고 있다, 여자는 비행을 흉내 내듯이 쭉 나아가 한마디도 하지 않은 채 반얀나무 둘레를 돌고

** 3륜형 택시 — 옮긴이

돈다, 눈을 꼭 감고 있지만 실수란 없다, 그 자리에서 수천 년이나 돌고 있었던 듯 자신감이 넘친다, 어쩌면 정말로 그런지도 모른다, 여자의 손은 새의 날개처럼 펄럭이고 몸은 흔들린다, 그때 여자는 눈을 뜨면, 이제 그 눈 안에는 아무것도 담겨 있지 않다는 것을 알 수 있다, 텅 비어 있다, 눈이 있어야 할 자리에 간신히 기능하는 눈꺼풀이 달려 있을 뿐 말라버린 텅 빈 구멍, 어둡고 주름 진 구덩이뿐이다, 사프란 색깔 사리가 왼쪽, 오른쪽으로 흔들리고, 여자는 지치지도 않고 돌고 또 돈다, 여자의 손이 올라갔다 내려간다, 반얀나무의 굵은 지상 뿌리가 땅 위 나무 둥치로부터 뻗어 나와 뒤틀리고 축을 두고 한 바퀴 돌아간다, 이 근사한 지상 뿌리는 땅속으로 쭉 내려가 언뜻 보기엔 초자연적인 힘으로 반얀나무를 땅에 붙들어놓는 닻이 된다, 그러나 그게 단순히 바라트 마타 옆에 나무를 지탱하고 지지해주는 것인지, 아니면 이 나무가 유령이나 뱀 같은 거대한 지상의 뿌리를 수단으로 하여 땅을 붙들어놓아 흙이 깎여나가고 무너져서 여기 말로, 세사의 구덩이, 저승문으로 가는 40계단이 열리지 못하게 하는 것인지는 분간하기 어렵다, 갠지스 강물이 나른하게 강둑에 철썩철썩 밀려와 아시 가트를 지나 몇백 미터까지 갉아먹는다, 아시 가트는 같은 이름을 지닌 끔찍한 오물 하수 운하의 네 번째 굽이에 위치하고 있고, 거기서 멀지 않은 곳에 두르가 사원이 있다, 이 죽어가는 자들을 위한 집의 뜰에 연로한 노인들이 앉아 있거나 햇빛 속 여

2부 이야기하다

기저기에 누워 있다, 누군가가 뜰의 잡초를 말끔히 베어놓았고, 뜰 주위에는 무너져가는 수도원들이 마치 그들에게 피난처를 제공하듯 품어준다. 마흔 명 남짓 되는 이 노인들은 행색으로 보아 대부분 메갈라야, 서벵갈, 비하르, 우타르프라데시로부터 여기로 와서 죽음이 그들을 끝장내러 올 때까지 기다리려 하는 것이었다, 아침이면 그들은 묽은 미음 같은 걸 받지만, 모두 그걸 먹으려는 것도 아니다, 이미 음식을 거부하며 죽음을 더 일찍 맞으려는 사람도 있기 때문이다, 그들은 서로 말을 나누지 않으며, 각각 오로지 자기가 앉아 있거나 누운 자리에만 집중한다, 아직도 자신의 것인 몸에만 집중한다, 그들은 앉거나 누워서 저녁부터 밤까지, 밤부터 아침이 될 때까지 오래 갈망해온 죽음을 기다린다, 그들의 눈은 이젠 아무런 말을 하지 않는다, 그저 자기 앞을 응시할 뿐, 이들의 주름진 얼굴에는 일말의 씁쓸함도 슬픔도, 절박함도 없었고, 무엇보다 공포조차 없다, 대신에 모든 특징을 지배하는 건 평화다, 이들의 안에, 이들의 주변에 깔린 평화, 평화와 고요, 이 평화와 고요가 깨어지지 않는 것은 아니다, 거리와 오물 처리 운하를 타고 흘러 내려오는 바깥의 소음도 있고, 이따금 날카로운 외침이나 자동차 경적, 음악 소리도 들린다, 하지만 이 안에는 아무것도 없다, TV도, 라디오도, 카세트 플레이어도, 오로지 평화 그리고 기다림뿐, 몇 주가 지났는지 모른다, 이처럼 몇 주가 지날지 모른다, 차례차례, 앉거나 누운 이 남자들은 영원히 넘어가고 만다, 넘어가서 쭉 뻗어버리면, 일꾼들이 와서 데려 간다, 시체를 화장하는 건 불가촉천민들의 일이다, 그들은 재 빨리 수의에 시체를 싸서 영혼이 빠져나간 육신을 들고 화장 터 가트로 뛰어간다, 그동안 야단스럽기 그지없는 알록달록한 색깔의 옷을 차려입은 악단이 라자 서 모티찬드 로드 위로 걸 어오며 천천히 마울비바그로 향한다, 연주자들은 전혀 악단 같은 인상을 주지 않는다, 모두 각각 개인 공연을 하는 것처럼 보인다, 가끔은 완전히 떨어져 있다, 그리하여 트롬본 연주자 는 트럼펫 연주자의 음을 들을 수 없고, 그리하여 음악도 마찬 가지로 흩어질지 모른다고 생각할지 모른다, 그러나 아니다, 악단은 완벽한 화합을 이루며 리듬이나 화음에서 살짝이라 도 이탈되는 부분이 없다, 어떻게 그렇게 할 수 있는지는 짐작 할 수 없지만, 어쩌면 그들의 근사한 모자에 붙은 세왁 표시를 보면* 모든 게 설명되기도 하지만, 딱히 그 누구도 설명을 찾 으려 하지 않는다, 그럴 필요가 없다는 건 분명하다, 여기에는 지역민도 많고, 순례자도 많으며, 그만큼 소도 개도 많고, 거 리의 부랑아들이 여기저기 뛰어다닌다, 그들은 황홀경에 빠 져 있다시피 하다, 목에 카메라를 맨 관광객이 적잖고, 그만큼 쥐도(다른 말로 하면 쥐 떼도) 많다, 거리의 부랑아들은 악단의

---

* Sewak은 세왁sewa, 이타적인 봉사를 행하는 사람이라는 뜻으로 신자나 하인 등 을 모두 가리키는 말이다.—옮긴이

양옆에 붙어 따라간다, 파이프fife 연주자, 고수敲手, 호른 연주자, 튜바 연주자, 물론 트럼펫 연주자와 트롬본 연주자까지, 부랑아들이 제일 좋아하는 건 트롬본 연주자 같다, 가끔 트롬본 연주자는 그들을 향해 음을 휙 불고, 활주관으로 아이 하나를 쿡 찌르기도 한다, 그러면 아이들은 놀라 후다닥 달아나면서도 좋아서 소리를 질러댄다, 악단은 영국 군악곡 〈영국 보병대〉를 끝없이 반복해서 연주하며, 라자 서 모티찬드 로드를 따라 마울비바그 쪽으로 쭉 걸어간다, 하지만 그 뒤에 신랑 신부를 싣고 장식을 두른 차가 따라오는 것도 아니며, 마하라자가 앉은 가마를 인 축제 수레가 따르는 것도 아니다, 결혼식도 행차도 아니고, 장례식도 명절도 아니다, 그 모든 것이 아니다, 그들은 단순히 계속 행진하며 〈영국 보병대〉를 가차 없이 울려댄다, 토박이, 순례자, 관광객, 쥐 떼, 부랑아, 소, 개, 상점 입구에 서서 이 모든 것을 감상하는 상인들을 위한 곡이다, 마침내 마울비바그에 다다를 때쯤이면, 이 목적을 알 수 없는 특별한 악단은 졸지에 해산한다, 마치 미리 맞춰놓은 신호에 따라 연주를 멈춘 것처럼 갑자기 악기를 내려놓는다, 그렇지만 그들은 악단으로서 같은 방향을 향해 함께 가버리는 게 아니라 연주자들은 각각 내키는 대로 자기 길을 가버린다, 값비싸고 다채롭고 장식 술과 훈장 반짝이가 달린 제복 차림의 단원들, 한 사람은 이 길로, 저 사람은 길로 간다, 실로 그들은 마치 이게 정상적인 흐름인 양 사방팔방 흩어진다, 그리고 어쩌면

한 방울의 물

정말로 그런지도 모른다, 아무도 놀라지도 않고, 모든 사람이 이를 인지하고 있다, 토박이들도 순례자들도 부랑아들도 상인들도, 관광객들도 쥐들도, 악단은 모두 떠나간 자리에서 계속 이어나간다, 〈영국 보병대〉의 음률은 금방 사라지지 않는다, 그 후로도 30분 동안 라자 서 모티찬드 로드 위에 맴돌다 점점 사그라지고, 그 후에야 거리의 왁자지껄한 소음이 다시 도시 위에 지배력을 발휘하고, 이 소음은 다시 불꽃처럼 확 타오른다, 실로 그 무엇으로도 끌 수 없고 그 무엇으로도 가라앉힐 수 없는 사악한 대화재와 다름없다, 그와 함께 속도를 내는 차들, 거리의 철학자, 전단지를 나눠주는 이들, 웅웅 울리며 허공을 십자로 가로지르는 전선 더미, 볼리우드 팝 음악의 대스타들이 라디오와 텔레비전, 툭툭 차에 달린 확성기에서 떠들어댄다, 나는 당신을 향한 영원한 불꽃 속에서 타올라요, 라고 떠들어댄다, 들불처럼 퍼져나가는 이 소음 속에서 그는 떠나야만 한다는 결론에 이른다, 그는 여기서 치명적 위험에 빠졌기 때문이다, 어떤 안전 조치를 취해야 할 뿐 아니라, 주의 수준을 높여야만 할 뿐 아니라, 그는 여기서 즉시 도망쳐야 한다고 깨닫는다, 어쩌면 가장 좋은 방법은 조심스럽게 물러나는 것인지 모른다, 한발 한발 뒤로 물러나 이곳에서 도로 빠져나간다, 결론은 반드시 그 도시를 빠져나가야 한다는 것이다, 지금 당장 이 결말을 향해 첫걸음을 떼어야만 한다, 이쯤 되면, 그는 팽팽히 당겨서 놓기 직전의 활시위와 같다, 너무도

2부 이야기하다

긴장한 채로 말할 수 없이 더러운 침대 위에 놓인 그의 소지품 사이에 있는 배낭을 바라보며, 적어도 이 배낭만은 때가 오면 떠날 준비를 해놓아야겠다고 생각한다, 그가 떠나야 할 때 불필요하게 지체하지 않도록 가방은 떠날 채비를 마쳐야 한다, 한편으로는 가장 큰 문제는 출발의 순간이 언제 올 것인가다, 이것이 절대적으로 중요하다는 사실을 그는 안다, 적절한 순간에 내리는 적절한 결정, 조심스럽게 슬쩍 빠져나가야 할지, 아니면 상상 가능한 최대 속도로 앞뒤 살피지 말고 도망쳐야 할지 양쪽 제안을 두고 해야 하는 올바른 선택, 그가 이 적절한 순간을 잘못 계산한다면, 수십억 개의 사물 한가운데에서 출구를 발견할 유일한 기회를 잃고 만다, 하나의 출구, 그에게는 수십억 개의 사물 한가운데에서 이 하나의 현실만이 정신을 흩트린다, 실로 정신을 멈추고 만다, 적어도 그의 정신은 그렇게 된다, 전체로든 부분으로든 아무런 의미가 없는 악몽 속의 단역이 되어버린다, 그렇기에 적절한 때를 고르는 문제가 어려운 것, 거의 불가능한 것이다, 더욱이 가장 큰 문제는 실로 적확한 때가 있기는 한 것인지, 그저 잘못된 순간들이 끝없이 이어지는 듯 보이는 미로 속에서 헤매고 필연적으로 길을 잃고 마는 것이나 아닌지 하는 것이다, 이건 참을 수 없는 생각이다, 그리하여 잠시 후 그는 다른 걸 골라야만 한다, 그러고도 또 다른 순간의 선택으로 이어진다, 물론 그것도 올바른 선택은 아닐 수 있지만, 어쩌다 보니 그를 선택하고 만다, 이 말은 이제 그에게는 다 해서 오직 66개의 계단만이 남아 있을 뿐이라는 뜻이다, 마치 순전한 우연인 양, 사고인 양, 그런 유의 일인 양, 미친 소가 밟고 지나갈 수도 있고, 툭툭이 치고 지나갈 수도 있으며, 성스러운 탑의 창문에서부터 거대한 석조 장식 덩어리가 떨어질 수도 있다, 아니, 비슈와나트 사원에서 사람들의 그의 신장을, 등 뒤에서부터 찌를 수도 있고, 케다르가트로 향하는 계단 골목에서 그의 발을 걸 수도 있으며, 산스크리트 대학 근방 부지에서 그와 몸싸움을 벌일 수도 있다, 그의 돈을 털려는 것이 아니라, 거대한 송곳으로 그의 눈알을 파내기 위해서, 무슨 영문에선가 오로지 왼쪽 눈만을 파내고, 그런 후에는, 역시 알 수 없는 영문으로, 붉은 칠을 한 커다란 곤봉으로 머리가 곤죽이 되도록 때릴 수도 있다, 다른 말로 하면, 그를 해치워버릴 수도 있다, 그를 성스러운 강에 던져버리는 대신 바라나시 교차로의 기차역을 지나 북서쪽에서 북동쪽까지 뻗은 거대한 하치장에 버려둔다, 거대한 쓰레기 더미 위에 던져버린다, 그렇게 될 수도 있을 것이다, 그러면 거대한 독수리, 들개, 수탉, 거지, 개와 어린이 들이 그를 살점 하나 남지 않을 때까지 갈기갈기 뜯어먹으리라, 이제 해는 갠지스강 위로 지고 있어 그는 호텔 반대편 건물 벽 위에 내려치는 햇빛을 볼 수 있다, 호텔이라고?! 이렇게 빛은 차츰 세계에서부터 물러나고 어두운 주홍색으로 바뀌다가 그 후에는 피처럼 진해지는 동시에 탁하고, 끈적끈적하고, 더러워진다, 온갖 쓰레

기 위에서 빛나는 것처럼, 이것이 바로 바라나시의 어스름이
다, 이 광경은 하루에 두 번 일어난다, 한 번은 빛이 나타나는
아침에, 다른 한 번은 빛이 떠나가는 저녁에, 이 모든 현상을
설명할 필요가 있는 곳은 세계에서 여기가 유일하다, 이곳의
아침은 유일무이한 것만 같고, 저녁도 마찬가지다, 또 다른 아
침도 저녁도 없을 것만 같기 때문이다, 이것이 바로 이 도시가
돌아가는 방식이다, 고약한 냄새를 풍기는 모든 순간은 오로
지 단 하루만 있을 것만 같다, 그 후에는 아무것도 제자리에
남지 않으리라, 모든 것이 유일무이한 저녁에 쓸려 가리라, 바
라나시에는 이렇게 딱 한 번만 일어날 수 있는 해넘이에 의해
쓸려 가리라, 여기에는 빛이 절대로 돌아오지 않기 때문이다,
이것이 모든 뒷골목이 발산하는 것이며, 모든 뒷골목에서는
모든 이들이 어렴풋한 윤곽으로 보이고, 모든 이들의 어렴풋
한 눈에 비친 피로한 석양 속에서는 모든 미세한 별들이 모습
을 드러낸다, 수천 년 동안 모든 축복받은 하루가 이러했다,
수천, 수만, 수억의 세월 동안 내일은 또 다른 날이 온다는 사
실은 불가능하게만 보였다, 어쩌면 정말로 또 다른 날은 없는
지 모른다, 오로지 이 단 하루만 있을 뿐인지도, 아니면 이 하
루조차도 없을지도, 지금 그의 떨리는 머릿속에 있는 것과 똑
같다, 이 머릿속에서는 그 이야기들에 관한 것도 마찬가지다,
이 이야기들을 생각하면 그의 머리는 너무나 두려워진다, 매
일매일 수천만, 수억, 수십억의 이야기들이 이 광적인 연옥 속

에서 헛되이 나타날지도 모르기 때문이다, 바로 그 유일무이한 날에, 어쩌면 그날에도 나타나지 않을지도, 헛되이 이런저런 일이 일어나며, 뒷골목과 주요 교차로에서 수천만, 수억, 수십억 번 계속 일어난다, 이 유일무이한 날에, 어쩌면 그날에도 일어나지 않을지도, 이 모든 이야기 속에서 오직 하나의 이야기만이 사실인 것만 같다, 아니, 그 하나도 사실이 아닐 수도, 그리하여 하루하루가 차례로 이어지고 이야기들이 서로 위에 차곡차곡 쌓인다, 그래도 그 무엇 하나도 버티지 못한다, 존재하지 않는다, 그것들을 믿을 수 없다, 그 무엇도 믿을 수 없다, 여기에서는 모든 것들이 무시무시한 광란의 방패 아래서 작동하지만, 위나 아래에서 오는 명령에 따라 움직이진 않는다, 모든 존재의 요소들은 그 자체로 광적이며 완전히 끝날 때까지 홀로, 스스로, 저절로 날뛰기 때문이다, 바라나시에서 사물은 자기 자신을 넘어선 그 무엇도 가리키지 않는다, 이 광기 속에 나란히 위치할 뿐이다, 하지만 거대한 광기의 불길을 지르지는 않는다, 사실상 모든 것들은 그 자신의 고유한 광기를 가지고 있기 때문이다, 그는 한쪽 어깨를 벽에 기대고 창가에 서서, 거리에선 그 누구도 그를 알아볼 수 없도록 거대한 장미꽃 모티프로 장식한 인조 가죽 커튼 뒤로 몸을 피한다, 하지만 그는 살며시 열린 틈으로 아래에서 일어나는 일들을 관찰할 수 있다, 거기 말할 수 없이 지저분한 벽에 기대고 서서 아래 거리를 내려다보고, 다시 배낭이 놓인 더러운 침대를 바라본다, 그는 마침내 자기도 모르게 배낭을 등에 멘다, 그는 최대로 주의를 기울여 문을 살짝 열고 내다본 후 슬며시 빠져나와 발꿈치를 들고 계단을 내려온다, 존재하지 않는 궁전이나 사원의 가짜 모형 안, 거대한 코끼리 발치에 놓인 장밋빛 단색 플라스틱 책상에는 곁눈질도 하지 않는다, 이제 완전히 비어버린 호텔에서 안내 데스크 역할을 하는 책상이다, 그는 이제 거리로 나와 제일 먼저 보이는 모퉁이를 돌아가 사라진다, 그런 다음에는 다시 돈다, 네 번은 안 된다는 것을 기억해, 늘 오른쪽으로 돌아서도 안 돼, 늘 왼쪽으로 돌아서도 안 돼, 그의 머릿속의 경보등이 외치는 소리다, 같은 쪽으로 네 번은 돌면 안 돼, 그렇게 되면 내가 떠난 자리로 돌아가게 되니까, 그는 겁에 질려 생각한다, 그자들이 나를 찾아낼 거야, 물론 그자들은 내가 무슨 짓을 꾸미고 있는 줄 알았겠지, 그건 확실하다, 그들은 줄곧 그가 무엇을 시도하려는지 알았지만, 그가 호텔을 떠날 수 있게 놔두고 시선도 두지 않고 안내 데스크를 획 지나가게 놔둔 걸 보면 그자들은 분명 그를 확실히 미행하는 법을 아는 게 분명하다, 그가 왼쪽으로 돌았다 다시 오른쪽으로 돌고, 다시 왼쪽으로 돌았다 오른쪽으로 돌아도, 그자들은 어째서 그가 겁을 집어먹었는지 정확히 안다, 이렇게 밀려오는 광기를 천천히 어슬렁대는 관광객의 태도로 가장한 후에는 자기가 하누만 가트의 계단 위에 있다는 걸 깨닫는다, 그가 제일 오고 싶지 않았던 바로 그곳이다, 여기 목욕 의식을 거행하는 으스스한 장소에 있고 싶지 않았다, 이곳은, 가트의 근방에서는, 탈출구를 생각할 가망이 없다는 뜻이기 때문이다, 갠지스강은 죽음이고, 가트는 죽음이며, 환한 색깔 사리를 입고 환히 빛나는 가트의 여자들도 죽음이고, 로인클로스를 두른 가트의 남자들도 죽음이다, 하지만 갠지스강이 극상의 죽음이다, 그 누구도 넘을 수 없는 이 하수의 현신, 수천 년 동안 끝없이 거품을 내며 흐르는 오물, 그의 유일한 기회라고는 정확히 반대 방향으로 가는 것뿐이다, 인력거를 부를 수는 없다, 택시를 잡을 수도 없다, 기차를 탈 수도 없다, 유일무이한 방향이 만약에 존재한다면, 그가 아무 생각 없이 나아갈 때만 그나마 희망의 빛이 있으리라, 어디로 어떻게 갈지를 미리 생각해놓지 않았을 때만 할 수 있다, 그의 유일한 기회는 가능한 탈출 방식이 뭔지 생각하지 않고, 오로지 자기의 공포에 몸을 맡기는 것뿐이다, 그걸로 충분할 것이다, 공포는 넘치니까, 그가 여기 발을 들였을 때부터, 그가 바라나시에 도착해서 첫 번째로 가트에 눈을 두었을 때, 갠지스강에 눈을 두었을 때, 그는 여기로 여행 오지 않았어야 한다는 걸 알았다, 사실상 인도에 오겠다는 계획 자체는 애초부터 글러먹은 것이었다, 사실상 그는 여기에 오고 싶지 않았다, 나는 결코 원치 않았어, 나는, 하지만 나는 해야 하고 할 수 있을 때 안 된다는 말을 못했을 뿐이었어, 사라예보에서 만난 뭄바이 출신의 남자에게 그건 좋은 생각이 아닌 것 같다는 편지를 쓸 수 있고 썼어야

2부 이야기하다

만 했는데, 그들이 만났을 때 그 본인도 경솔하고 상대의 호의에 자극받아 관심을 보였지만, 뭄바이에서 온 초대 편지에, 아니오, 이 모든 일들이 있고 난 후에는 지금은 인도 여행 가기 적당한 때가 아닌 것 같아요, 언제나 안 된다고, 언제나, 예외 없이 안 된다고 답장했어야 했다, 그렇게 했어야 하는 일이었다, 그렇게 할 기회가 여러 번 있었다, 비행기표를 살 당시에 그렇게 할 수도 있었다, 출발 바로 전날에, 아니면 하다못해 델리에 도착한 그 직후에, 생각 없이 행동했을 때, 오는 대로 일을 받아들였을 때 여러 일들이 너무 빠르게 일어나는 것을 보고 그때 바로 마음을 바꿨어야 했다, 하지만 그는 성급했을 뿐 아니라, 철저하게 경솔했고, 무책임하며, 멍청한 사람, 통제 불가의 인간이었고, 이런 일이 생긴 것이 처음도 아니었다, 그에게는 이것이 만성적인 상태였고 그도 자기 파악을 너무나 잘했기에, 문제가 있다는 걸, 말썽이 생길 것이라는 걸, 인도에 갈 생각도 하지 말아야 한다는 걸, 그런 일이 일어나게 놔두지 않았어야 한다는 걸 어째서 깨닫지 못했던 걸까, 그러다 어느 맑은 날, 자기도 모르게 인도에 가 있게 된다는 말이다, 하지만 그는 그런 일이 생기게 놔두었고, 어쩌다 보니 인도, 더욱이 바라나시에 와 있었다, 그가 절대로 와서는 안 되는 곳에서 그는 떨어지고 또 떨어졌으며 멈추지 못하고 계속 떨어졌다, 그리고 덫에 걸렸다, 그는 혹독한 기차 여행 끝에 중앙역에 도착해서 피골이 상접한 툭툭 기사의 온갖 술수에도 불구하고 간신히 아시 가트까지 이동할 수 있었을 때 자기가 덫에 걸렸다는 사실을 바로 알았다, 그는 갠지스강의 모습을 보자마자 이건 일어나지 않았어야 할 일이라는 것을 깨달았다. 그는 굽이치는 강을 바라보았다, 갠지스강의 굽이를 쭉 돌아간 언덕 위에 서로 뒤죽박죽 쌓여서 줄지어 선, 형태가 무너지고 색이 바래가는 허물어진 건물들을 보았다, 이걸로 이미 충분했다, 이 첫 한 시간으로, 더럽고 눅눅한 열기 속에 번득이는 독한 공기 그 자체만으로 충분했다, 구정물 속에 늘 멱을 감는 사람들은 비슈누의 시대부터 쭉 거기 있었던 것 같았고, 갠지스의 역한 물속에 몸을 담그고 들이켜기까지 했다, 또 엄두가 안 날 정도로 비싼 사진 장비를 들고 이 도시가 수억의 사람들에게 성지임을 보여주는 사실을 중요하게 부각하려는 의도를 지닌, 소름이 끼칠 정도로 멍청하고 대책 없으며 부끄러움도 없는 뚱뚱하거나 뚱뚱하지 않은 관광객들을 보는 것만으로도 충분했다, 그에게는 그 모두가 얼마나 쓸모없고 무의미한지 확인하기 위해서는 끔찍한 스모그 속에서 사원 건물, 궁전, 탑, 사당과 테라스가 굽이치는 강의 비탈진 둑 위에 서로 쌓인 모습을 한번 흘끗 보기만 하는 걸로도 충분했다, 이런 첫인상만으로 벌써 그가 어떤 처지에 처했는지 깨닫기에는 충분했다, 하지만 실제로 그가 정말로 겁에 질린 건 바라나시의 악취였다, 어디에나 있는 부패물, 무언가 썩어서 분해되어가는 압도적이고 숨막히면서도 질리도록 달콤한, 톡 쏘면서도 풀처럼 끈적

2부 이야기하다

한 냄새, 그가 이 냄새에 근본적인 중요성을 바로 부여하지 않았더라도, 첫날밤 자고 깨어났을 때 그렇게 했으리라, 그의 입, 폐, 위, 뇌에서 느낄 수 있었을 때, 그리고 처음 외출했을 때 몇 발짝 만에 그는 처음으로 열린 하수구 위로 넘어졌고, 그 이후로는 그들 주위를 도는 소와 들개, 쥐와 아이 들 옆에 끝없이 이어지는 똥 덩어리를 만났으며, 그 냄새가 그를 강타했다, 그로부터 벗어날 수 없었고, 이것이 바로 바라나시의 냄새였다, 그 후에도 그는 자나깨나 그 냄새를 항상 맡았다, 그 냄새가 입천장에, 목에, 폐에, 위에, 심지어 그의 뇌까지 스며들었다, 그 냄새는 숨이 막혔고, 질리도록 달콤했고, 톡 쏘면서도 풀처럼 끈적끈적했으며 살인적이었다, 이 마지막, 살인의 잠재력으로 말하자면 특별히 잔인한 요소가 포함되어 있었다, 즉 지역민과 순례자 들에 따르면 바라나시는 적어도 죽음의 평화가 있는 도시라고는 할 수 있었다, 여기에는 범죄가 없고, 웃음 띤 청년들이 손에 손을 잡고 걸어갈 수 있었다, 아, 아니, 여기에는 강도도 없고, 여자들은 갠지스 강둑에 앉아 웃었다, 믿기 어려울지도, 그 누구도 여기에 남에게 해를 끼치려 오지 않았다, 거리의 이발사부터 근사한 가죽 제품은 물론 리모컨 수리까지도 취급하는 삐삐 마른 장인에 이르기까지, 모두가 그렇게 주장했다, 평화 말고도 이곳은 카시kashi의 도시였기 때문이다, 여기 사람들이 부르는 말로, 오래 갈망해온 망각의 도시라는 뜻이었다, 그러나 그렇다고 해서 여기를 싫어하지는 말라고, 교차로에서 서서 길고 구부러진 안내봉을 휘두르던 경찰이 설명했다, 그런 걸로 놀라지 말아요, 시바 사원의 호리호리한 참선 수행자가 외쳤다, 그에 대한 대답으로 다른 모든 사람들처럼 그는 처음에는 그냥 고개를 끄덕이기만 했다, 네, 그는 자연스럽게, 물론 이해했다, 하지만 그 후에 이날 가장 확실하게 그는 이해하길 그만두었다, 그는 이제는 자기 자신에게는 그저 지겨운 게임일 뿐인 이 일에 참여하고 싶은 마음이 없다, 더는 그 무엇도 이해할 수 없는데, 여기서는 이해란 게 불가능한데 어떻게 그럴 수 있겠는가? 그는 호텔에 나와 처음으로 모퉁이를 돌자마자 보이는 첫 번째 골목으로 뛰어든다, 적어도 여기는 비정상을 정상으로 착각하는 사람 300만 명이 산다는 사실과 어떻게 타협할 수 있겠는가? 어쩌면 수천 년 동안 이렇게 이어져온 것인지도 몰랐다, 지금 그는 적어도 탈출할 수 있기만을 바라며, 죽음의 냄새가 팽배한 이 도시에는, 심지어 어디든 몇 평방미터라도 적당한 지점이 있다면 아이들과 어른이 즉시 크리켓 게임을 시작한다는 것을 알아본다, 아니, 이런 건 정상일 수는 없다, 그는 생각한다, 똥 덩어리 사이에 작은 공터만 있으면 대여섯 명의 아이들이나 어른들이 크리켓 게임의 최소 요건을 충족하는 운동장 자격이 된다고 생각한다, 뭐, 보울러는 벌써 공을 던진다, 그렇게 수없이 많은 한없이 가련한 인간들이, 적어도 매일 300만 명이 크리켓의 존재를 알 뿐만 아니라 그걸 실제로 하기도 한다, 뭐, 이

　　　　　　　2부 이야기하다

건 정상이라고 말할 수 없다, 배트맨과 보울러도 있고, 크리켓 공 대신에 테니스공을 던지고 칠 수 있는 것이면 뭐가 되었든 비슷한 것을 쓴다, 그리고 세계에서 가장 빈곤한 연옥에서 팔을 마구 휘두르는 엄청난 대중이 이 게임을 한다, 마치 이런 죽음의 냄새 한가운데에서도 이 일이 가장 자연스러운 것인양 경기한다, 이건 제정신이 아니야, 그는 처음 몇 시간을 여기서 보낸 후에 생각했다, 그리고 지금도 그렇게 생각하며, 걸음을 늦춘다, 갑자기 뛰지 않으려고 걸음을 늦춘다, 그는 결심했던 것처럼 골목을 배회한다, 정신없이, 심지어 본능에조차 의존하지 않고, 그 무엇에도 의존하지 않고 단순히 발을 내딛는다, 오른쪽으로 돌았다 다시 왼쪽으로 돈다, 무슨 일이 일어나게 되어 있다, 그가 높은 가능성으로 일어날 거라고 예상한 일 말고 다른 일이, 하지만 이미 여러 번 그에게 경고를 주었던 일 말고는 다른 일은 일어나지 않는다, 그가 고작 몇 미터 걸어가려 하면 적어도 한 사람은 나타나서 뭐든 팔려고 한다, 물건이 뭔지는 상관이 없다, 우유를 넣은 맛있는 차이 한 잔부터 바라나시의 미탐사 수수께끼까지 다양한 물건들, 그리고 이 노점상들은 모두 무척이나 말랐다, 섬세한 뼈, 거대한 갈색 눈, 하얀 셔츠, 각 잡아 다린 가벼운 합성 섬유 회색 바지, 허술한 중국제 슬리퍼, 심지어 그것도 신지 않은 사람도 있다, 하지만 본질적인 사실은 그들의 손길이다, 그가 나아갈 때마다 그는 계속 그들의 손길을 느낀다, 그는 이런 유의 손길에 닿아본

적이 없었다, 공격하지도 않고, 침범하지도 않고, 뻔뻔하지도 않고, 거칠지도 않고, 반대로 가장 상냥한 손길이다, 절대적으로 독특하고, 부드러우며, 따뜻한 손이 그의 팔이나 손을 잡는다, 아니, 그보다는 그의 팔이나 손, 허리, 등, 어깨를 무척이나 부드럽게 긁는다, 그런 손길에 익숙해져야 했지만, 그는 그러지 못했다, 반대로 이런 부드러운 손길에 공포를 느꼈다, 지금 걸어가면서도 역시 그에 대한 공포심은 여전하다, 그는 또 하나의 손길을 느낀다, 그리고 또 한 번, 다시, 또다시 끝이 없다, 끝이 나지 않을 것이었다, 그는 자제심을 발휘해 그들을 쳐다보지 않는다, 그랬다가는 길을 잃을 테니까, 그랬다가는 발길을 멈추고 어째서 우유를 넣은 맛있는 차이 한 잔을 지금 당장 마셔야 하는지, 어째서 지금 가서 툭툭을 타야 하는지, 어째서 양탄자나 트랜지스터라디오, 진품 일본제 소니 미니 TV, 행운을 비는 목걸이 장식 혹은 다량의 생석회, 수많은 정원용 등불이나, 열 수레어치의 죽순을 사야 하는지, 설명을 들어야 한다, 우리랑 같이 가요, 그들의 손길은 꼬드긴다, 지금 묵는 데보다 더 좋은 호텔로 가요, 이전에는 들어본 적 없는 벵갈 음악과 춤이 있어요, 그러니까 부디 가요, 거기서 세사 구덩이가 지구의 가장 깊은 곳의 영역까지 이어진다는 걸 알게 될 거예요, 가요, 어서 가요, 어딘지는 중요하지 않아요, 무언가 거기서 기다리고 있을 테니까, 그는 그들을 휘휘 떨쳐버리지 않는다, 그랬다가는 길을 잃을 테니까, 이런 제안을 알아들었다는 신호를 주지 않았지만, 그에 따라오는 손길까지 무시하기란 엄청난 노력이 든다, 그의 팔을 잡아 빼지 않기란, 어깨가 떨리지 않도록 진정하기란 대단한 노력이 든다, 그렇게 했다가는 벌써 순응하는 내색으로, 그 제안에 대한 반응으로 받아들여지기 십상이고, 그랬다가는 그는 다시 한번 길을 잃을 것이었다, 그들에게 정신을 빼앗겨 나아가고자 했던 곳으로 갈 수 없을 것이었다, 어디가 됐든 바라나시에서 벗어나기만 된다, 그는 이제 막 도망가려던 참이긴 했지만, 여기서 이들의 손길이 닿았다고 자제력을 잃지는 말아야 한다, 그랬다가는 그는 쓸려 가서, 바라나시를 벗어나 떠나는 대신 다시 우회하여 그리로 돌아가게 될 것이었다, 도로 심연으로 굴러떨어져 죽음이 기다리는 갠지스강의 가트에서 필연적으로 삶을 끝맺게 될 것이었다, 그가 처음부터 들은 대로 그곳에서 죽음은 단지 즐거운 해방 이상이다, 그건 그가 받아들이고 싶지 않은 개념이다, 그는 죽음으로부터 해방이 아니라, 바라나시로부터 해방을 원한다, 그에게 갠지스는 성지도 아니다, 그는 그게 뭔지도 모르고 알고 싶지도 않다, 갠지스강은 죽은 개와 죽은 인간, 곰팡이 낀 마 옷감 조각, 코카콜라 깡통, 레몬 노란색 꽃잎, 평저선에서 떨어져 나온 판자 등 아무거나, 그 모든 것들을 영원히 실어 나르는 강이다, 그는 이제 어딘가로, 아무 데라도 착착 나아가면서도 고함치고 싶다, 그러나 고함칠 여력이 없다, 그의 고함은 바라나시의 현실에 즉시 딱 들어맞을 것이기 때문이다, 그는 고함치는 미치광이로 즉시 받아들여지고 흡수될 것이다, 그리고 물론 그것이 그의 운명이 될 가능성은 여전히 있다, 갑자기 그가 절박한 발작에 사로잡혀 정신이 무너져버리고 미친 듯 고함을 지를 수도 있다, 그렇게 모든 게 끝나버릴 수도 있다, 바라나시가 그를 삼켜버릴 것이기에, 바라나시가 그를 잡아들일 것이기에, 그때부터 그는 바라나시의 일부가 되어버린다, 하지만 지금은 아직 버티고 있다, 그는 뇌의, 본능의 전원을 뽑아버렸다, 그 안의 모든 것을 완전히 차단해버렸다, 그렇지 않으면 그에게는 기회의 낌새조차도 멀리, 멀리 사라져버리리라, 이것조차도 이제는 그의 몸 안에는 쿵쿵 뛰고 있지 않다, 그 무엇도 그의 안에서 뛰고 있지 않다, 그는 계속 걷는다, 뒷골목을 벗어나 대로로 향한다, 그리고 다시 골목으로 들어가며 관광객인 척한다, 그는 정신이 팔려 고개 빼고 여기저기 기웃거리는 동작을 흉내 내며 호객을 당할 가능성을 줄이려고, 그런 이들의 손길을 멀리하려 애쓴다, 하지만 물론 그들은 떨어져나가지 않는다, 그는 이렇게 손길이 닿는다는 생각에 몸을 부르르 떨지만, 또 한 번 갠지스강의 둔탁한 물결이 강가에 쿵 부딪히자 그래도 떨림을 극복한다, 보이진 않지만 소리는 들린다, 그는 강물이 가장 가까운 강둑의 가장 낮은 돌계단에서 부딪혀 사라지는 소리를 듣는다, 그렇다는 건 그는 다시 한번 강둑으로 향하는 길을 찾았다는 뜻이다, 그리하여 그는 재빨리 몸을 돌려 반대 방향으로 향한

2부 이야기하다

후 한동안 그쪽으로 계속 나아간다, 치명적으로 평온한 종교적 목욕의 장소로부터 되도록 멀리 벗어나려고 하지만, 헛되이 거대하고 넙적한 녹청색 소똥 덩어리를 돌아가려다 하나를 밟고 만다, 그가 연석에 신발을 비벼 똥을 털어내려고 할 때 벌써 사람들이 그를 둘러싼다. 그들은 제발 헤어드라이어 좀 사주세요, 라든가 1,000루피만 주면 사르나트*로 데려다줄게요, 라고 한다, 혹은 가격만 제대로 쳐주면 분디 화파 시대의 춤추는 크리슈나 원화에 대해 알려주겠다고 한다, 엄밀히 말하면, 똥이 신발에 좀 남아 있다고 해도 큰 차이가 없다, 중요한 점은 큰 덩어리는 떼어냈으니 미끄러지거나 넘어지진 않을 것이고, 고약한 냄새는 어쨌든 사방에 진동한다, 이런 유의 똥 냄새가 전체 바라나시의 향 중에서 지배적인 역할을 한다, 더 추운 겨울 몇 달 동안 도시가 온방을 하면 그러하다, 거리의 먼지 속에서 약간 굳어진 것들을 거둬 가기 때문이다, 수천 년 동안 불가촉천민 계급의 사람들은 그것으로 생계를 유지했다, 똥을 열심히 모아 작은 수레에 실어 가서는 탑처럼 높이 쌓아 그 목적에 따라 더 숙성시키든 더 말리든 한다, 그러나 실제로 어느 경우에는 목적은 중요하지 않다, 열을 받은 암모니아가 폭발하여 이런 똥의 탑을 날려버려서 완전히 소실

---

* 녹야원, 고타마 싯다르타가 처음 깨달음을 얻은 후 다섯 제자 앞에서 설법한 곳—옮긴이

되는 일도 있기 때문이다, 시내에는 이런 똥의 탑이 가득하기 때문에 그들 중 하나를 지나칠 때면, 조심하는 편이 좋다, 처음 몇 주가 지난 후에야 방문객으로서 이를 주의하게 되었고, 그도 이제는 매우 조심하고 있지만, 이런 똥의 탑 중 하나를 지나쳐 갈 때 고약한 냄새가 평소보다 더 짙어서 숨이 막힌다, 암모니아 냄새가 나지만 폭발은 없다, 그는 이런 똥의 탑을 간신히 벗어난다, 초등학생 꼬마 한 무리가 세일러 블라우스를 입고 등에 가방을 메고서 그의 옆을 쌩 하니 지나간다, 무리 중심에 있는 아이는 아이폰을 들고 있고, 아이들 모두가 그걸 구경하고 싶어 한다, 전화기에 무척 흥미로운 일이 일어나고 있다, 이렇게 아이들은 그를 지나쳐 간다, 아이폰을 든 손 주위를 소용돌이처럼 빙빙 돌면서, 그는 자기가 지쳐가는 것을 느낄 수 있다, 아침 내내 걸었는데, 아직도 시내에서 어슬렁거리고 있다니, 이럴 수가 없다, 이건 끝이 없다, 그는 이제 똑바로 생각하려 애써야만 한다, 그는 이제 다시 전원을 넣고 뇌를 다시 연결하기로 한다, 하지만 그러려면 장소가 필요하다, 안전지대, 그런 장소는 그가 아쇼크 나가르 우체국 뒤를 지날 때 저절로 나타난다, 그는 녹색의 잔디와 잡목, 나무가 있는 땅뙈기에 다다른다, 물론 그 장소에도 사람들이 가득하다, 아마도 그늘 때문이리라, 어쨌든 한참 탐색한 후에, 그는 무척 늙은 남자와 맞닥뜨린다, 훤히 드러난 뼈, 석탄처럼 검은 피부, 숱이 많은 백발 노인으로 로인클로스를 입고 눈을 감은 채로 요가 자세로 앉아 있다, 이 정도면 되겠지, 그는 남자의 옆에 자리를 잡고 두뇌를 다시 가동한다, 이제 뭘 할지, 그는 이를 생각한다, 아까는 무슨 대가를 치르더라도 피해야 한다고 생각했던 바로 거기에 답이 있다, 사실상, 이제는 달리 기댈 데가 없다, 갠지스강을 제외하고는, 적어도 강에는 방향이 있으니 그를 따라가면 바라나시에서 나갈 수도 있다, 다른 방법은 없다, 그는 석탄처럼 검은 피부와 풍성한 백발을 가진 늙은 남자 옆에 앉아 생각한다, 노인은 깊은 명상에 빠져 눈을 감고 이런 오전에도 완전한 부동 자세를 선택했다, 그래서 그도 눈을 감는다, 그는 휴식이 필요하다, 신발에서는 똥 냄새가 나고, 발은 피로해서 타는 듯 저리며, 허리가 아프고, 등이 아프고, 목이 아프고, 어깨가 아프다, 머리는 떨어질 것 같다, 뭔가 끔찍하게 눈알을 찌른다, 눈물이 고이고, 어쩌면 이 눈물 때문인지도 모른다, 마치 훌쩍이는 듯 눈에 눈물이 가득하다, 어쩌면 스모그를 뚫고 슬쩍 들어오는 어둑어둑하고 교활한 햇빛으로 인한 결과일 수도 있다, 누가 와서 런던, 파리, 로마의 그림 엽서를 내놓는다, 주물 프라이팬 사지 않으실래요, 오세요, 다른 관광객들은 전에 보지 못한 곳으로 데려다 드릴게요, 바바 카 가르로, 바바 카 가르로 데려가드릴게요, 고작 2루피 50파이사에 볼 수 있어요, 이제 그의 옆에는 세 명의 소년들이 앉아 있다, 어쩌면 그는 좋았는지도 모르고, 그들은 이런 기회를 놓치려 하지 않는다, 미니 타지마할이 가운데에 박힌 이 콤팩트

매니큐어 세트 좀 보세요, 이 플라시도 도밍고 완전판을 사세요, CD로 가장 좋은 가격이에요, 제 말 믿으세요, 그래서 그는 더는 여기 있을 수 없다, 어쨌든 그 세 소년을 떨쳐버릴 수 있지만, 확실히 아이들은 아직도 그에게 내밀 다른 상품이 많이 있는 모양이다, 어디에서 그를 따라잡았을까? 됐다, 그는 갠지스강으로 가야만 한다, 그건 어려운 일이 아니었다, 그는 예전의 경험으로 어느 방향에서 출발하든 상관없다는 것을 안다, 이것이 바로 문제이기도 하다, 언제나 조만간 결국에는 갠지스강에 다다르게 되는 것이다, 그래서 그도 곧 머지않아 거기 도착한다, 한 시간도 걸리지 않는다, 이미 도착해서 다사시와메드 가트로 향하는 계단참 꼭대기에 멈춰 선다, 아래를 내려가보니 남자들과 소년들의 빽빽한 무리 사이로 그가 지나갈 수 있는 유일한 길이 열리다가 그가 그들 한가운데 들어서서 나아가면 바로 닫힌다, 남자들은 계단 위에 나란히 바짝 붙어서 앉아서 속담대로 자기 배꼽을 응시하며 잡담을 나누고 풍경을 감상한다, 정말로 그들이 그의 존재를 감지하고 그를 위해 문을 열어주는 것 말고는 강가로 내려갈 다른 길이 없다, 저 사람들이 나를 안내해주는 것 같군, 그는 생각한다, 하지만 다시 한번 모든 생각과 본능을 닫아버리는 편이 낫겠다고 바로 결정을 내버린다, 그리하여 이제 인파를 헤치고 내려가서 다사시와메드 가트의 맨 아래 계단에 다다르자 그는 비탈길, 갠지스로 향한다, 아래쪽으로, 그 방향으로 가야만 한다,

그런데 그와 강둑 사이에 몇 단만이 남은 지점에서 사람들이 열어주었다가 그가 지나가면 닫히는 임시 통로를 지나가다 예상치 못한 장애물과 부딪힌다, 이런 묘사가 맞지는 않다, 어떤 말을 써도 부정확하고 의외이며, 또한 장애물이라는 것도 부정확한 용어다, "부딪혔다"는 말도 마찬가지다, 그가 아래로 내려가는 도중에 무언가 일어날 것 같다는 느낌이 들기 때문이다, 그건 기대 밖의 일은 아니다, 이미 잘 알고 있는 바라나시의 손이라고 할 때 그것을 어떻게 장애물이라고 부를 수 있을까, 옅은 거미줄처럼 섬세하게 그를 멈춰 세우는 익숙하고 부드러운 손길, 부딪혔다고 할 수 없는 것, 그건 그의 다리를 어루만지는 애무일 뿐이다, 그를 보내주지 않겠다는 신호, 자연스럽게 아래로 내려가던 관성 때문에 그는 이 손길에서 발을 빼고 싶다, 하지만 그 손길은 결연해서, 그를 멈추겠다는 의지가 결연하다, 그리하여 그가 멈추지 않고 달리 어쩌겠는가, 그는 나이를 알 수 없는 한 남자를 본다, 특이하게 비만인 사람이다, 사실 힌두족 사이에서는 특이한 편이다, 그는 아마 카스트의 고위 계급일 수도 있다, 반면 그는 실제로 벗은 거나 다름없어서 판단하기는 어렵다, 더러운 로인클로스 한 장만을 입고 거대한 귀는 귓불이 늘어졌으며, 숱 많고 눈처럼 흰 머리는 뒤로 한데 모아 고무줄로 묶었고, 얼굴보다 부피가 큰 검은 테 안경을 콧대에 걸친 남자는 팔꿈치로 몸을 받치고 누워 앞에 흐르는 강물을 감상하다가, 고개를 왼쪽으로 돌려 그를 올려다본다, 거대한 삼중턱이 재미있는 방식으로 그 동작을 따라 하고, 남자가 머리를 빼고 그를 살펴본다, 그는 여전히 그손길로부터 자신의 다리를 빼려는 동작을 하고 있지만, 그게성공하려면 남자가 발목을 놓아야만 한다, 하지만 발목은 빼지 못하고, 남자는 무척 섬세하기는 해도 그 발목을 여전히붙든 채로 그를 쳐다본다, 호객을 하는 식이라기보다는 대화하다 말고 다른 사람과 수다를 떨며, 지금 논의 중이었던 주제의 새로운 측면을 지적하려고 하는 것 같다, 남자는 스스럼없이 말을 던진다, 이 지역 전통에 따르면 갠지스강의 물 한 방울은 그 자체가 하나의 사원이라고 하는데 알고 있습니까? 그의 목소리는 부드럽고 상냥하며 깊고 친근하다, 이 지역 특유의 영어 억양 대신에 남자는 꼼꼼한 영국 표준어 발음으로 말한다, 그리하여 그는 며칠 만에 처음으로 경계심을 누그러뜨리는데, 이것이 그의 실수, 오류가 된다, 그는 이 남자가 자기를놓을 수 있도록 무슨 대꾸를 하기 때문이다, 그는 생각하지도않고 뭔가 냅다 던진다, 그저 **안녕하세요**, 한마디이지만, 이것이, 이런 방심이, 이런 실수가, 이런 오류가, 이 **안녕하세요** 한마디가 심각한 결과를 빚는다, 즉, 이미 벌써 빚어냈다, 수 초만에 그는 자기도 모르게 광대한 독백을 들어주는 상대가 되고 만다, 최소한 이런 일이 일어나도록 해서는 안 되었다, 그럼에도 돌이킬 길이 없다, **안녕하세요**, 한마디를 한 사람에게는모든 것이 끝나버린다, 실로 이런 일이 벌어져버린다, 안경을 쓴 남자는 인파 한가운데 반쯤 누운 자세, 반쯤은 거대한 비만의 몸을 그를 향해 비튼 자세로 비켜줄 마음이 전혀 없어 보인다, 하지만 이전과 똑같은 시선을 유지하고 있다, 어렴풋이 비웃는 것도 같고, 어렴풋이 가엾게 여기는 것도 같지만, 그렇다고 전혀 적대적이지는 않다, 남자는 여전히 그의 발목을 붙잡고 다시 한번 갠지스강의 물 한 방울은 사원이라는 말을 반복한다, 어떻게 생각하십니까, 남자는 그를 향해 묻는다, 그는 거기 그저 서서 아래로 향하는 길이 열리기를 바랄 뿐이다, 거기 서서 여전히 자기를 올려다보는 남자를 바라본다, 그를 놓아주기는커녕 자기가 말을 건 사람의 발목을 실제로 붙들고 있거나 붙든 것처럼 보이는 사람, 어쨌든 그 접촉은 그에게 같은 힘을 발휘한다, 코끼리 네 마리의 코처럼 굵은 팔과 허벅지, 거대한 지방 덩어리 같은 몸, 그러나 그 위, 병적인 비만으로 녹아내리는 머리 높이에서, 원래의 얼굴 특징은 선명히 구분되고, 희미한 이목구비로 구분되는 얼굴은 아름답다, 그를 보는 구경꾼은 이에 혼란을 느낀다, 그리고 이 아름다운 얼굴의 입은 다시 입을 열어 세 번째로 반복한다, 생각해봐요, 하나의 물방울 속에 하나의 사원이 들어 있다는 사실, 알고 있었나요? 하지만 그가 대답하지 않음으로써 자신의 대답을 하고, 계속 나아가고 싶다는 자기의 욕망을 똑똑히 드러내기도 전에, 뚱뚱한 남자는 다시 한번 바라나시 특유의 부드러운 손길을 보내며 마치 그들이 한참 이어진 대화를 하고 있었던 것처럼 간결히 설명한다, 자기는 여기에서 지칠 만큼 오래 기다렸다고, 상상해보라고, 대체 이 지역 사람들은 어째서 그런 걸 믿고 말하는지 곰곰이 생각해보았다고, 이 남자는 그를 생각해보고, 약간의 진전을 이루었기에 이제 기쁜 마음으로 공유하고 싶다고 한다, 그리하여 남자는 자신과 함께하는 게 진저리치도록 싫지 않다면 여기 앉아 자기 말을 들어보는 게 어떻습니까, 라고 제안한다, 잠깐 시간을 낼 가치가 있을 겁니다, 남자는 매혹적인 결론에 이르렀기에, 당신은 그에 싫다는 손짓으로 의사를 표현하려 한다, 아니, 그건 당치도 않다, 다만 이런 손짓이 그렇게 확실하지도 않은 것 같다, 더욱이 하나의 손, 그 남자의 손은 이 손짓을 도와서 자기 옆에 주저앉히려는 동작으로 바꾼다, 그리하여 거절은 허사로 돌아가고, 그는 자기도 모르게 남자의 옆 계단 위에 앉고 만다, 남자는 콧등에 쓴 선글라스를 위로 올리고 삼중턱이 다시 접히도록 거대한 머리를 다시 갠지스강을 향해 돌리면서 그를 계속 나아가게 하는 대신 자리에 주저앉혔다는 순간적인 승리감을 맛본다, 그러면서 남자는 운을 떼며 먼저 스스로 그런 의문이 들었을 뿐이라고 말한다, 그야말로 어느 정도는 그 문제의 물리적 측면에 익숙하기 때문이다, 남자는 산카트 모찬 재단의 생산 기술자로 일한다, 남자는 실제로 물의 구조를 알고 있을까, 그리하여 남자는 실로 그렇다는 결론을 내린다, 실로 모든 것들은 표면의 기하학과 연결되어 있다, 남자는 갠지스강을 바라본

2부 이야기하다

다, 남자는 거만하게 보일 뿐 아니라, 숨겨진 얼굴의 아름다움이 점점 더 선명해진다, 그리고 지방 덩어리 안에 접힌 그 아름다운 얼굴은 목소리처럼 전혀 공격적이지 않고 뭔가 마음 따뜻한 것을 품고 있다, 그리하여 이러한 머리말이 어떤 사업적 제안의 서두가 될 가능성은 너무 낮아 보인다, 그리하여 그는 나아가 그 자리에 머물러 일어서려는 시도조차 하지 않는 실수를 저지른다, 이 시점에는 그렇게 할 여력이 아직 있었지만, 그는 끔찍할 정도로 부드러운 손길로 그를 주저앉힌 남자와 함께 그대로 앉아서, 어떤 순수함, 이 세상 것 같지 않은 우아한 면에 당혹스러워한다, 이 이국적인 뚱뚱한 남자의 목소리와 몸가짐에는 더 고상한 요소가 있다, 이 모든 것들은 이 남자가 이를테면 주로 혼잣말을 하는 것 같다는 인상으로 더욱 고양된다, 동시에 이 남자는 고마워하는 듯 보인다, 거의 형제애에 맞닿은 감정, 이것이 결정적으로 그의 의심을 몰아내고 그를 더욱 연약한 입장으로 몰아, 주의를 기울이고 만다, 즉 이 선글라스를 낀 남자가 구球에 대해, 특히 구의 표면 기하학에 늘 열정이 있었다는 얘기를 들어주고야 만다, 예를 들면 무엇이 물 한 방울을 하나로 붙들어주는가 하는 것이다, 그리하여 급기야 이 남자는 갠지스 강물을 가리키며 말한다, 여기 잠시만 앉아 있어보면, 그런 질문이 다시 떠오르기 마련이죠, 한편 저와 비슷한 교육을 받은 사람은 먼저 그건 분자 간 수소 결합과 관련이 있다는 생각을 할 테지요, 분명히 그럴 겁니다, 남자는 그를 향해 미소를 짓는다, 분명히 분자 간 수소 결합이 뭔지는 아실 테지요, 물리학을 공부한 적 있는 사람이라면 그게 뭔지 아니까요, 뭐, 그렇다면, 이 수소 결합을 공유 결합과 함께 그려보면서 액체 상태의 물은 공유 결합과 수소 결합의 교류 체계라는 간단한 사실을 마음에 새겨둔다면, 이 시점에서 상황이 흥미로워지는 거죠, 남자는 안경 위로 그를 보며 명랑하게 윙크한다, 실질적으로 현 상황에서는 액체 상태의 물은 유동적인 수소 결합에 의해 묶인 부분적으로만 규칙적인 구조를 지닌 준고분자입니다, 학교에서 배운 대로지요, 그리고 이제 표면장력 때문에 액체가, 그리하여 물 한 방울이 최저의 가능한 표면 영역을 지닌 형태, 즉 다름 아닌 구를 이루는 것입니다, 그렇다고 한다면 이보다 한 단계 더 나아가 탐색할 만한 가치가 있다는 데 동의하시겠지요, 저는, 남자는 자신을 가리키며 말했다, 실제로 해봤습니다, 실제로 표면 장력의 불확정적 문제로 돌아가봤지요, 즉 상상 속에서 물 분자를 양분해보았다는 뜻이었다, 그리고 그는 철썩거리는 강물 소리를 들으며, 수면 위에 뛰노는 빛을 바라보며 흥미로운 생각을 떠올렸다고 했다, 아시겠죠, 이 사면체 구조를 구성하는 산소 원자와 수소 원자가 있다는 것을요, 그 정도는 분명합니다, 제말 이해하시겠죠, 그리고 그만큼 분명하게 산소가 약한 음전하를 띠고 수소는 강한 양전하를 띤다는 것을 기억해야 합니다, 그 때문에 인접하는 분자 사이에 연결이 생기죠, 이게 소위 수소 결합이라고 하는 것입니다, 손해 볼 거야 없지, 남자는 생각했다고 했다, 그리고 남자는 자신의 말을 듣는 사람 쪽으로 고개를 돌리며 키득거렸다, 이 모든 걸 떠올리고 대조한들 손해 볼 건 없겠다 싶었죠, 한 사람이 흐르는 강물을 바라보고 있노라면 머릿속에 이상한 생각이 떠오르기 마련이죠, 가령 수소 결합은 하나의 분자를 붙드는 내적 결합보다 훨씬 약합니다, 이 말인즉 결과적으로 배열을 보면 되도록이면 가장 안정적인 체계의 형성을 선호한다는 겁니다, 그러면 어떻게 될까요? 남자는 눈썹을 치키며 묻는다, 뭐, 가장 안정적인 배열은 모든 수소 결합은 인접한 분자와 결합하는 것이죠, 그러면 모든 물 분자는 네 명의 이웃에게 둘러싸여서 피라미드 구조, 사면체 구조를 만들죠, 그게 뭔지 아시죠, 사면체? 이 말에 플라톤, 그리고 플라톤 입체가 떠오르는 거죠, 그리고 이 플라톤 입체는 그만큼이나 잘 알려진 사실로 직접 이어집니다, 즉 280개의 분자가 규칙적인 정20면 복합체를 구성하죠, 이전에는 액체 상태의 물은 그런 규칙적 복합체로 구성되어 있다고 믿었지만, 그 이후에는 세계가 변화했고 우리는 이제 다르게 생각합니다. 물은 규칙적 구조와 불규칙적 구조 사이에서 변동한다는 거죠, 수소 결합은 상시 깨어졌다가 다시 새로운 결합을 일으키기 때문입니다, 그래서 이 시점에서는, 아시겠지만, 남자는 생각에 잠겨 다시 잠깐 갠지스강을 바라본다, 이 시점에서는 아시겠지만, 그는 안경을 다시 올리며 말을 잇는다, 사면체 물 분자 집합체들 간에, 혹은 단일의 임의적 물 분자들 간에 무슨 일이 일어나는지를 숙고해볼 수 있겠지요, 이런 식으로 말해보면 어떨까요, 그는 혼잣말을 하듯 덧붙인다, 그 대답 자체가 자연스럽게 앞서 말한 것에서 나옵니다, 4면체 물 분자 무리는 단일의 임의적 물 분자 사이에 위치하죠, 우리는 그렇게 물을 갖게 됩니다 여기서 남자의 눈은 잠시 동석자와 눈을 맞추려 하지만 그러지 못하자, 상대방에게 이 얘기를 잘 따라오고 있냐고 묻는다, 이에 이야기를 듣고 있던 쪽은 당황해서 인정한다, 아뇨, 무슨 말인지 하나도 알아듣지 못했습니다, 뭐, 그러면 이제부터 내 말에 주의를 기울이세요, 남자는 거대한 소시지 손가락으로 자기 자신을 가리킨다, 우리가 표면 장력에 대해 아는 바에 따르면, 모든 액체는 그리하여 하나의 물방울까지도 모두 표면장력의 법칙을 준수하며, 최소 표면 영역을 가진 형태를 이룹니다, 그러면 어떨 거라고 생각하세요? 그는 묻는다, 어떤 형태가 될 거라고 생각합니까? 남자는 대답으로 침묵만 이어지자 말한다, 뭐, 그러면 구가 되겠지요, 그건 분명합니다, 그렇지 않나요? 그는 코끼리 코 같은 팔을 펼치며 계속 눈을 떼지 않기에 그는 동의의 의미로 고개를 끄덕거릴 수밖에 없다, 그러자 상대는 만족의 한숨을 내쉬며 이를 받아들이고 계속한다, 네, 그러면, 그 정도는 자명하지요, 자, 그럼 다른 얘기를 해볼까요, 그러면 이제 수소 결합이 하나의 분자를 붙든 결합보다는 훨씬 약하다는 사실은 그만큼 자명하지 않다는 걸 생각해봅시다, 그렇게 분명하지 않지만 이해 가능한 얘기지요, 당신도 그렇다는 건 알 겁니다, 남자는 말한다, 그리고 그 결과로 나오는 배열은 가장 안정적인 체계 형성이 필수 불가결하다는 걸 분명히 나타냅니다, 그 말인즉, 여기서 말하던 사람은 다시 갠지스강으로 고개를 돌리며 또다시 혼잣말을 하듯이 중얼거린다, 다른 말로 하면, 이 전체는 모든 수소 결합이 이웃한 분자를 찾을 때 가장 강력하고 안정적인 구조를 갖게 된다는 겁니다, 그때가 되면 각각의 물 분자는 다른 네 개의 분자에 둘러싸이며 피라미드를 이루지요, 그게 바로 아까 언급한 4면체입니다, 사실상, 이건 모두 벌써 한 얘기예요, 하지만 당신이 완벽하게 이해할 수 있도록 여기서 다시 한번 언급할 필요가 있죠, 사실상 당신을 위해서 제가 또 반복할 겁니다, 라며 그는 반복했다, 그러니까 이런 변동이 있어요, 규칙적이고 비규칙적인 시스템이 유동적으로 변동한다는 겁니다, 수소 결합이 항상 깨어지고 새 결합이 생겨나니까요, 그리하여, 어떨 거 같습니까? 이제 진짜 질문을 해도 되겠습니까? 다시 한번 남자는 그의 쪽을 향해 몸을 돌리고, 그도 거대한 안경의 두꺼운 테 위로 드러난 남자의 시선을 받아친다, 그는 지방 안에 묻힌 이 놀랍도록 빛나는 눈을 똑바로 바라보고, 차가운 오한이 그의 등줄기를 타고 흘러내린다, 이 눈에서 아주 낯선 것, 신비스럽고 설명할 수 없는 것을 언뜻 보았기 때문이다, 그는 그게 뭔지 정확히 설명할 수

는 없다, 미지의 깊이, 지식이라기보다는 시간의 깊이다, 그는
마치 수천 년 전의 광경을 본 것만 같았고, 이 때문에 그는 완
전히 당혹스러운 기분이다, 결국 여기서 얘기하는 이 사람은
누군지, 이 과하게 뚱뚱한 남자는 누구길래 이 미친 도시에서
그를 불러 세우고 갠지스 강둑에서 물에 관한 이 정신 나간
소리를 늘어놓는 건지, 그가 묻고 싶은 건 그것이었다, 하지만
거기까지는 할 수가 없었다, 이 상대방 남자의 목소리가 계속
그의 목소리를 가리고, 그의 안에서 형태를 갖추는 질문들을
계속 눌러 우위를 점하기 때문이다, 그 목소리는 말한다, 한
액체의 표면 영역은 늘 되도록이면 가장 작은 면적을 차지하
려고 애쓰죠, 이런 의도는 이미 언급한 결합과 끌림의 속성을
따르고, 이런 의도는 구의 형태에서 가장 완벽하게 표현이 됩
니다, 즉 의도는 구 안에서 구현된다는 겁니다, 남자는 마치
이 말을 음미하듯 몇 번 되풀이하며, 여전히 강의 수면을 바
라볼 뿐 그에게는 시선을 돌리지 않았다, 실로 자기 자신만을
향해 혼잣말을 하는 것 같았지만, 딱히 그런 것도 아니었다,
그 질문이, 아니, 하나의 생각이 그의 머릿속에 나타난 순간,
상대 남자는 바로 듣는 사람의 집중력을 도로 자기 자신에게
로 돌린다, 남자의 말은 끝없이 그가 머릿속에서 재보고 있는
말들을 짓누른다, 그는 자기 길을 가고 싶다는 말 말이다, 그
는 이 남자의 포로 상태에서 벗어나고 싶은 마음이 간절하지
만, 그 자리를 떠나지 않는다, 그의 뇌는 마치 혼자서 저절로

2부 이야기하다

켜진 것 같고, 이제는 전원을 끄지 못한다, 상대 남자는 그가
물을 바라보든, 자기 쪽을 바라보든 아랑곳하지 않고, 줄어드
는 듣는 쪽의 주의력을 자기 자신에게로 돌려야 하는 때를 정
확하게 늘 알고 있는 것만 같다, 그리고 늘 정확한 때에 그를
도로 끌어당길 수 있다, 남자는 이제 동일 분자 사이의 인력은
모든 경우 다른 분자 사이의 인력보다 훨씬 크다는 말을 한다,
다른 말로 하면, 각각의 분자는 안쪽으로, 자기 구조의 내부
의 깊이를 향해 노력한다는 겁니다, 그것을 채우려는 의도를
가지고 있죠, 그리고 이 의도 속에서 분자들은 위와 같은 상태
로 남아 있어요, 이 말인즉 남자는 천천히 그의 육중한 몸을
그에게로 돌리지만, 오직 느린 한순간뿐이다, 그리하여 수면
위에서 이 분자들은 최소한의 표면 영역만을 욕망하죠, 동시
에, 그렇게 해서 구가 생기는 것이기도 하고요, 여기까지는 분
명하죠? 남자는 묻고, 듣는 쪽은 대답한다, 그리하여 이 낯선
만남이 있고 나서 처음으로 그는, 네, 그건 분명하네요, 라고
대답하고, 이 말에 다른 남자는 미소를 지으며 그에게 묻는
듯한 시선을 던진다, 이걸 좀 더 분명한 용어로 하지 않아도
되겠지요? 이 말에 그가 다시, 아니, 해보지요, 라고 고개를 끄
덕이자, 남자는 다시 미소를 지으며 말한다, 뭐, 좋습니다, 그
러면 오로지 더 작은 인력을 나타내는 분자만이 표면에 남아
있고, 반면 이런 것들이 내력에 의해 아래로, 안쪽으로 끌어당
겨집니다, 그리하여 그들은 되도록 표면에 다닥다닥 붙어 있

게 되죠, 익살스럽게 표현하자면 이런 분자들은 최소 표면 영역을 요구한다고 할 수 있습니다, 혹은 그 표면 자체가 최소의 표면 영역을 요구한다고 할 수 있겠죠, 그렇지 않습니까? 실로 그렇습니다, 남자는 의기양양하게 자문자답한다, 요약하자면 가장 작은 이상적 표면을 요구한다는 겁니다, 그건 이상을 추구해요, 이런 식으로 보면, 저는 문제는 완벽히 명확해진다고 믿습니다, 남자가 이렇게 말하자, 듣던 사람은, 네, 그러네요, 완벽하게요, 라고 대답한다, 하지만 이제 남자는 마치 그림자가 그 잘생긴 얼굴에, 그 거대한 손에, 그 바뀐 목소리에 스쳐 지나가기라도 한 것처럼 무척 엄숙해진다, 좀 더 부드러운 목소리로, 남자는 상냥한 혼잣말로 묻는다, 이런 식으로도 괜찮을까, 그리고 대답한다, 아니, 괜찮지 않아, 남자는 그의 쪽으로 시선을 던지더니 말을 계속 있는다, 아니, 전혀 괜찮지 않아요, 우리가 한 말은 모두 할 만한 말이지만, 정말로는 쓸 만한 말은 아니죠, 왜냐하면 물은 그 자체로 이런 유의 추정을 벗어나기 때문입니다, 결국에는 이런 얘기들을 했지만, 여전히 물에는 존재해서는 안 되는 다른 특질들이 너무나 많이 있지요, 그런데도 그런 특질이 존재한단 말입니다, 모든 다른 액체와 강하게 대별되는 특질이죠, 마치 물은 액체 이상인 것만 같습니다, 아니, 액체는 아니고 전혀 다른…… 네, 그래요, 순수한 물은 특별한 물질입니다, 내면의 비밀을 지키는 원초적 원소, 그리하여 제가 이제까지 제 의견을 장황하게 말했듯이, 여기서 우리도 우리에게 유리한 관점에서 물을 보며 그에 대해 아는 애기를 하는 것일 수도 있습니다, 하지만 결국에는 실제로 지금 제가 했던 이런 시도로는 물의 구조의 본질에 더 가까이 다가갈 수 없다는 걸 고백해야만 할 거 같습니다, 이런 시도로는 물이 기억이 있다는 그런 특질을 생각할 때는 아무런 소용이 없단 말입니다, 가령 확실히 물에는 기억이 존재하죠, 얼음을 녹여서 다시 액체인 물로 만들 때, 이 얼음은 이전에 보유했던 것과 동일한 액체 결정 체계로 돌아가죠, 다른 말로 하면, 심지어 얼음의 형태로 있던 물이라도 그 구조를 보존하고 있다는 말입니다, 혹은 그 모든 수없이 많은 변이형뿐만 아니라 물은 여전히 정보를 보존할 수 있다는 걸 알면 참 안심이 안 되지 않나요, 즉 물은 정보량이 아무리 끝이 없다고 해도 지구상에 일어나는, 그리고 현재 일어나는 모든 일에 대해 안다는 겁니다, 그리하여 우리의 지식은 단 한 방울의 물이라도 이해하기에는 불충분하다는 거죠, 아시겠습니까, 그는 쉰 목소리로 묻는다, 이제 제가 왜 여기 앉아서 이 지역 사람들이 갠지스강의 물 한 방울은 사원이라는 말을 계속하는지 숙고해본 이유를 알 수 있지 않나요, 남자는 묻는다, 그렇지만, 남자는 대답을 받지는 못하리라는 것을 안다, 그리하여 심오한 침묵이 내려앉는다, 마치 몇천 년의 거리가 실로 두 사람 사이를 갈라놓은 듯하다, 그는 이제 떠나야 한다는 것을 안다, 하지만 아직 그렇게 할 엄두를 내지 못한다, 혹은 그저 그렇게 할 수 없다, 그는 세 겹으로 주름져 가슴까지 늘어진 남자의 거대한 삼중턱을 바라본다, 그는 그 순간 타는 듯한 더위 속에서 코끝에 아슬아슬하게 걸린 거대한 검은 테 안경을 쳐다본다, 그는 이 상대 남자가 물을 감상하는 모습을 바라본다, 그러자 머리의 거대한 지방 덩어리에 묻힌 고운 얼굴 윤곽을 볼 수 있다, 이전에 만나본 적이 없을 정도로 고운 얼굴이지만, 그럼에도 움찔 놀랄 정도로 낯익은 얼굴, 이윽고 그는 이제야, 바로 지금에야 움직일 수 있는 에너지가 솟았다는 느낌이 든다, 그는 움직인다, 천천히 계단에서 몸을 일으키고 떠나기 전에 적당한 말을 찾으려 한다, 하지만 상대방은 그에게 어떤 기대를 품는다, 그를 다시 바라본다, 남자는 약간 비웃는 듯한 눈길로 묻는다, 혹시 100루피 정도 있으면 저를 도와주실 수 있겠습니까, 그 말을 듣자 그의 마음속이 얼어붙는다, 그는 그 계단을 내려가고, 뚱뚱한 남자는 살짝 비켜주며 그가 지나갈 수 있도록 하는 것 같다, 그렇게 끝이구나, 그는 안심하며 기대를 가득 품는다, 실로 가장 아래 계단으로 내려가는 좁은 통로가 인파 사이로 그를 향해 벌써 열리고 있고, 그는 작별 인사차 무언가 말하려고 한다, 하지만 다시 한번 상대방이 선수를 치며 그의 뒤에서 외친다, 생각해봐요! 우리는 그저 갠지스강의 물 한 방울을 생각했을 뿐이죠, 그런데 갠지스강에는 얼마나 많은 물방울이 있는지 아십니까? 당연히 그는 이 질문에 뭐라 대답할 바를 모른다, 다만 작별의 의미로 고개를 끄덕

2부 이야기하다

일 뿐이다, 그 후에는 돌아보지 않는다, 아직도 그 남자가 뒤에서 불러 세울 가능성이 있기 때문이다, 결국 이 남자는 그를 멈춰 세우고 말을 섞도록 끌어들일 수 있었다, 그가 이 도시에 도착한 후에는 그 누구도 할 수 없었던 일이다, 만약 이 남자가 그렇게 할 수 있다면, 그가 그에게서 벗어나지 못할 위험은 여전히 존재한다, 그리고 그는 물 한 방울의 내적 수수께끼에 대해 더 배워야만 할 것이다, 어쩌면 갠지스 강가에서 황당하게 게거품을 물며 떠들어대는 이 인간쓰레기들 옆에서 물 한 방울의 실제 본질에 대해 이해하게 될지도 모른다, 하지만, 아니, 그가 100미터 정도 걷다 말고 뒤를 돌아보자, 남자는 그에게 더는 관심 있다는 내색조차 하지 않았다, 그에게 보이는 것이라고는 여전히 같은 자리에 앉은 그 남자뿐이었다, 즉 맨 아래 계단에 약간 기대듯이 앉아, 더러운 로인클로스와 거대한 안경 외에는 벗은 거나 다름 없이 녹아내리는 거대한 육체와 삼중턱뿐이다, 그는 이제 자유롭게 나아갈 수 있다, 그 남자에게는 단단히 질리고 만 듯하다, 맙소사, 이제 그는 걸음에 속도를 내며 생각한다, 어떻게 이처럼 경솔할 수 있었지, 어떻게 이런 광기 속으로 머리부터 뛰어들 수 있었던 거야, 어쨌든, 대체 이 괴상한 대화는 뭐지, 이 공유 결합이라느니, 이 플라톤 입체라느니, 표면장력이라느니, 내가 필요한 건, 정말로 이런 대화를 머릿속에서 몰아내는 것뿐이다, 더 생각하지 않고, 그게 무슨 의미인지 생각하려 하지 않고, 이것이야말로 그가 여기 바라나시에 온 후로 이 도시가 그에게 저지르고 있던 일이 아닌가, 지속적으로 여기서 어떤 일들이 일어날 가능성이 있다며 기대를 북돋우는 일, 그가 여기서 경험하고 보고 들은 것들은 불길한 전조의 연결성을 갖고 있었지만, 지금은 뭐가 되었든 간에 연결성은 없다, 오로지 끝을 가늠할 수 없는 거대한 혼돈뿐, 혹은 이 코끼리 남자가 표현한 대로 강렬한 무질서뿐, 그게 바로 지금 우리가 하는 이야기다, 우주, 모두의 마음을 빼앗고 감염시키는 혼돈, 이것으로부터 그는 지금 빠져나갈 길을 찾아야만 했다, 빠져나갈 길이 있기나 하면 말이지만, 이제 그는 몇 시간 전을 돌이켜본다, 그는 여전히 호텔 창가에 서서 거대한 장미꽃 술로 장식한 합성 가죽 커튼의 열린 틈 사이로 거리를 내다보면서, 탈출을 시도할 적절한 순간에 대해서 숙고하고 있었다, 세상에, 얼마나 오래전 일인지, 얼마나 오래 걷고 있었는지, 그는 이제 너무나 피곤해서 기회가 주어진다고 해도 앉지 않을 것이다, 그랬다가는 다시 일어날 수 없을 것이기 때문이다, 그게 바로 갠지스강이 원하던 것이었다, 바라나시가 확실히 원하던 것이었다, 그를 광기로 흠뻑 적셔버리는 것, 그렇게 되면 그는 그 속에서도 편안함을 느낄 것이었다, 하지만 안 돼, 그는 아까 결정 내린 대로 여전히 정신의 전원을 끄고 계속 나아갈 정도의 힘은 남아 있다, 그리하여 그는 갠지스 강둑을 따라 정신없이, 필사적으로, 뚜벅뚜벅 걷는다, 어느 쪽이 더 무시무시한지는 말하기 어렵다, 이 도시

2부 이야기하다

가 오로지 강의 한쪽 면만 차지하고 있다는 사실인지, 다른 편이 텅 비어 있는 이유인지, 그것이 여기의 상황이다, 바라나시는 오로지 갠지스강의 왼쪽 강둑에만 펼쳐져 있지만, 반면 오른쪽 강둑은 완전히, 거의 완전히 비어 있다, 이것의 의미를 누가 말할 수 있을지, 그 누구도 말해줄 수 없다, 어쨌든 그도 듣지 않을 것이다, 그는 갠지스 강둑을 따라 강물의 흐름을 거슬러, 뒤로 계속 걸어간다, 모든 것이 잘된다면 서쪽 방향이다, 하지만 아무것도 잘되지 않고, 다시 한번 그는 호텔 방에 선 자기 모습을 본다, 몇 시간 전 그는 거기 커튼 뒤에 서서 거리에서 소용돌이치듯 돌아가는 소란을 내려다보고 있었다, 처음으로 진정으로 겁을 먹고 그는 떠나야 할 적절한 순간을 결정하려 했다, 그는 거기 서서 한쪽 어깨를 벽에 기대고, 이따금 더러운 침대에 놓인 배낭에 시선을 던졌다, 그는 지금 갠지스 강둑에서 서쪽을 향하며 똑똑히 기억해낼 수 있었다, 바로 그때 한 시간 전에 호텔 방에서 무엇이 전원 꺼진 그의 마음을 스쳐 갔었는가, 배낭을 떠올렸을 것은 분명했다, 짐을 싸서 떠날 준비를 해놓았어야 했으므로, 그래서 그는 그 일에 착수했었다, 먼저 화장실로 갔었다, ─화장실이라고?─ 그런 후에는 세면도구를 가져와서 정리해서 넣을 생각은 하지도 않고 그저 배낭 속에 던져넣었다, 티셔츠와 반바지, 흰 여름 셔츠 두 벌, 갈아입은 속옷, 여행 안내서, 카메라, 전화기, 컴퍼스, 비옷, 구급약 상자, 지갑과 지도도 마찬가지로 차례차례 던져넣었다, 그리고 모든 것이 배낭에 들어가자 그는 마지막으로 지퍼를 올려 잠갔고, 갑자기 창문을 쳐다보았다, 석고칠이 켜켜이 벗겨져서 오래전에 칠한 비슈누의 웃통이 그 아래에서 작별 인사하듯 슬며시 밖을 내다보고 있었다, 그는 생각했다, 도망가? 바라나시에서 도망가?! 하지만 망할, 젠장! 바라나시가 세계였다. 최대로 신중하게, 먼저 그는 주위를 살핀 후 문으로 쏙 빠져나와 발꿈치를 들고 계단을 내려와서 텅 빈 호텔의 접수대를 몰래 지나서, 거리에 발을 내디딘 후 맨 처음 보이는 모퉁이를 돌았다, 그런 후에는 바로 다음에 나오는 모퉁이를 또 돌았다, 네 번 돌지 않도록 주의하고, 늘 왼쪽이나 오른쪽으로 돌지 않도록 했다, 이것이, 이 생각이 그의 머릿속에 경보등처럼 울려 퍼졌다, 네 번은 안 돼, 같은 방향은 안 돼, 그랬다가는 탈출구는 없어, 떠났던 자리로 돌아올 거야.

2부 이야기하다

숲의 내리막길

처음으로 그는 차 열쇠를 집어넣는 데 어려움을 겪었고 마침내 억지로 밀어 넣었다, 오로지 억지로 넣는 것 외에는 다른 방법이 없었으니까, 그런 후에 그는 시동을 켜서 차를 살아나게 한 후 모든 열쇠 문제를 잊어버리고서 언덕길을 후진했다, 하지만 그는 움직이는 와중에서도 여전히 모두 제대로인지 궁금했다, 어쨌든 이처럼 새 차의 시동을 걸려고 열쇠를 집어넣는 데 문제가 있어서는 안 되는 것이었으니까, 하지만 그가 언덕길을 내려가자마자 그 생각은 한 조각도 남지 않고 말끔히 사라졌다, 그는 기어 2단으로 운전하는 데 집중하다가 다시 마을 위 고속도로로 올라가면서 3단으로 바꾸었다, 고속도로는 여전히 한적했다, 8시 반은 관광객에게는 너무 이르고, 지역민에게는 너무 늦은 시각이었다, 그렇다고 그가 정확한 시간을 알았다는 건 아니다, 그가 차 시계를 쳐다보았을 때는 9시 8분 전을 가리키고 있었고, 그는, 아, 서두르는 게 좋겠군, 이라고 생각했다, 그는 가볍게 액셀러레이터를 밟았고, 그동안 구불구불한 차로 위에 늘어진 나뭇가지가 양쪽에서 그의 위로 천막을 이루었다, 나뭇가지 사이로 새어드는 햇살 때문에 모든 풍경이 무척이나 아름다웠고, 길 위에는 빛이 방울방울 떨어져 모든 것이 아른아른 흔들렸으며, 고속도로가 저 앞에 있었다, 꽤 멋지군, 그는 생각했다, 아직도 이슬에 촉촉하게 젖은 녹색 잎들의 냄새가 풍겨 오는 것만 같았다, 그는 이제 길의 직선 주로에 들어섰고, 300미터를 쭉 달렸더니 차에 자연스레 속도가 붙었다, 음악을 들으면 좋겠다 생각하고 차의 라디오에 손을 대려던 찰나, 별안간 무언가 보였다, 100미터, 150미터 앞에, 즉 쭉 뻗은 직선 주로의 2분의 1이나 3분의 2 정도 되는 지점에, 길에 눈에 띄는 부분이 있어 그는 인상을 쓰며 그게 뭔지 맞춰보려고 들여다보았다, 버려진 옷가지, 기계 부품 같은 건가? 그러다 그건 정확히 동물 같다는 생각이 그의 마음에 번쩍 스치고 지나갔다, 그러나 그것은 걸레 같은 것임에 분명했다, 트럭에서 버렸거나 떨어진 무엇, 이상하게 뭉쳐진 채로 남겨진 걸레 천, 하지만 길 한가운데뿐만 아니라 길 가장자리에도 무언가 있다는 것이 보였을 때, 그는 운전대 위로 몸을 내밀고 좀 더 잘 보려고 했지만, 하나의 형태가 끝나고 다른 형태가 시작되는 지점이 제대로 보이지가 않았다,

　　　　　　　　2부 이야기하다

그래서 그는 만약을 위해 속도를 낮추었다, 거기 두 개가 있다면, 어느 쪽이든 치고 지나가고 싶지 않았기 때문이었다, 아주 가까이 다가갔을 때에야 비로소 그는 분간해낼 수 있었고 얼마나 놀랐는지 자기 눈을 믿을 수가 없어서 브레이크를 밟았다, 그 물건은 그냥 동물 같아 보이는 게 아니라, 정말로 동물, 한 *마리* 어린 개였기 때문이었다, 강아지는 꼼짝도 하지 않고 길 한가운데 흰 선 위에 앉아 있었다, 털이 얼룩덜룩하고 약간 야윈 동물이 순진한 표정을 지은 채 길 한가운데에서 차에 탄 그를 바라보고 있었다, 무척이나 차분하게 엉덩이를 대고 똑바로 그의 시선을 맞받아쳤다, 그 존재보다 더 무서운 것은 눈의 표정, 꼼짝도 않는 모습, 큰 차가 다가오는데도 가만히 앉아 있는 이해할 수 없는 모습이었다, 대체 차가 자기 위로 지나가기 직전인데 뭘 하고 있는 걸까, 개는 그나 그의 큰 차가 무슨 짓을 한대도 꼼짝도 않으리라는 것을 알 수 있었다, 이 개는 차에 닿기 직전인데도 차와 그 근방에서 일어나는 일에는 관심이 없었다, 바로 그제야 그는 하얀 선 위에 앉은 개의 왼쪽, 길 가장자리에 또 다른 개 한 마리가 있다는 것을 알아차렸다, 배가 갈라지고 창자가 다 드러난 납작한 시체로 보아 차에 치인 것 같았다, 그러나 그의 차가 다가오는데도 죽은 개의 짝은 —둘 사이의 관계는 어떻게 될까? 짝이었을까?— 1밀리미터도 움직이지 않았기에 그가 천천히 차를 오른쪽으로 돌려 비켜가야 했다, 차를 빼려다가 오른쪽 차바퀴가 길 밖으로 벗어나버려 간신히 몇 센티미터 간격을 두고 개를 피할 수가 있었다, 그랬다고 해도 개는 여전히 등을 똑바로 펴고 앉아 있었다, 이제 그는 개의 얼굴을 똑바로 바라볼 수 있었지만, 그렇게 하지 않는 편이 더 좋았을 것이다, 차가 개를 조심스레 지나칠 때, 개는 천천히 눈으로 그를 쫓았다, 공포나 미친 분노, 충격으로 인한 상처를 보여주지 않는 슬픈 눈, 그 눈은 그저 아무것도 상황 파악을 못 하고 슬프기만 했다, 슬픈 시선이 자기를 돌아 멀리 떠나는 차의 운전자를 향했다, 여전히 숲속 도로 한가운데 흰 선 위에서 움직이지 않은 채로, 로스앤젤레스로부터 15킬로미터 떨어져 있든, 교토에서 18킬로미터 떨어져 있든, 부다페스트에서 20킬로미터 떨어져 있든 상관이 없었다, 개는 그저 그 자리에 슬픈 얼굴을 하고 앉아 그의 짝을 지키고 있었다, 누군가 와서 무슨 일이 일어난 것인지 설명해주기를 기다리면서, 혹은 다른 개가 마침내 일어나서 움직이면 둘이 여기 이해할 수 없는 곳에서 떠나 사라질 수 있을 때까지 앉아 있으면서.

그는 개들을 몇 미터 지나치자마자 멈추고 싶어졌다, 이 개들을 여기다 두고 갈 수는 없어, 라는 생각이 들었다, 그냥 그의 다리가 어떤 영문에선가 움직이기를 거부했다, 그가 시키려는 일을 하지 않으려 했다, 차가 계속 굴러가자, 그는 백미러를 통해 개들을 바라보았다, 죽은 개는 옆으로 누워 있었

2부 이야기하다

고, 내장이 길 위로 쏟아졌다, 모두 나란히 뻗은 네 다리는 뻣뻣했다, 하지만 그는 오로지 강아지의 뒷모습만 볼 수 있을 따름이었다, 연약하지만 대쪽같이 꼿꼿한 모습, 몇 시간이라도 기다릴 수 있다는 듯 여전히 길 한가운데에 앉아 있었다, 그는 그 개도 차에 치일까 봐 걱정이 되었다, 멈춰야 해, 그는 속으로 말했지만, 차는 계속 굴러갔다, 손목시계를 힐긋 쳐다보니 9시 2분이었다, 어쩌지, 지각할 텐데, 그는 조바심이 났고 발은 벌써 액셀을 밟고 있었다, 2분 후에는 시내에 가 있어야 해, 구부렁길이 연이어 나타났다, 그는 벌써 길이 구부러지는 구역을 지나쳤다, 손목시계를 확인했을 때는 9시 2분이었으니, 그는 더 세게 액셀을 밟았고, 잠깐 동안 그 개를 다시 떠올렸다, 그 개가 자기의 짝을 지키는 모습을, 그러나 그 모습은 재빨리 스쳐갔고, 다음 순간 그는 전적으로 운전에만 집중하며 속도를 거의 시속 90킬로미터까지 높였다, 길 위에는 그의 앞에 느리게 가는 차 외에는 아무도 없었다, 가까이 차를 붙여보니 스코다 차인 것 같았다, 그는 추월도 못하고 속도를 늦춰야 했기에 조바심이 났다, 가까이 갈수록 차를 추월할 가능성은 줄어들었다, 하지만 기다릴 수 없어, 그는 언짢은 마음으로 생각했다, 이런 고물 스코다에 뒤처질 순 없어, 저 구부렁길에서는 안 돼, 그는 이 길을 수천 번 운전하고 다녔기에, 시내의 신호등 앞에 닿기 전까지는 추월할 가능성이 없다는 것을 알았다, 그가 구부렁길을 지나치기 전에 차를 지나치려고 액셀을 밟은 순간, 갑자기 스코다가 바로 그의 앞에서 천천히 속도를 줄이며 왼쪽으로 흔들렸다, 모든 것은 거의 동시에 일어났다, 그는 거울을 들여다보며 그가 지나가려고 한다는 신호를 보내며 운전대를 왼쪽으로 돌리고 다른 차로로 들어가 추월하려고 했고, 다른 운전자는 거울을 보지 않고 역시 왼쪽으로 차를 빼려 했다, 길에서 나가려고 했던 것인지, 우회전을 하려고 했는지 누가 알겠는가, 어쩌면 왼쪽 방향 지시등을 막 깜빡이려고 했는지도 모른다, 하지만 바로 그때 그도 차를 왼쪽으로 뺐고 그때는 물론 너무 늦어버렸다, 브레이크를 아무리 밟아도 소용이 없었다, 너무 늦게 가고 있던 스코다가 이제는 마치 얼어붙은 것처럼 실질적으로 길에 걸치고 있어서 그는 그 차를 피할 수도, 브레이크를 밟을 수도 없었다, 다른 말로 하면 차를 멈출 수 있는 도리가 없어서 그는 그 차를 곧장 박아버렸다.

재난이 시작될 때의 예측 불가능성은 우연한 죽음으로 향하는 어둠 속으로 굴러떨어지는 감각이 아니다, 재난 자체를 포함한 모든 것이 찰나로 이루어진 구조를 갖는다, 이는 측정도, 이해도 불가능하며, 미친 듯이 복잡하거나 완전히 다른 방식으로 인지되는 구조다, 이 구조의 복잡성은 어떤 공식으로만 표현될 수 있지만, 이 공식은 막상 그때가 되어 시간이 서서히 흐르기 전까지는 포착하기가 불가능하다, 이 구조는

2부 이야기하다

이 무심하고, 지옥 같은, 상황으로 이루어진 세계라는 총체 속에서 의도의 선행 조건들이 이룬 온전한 우주로 구성되기 때문이다, 개별적인 의도들로 구성되기 때문이다, 비자발적인 순간의 선택으로 이루어지기 때문이다, 차 열쇠가 바로 들어가지 않았기 때문에, 기어 3단으로 시동을 걸어서 2단으로 내려가지 않고 2단으로 시동을 걸어 3단으로 옮겨서 언덕을 내려가다 마을 위 고속도로로 올라섰기 때문에, 앞의 거리가 터널처럼 내려다보였기 때문에, 나뭇가지의 녹색 잎들이 여전히 아침 이슬 냄새를 풍겼기에, 개 한 마리의 죽음과 좌회전을 할 때 제대로 해내지 못한 누군가의 운전 실력 때문에, 즉 하나의 선택이나 다른 선택 혹은 더 많은 선택, 그보다 더 많은 무한한 선택 때문이라는 말이다, 이렇게 미칠 듯한, 우리가 미리 알기만 했더라면 하는 선택들은 개념화하기가 불가능하다, 우리가 처한 상황은 복잡하고 신도 아니고 악마도 아닌 자연 속무언가에 의해 결정되기 때문이다, 그것은 우리가 파악할 수도 없고 이해할 수도 없는 방식을 가졌으며 계속 그렇게 남아있을 운명인 무언가에 의해 결정된다, 실수는 그러니 실수가아니었고, 오히려 실현이다, 어찌 되었든 일어날 수 있었던 사건의 실현.

청구서

베네치아의 팔마 베키오를 위해[*]

귀하가 전갈을 보내 요청 사항을 알렸기에 우리는 루크레치아와 플로라를 보냈습니다, 레오노라를 보냈고, 엘레나를 보냈으며, 그 뒤에는 코르넬리아, 그 후에는 디아나를 보냈지요, 그렇게 한 것이 1월부터 6월까지이고, 그런 다음 10월부터 12월까지는 오펠리아를 보냈고, 베로니카를 보냈으며, 아드리아나를 보냈고, 다나에를 보냈으며, 베누스를 보냈습니다, 그렇게 차츰차츰, 우리 명부에 있는 통통하고 귀여운 창녀들은 모두 귀댁에 방문했을 것입니다, 모든 베네치아 남성들에게 그러하듯 중요한 점은 그들의 눈썹이 선명하고 높아

---

* 팔마 베키오는 15~16세기 이탈리아의 르네상스의 시대에 활동한 베네치아파 화가로, 벨리니 밑에서 사사하였으며 성화와 귀부인의 초상으로 유명하다. ─ 옮긴이

야 하고, 어깨는 넓고 둥글어야 하며, 가슴은 넓고 깊고, 몸은 풍만해야 한다고 했습니다, 깊게 파인 슈미즈 드레스 아래의 몸이 풍만해야 한다고, 그리하여 귀하의 눈이 벼랑에서 아래로 뛰어내리듯 매혹적인 얼굴에서부터 신선하고 달콤하고 탐스러운 가슴으로 푹 떨어질 수 있을 정도여야 한다고, 귀하의 주문을 우리에게 가져온 페데리코에게 묘사해주신 그대로였습니다, 그리고 페데리코가 우리에게 그대로 묘사했지요, 그렇습니다, 전에 말한 대로, 골짜기, 귀하의 출신지인 발 세리아나의 골짜기처럼 넓고 깊어야 한다고 페데리코는 씩 웃으며 말했습니다, 그의 말에 따르면 그것이야말로 귀하가 정말로 찾는 것이라고 하더군요, 귀하가 태어난 베르가모의 골짜기와 같아야 한다고, 그리고 페데리코가 우리에게 계속 전하고 다른 사람들도 확인해준 바에 따르면, 그 외 다른 건 귀하에게 아무런 상관이 없다고 했습니다, 그 육체의 어두운 비밀에는 아무런 관심이 없고, 오로지 굽이치는 금발, 빛나는 눈, 천천히 벌리는 입술에만 관심이 있다는 거죠, 다른 말로 하면 머리에만, 그리고 그 밑 턱으로부터 넓고 둥근 어깨 아래로 펼쳐져 향기 나는 육체의 풍경으로 이어지는 그 전망에만 관심이 있을 뿐, 나머지는 아니라고요, 그리고 귀하는 언제나 그들에게 어깨 아래로 끈을 내리라고 부탁했습니다, 그들에게 말하기로는, 귀하의 표현대로라면, 완전히 벗은 어깨를 봐야 하지만, 동시에 슈미즈 드레스의 흰 레이스 가장 자리가 어깨에서 어깨로 오목한 호를 그리는 모습도 봐야 하기 때문이라고 했다지요, 화장한 유두의 바로 위를 지나가는 호 말입니다, 그걸 보면 깊은 골짜기, 세리아나 골짜기에 있는 귀하의 마을 위 지평선이 떠올랐다지요, 하지만 그 당시에 귀하는 그 누구에게도 그 사실을 완벽히 분명하게 설명하지는 않았습니다, 그 생각은 페데리코에게 떠오른 무엇이겠지요, 그리고 잠시 후에는, 페데리코도 그 생각을 설명하지 않았기에, 결국에는 어째서 귀하가 그렇게 정확히 말해서 뚱뚱하다고까지는 할 수 없대도 남달리 덩치가 큰 여자들을 많이 그렸는지 알아낼 길은 없었습니다, 귀하도 그에 대한 질문에는 단 한 번도 대답하지는 않았겠지요, 그리고 어쨌든 인내심이 부족한 분으로 널리 알려져 있었으니까요, 인내심을 잃었을 때는 여자들의 가슴을 완전히 드러내는 일도 잦았다고 하더군요, 다만 대부분은 다시 옷으로 덮어주었기에 여자들은 귀하가 원하는 걸 진정으로 알 수는 없었고, 몇몇은 귀하를 두려워하기도 했지요, 이미 온갖 소문을 들은 데다 무슨 일이든 각오가 되어 있었기 때문입니다, 여자들의 주된 두려움은 보테가*에서 당신이 그들이 할 수 없는 일을 요구할지도 모른다는 것이었지요, 하지만 여자들이 더 전한 말에 따르면, 실은 어쨌거나 당신은 아무것도 원하지 않았다고 하지요, 더

---

*   이탈리아어로 공방이라는 뜻—옮긴이

욱이, 당신은 선금도 종종 지불했다고 하더군요, 그리고 일단 그날 그림을 멈추면, 포도송이 하나 주지 않고 곧장 보내버렸지요, 그 거대한 여자들이 귀하와 침대에 들도록 허락한 적도 없었지요, 여자들은 그냥 거기 서 있거나, 소파에 앉거나, 움직이지도 않고 몇 시간씩이나 서 있거나, 앉아 있거나 했죠, 그건 그저 시급과 무엇이 일어날지 모른다는 공포의 문제였지요, 귀하는 곧 이런 평판을 얻게 되었습니다, 사람들이 부르는 별명대로라면 그 베르가모 남자는 떡 치는 데는 전혀 관심도 없대, 손도 안 대려 한다지, 모델에게는 무척 정중하게 이렇게 앉아라, 저렇게 서라, 지시만 할 뿐이래, 그런 후에는 그냥 바라보면서 여자가 자기를 어떻게 바라보는지를 살핀다더군, 그리고 한세월 기다린 후에는 모델에게 슈미즈 드레스의 왼쪽 어깨를 내려봐라, 가슴을 드러내라, 한다지만 화가는 한참 먼 거리에 떨어져서 손도 닿지 않는 거리에 있다고 하지, 그렇게 숙녀분들이 이야기해주더군요, 하인 둘이 여자들을 계단으로 안내하고 그들이 대기하던 *마스카레타*(복면을 쓴 사람)에게 이끌려 돌아갈 때 귀하는 팔걸이의자에 앉아 있었다고, 귀하는 실제로 여자들 근처에는 가지도 않았고, 그 누구도 본인을 만지도록 허락하지 않았죠, 그런 자들하고는 달랐다고, 여자들이 킥킥 웃으며 말했어요, 그들이 다른 남자 위에 올라타는 동안 그저 뒤에서 바라보고 싶어 하는 남자들 말이죠, 귀하는 그런 치가 아니었습니다, 여자들이

2부 이야기하다

말해주더군요, 귀하가 여자들을 돈 주고 산 이유는 그것이
아니었다고…… 귀하는 그저 여자들을 바라보기만 했고, 여
자들은 몇 시간 동안 거기 서 있어야 했죠(그건 불가능한 일이
었습니다), 아니면 물론 앉아 있기도 해야 했죠, 물론 여자들
은 완전히 준비는 되어 있었죠, 베네치아에서는 창녀, 코르티
지아나 오네스타가 방문하면 돈을 내줄 수 있는 화가들이 많
지요, 그리고 여자들은 온갖 예술가들을 위해 서거나 앉습니
다, 어떤 여자들은 그 전에 봉사를 해주기도 했지요, 어떤 여
자들은 가끔 거장 벨리니를 위해 포즈를 잡아주기도 했지만,
고통의 성모, 마리아 막달레나, 산티 조반니 에 파올로 성당
이나 산 마르코 대신도 회당의 카타리나 성녀로 묘사된 자기
들의 모습을 보고 세상의 조롱에 맞닥뜨릴 뿐이었습니다, 그
걸 보고 모두가 웃어버렸죠, 맙소사, 사람들이 비웃었죠! 하
지만 귀하의 경우에는 말입니다, 시뇨르 베르가모, 아니, 세
리아나, 어느 쪽이든 더 마음에 드시는 대로 하시죠, 귀하가
모델들과 작업을 마쳤을 때는, 모델들은 무슨 영문에서인가
웃고 싶지 않았다고 합니다, 그리고 그들 중 하나가 다른 이
들에게 공방을 두어 번 방문한 후 어땠는지 얘기할 때도, 귀
하가 뭘 하고 있는지는 전혀 알 수 없었다는 말뿐이었습니다,
그리고 무엇보다도 어째서 귀하가 그들을 그렇게 거대한 여
자로 바꾸어 그렸는지 이해할 수 없었죠, 왜냐하면 다나에가
이러더군요, 내 어깨는 절대로 그렇게 거대하지 않단 말이에

요, 또 나는 그렇게 뚱뚱하지 않다고요, 플로라는 자기 허리를 가리키며 이렇게 말했습니다, 진실을 말하자면, 결국 이렇게 비례가 맞지 않는 형체들에는 불가해한 점이 있었습니다, 과장된 면이 있었음에도 사랑스럽고 매력적인 면은 그대로였기 때문이죠, 그리고 그 누구도 귀하가 어떻게 그렇게 했는지 이해할 수 없었습니다, 그리고 더욱 중요하게는 왜 그랬는지 알 수가 없었습니다, 하지만 그렇게 귀하의 그림 전체가 그렇게도 독특한 것이겠지요, 모든 이가 그러더군요, 귀하가 목표로 하는 건 그림 그 자체라기보다는 그 여자들이나 그 여자들에게 있는 무엇인 것처럼 보인다고요, 그리하여 여자들은 더욱 당황했습니다, 귀하가 그들을 바라보는 더러운 방식은 너무나 참기 힘들다고, 여자들은 말했습니다, 아무리 경험이 많은 창녀들이라고 할지라도 초조해하며 시선을 돌렸습니다, 하지만 그러면 귀하는 손으로 딱 소리를 내며 그들에게 자기의 눈을 똑바로 바라보라고 했다지요, 그것만 아니면 귀하는 여자들을 꽤 점잖게 대했습니다, 그들에게 손가락 하나도 대지 않았다는 바로 그 점은 여자들이 절대로 이해할 수 없는 것이었고, 여자들이 귀하를 두려워하는 이유이기도 했습니다, 귀하는 여자들에게 삯을 후하게 쳐주었지만 여자들은 공방에 갈 날을 고대하지 않았죠, 심지어 가장 천한 이들조차도 몇 푼을 쥐고 나올 수 있었고, 이 일에 갓 뛰어든 어린 창녀들, 코르티지아나 오네스타에게도 터무니없이 값을 잘 쳐주었는데도요, 귀하의 명성이 널리 알려졌다고 해도 귀하는 부유한 축이라고 할 수는 없다고 하더군요, 귀하가 그린 루크레치아와 다나에, 플로라와 엘레나의 그림은 아직도 저장고에 쌓여 있다고, 팔리는 건 종교화뿐이라던데요, 다나에가 성모마리아가 되고, 플로라가 예쁜 시골 풍경 속에서 어느 나무 아래 아이를 품에 안은 카타리나 성녀가 된 그런 그림들은 우리도 알다시피 누군가에게 팔렸습니다만, 자기 정부의 그림을 원했던 어떤 호색한을 위해 당신이 그렸던 그림들은, 글쎄요, 귀하는 늘 그 고객이 원하는 걸 정확히 맞춰주었다는 확신을 줄 수는 없었지요, 귀하가 그린 모든 연인들은 고집스럽게도 그저 루크레치아, 다나에 혹은 플로라나 엘레나로 남아 있었으니까요, 그리하여 그런 그림들 대부분은 여전히 보테가에 남아 쌓여 있었지요, 몇 점을 팔기는 했으나, 귀하는 때로는 자기 자신도 그 그림에 불만스럽다는 기색을 숨기지 못하고, 몇 번이고 다시 그 그림들로 돌아갔습니다, 그때문에 종종 페데리코를 보내 똑같은 여자를 보내달라고 청했던 것이죠, 비록 다른 형태이기는 해도요, 우리는 어째서 귀하가 그렇게 하고자 했는지 알 수 있었습니다, 실로 *카람파네*에서 우리가 그런 요청을 받은 건 천 번, 만 번, 실로 수십만 번은 될 겁니다, 처음에 귀하가 베네치아로 옮겨 온 후로

＊   카람파네는 베네치아공국 시절에 홍등가로 지정된 도시의 구역—옮긴이

우리가 보기에는 귀하가 원하는 건 늘 같은 여자였다는 게 분명했습니다, 그리하여 우리는 귀하에게 루크레치아와 플로라, 레오노라와 엘레나, 코르넬리아와 디아나를 1월부터 6월에 이르기까지 보냈고, 오펠리아와 베로니카, 아드리아나와 다나에, 그리고 마지막으로는 베누스를 10월부터 12월에 이르기까지 보냈습니다, 그러나 당신이 1월부터 6월까지, 10월부터 12월까지 원한 건 같은 여자였고, 우리는 귀하가 우리 여자들을 그렇게 뚱뚱하게 그린 이유에 대한 의문을 곰곰이 생각해본 결과, 마침내 어째서 귀하의 캔버스 위에서 이 거대한 여자들이 그렇게 악마적일 만큼 아름답게 보이는지, 그 비결을 알아채고 말았습니다, 아니, 적어도 우리 중 한 명은, 즉 저를 의미합니다만, 귀하가 원한 것은 의심의 여지 없이 매번 정확히 똑같은 것이었다는 것을 깨달았습니다, 그것은, 즉 세리아나의 골짜기였던 겁니다, 이 더러운 무뢰한 같으니, 바로 창녀의 어깨와 가슴 사이의 골짜기였던 거죠, 즉 귀하가 태어났고, 어쩌면 귀하에게 어머니의 가슴을 떠올리게 하는 바로 그 골짜기 말입니다, 귀하가 몸매가 매끈한 잘생긴 남자라는 것을 부인할 수는 없습니다만, 귀하에게서 가장 매혹적인 부분은 얼굴로서, 귀하를 만난 이들이라면 모두 아는 것입니다, 창녀들은 모두 그 사실을 알아차렸고, 귀하에게 무료로라도 봉사해주려고 했지만, 귀하는 그들을 원하지 않았죠, 아니었죠, 귀하가 원한 것이라고는 그들의 턱, 목, 가슴을 응시하는

2부 이야기하다

것뿐이었고, 그들은 금방 귀하를 싫어하게 되었습니다, 여자들은 당신이 원하는 것을 전혀 깨닫지 못했지요, 그래서 우리는 여자들에게 제발 진정하고 귀하가 해달라는 대로 따르라고 달래야 했죠, 그 여자들이 어디 가서 그렇게 쉽게 돈을 벌겠습니까, 더욱이 귀하는 모두 옷을 입히면서 아주 좋은 옷을 입혔습니다, 그로 인해 우리는 귀하가 정말로는 뭔가 탐색하고 있지 않은가 한층 더 의심하게 되었죠, 그렇게 몇 년이 흘러가고, 새로운 플로라들과 루크레치아들, 베로니카들과 오펠리아들이 왔습니다, 그들은 모두 달랐지만, 귀하에게는 모두 똑같았죠, 그리고 여자들은 문에 닿자마자 하이힐을 벗어야만 했습니다, 실상 올 때 입고 있던 옷들을 모두 벗어야 했지요, 귀하가 여자들에게 속바지만 남기고 다 벗으라고 했기 때문이지요, 그런 후에 귀하는 두 하인들을 시켜 여자들에게 레이스 슈미즈 드레스와 그 외 뭐든 필요한 것을 주었습니다, 필연적으로 금실로 자수를 놓은 근사한 로브, 혹은 드레스, 어떨 때는 파란색이나 녹색의 벨벳 재킷이었죠, 그런 후에는 그들에게 한쪽 가슴을 드러내라고 부드럽게 요청했습니다, 슈미즈를 아래로 살짝 내려달라는 거죠, 그런 다음 그 부드럽고 넓고 둥근 어깨들을 몇 시간이나 응시했습니다, 여자들의 얼굴에는 순진하여 부패된 미소가 떠올랐죠, 귀하는 그들의 벗은 가슴의 신선한 피부에 어린 뜨거운 땀도 알아차리지 못했습니다, 여자들이 귀하에게 제공해야만 하는 그 모든 것들에 주의를 두지 않았죠, 귀하는 잘록한 허리나 우윳빛 배, 탐스러운 엉덩이나 음부의 섬세한 털은 전혀 필요로 하지 않았습니다, 입술이나 무릎, 허벅지가 벌어지는 방식, 따뜻한 허벅지나 뭉게뭉게 피어올라 남자들을 미치게 하는 향수 냄새에는 무관심했죠, 그리고 한둘이 이런저런 말이나 표정, 한숨, 자기가 아는 수천 가지의 유혹법 모두를 시도해보려 했어도, 귀하는 여전히 냉랭했을 뿐입니다, 손을 흔들어 그들을 쫓고, 그만두라고 말하며 귀하가 그들이 해주기를 바라는 건 꼼짝도 않고 가만히 있는 것뿐이라고, 소파에 조용히 앉아서 귀하를 바라보는 것뿐이라고 했습니다, 시선을 귀하에게 고정하고 한순간도 돌리지 않는 것이라고 했죠, 귀하는 이걸 계속 우겨대고, 결국엔 그들 모두가, 루크레치아에서부터 베누스까지 모두 하나하나가 이런 멍청하고 의미 없는 '나를 바라보고 내가 바라본다'는 게임에 놀라버리는 지경에 이르렀습니다. 그러면 결국 우리는 뭔가요, 여자들은 목소리를 높이며 정말로 화난 얼굴로 불평했습니다, 레이스 공장에서 온 어린 처녀인 줄 아는 거예요? 하지만 물론 우리도 귀하가 필요로 한 것이 이 여자들이 아님은 알았습니다, 사람으로서 필요로 하진 않았고, 여자들을 통해서 얻어낼 수 있는 걸 원했죠, 그리고 개인적으로 저는 늘 우리는 어떤 특정 모델의 관점에서 이야기하는 건 그만두고 그 모델 뒤에 있는 것에 집중해야 한다고 생각했습니다, 여성 육체는 *세레니시*

　　　　　　　　　　　2부 이야기하다

마*가 되고, 남성은 *카람파네*가 된다는 관념 말입니다, 하지만 제가 이제까지 한 얘기를 다 들으셨으니, 이제 제가 어째서 이런 말을 하게 되었는지는 명확히 아시겠죠, 소인은 지금 귀하에게 참으로 특이한 분이라는 말을 하는 겁니다, 여성 자체에는 관심이 없고 여성을 통해서 발견될 수 있는 것에만 관심을 둔 사람, 가장 추잡할 정도로 세련되고 악마적인 감각을 완전하게 만드는 것을 목표로 하는 사람, 그에게는, 그런 관점에서는 하나의 여성은 그저 육체일 뿐이죠, 이런 관념을 저도 이해할 수 있고, 동의합니다, 저 자신 또한 우리는 그저 육체에 불과하다고 생각하기 때문입니다, 이걸로 얘기는 끝이죠, 하지만 이 육체로부터 무언가를 말할 수는 있습니다, 욕망의 순간에, 육체가 가장 생생히 살아 욕망으로 타오르는 그 순간에 포착할 수 있다면요, 그리고 이 대상을 차지할 수만 있다면 모든 걸 기꺼이 희생해도 좋다 싶을 정도로 원하고 구하게 되는 욕망은 얼마나 깊고 신비하여 저항할 수 없는 것인지요, 그것이 오직 작은 피부 한 부분이라고 해도, 피부에 떠오른 희미한 홍조에 불과하다 해도 말입니다, 아니면, 그저 살짝 떠오른 슬픈 미소일 수도 있겠죠, 어쩌면 여자가 어깨를 떨어뜨리는 방식, 혹은 고개를 숙이거나 그를 천천히 들 때 작게 말린 금발 머리카락이, 성가시게 비어져 나온

---

* 세레니시마는 베네치아공화국의 이름—옮긴이

머리카락 한 가닥이 우연히 여자의 관자놀이에 떨어지고 이 머리카락이 무언가 약속하는 방식일 수도 있겠죠, 그게 뭔지는 알 수 없습니다, 혹은 그게 뭐가 되었든 귀하는 기꺼이, 온 생애를 그를 위해 기꺼이 내놓을 것입니다, 어쩌면 정확히 이 때문에 저는 그렇게 확신하는지도 모릅니다, 귀하 또한 이를 잘 알고 계실 테지요, 남자들을 미치게 하는 건 여자들이 옷을 벗어 내리는 방식이라는 건 사실이 아니란 말입니다, 아, 아니지요, 그와는 완전히 반대입니다, 가슴이 툭 튀어나오는, 혹은 배나 허벅지, 엉덩이가 그렇게 드러난 모습이 아닙니다, 그런 모습이 족쇄에서 풀려난 환상의 목적을 의미하는 건 아니기 때문입니다, 아니오, 남자들을 미치게 하는 건 희미하게 깜박이는 촛불 빛이 그들의 눈에 어린 동물을 드러내는 순간입니다, 바로 눈빛 때문에 모든 남자들이 미치는 겁니다, 이 아름다운 동물에 미치는 거죠, 다름 아닌 육체뿐인 동물, 그것 때문에 사람들이 목숨도 바치는 겁니다, 그 순간, 그 찰나의 순간, 이해를 넘어선 아름다운 동물이 드러날 때, 귀하가 이따금 코르넬리아와 플로라, 엘레나와 베누스의 눈에서 포착한 것이 바로 이 빛이었습니다, 하지만 귀하도 살 만큼 사셨기에 그러는 동안에도 코르넬리아와 플로라, 엘레나와 베누스가 오늘날 어떤 모습이 되었을지도 아주 잘 알고 계셨겠죠, 그 여자들은 이미 늙었고 안팎으로 속속들이 주름이 졌으며, 이제 그들은 자신들의 배와 지갑 말고는 그 어떤 것에도 관심을 갖지 않습니다만 대부분 그 둘 다 텅 비었죠, 그리고 귀하가 그들을 다시, 또다시 부르기에 우리는 새로운 형태의 그들을 계속 보냅니다, 그렇게 그들이 가죠, 코르넬리아와 플로라, 엘레나와 베누스, 그들의 눈이 어쩌면 제대로 해내서 완벽하게 끝내줬을지도 모릅니다, 분명히 그게 바로 귀하가 원하는 것이었겠죠, 그래서 그들에게 다른 때라면 통상적으로 했을지 모르는 일들을 금지한 것이겠지요, 그렇게 여자들이 옷을 벗지 못하게 하고, 가슴이나 그들이 가진 다른 그 무엇도 드러내지 못하게 했지요, 동물적 본질은 지연된 쾌락의 문제라는 것을 알았으니까요, 그 쾌락은 오로지 지연의 행위에서만 존재한다는 것을, 눈이 보여주는 약속은 나중에, 어쩌면 금방, 실로 바로 다음 순간 무엇이 일어나리라는 약속뿐이라는 것을, 우리가 허리띠를 풀고 모든 옷이 한번에 툭 떨어질 때, 그들의 눈이 약속해주는 것과 같지요, 그것이 바로 귀하가 탐색하던 눈빛이었던 겁니다, 그것이 바로 귀하가 그림 속에서 불멸의 생명을 불어넣으려는 것이었죠, 일이 잘 풀리는 날에는 그 눈빛을 바로 찾을 수 있죠, 그 눈빛은 이제 만족을 약속합니다, 그래요, 지금 바로, 하지만 *어쩌면*일 뿐이죠……, 지연된 쾌락이란 바로 이 본질적으로 지옥처럼 지독한 존재의 본질이기 때문입니다, 귀하도 갇혀버린 우리이지요, 베네치아의 모든 남자들이 그러하듯요, 아니, 대체로 세계의 모든 남자가 그러하겠죠, 귀하는 늘 그렇게 임박한 순간을 그리기를 바라는 것이었겠죠, 약속에 내포된 그 모든 것이 실현되는 순간, 그 모든 과정이 귀하의 캔버스 위에 색채와 선으로 기록되고, 그 과정은 1에스쿠도로 산 눈빛 속에 고유하죠―, 그게 바로 귀하가 돈을 내면 얻을 수 있는 것이었습니다, 귀하가 그렇게도 그리기를 욕망하던 그림은 실로 그 누구도 이제까지 그릴 수 없었던 또 다른 것과 관련이 있었습니다, 그것은 고요, 정지 상태, 실현된 약속이 있는 에덴의 그림입니다, 그 그림 안에서는 그 무엇도 움직이지 않고 그 무엇도 일어나지 않죠, 그리고 설명하기 더 어렵지만 그 그림 안에서는 부동성, 영구성, 변화의 부재에 관해서 말할 게 없습니다, 약속이 실현되면 약속된 것을 잃어버렸어야 하기 때문입니다, 약속의 실현 속에서 사라지는 것이 있죠, 그리고 욕망의 대상 속의 빛은 나가버립니다, 그 불꽃이 꺼지는 것이죠, 그리하여 욕망은 스스로 제한하죠, 당신이 얼마나 욕망하든 간에, 더 할 수 있는 게 없는 겁니다, 그 욕망에 진짜인 것은 아무것도 없기 때문이죠, 전적으로 기대감, 즉 미래만으로 구성된 욕망은 말입니다, 참으로 이상하긴 해도, 시간을 되돌아갈 수 없으니까요, 미래로부터, 다음에 일어날 일로부터 돌아갈 길은 없습니다, 반대편, 기억의 저편에서부터 돌아갈 수 있는 방법이 없습니다, 그건 절대적으로 불가능하죠, 현재에서부터 되돌아가는 길은 필연적으로 다른 곳으로 이끌기 마련이니까요, 어쩌면 그 모든 기억의 목적은 한때는 진짜 사건이 있었다, 실제로 일어난 무엇이 있었던 척하는 것이 니까요, 이전에 욕망하던 것이 존재했던 일이 있었다, 그러면서 기억은 대상으로부터 우리를 멀리 몰고 가버리고, 대신에 위조품을 제공하죠, 그렇기에 기억은 진짜 대상을 줄 수가 없었던 것입니다, 사실상 그 대상은 존재하지 않으니요, 그렇지만 이것이 정확히 귀하가 그를 인식하는 방식은 아닙니다, 귀하는 화가이고, 그 뜻은 욕망 안에 거주하되 그를 미리 포기하는 사람이라는 뜻이지요, 슈미즈가 떨어지는 순간이 온다는 생각만으로 자기를 속이면서요, 그러나 그런 생각이 주는 약속을 믿는다는 사실 때문에 당신은 죄를 범하는 사람이 됩니다, 비참한 죄인, 판결의 날이 올 때까지 비참하게 죄를 지을 운명에 처한 인간이 되죠, 비록 그날은 아직은 귀하에게 멀리 있겠지만요, 그리하여 이제 귀하는 믿음과 욕망을 계속 실행할 수 있게 됩니다, 그리고 생각할 필요가 없어요, 미쳐 갈 수 있습니다, 분노하고 목말라 하고 그래서 숨도 쉴 수 없게 되죠, 그러다가 페데리코를 기억해내고 우리에게 보내죠, 그러면 우리는 귀하에게 다나에와 베로니카, 아드리아나, 베누스, 그렇게 많은 여자들을 보내드릴 수 있습니다, 우리는 페데리코가 우리에게 와서 필요한 것을 말해주는 한 계속 보내드릴 수 있습니다……, 그러나 그러다 우리가 그 아래 선을 긋는 날이 오겠죠, 이제 끝났다 하고, 귀하가 주문한 모든 것을 더하는 날이 올 겁니다, 그러면 팔마 베키오는 더 이상 없

겠죠, 야코포 네그레티*는 더는 없겠죠, 그러면 그렇게 끝나
버리고 우리는 귀하에게 청구서를 보낼 겁니다, 그건 확신하
셔도 됩니다.

---

* 팔마 베키오의 다른 이름─옮긴이

2부 이야기하다

저 가가린

나는 죽고 싶은 게 아니라 그저 지구를 떠나고 싶을 뿐이다, 이 욕망은 아무리 황당하다고 해도, 너무나 강해서, 마치 치명적 감염처럼 내게 남은 유일한 것이다, 그것이 내 영혼을 썩히고, 나를 따고 들어온다, 다시 말해 보통의 어젯날 한창 때에 내 영혼을 사로잡았다, 뭐, 이 영혼은 더는 이 욕망으로부터 자유로이 벗어날 수 없다, 그래, 좋다, 이 지구를 떠나는 것도 참 좋을 것이다, 하지만 내 말뜻은 정말로 떠난다는 것이다, 거기서부터 이륙하여, 위로, 위로 올라 무시무시한 높이까지 올라가는 것이다, 그가 처음으로 보았던 것이 무엇인지 보기 위해, 그는 이런 이륙과 무시무시한 높이를 성취할 수 있었던 첫 번째 사람이었다, 이 보통의 어젯날 이래로부터 나는 감염 피해자가 되었을 뿐만 아니라, 이런 감염 속에서 나는 벌써 어떻게든 그렇게 하리라는 생각 때문에 벌써 백치가 되어버린 상태이기도 했다, 나는 그에 관해 발설해서는 안 된다는 걸 안다, 내가 이 공책을 누구에게든 보여줄 수 없음을 안다, 그랬다가는 나는 곧장 감상성과 그보다 더 심각한 죄로 고발을 당할 것이었다, 어쨌든 한편으로 사람들은 리보트릴*을 내밀 것이며, 다른 한편으로는 손짓으로 내가 백치라는 신호를 보내리라, 그러는 동안에도 그들은 내 눈을 똑바로 들여다볼 것이다, 내가 백치가 아니라는 사실을 그들도 똑똑히 알기 때문이다, 어찌했든 그 누구도 나를 진지하게 고려하지 않는다, 그 누구도 정확히 무엇 때문에 내가 여기 오게 된 건지 이해하려 하지 않는다, 나 자신도 잘은 모르겠다, 어찌했든 내가 아는 것이라고는 지금은 빠져나갈 길이 없다는 것이다, 나는 눈을 감는다, 나 자신이 허공에 떠오르는 모습을 본다, 이제 어지러워지기까지 한다, 나는 눈을 뜬다, 뭐, 내가 여기에서 무엇으로부터든 떠올라 날아가지는 않는다는 걸 알고 있다, 고작 1센티미터도 뜨지 않는다, 나는 이 저주받은 곳에 땅에 뿌리내린 나무처럼 머물러 있을 것이다, 나는 움직일 수 없다, 생각만 할 수 있다, 기껏해야 나는 그가 어떤 사람인지 마음속에 그려보려고 노력만 할 수 있다, 이 일을 처음으로 해낸 남자를, 그리고 그런 식으로 모든 것이 시작되었다, 그리고 나는 벌써

---

* 클로나제팜 약물로, 간질 발작 및 공황장애에 복용한다.—옮긴이

2부 이야기하다

내리막길 위에 서 있다, 처음에는 길을 따라 느긋하게 걷는다, 그리고 이 내리막길이 어디로 이어지는지도 알 수가 없다, 나는 도서관에서 시작한다, 그리고 마리카 아주머니에게 묻는다, 아주머니는 수요일 오후 3시부터 5시까지 늘 거기에 있다, 나는 아주머니에게 가가린에 대한 자료가 있느냐고 묻는다, 누구? 마리카 아주머니는 나를 빤히 본다, 나는 한 음절씩 천천히 발음한다, 가-가-린, 마리카 아주머니는 입을 오므린다, 그건 모르겠네, 아주머니는 말한다, 그렇지만 한번 훑어보기는 할게, 물론 누군지는 알고 계시죠, 나는 말한다, 가가린이요, 처음으로 우주에 간 사람이잖아요, 아시잖아요, 아, 그래, 그 가가린 말이지, 아주머니는 미소 짓는다, 아주머니 또한 본질적으로는 그 시대의 인물이라는 것을 이제는 인정하는 것만 같다, 그리고 그 시대의 인물이라면 누구에게든, 나의 경우처럼, 가가린이 누구인지는 아주 분명하다, 아주머니는 색인 카드가 가득 든 상자를 쳐다본다, 아주머니는 색인 카드를 후루룩 넘기다가 한자리에 멈춘다, 아주머니는 카드를 앞으로 넘긴다, 카드를 뒤로 넘긴다, 음, 아무것도 없어요, 아주머니는 말한다, 정말 미안하네, 하지만 이건 시작일 뿐이다, 결국 여기는 작은 기관 도서관일 뿐이니까, 그래서 나는 아침에 버스를 타고 시내로 나간다, 그리고 거기에서, 심지어 거기에서도 누군가 그저 색인 카드를 후루룩 넘기다가 한자리에 멈춘다, 그는 카드를 앞으로 넘긴다, 카드를 뒤로 넘긴다, 그는 고개를 젓는다, 아무것도 없어요, 그는 말한다, 나는 아침 버스를 타고 더 나간다, 나는 시내로 가고, 누군가 카드를 앞으로 넘긴다, 카드를 뒤로 넘긴다, 물론 이제는 컴퓨터가 있다, 나는 이제 부다페스트로 향하는 기차 위에 앉아 있다, 기차 안은 무시무시할 정도로 덥다, 창문은 헛되이 활짝 열려 있고, 타오르는 공기가 밖으로 안으로 밀려들어와 공기가 닿는 누구라도 강타한다, 그러나 그 공기가 내게 닿지는 않는다, 나는 이 열차에 관심이 없기 때문이다, 내 마음속에는 오직 한 가지 생각뿐이다, 나는 벌써 에르빈 사보* 도서관의 안내대 앞에 서 있다, 가가린? 사서는 묻는다, 그는 나를 바라보기만 한다, 가가린 도서관의 안내대에서 내가 에르빈 사보의 이름을 꺼내기라도 한 것처럼 그들은 나를 쳐다본다, 그리고 이 시점부터는 쭉, 모두가 나를 그렇게 본다, 다시 말해서 이상하게, 다시 말해서 믿을 수 없다는 듯이 본다, 그들은 아마도 내가 그냥 그들을 놀리고 있다고 생각하는 것일 수도 있고, 내가 정말로 백치인지 아닌지 알아내려고 하는 것일 수도 있다, 정말로, 내가 정보를 구하려고 어디에 가서 물어보든, 실제의 설명 대신에 상대가 받아들일 수 있는 유의 설명을 지어내려고 하는 노력은 헛되다, 그들의 얼굴은 즉시 의심의 빛을 띠며, 이런 문제가 그들에게 관련이 있든 아니든, 그들은 내가 원하는 것을 이해하지 못

---

* 　헝가리의 사회과학자이자 사서, 혁명가 — 옮긴이

　　　　　　　　　　　　　　　2부 이야기하다

한다, 그리고 어쨌든 내가 그들에게 주는 설명도 그렇게 설득력이 없다고 느낀다, 그들은 나의 눈에서 여기서 뭔가 다른 꿍꿍이가 있다는 것을 본다, 그들은 나를 믿지 않는다, 그들은 내가 강연을 준비한다는 것을 믿지 않는다, 하지만 그것 말고는 이런 일에 무슨 의미가 있을 수 있겠는가, 나의 원래 직업이 과학사학자였으므로, 그들은 때때로 내 말을 이대로 받아들일 수도 있을 것이다, 하지만 그들은 나를 믿지 않는다, 세상에 오늘날 누가 가가린에게 관심을 가지겠는가, 뭐, 장난 좀 그만하세요, 나는 이런 뜻을 모든 이의 눈에서 본다, 그 누구도 소리 내어 말하진 않지만, 내 개인 정보 카드를 보거나 내가 도서관에 등록할 때 그들이 내 직업을 묻거나 해서 내가 결국에 과학사학자라고 말하면 그들의 눈이 하는 말이다, 그들은 의아해한다, 어떻게 이 사람이 과학사학자가 될 수 있지, 그리고 더 심한 경우도 있다, 만 명 중 한 명이기는 하지만, 나를 알아보는 사람이 있다, 이전에 나를 한두 번 본 적이 있기 때문이다, 몇 년 전 텔레비전의 대중 과학 프로그램에서 봤으리라, 그러면 상황은 더 나빠진다, 그들은 나를 보고 공모하듯이 눈을 찡긋하고 내가 그 시설 및 모든 얘기를 하면, 좋아요, 좋아요, 이해합니다, 그들은 이 일의 최종적 결과가 진지하고 과학적이 되리라는 것을 아주 잘 안다, 그리고 거기에서 관습적으로 끈적끈적한 물질과 관습적으로 달라붙어 있는 냄새가 있는 듯이, 끔찍한 익숙함이 솟아난다, 물론 가끔은 그런 식으로, 나는 도망간다, 그 말뜻은 화제를 옮겨 간다는 뜻이다, 하지만 정말로 멀리 갈 수는 없다, 그게 왜냐면, 음, 저는 여기에 관심이 있어서요, 나는 묻는다, 음, 가가린에 대한 건 아무것도 없나요? 음, 가가린에 관한 것으로 말하자면, 아무것도 없어요, 그들은 말한다, 그러면 있는 건 뭔가요, 가령 카마닌*에 대한 건 있나요? 그들은 고개를 저을 뿐이다, 그들은 그 이름도 알아듣지 못한다, 카-마-닌, 나는 다시 한번 음절을 하나씩 발음하고 그에 관한 일종의 헝가리어 회고록이 있다는 얘기도 할 수 있다, KGB**가 엄청나게 수정 편집을 했으리라는 건 뻔하지만, 그러다가 나는 포기한다, 이런 얘기를 남과 나누어봤자 무슨 소용이 있겠는가, 설명하느라 정신이 나갈 뿐이지, 세상에 맙소사, 이 모든 일 자체로도 충분히 나는 수치스럽다, 어쩌면 나는 진짜로 가가린을 그렇게 꾸준하고 집요하게 연구하는 이유를 말하리라고 진짜로 상상해본 적이 없었기에 수치스러운지도 모른다, 나조차도 내가 왜 그러고 있는지 모르고 있는데 말이다, 다른 말로 하면 날이 가고 달이 갈수록 그 이유가 변한다, 처음에는 나는 알았다, 적어도 내가 알고 있다고 확신했다, 그러다가 그 이유는 점점 더 모호해지

---

*   니콜라이 카마닌(1908~1982)은 1960년부터 1971년까지 우주 비행사 훈련 센터의 책임자였다.―옮긴이

**   구 소련의 국가 보안 위원회―옮긴이

2부 이야기하다

기 시작했다, 그리하여 오늘날에, 여기 카마닌과 물론 가가린, 그리고 물론 수십만 권의 책, 서류, 영화와 사진과 함께 서 있는 이 시점에는, 나 자신에게 그 이유가 뭔지 묻는다면, 모든 것이 갑작스레 암전이 되어버릴 것이었다, 그리하여 나는 묻지도 않는다, 그러면 이유는 모두 저절로 나타난다, 모든 것이 어둠 속에서 물이 첨벙 튀어오른 산 개울처럼 날카롭고 맑다, 그러나 물론 아무도 묻지 않는다, 나조차도 묻지 않는다, 다른 이들은 내게 묻지 않는다, 내가 이 모든 것으로 뭘 하려는지 나 자신조차 모른다는 것은 완전히 분명하다, 그만큼 그 원초적 욕망이 내 안에서 거칠 것 없이 돌아갔다, 그래, 바로 그것이었다, 지구를 떠나는 것, 하지만 가가린과 다른 이들이 어떻게 내가 그렇게 할 수 있도록 도와줄 수 있는지에 관해서는 나는 정말로 모른다, 물론 어느 시점에는 그에 대한 일종의 생각이 있었지만, 그건 시작 단계였을 때였고 이제 나는 시작 단계에 있지 않고, 마리카 아주머니와 함께 있지 않으므로 오로지 가가린에게만 집중하려 한다, 그렇지만 이 집중에는 문제가 있다, 나의 두뇌가 그렇게 해낼 수가 없다, 이미 57년이나 묵었고, 리보트릴을 복용하고 있어서 끝나버렸다, 하나의 두뇌에는 이미 벅찬 것 이상이다, 그리고 그건 집중의 문제가 아니라, 전체 존재, 즉 나 자신의 존재와 힘을 끌어 모을 수 있는 능력에 관한 문제다, 그 말인즉 나는 이제 더는 힘을 끌어모을 수 없으며, 내가 유일하게 할 수 있는 일이라고는 이따금 나의 마음을 이미 사로잡아버린 질문의 한 면에만 집중하는 것뿐이다, 늘 그런 한 면에만, 한 면의 자세한 부분에만 집중한다, 그리고 그걸로 좋고, 실제로 잘되어간다, 나는 세상을 차단할 수 있다, 어느 한 시점에서는 내 주변에서 일어나는 일들을 차단한다, 세계는 물론 거기 있기 때문이다, 세계는 그 나름의 이성적인 방식대로 계속 작동한다, 그 말인즉 시간의 특정한 순간과 그 특정한 세부 사항 속에서, 즉 오늘날, 내가 이 글을 쓰는 특정한 순간, 바로 2010년 7월 16일에도 세계는 여전히 합리적으로 기능한다, 전체적인 관점에서 비춰 보면, 세계가 작동하는 방식과 이유는 의미가 없다, 그 개념은 벌써 의미 없는 것으로 드러났기 때문이다, 내 말은 그건 한 번도 아무런 의미가 없었다는 뜻이다, 어떤 유의 역사적 과거에서든 단 한 번도, 사람들은 그저 그럴 필요가 있어서 거기 어떤 의미가 있을지도 모른다고 믿었다, '세계'나 '전체', '멀리로부터 정해진 운명'과 같은 단어들, 모든 그러한 것들은 그저 텅 비어 있고 의미 없는 보편성의 명칭이다, 그것에 관해서는 너무나 큰 협잡이라고 말하는 편이 가장 간편하리라, 이 모든 일이 다 그렇기 때문이다, 그저 하나의 커다란 사기다, 이것들이 인지할 수 없는 추상적 관념 같은 일이라서가 아니라, 그 형식화에 오류가 있기 때문이다, 그게 여기서 일어나는 일이다, 오해, 한 사람이 삶을 단기 계약으로 빌릴 때, 그는 이 추상적 관념을 차츰 믿게 된다, 부분적으로는 이를 직접적으로 인지하고, 부분적으

2부 이야기하다

로는 이를 확증으로 보고, 이런 것들을 양탄자처럼 사방팔방에 깐다, 이걸 봐요, 그는 말한다, 세상은 그렇게 계속되죠, 나는 일전에 이걸 헤임 박사에게 설명했다, 물론 박사는 그저 귀만 기울일 뿐, 아무런 말도 하지 않지만, 내가 무슨 이야기를 하는지 완벽히 이해한다, 그리고 '나 자신의 탁월한 논리적 능력 때문에' 그는 내가 시설과 바깥 세계 사이를 자유롭게 오갈 권리를 빼앗지 않는다, 그의 표현대로라면, 그는 대체로 나를 **지킨다**, 그리고 우리는 둘 다 같은 생각을 하듯 서로 마주보며 미소를 짓는다, 하지만 나는 그렇지 않다, 나는 언젠가 그를 확실히 끝내버릴 거라는 생각을 하고 있다, 그가 나를 보고 웃는 모습 때문이라는 것 말고는 다른 원인은 없을 것이다, 나는 그와 아무것도 공모하고 있지 않다, 어느 날 그의 목을 조를 것이다, 나는 그의 뒤에 서고, 그는 나의 존재를 눈치채지 못한다, 박사는 등 뒤에서 무슨 일이 일어나는지 전혀 눈치채지 못한다, 뭐, 어느 날 나는 몸을 일으켜, 그리로 슬금슬금 다가가 공모의 미소를 짓는 이 머리를 잡아 꺾어버릴 것이다, 그걸로 다 끝이 난다, 이것 말고는 다른 결말은 없다, 하지만 그때까지는 할 일이 충분히 있다, 가령 여기 가가린의 문제가 있다, 이 가가린과 다른 문제, 그리고 내가 정말로 지구를 떠나길 원한다면 이 일은 끝장을 봐야만 한다, 그리고 나는 정말로 떠나기를 원한다, 영원히, 이것이 나의 욕망이다, 아무리 황당무계해 보이더라도, 이 욕망은 너무도 강해서 마치 치명적인 감염처럼 내 안에 있는 유일한 것이다, 이것이 벌써 몇 달 동안 내 영혼이 썩어 들어가게 했다, 나는 이제는 정말 모르겠 다, 첫 시작은 이제 모호하게 사라졌고, 오로지 가가린만이 한층 더 선명해진다, 그의 모습이 바로 내 눈앞에 보이는 것만 같다, 사람들은 그를 버스에 태워 어디론가 데려간다, 그리고 그의 뒤에는 티토프*가 있다, 둘 다 우주복을 입고 있으며, 둘 다 꽤 심각한 얼굴이다, 여기에 농담은 없다, 그러나 우리는 가 가린이 그런 걸 좋아했다는 사실을 안다, 그의 신경은 강철로 만들어졌다, 카마닌이 그에 대해서 한 말이다, 어쩌면 코롤료 프**가 한 말일 수도 있다, 더는 기억이 나지 않는다, 이륙 직 전에 그의 맥박은 64였다, 의사들은 그들의 눈을 믿을 수가 없 었다, 64라니, 하지만 그게 진짜였다, 카자흐스탄 사막의 튜라 탐에서 맥박 64를 기록했다, 거기서, 협정세계시가 아니라, 모 스크바 시간으로 5시 30분 알람이 울렸다, 최초의 인간이 우 주선에 자리를 잡은 건 7시 3분이었다, 그리고 이 최초의 인간, 쿨루시노라는 작은 마을에서 온 가가린이라는 이름의 중위, 알렉세이 이바노비치와 안나 티모페예브나의 아들, 스몰렌스 크 주 출신의 농민 소년으로 키가 157센티미터인 이 남자는

---

* 게르만 티토프는 유리 가가린에 이어 두 번째로 우주 비행에 성공한 사람으로, 당 시에는 역사상 최장기 우주 비행에 성공한 인물 — 옮긴이
** 세르게이 코롤료프는 소련 우주 개발의 아버지라고 불리는 우주과학자로, 스푸트 니크를 개발한 사람으로 유명하다. — 옮긴이

2부 이야기하다

1961년 4월 12일, 충격적이도록 위험한 코롤료프의 우주선 내 작은 선실 안에 들어섰다, 그리고 한참을 기다려야만 했다, 그러다 때가 오고, 다시 한번 협정세계시의 시곗바늘은 묵살해 버리고, 모스크바 시간으로 9시 7분, 보스토크 1호가 발사되었고, 몇 분 내로 가가린은 무시무시한 용기를 발휘하여 성층권으로 이륙했다, 무시무시한 가속의 압력과 그 이후로 이어지는 대기 탈출 속도를 받으며, 그는 궤도에 들어섰다, 다른 말로 하면 지구를 떠난 것이다, 여기에서 떠나 위로 위로 오른다, 그는 말한다, 이 높이에서부터, 시베리아 사막 위로 327킬로미터 떨어진 높이에서 정말 **멋집니다**, 라고 한다, 그는 Вниман ие,вижу горизонт Земли.Очень такой красиви й ореол⋯⋯ Очень красиво***라고 말한다, 이것이 가가린이 한 말이다, 최초의 인간이 되어 보스토크 1호의 선창으로 지구를 얼핏 보았을 때, 그는 얼마만큼 오첸(очень, 아주)인지, 얼마만큼 *크라시보*(красиво, 아름다운지)인지 설명하려 하지 않았다, 그는 이제까지 아무도 보지 못했던 것, 지구를 보았기 때문이다, 그렇지만 이걸 오래 붙잡고 늘어지지는 말자, 그보다는 이륙 전, 이륙 센터의 코롤료프에게로 돌아가자, 그는 그 전날 밤을 뜬눈으로 지새운 터였다, 아니, 좀 더 정확하게는 무시무시한 공포에 질려 지새웠다, 특히 소위 저

*** 지평선이 보인다, 아주 아름다운 섬광이 비친다⋯⋯ 아주 아름답다.─옮긴이

녁 어둠의 굴레 속에서는, 모든 것이 한층 더 위협적인 면을 드러내는 때에는, 그는 가가린을 이 시한폭탄에 태워 거의 예측할 수 없이 치명적인 여행으로 보내버리고 있다는 생각이 들었기 때문이다, 그리하여 이 냉철하고 자제력이 있는 남자도 불면과 상당히 합리적인 걱정 때문에, 그에게 지금 다가오는 사람이라면 누구에게라도 버럭 쏘아붙일 수 있을 것만 같았다, 그래서 그 누구도 이제는 정말로 그에게 다가오지 않았다, 단 한 명의 동료도 오지 않았다, 그들은 그저 예의를 갖춰 거리를 두고 그의 명령을 따를 뿐이었다, 그들은 이동식 비계 옆 계단을 통해 가가린을 우주선 안으로 올려보냈고, 마지막 말을 남기는 것도 가가린의 권리였기에, 그가 소련 국민들과 당에 성명문을 남길 수 있도록 허락해주었다. 그런 후에 그들은 가가린을 우주선실 안 좌석에 앉히고 문을 닫았다, 그런 다음 가가린 본인을 포함한 모든 이들이 열렬히 준비 과정을 수행하며, 모든 것을 될 수 있으면 다시, 또다시 검사하고 검사했으며 검사했다, 코롤료프는 무전 통신으로 가가린과 교신할 수 있었고, 그리하여 그는 자르야가 케드르를 호출하며*, 다음 108분 동안 마이크를 통해 전달된 여러 다른 말 중에서도 그 유명한 문장을 소리 높여 말할 수 있었다, 우주선이 이

---

* 자르야Zarya는 코롤료프를 칭하는 호출 신호이고, 케드르Kedr는 가가린의 호출 신호다.—옮긴이

2부 이야기하다

류한다, 케드르, 이 신호와 함께 가가린은 그에게 기대되었던
결연함을 담아, 그렇지만 동시에 어린이다운 열정을 담아 선
언한다.

좋다, 기분은 아주 좋다, 이륙 준비 완료

이 시점에서, 코롤료프는 마이크에 대고 외쳤다, 1단계,
중간 단계, 최고 단계! 이륙! 출발! 이 말에 장난스러운 가가린
은 이렇게 말했을 뿐이었다.

Поехали

다른 말로, 느슨하게, 그렇지만 본질만 담으면 이런 말이
다, "자, 가자!", 이번에도 그 문장에는 가가린 쪽에서는 평소
와 마찬가지인 친근한 건방진 태도가 담겨 있었지만, 또한 그
가 다른 이들과 함께 성공할 준비를 하고 있었다는 사실도 들
어 있었다, 그에 맞게, 그는 건방지긴 했지만 사기를 높이는 방
식으로 건방졌고, 다른 이들도 그 사실을 느꼈다, 지지직거리
는 스피커에서 나오는 그의 목소리를 통해 뭔가 커다란 것이
공중에 떠올랐으며, 공중에 떠오른 이 커다란 것이 그들, 가가
린과 다른 사람들이라는 걸 느꼈다, 그렇지만 그들 모두가 오
늘날 소련의 과학이 인류의 역사에서 아찔한 한발을 내디뎠

저 가가린

다는 것도 알아차렸다, 모두가 그 생각을 하고 있었고 모두의
열정이 불붙었지만, 그들에게 불을 붙인 건 또 다른 것이기도
했다, 그건 그보다 훨씬, 훨씬 더 큰 것이었다, 즉 인간은 그 무
엇에도 비견할 수 없는 아찔한 모험에 들어섰으며, 인류의 역
사라는 맥락에서 그 결과는 망연자실할 정도로 충격적이라
는 것이었다, 아니, 적어도 이 모험의 첫 단계에 착수했다고 하
리라, 즉 가가린을 실은 로켓이 포효하고, 이전에 들어본 적 없
는 소리 속에서 일어난 지속적인 돌풍과 함께, 보스토크 1호
는 카자흐스탄 사막에서 지구로부터 이륙했고, 가가린의 아래
에서는 우주선이 포효했다, 그리고 보스토크 1호는 점점 더
빠르게 이륙하여, 그의 아래에, 옆에, 위에, 안까지 모든 것이
흔들리고 있었다, 그리고 2분여 만에 가가린은 델타-V, 초속
10킬로미터에 다다랐다, 카마닌이 일기에 썼던 내용과는 대조
적으로, 가가린은 미친 듯한 가속 때문에 금방 기절하기 직전
상황까지 갔었다, 그리하여 지구와 보스토크 1호 사이, 즉 자
르야와 케드르 사이의 교신은 그때까지는 아무런 중단이 없
었다고 할 수 있지만, 몇 초간은 멈춰 있었다, 일그러진 얼굴
로, 가가린은 추력이 줄어들 때까지 살아 있으려고 애를 썼다,
그의 몸에 가해진 5G 이상의 압력이 완화되고 보스토크 1호
가 바라는 속도에 이르게 될 때까지, 그리하여 그가 중력의 압
박과 항력을 극복할 수 있게 되도록, 그를 위해서는 보스토크
1호에서는 초속 일정 킬로미터에 다다라야만 했고, 마침내 협

정세계시 6시 17분, 모스크바 시간 9시 17분에 그는 코롤료프를 안심시켜줄 수 있는 지점에 이르렀다.

우주선은 정상적으로 작동한다. 브조르* 너머 지구가 보인다. 모든 게 계획대로다.

하지만 물론, 그 시점에서 그는 브조르를 통해 지구를 바로 볼 수 없었다. 오로지 나중에 그의 머리 높이에 있는 세 개의 창문 중 하나를 통해서만 볼 수 있을 뿐이었다. 하지만 바로 지금, 일반적으로 말해서 지구의 선명한 반구 위에 떠 있는 상태에서 이 브조르, 그의 발치에 위치한 반구형의 광학 장치는 늘 보여주었기에 이 특정한 시점에 보스토크 1호가 있었던 지점에서 지구를 상징화하는 데 도움을 주었다. 즉 브조르는 일종의 똑똑한 작은 항법 메커니즘으로서 여덟 개의 거울을 수단으로 햇빛을 사용해서 가가린이 그 순간 지구에서 어떤 위치로 떨어져 있는지를 알려주는 정보를 전달했다. 그렇지만 이를 너무 붙잡고 늘어지진 않기로 하자. 이 모든 일이 가장 무시무시한 환경 속에서 시작됐다는 사실을 고려하는 편이 좋기 때문이다. 처음에는 각종 동물을 우주로 쏘아 보내서 우주에 관한 다음과 같은 정보를 전달하며 이 일들이 시작

---

*   vzor, 광학 장치가 달린 항로 현창—옮긴이

저 가가린

됐기 때문이다, 무엇이든 우주선 속에서 살아 있을 수 있으면, 문제의 존재는 우주 속을 뚫고 갈 수 있어야 한다, (이 모든 일들은 로켓 기술의 발전과 나란히 시작됐다, 그 과정에서 1947년경 누군가가 우주선뿐만 아니라 살아 있는 존재도 그 위로 올려 보낼 수 있을 것이라는 생각을 해냈다,) 그리고 아마 십중팔구 이렇게 해낼 수 있었던 첫 생물체는 미국인들이 V2 로켓에 실어 우주로 발사한 초파리라고 할 수 있을 것이다, 이 발사의 주목적은 소위 생물이 소위 우주를 어떻게 견뎌내는지를 확인하려는 것이었다, 물론 1940년대와 1950년대의 이런 시도는 불확실했으며, 어떤 희생을 내포하고 있었다, 우주로 발사된 이런 생물체를 희생 이외에 다른 것으로 보기란 정말로 가능하지 않았기 때문이었다, 애당초 이 불쌍한 존재들이 살아남을 수는 없었으니까, 가령 또한 이건 미국의 앨버트 작전이 여실히 보여준다, 이 작전에서는 앨버트라는 이름을 붙인 다섯 마리의 원숭이를 차례차례로 우주에 다섯 번 보냈지만, 결국 다섯 마리 모두 대부분 발사 당시의 충격으로 죽었다, 아니, 살해당했다, 그런 후 1951년 9월 20일, 요릭이라는 이름의 원숭이만이 그 여행에서 살아남았지만 귀환 후 몇 시간 만에 감염된 전극을 제거하다가 죽어버렸다, 사람들은 성공을 말하기 시작했지만, 섬세하게 말하자면, 성공까지는 갈 길이 멀었다, 말로 다못 한 동물들이 그 시점까지도 죽어야만 했다, 얼마나 많이 죽었는지 그조차 알지 못한다, 아주 많으리라는 것만 확실할

2부 이야기하다

뿐, 먼저 소련으로 말하자면, 그들은 피할 수만 있다면 우주로 쏘아올린 동물들의 죽음에 대해선 말하지 않는 것이 관례였다, 하지만 물론 늘 그렇게 할 수는, 즉 그렇게 말하지 않고 넘어갈 수는 없었다, 그래서 여기 그 이름이 있다, 리직, 리사, 알비나, 치요르카, 무쉬카, 유명한 라이카가 나타나기 전에 모스크바의 길 잃은 개들이 얼마나 많이 죽었을지 누가 알겠는가, 라이카는 소련인들에게 위대한 영웅으로 떠받들어졌고, 그 자체가 문제라고 할 수는 없다, 당연히 라이카는 위대한 영웅이니까, 하지만 라이카는 공식적인 이야기대로 그렇게 된 게 아니다, 이 이야기의 공식적인 이야기에 따르면, 라이카는, 이 암캐는 어차피 살아남으리라는 기대도 없었다고 한다, 착륙 장치조차 마련되어 있지 않았기 때문이었다, 공식적 버전에 따르면 라이카는 위에서 이레를 살았고, 사람들이 재빨리 퍼지는 독을 넣어 재웠다고 한다, 하지만 현실은 훨씬 더 가혹했다, 즉 열 방지 보호막이 제대로 가동되지 않는 바람에, 개는 발사 후에 한동안, 아마도 5분이나 7분 동안 이미 고통을 받았고, 간단히 말해서 기준치인 섭씨 20도가 아니라 41도 이상으로 온도가 올라 개는 그 고통을 견딜 수가 없었다고 한다, 라이카는 과열 때문에 괴롭게 죽었거나, 다른 이야기에 따르면 산 채로 타버렸을 것이라 한다, 그리하여 1957년 11월 3일, 괴로워하며 즉사했을 이 불쌍한 강아지의 썩은 시체는 160일 동안 우주에서 빙빙 돌다가 마침내 지구로 귀환하면서 전체 우주선이 타버렸다, 하지만 한 가지만은 확실하다, 코롤료프와 그의 연구원들은 사람이 우주에서 버티며 존재할 수 있게하기 위해서라면, 라이카에게 먹이려고 만들었다는 그 허구의 독약을 자신들이 삼켰으리라는 것, 그리고 그런 일이 일어났다, 1961년 하나의 거대한 도약이 있었고, 크렘린에서의 수많은 고통과 희생 끝에, 튜라탐에서 인간을, 그들 중 한 사람을 우주로 쏘아 올리는 때가 온 것이었다, 그들은 라이카를 보내고 4년도 되지 않아, 사람을 쏘아 보냈다, 우주복을 입은 가가린은 우주선의 사일로로 향하는 계단을 올라, 보스토크 1호로 올라타고 선실에 자리를 잡았다, 사람들이 그의 벨트를 묶고 장치를 끼워주고 확인한 후, 결국에는 그를 두고 선실의 문을 닫았다, 아마 그때가 가장 무시무시한 순간이었으리라, 역사상 처음으로 인간을 두고 우주선의 문이 닫힌 것이다, 그리고 그는 홀로 내가 지금 원하는 그 일을 마주하고 있었다, 하지만 물론 나는 그렇게 할 필요가 없다, 그리고 나는 그렇게 서두르지도 않을 것이다, 이미 앞서간 이들이 있는 상황이기 때문이다, 어떻게 표현해야 할까, 이미 앞서간 이들은 무시무시할 정도로 많이 있었다, 나는 가능하다면 정말로 이들의 이름을 모두 써내려가야 할 것이다, 모두, 하나도 빼놓지 않고 써야만 한다, 이렇게 앞서간 이들이 없었다면 아무 일도 일어나지 않으니까, 실제로 모든 일은 앞서간 전례다, 세상 일이 그러하다, 모든 일은 그저 그 전에 온 또 다른 것을 항상 준

2부 이야기하다

비하고 있는 것만 같다, 무언가를 준비하고 있는 것만 같다, 하지만 동시에, 소름 끼치는 방식으로, 모든 일은 최종의 누적된 목표 없이 준비하고 있는 것만 같다, 그리하여 모든 일들은 그저 지속적으로 스러져가는 불똥이 된다, 나는 모든 것이 그저 과거일 뿐이라고 말하려는 건 아니다, 그보다는 모든 것은 늘 절대 일어나지 않을 미래를 향해 노력하고 있다, 더는 존재하지 않는 것이 아직 존재하지 않는 것을 향해 노력한다는 말을 하고 싶은 것이다, 이 상황을 유머 있게 표현해본다면, 정말로 이런 것, 과거라거나 미래라거나 하는 것이 현실에도 있다고 생각할 수 있다, 하지만 나는 유머 있게 표현하고자 하는 마음이 전혀 없고, 또 세상이 그런 식이라는 생각도 전혀 하지 않는다, 내 의견으로 과거와 현재와 관련한 모든 얘기는 그저 일종의 성격적 오해일 뿐이다, 우리가 세계라고 부르는 모든 것에 대한 오해이며, 아주 진지하게 말하자면 이미 앞서 간 전례에 더해진 결과가 있을 뿐이지, 시간에 맞춰서 일어나지는 않는다는 말밖에 할 수가 없다, 나는 이 얘기를 헤임 박사에게 수도 없이 했지만, 아무런 소용이 없었다, 헤임 박사는 그런 얘기를 귀 기울여 듣는 사람이 아니기 때문이다, 그는 그 무엇에도 귀 기울이지 않는다, 사람들은 그에게 무슨 말이든 할 수 있다, 그는 그저 특히 거대한 머리를 쳐들고 있을 뿐이다, 그는 사람들이 자기 주변으로 와서 백치 같은 말들을 하는 데 익숙하다, 그동안 그의 거대한 머리는 살짝 수그러진

다, 그에게 모든 대화는 무언가의 증상일 뿐이기 때문이다, 그는, 적어도 내 경우에는, 내가 하는 말은 즉시적으로 적절하다는 것도 믿지 않으려 한다, 아니, 헤임 박사는 믿지 않는다, 그는 그저 그 자리에 앉아서 주의 깊게 듣는 척할 뿐이다, 하지만 그는 찬성하지도 않고 반대하지 않는다, 그저 사람들이 말하게 놓아둔다, 이것이 사물의 자연적 질서라고, 분명히 그는 이런 생각이다, 그저 말하게 둬, 계속 말하게 둬, 자기가 원하는 건 뭐든 할 수 있어, 주사를 놔줄 거니까, 약은 목구멍으로 쑤셔 넣고, 내 경우에는 리보트릴일 뿐이다, 그걸로 끝, 그의 입장에선 모든 게 잘 처리되었다, 나는 매주 수요일 오전 9시에 그와 이야기를 나누지만, 그는 꿈쩍도 하지 않는다, 그래도 나는 아무 얘기나 하진 않는다, 나는 그가 딴생각에 빠졌다고 생각한 적도 여러 번 있다, 그렇다고 그가 주의를 기울이지 않는다는 것도 아니다, 내가 딱 한 번 시도해보았듯이, 혹여나 그에게 무슨 일이 있나, 멍청이?라고 말한다면, 그는 즉각 대답한다, 누구, 혹은 무엇을 가리키는 건가요? 그래서 그에게 총알을 잔뜩 박아 넣을 수도 없다, 그는 딴생각에 빠져 넋을 놓고 있었더라도 금방 알아챘을 테니까, 일단 멍청이, 라는 말을 들었다가는 그는 금방 깨어날 테니까, 그렇지만 누가 그에게 앞서간 이들, 과거와 미래에 대해서 이야기한다면, 아무것도, 작은 주름 하나도 그의 이마에는 나타나지 않는다, 그렇지만 바로 이 사람 말고는 내가 누구에게 이 얘기를 하겠는가,

2부 이야기하다

다른 사람하고는 시도해본들 아무 의미가 없다, 여기 있는 다른 사람들은 모두 아프니까, 정말로 그렇다, 하지만 나는 이 말을 자진해서 하지는 않는다, 그렇다면 나도 아픈 것일 테니까, 따라서 나는 그저 그에게만 말을 한다, 그에게만 말하고, 그에게만 말한다, 물론, 그에게 모든 걸 말하진 않는다, 하지만 다시 못 할 것도 없지 않은가, 무엇이든 늘 처음부터 시작해야 하는 것이니까, 나는 가령 그에게 코롤료프나 카마닌, 켈디시 같은 이름이 드러난 때를 이야기한다, 이들이 이 사건에 있어서 위대한 3인조였다, 이 일에 대해서 한 사람이 알아낼 수 있는 모든 걸 알아야 하는 건 이들 때문이었다, 불가능한 일이 어떻게 가능하게 되었는지 말이다, 그러나 동시에 그 일은 꽤 어려웠다, 소련인들에게 그 모든 일들은 엄밀히 기밀로 분류되어 이 일에 관련된 일들은 오로지 파편으로만 알 수 있었고, 이 파편들을 가지고도 무엇과 마주치게 될지 완전히 확신할 수는 없었다, 우주여행의 기밀 사항은 냉전시대에는 너무나도 광적이었고 상상하기조차 어려워서, 주요 주인공들에 관한 사실들은 오로지 완전히 왜곡된 형태로만 대중에게 가닿았다, 이 말을 하는 뜻은 우리는 오로지 그들의 이름이 무엇인지만 확실히 알 수 있을 뿐, 그들이 무슨 일을 했는지, 인간을 우주로 올려 보내기 위해 이런 일들이 어떻게 합쳐졌는지를 정말로 알아내는 일은 끔찍할 만큼 어렵다는 것이다, 대중에게 알려진 정보는 모두 거짓이었고, 대중에게 알려지지 않은 건 기밀 사항으로 분류되었으며, 기밀로 분류된 건 모호했으며, 문제는 여기에 봉착했으며, 앞으로도 그렇게 남을 것이다, 그렇다고는 해도 이스트반 간호사가 늘 말하듯이 거기까지는 오기는 했다, 이스트반은 말할 수 있을 때에만 하고, 그는 여기서 가장 백치다, 그건 확실하다, 나는 이 말을 헤임 박사에게 하고, 헤임 박사는 너무 신랄하게 말하는 거 아니에요, 라고 한다, 그래서 나는 금방 말을 무르고 계속 말을 잇는다, 정말로 이상한 건, 자료가 없다는 사실이 아니에요, 가령 그 사람들 모두가 자서전을 썼어요, 나는 말한다, 가가린이 물론 제일 먼저 썼죠, 하지만 코롤료프와 카마닌도 그다음에 자기들 걸 썼죠, 학술원 회원인 켈디시도 자기 자신을 세계 역사에 끼워 넣으려 했지만, 가가린의 육촌 동생이 순수한 음모론을 담은 책을 들고 나타났죠, 더 나열할 수도 있어요, 나는 그에게 말한다, 물론 이들은 모두 동화였죠, 그것 말고는 뭐가 있겠어요, 낙서처럼 끼적인 거짓말, 역겹게 감성적으로 지어내어 수천, 수만 번 쓰고 다시 쓰고 고치고 베끼고, 다시 새로 쓰고 고치고 또 베끼고, 하지만 우리가 최소한 앞서간 자들, 그리고 위대한 여행 그 자체에 대해서 알고 싶다고 하면 그 밖에는 다른 게 없어요, 그러니까 이 설명을 읽고 또 읽어야 하죠, 그 사람들이 한 것만큼 여러 번이요, 이 무명의 내부 보안 요원들, 친애하는 요원들, 가가린들과 코롤료프들, 카마닌들과 켈디시들, 그들의 조카들과 재종 조카들 바로 **뒤에** 있는 친애하는 꼬마 요원들, 어떻게 표현할지 모르겠지만, 그들은 해야 하는 만큼 여러 번 그렇게 했죠, 그리하여 이런 글들은 결코 단어 그대로의 진정한 의미에서는 우주여행의 기록이 될 수 없습니다, 그저 역사의 위조, 사건의 위조일 뿐이지요, 그리고 "이것은 그 모든 일의 가장 추잡한 측면이다"라고 말하는 것만으로는 충분하지 않습니다, 곧장 이런 추잡함은 '**필수적이었다**'라고 서술될 테니까요, 뭐, 여기서 과장은 하지 맙시다, 헤임 박사가 내 말을 끊는다, 그래서 나는 이제 문제를 어디까지 풀었는지 더는 얘기하고 싶지 않다, 그저 여기 나만의 공책에 쓸 따름이다, 이런 추잡함 없이, 역사의 위조와 사건의 위조 없이는, 지금 일어나는 역사의 사실은 결코 나타나지 않았으리라, 그리고 이 추잡함이 이를 낳은 것이다, 나 자신의 삶을 낳은 것과 마찬가지로, 우리가 마을 안에서 불리는 이름대로 이 할리우드를 낳았다, 그리고 그건 사실이다, 여기 이 **남다른 양로원**에 결국 오게 된 사람들은 생활이 윤택한 이들이다, 뭐, 그걸 부정해서 뭐 하겠는가, 여기 있는 이들은 현재, 좀 더 정확하게는 과거에 생활이 윤택했다, 여기로 들어올 때 거주민들은 모두 자신의 주요한 재산을 모두 시설에 넘겨야 했다, 그래서 나도 다른 사람들처럼 그렇게 했다, 이전에는 이런저런 것들이 산더미처럼 있었지만, 지금은 아무것도 없다, 이전에는 가진 것이 많았으나, 지금은 빌어먹을 동전 한 닢 없다, 모든 것을 헤임 박사에게 넘겼고, 매주 수요일 9시마다 그는 무시무시하게 거대한 머리를 수그리고 내 말을 듣고, 나는 나의 뇌를 떨어트리고 이스트반 간호사의 말에 귀를 기울인다, 여기는 마을 사람들 주장처럼 정신병원이 아니다, 공식적으로 말해서는 전혀 그런 것이 아니며, 그 소문에 부합하는 점이 있다고 한다면, 나 말고 여기 있는 모든 사람이 거의 백치이기 때문일 것이다, 할리우드, 뭐, 그렇다, 사실 우리는 여기 갇혀 있고, 그리고 내가 그랬듯이 헤임 박사가 서명한 공식적인 자유 이동 허가증이 있어야 문밖으로 나설 수 있다, 나는 그밖에 다른 건 신경 쓰지 않지만 외출은 내게 꼭 필수적인 일이다, 그리고 그게 바로 내가 주장하는 이유다, 딱히 장애물은 없었고, 리보트릴을 주기적으로 복용하기는 해도 나는 이스트반 간호사는 물론, 여기 있는 다른 사람들처럼 백치가 되지는 않았다, 그는 나에게 말을 걸고 싶어서 귀신처럼 따라다니지만, 자기가 뭘 원하는지는 꿈에도 알지 못한다, 그는 내 뒤를 쫓을 뿐이다, 나는 벌써 그의 존재를 느낄 수 있다, 주위를 돌아볼 필요도 없다, 그는 언제 내게 덤벼들어 이야기를 할까 호시탐탐 노릴 뿐이다, 하지만 그저 끙끙거리며 아무 말 하지 않을 때에도 그는 내 앞에 서서 눈을 피한다, 시선을 비껴 내 옆을 바라보면서 그저 웅얼대고 우물거린다, 하고 싶은 말이 있어요, 교육을 많이 받으신 분이니까요, 하지만 그는 온갖 횡설수설을 웅얼대고 우물거리다가 말한다, 교육을 많이 받으신 분이니까요, 나는 그 말을 듣자 이미, 어떻게 표현할지

　　　　　　　　　2부 이야기하다

모르지만, **확실히** 몸이 떨린다, 그리고 이 떨림에서 해방될 길이 없다, 이스트반을 떠올릴 때면 나는 그냥 하나의 떨림이 된다, 경찰 군화 한 짝의 깊이만큼이나 어두운 두려움을 느낀다, 그는 내 뒤를 쫓아와, 헛기침을 하고 말한다, 말씀드리는데요, 말하고 싶습니다, 교육을 많이 받으신 분이니까요, 그러니 이해하실 겁니다, 그런 후에 달에 관한 이 헛소리가 나온다, 농담이 아니다, 이 이스트반이라는 작자는 줄기차게 달에 대한 얘기를 하려고 한다, 자기가 달의 휘광의 비밀을 밝혀냈다는 것이었다, 농담이 아니다, 그는 몇 년 동안 내게 이 얘기를 내게 하려고 했다, 하지만 그는 늘 혼란을 일으킨다, 좀 더 정확하게는 혼란을 일으키는 게 아니라, 이 혼란으로부터 말을 시작하는 것이다, 이런 혼란은 그가 말을 꺼내는 처음 시점부터 바로 그 자리에 있었기 때문에, 그는 심지어 제대로 말하지도 못한다, 헤임 박사가 그를 뽑은 건 그가 다른 환자들보다도 훨씬 더 백치 같기 때문일 수도 있다, 뭐, 어쨌든, 할리우드, 이스트반, 헤임 박사, 나는 여기 산 지 벌써 6년째다, 세고 있진 않다, 얼마나 오래되었는지, 얼마나 오래 남았는지는 신경 쓰지 않는다, 이젠 아무것도 남아 있지 않다, 그게 나의 현재 상황이다, 그건 내게 무척 명확하다, 내게 거짓말을 해서 무슨 소용이 있겠는가, 이제 하루도 남아 있지 않다, 내 삶은 끝났다, 끝, 더는 없다, 하지만 이런 말을 한다고 해서, 이전에는 뭔가 남아 있었다는 듯 말하려는 게 아니다, 이전에도 없긴 마찬가지였으니까, 삶에 어떤 의미가 있다는 것 자체가 가능하지 않다, 내게는 이전에도 아무것도 없었고, 나중에도 아무것도 없을 것이다, 내가 지금 인생에는 별다른 의미가 없다고 말한들, 그게 무슨 의미가 있지는 않다, 하루하루 차례차례 흘러가고, 나는 조사를 하고, 책을 읽고, 문서 저장고를 조사하고, 녹음을 듣고, 녹화를 본다, 실은 얼마 전에 첫눈이 왔고, 나는 이 모든 일들의 열쇠에 꽤 가까이 있었던 참가자 중 한 명을 개인적으로 만나 문의하는 데 성공했다, 꽤 가깝다고 말한 건 아무리 얇고 투명하다고 해도, 알아차리지 못하는 사이에 이 일에 영향을 받았던 사람 얘기를 하는 것이다, 제비 한 마리가 사람 등 뒤에서 급강하하고, 휘익! 하는 새에 그 사람이 등 뒤를 돌아보면 벌써 사라지고 없는 것이나 비슷하다, 뭐, 티하메르 야시 장군에게 일어난 일이 그런 것이었을 수도 있다, 그는 내가 며칠 전에 연락할 수 있었던 사람이었다, 연락은 애들 장난처럼 쉬웠다, 나는 몇 달이나 준비를 했지만, 전화 한 통이면 충분했다, 너무나도 놀랍게도 그는 이렇게 말했기 때문이다, 좋소, 이리로 오시오, 나는 혼잣말했다, 좋아, 내가 간다, 그리고 벌써 나는 그의 아파트에 앉아 있었다, 나는 퇴역 장군이오, 내가 그를 장군님이라고 부르자 그는 놀리듯이 내 말을 고쳐주었다, 우리는 곧장 서로를 친근하게 부르기 시작했다, 그는 선량하고, 단호하게 친근한 사람으로, 나는 이 야시라는 사람이 어떻게 군인이 되었는지 알 수 없어서 나 자신에

2부 이야기하다

게 물어보았다, 놀라움이 얼굴에 드러나지 않았기만을 바랄 뿐이었다, 장군은 단호하게 친하고, 직설적이며, 마음 착하고 도와주려는 마음이 넘치는 친절한 늙은 **삼촌** 같은 사람으로, 퍽히 **삼촌**이라는 말이 어울렸다, 가가린에게 일어난 모든 일을 이해하는 데 있어서, 가장 가까이에 있던 사람이었다, 그리하여 나는 그에게 말한다, 장군님, 가가린이 우주에서 그 한 번의 여행을 하고, 그 후에 세계 여행을 하고 돌아온 이후의 삶의 시기에 관해서는 우리가 거의 아는 게 없다는 생각을 해 보신 적 없습니까, 우리는 그가 위대한 승리 여행 후에 어떻게 되었는지에 관해서는 전혀 알지 못합니다, 하지만 우린 알지 않나, 그는 스타시티의 훈련 센터장이 되었지, 그는 눈에 띄게 당혹스러운 기색을 보이며 대꾸했다, 하지만 그 대답은 너무 빨리, 너무 기계적으로 나왔기에 이 대답에는 뭔가 옳지 않은 점이 있다는 걸 즉시 알 수가 있었다, 그리고 장군의 왼쪽 눈 꺼풀은 약간 떨리고 있었다, 그 왼쪽 눈꺼풀로부터 나는 즉각 눈치챘다, 여긴 문제가 있었구나, 실로 그 질문을 그에게 할 때 벌써 나는 대체로 그 대답이 어떤 것이 될지 알았다, 나는 종종 그렇다, 이전의 활동에서, 일단 그걸 활동이라고 부르자, 이런 습관을 얻었다, 나는 어떤 현상을 질문을 함으로써 설명하는 데 익숙해졌고, 그 질문에 나 자신이 면도날처럼 정확한 대답을 할 수도 있었다, 실제로 그런 때에는 나는 심지어 묻는 것이 아니었다, 그저 질문으로 도와주는 것뿐이다, 그러면 이

전에 내가 했던, 내 영혼을 무겁게 짓눌렀지만 이제는 그렇지 않은 대중 과학 강좌의 청중들은 무슨 일이 일어나고 있는지 이해하곤 했다, 내가 이 마음 착한 장군 옆에 앉아 있었을 때도 마찬가지였다, 그의 아내가 살짝 문을 열고 커다란 쟁반을 내게 내밀었다, 이 쟁반 위에는 모든 것이 두 줄로 깔끔하게 나란히 배열되어 있었다, 우니춤* 두 잔, 물 두 잔, 짭짤한 헤이즐넛이 담긴 작은 그릇 두 개, 그리고 마지막으로 작은 접시 위에는, 양쪽 숫자를 딱 맞춰 **로피**라고 하는 빵 스틱 몇 점이 놓여 있었다, 그리하여 우리 앞에 놓인 것은 유리잔들, 그릇들, 쟁반과 우니춤이었다, 내 생각에 장군은 무척 사람 좋게 말했던 것 같다, 내 생각에 내가 연장자인 거 같으니, 안녕하시오, 형식 같은 건 차리지 맙시다, 그는 벌써 자신의 술잔을 들었고, 우리는 벌써 서로를 친근한 호칭으로 불렀다, 뭐, 자네도 알겠지만, 가가린에 관해 알려진 사실은 이거지, 우리는 그가 스타시티에 있었다는 걸 알고, 거기서 결국에는 그 끔찍한 사고가 일어났다는 걸, 뭐, 나는 이 시점에 말했다, 나는 그를 시작 단계의 분석으로 도로 데려오려고 애썼다, 그리고 이것도 성공적이었지만, 시작 단계에 관한 정보를 듣고 있노라니, 내가 새로 찾은 이 친구가, 이 친애하는 **티히 삼촌**이 실제로 일어난 일에 대해서 뭔가 알고 있는 건가 알아내려고 하면

---

*　헝가리의 리큐어로 약제나 아페리티프로 쓰인다. — 옮긴이

　　　　　　　　　　　　　2부 이야기하다

서 내 생각에 사로잡혔다, 그는 소위 헝가리 우주여행에서 최고위 지휘관이었으니까, 나는 우니춤으로 뜨뜻해진 그의 친근한 얼굴을 보았다, 잠시 후, 나는 혼잣말했다, 아니, **티히 삼촌**은 내가 관심 있는 것에 대해서는 아무것도 몰라, 그는 **그 후에** 가가린에게 일어난 일에 대해서는 아는 게 없었다, 이 시점에서 나는 이 **그 후에**라는 글자를 펜으로 충분히 강조해서 쓸 수가 없다, 내가 이 모든 일을 시작했을 때는, 뭔가 여기 옳지 않은 게 있다는 걸 깨달은 때가 있었기 때문이다, 며칠 고심 끝에 고개를 젓고, 내가 보유한 자료들을 다시, 또다시 넘겨보자, 우리가 아는 게 거의 없을 뿐 아니라, 본질적으로 **그 후의** 가가린에 대해서는 아는 게 거의 없다는 것이 점점 눈에 보였다, 훈련 기지 감독직을 받았다, 결국에는 그 사고의 공식적인 버전이 있고 수없이 많은 비공식적인 버전이 있다, 다른 말로 하면 어째서 그가 추락했는지에 대해서는 헛소리, 어림짐작, 동화 같은 이야기들이 있다는 뜻이다, 1968년 3월 27일 시험비행에서 실제 무슨 일이 일어났는지, 그들 표현으로는 누워서 떡 먹기 같은 연습 과제였다고 한다, 10시 31분에 그는 아직 그 자리에 있었지만, 10시 32분에는 벌써 사라지고 없었다, 몇 분의 1초 만에 가가린은 전체 그림에서 싹 사라져버렸다, 이 미그-15기에는 커다란 문제가 있었다, 1960년대 초기에 초음속 군 전투기로서는 이 모델은 벌써 사용이 중지되었지만, 여전히 시험비행용으로는 쓸 만하다고 여겨졌다, 부분적으로는 진짜 군용기를 몰아보고 싶어 하는 훈련 조종사들이 이들을 타고 조종 연습을 할 수 있기 때문이었고, 부분적으로는 우주 비행사들이 '그들의 조종 연습'을 유지하기 위해 썼기 때문이었다, 그리고 이건 벌써, 그 자체로, 혹은 스스로 이상하기 그지없다, 한편에는 국가 영웅들이 있고, 다른 한편에는 이 폐기된 고철 덩어리 초음속 비행기가 있다, 이 미그-15기는 고철 덩어리였다, 누군가 그를 자세히 살펴보았다면, 동체는 너무 짧고 이런 원래의 결함 때문에 신뢰도가 떨어져서, 얼마 후 1960년대의 시작과 함께 이런 전투기는 사실상 무용지물이 되었다, 하지만 바로 그걸 몰아야 했던 이들이 바로 이 우주 비행사들이었다, 이런 걸 누가 본 적이나 있을까? 뭐, 어쨌든, 그건 이 주제와 정확히 관련이 있지 않다, 어찌 되었든, 가가린은 주조종사 좌석에 앉아서 조종 연습 준비를 했고, 그의 동료인 세르요긴이 다른 좌석에 앉았다, 그리고 10시 31분, 가가린은 관제탑에 침착한 목소리로 조종 연습이 끝나서 기지로 돌아간다고 말했다, 하지만 10시 32분에 그들은 벌써 사라졌다, 물론 과묵한 브레즈네프 시대의 보고서 양식과 일반적인 브레즈네프 시대의 과묵함 때문에, 어떤 인간도 이를 믿을 수는 없었다, 그리하여 갖가지 가능한 설명을 품은 소문들이 산불처럼 퍼져갔다, KGB가 그들을 격추했다, 그들은 비행기 안에 타고 있지도 않았다, 온갖 뒤죽박죽, 하이에나 같은 기자 나부랭이가 불쌍한 육촌 형제를 압박해서 뭔가 충격적인 얘기를 폭로하려고 했다, 모든 일을 다 KGB가 꾸몄다는 말을 하게 한 것이었다, 그리고 내가 지금 쓰려고 하는 내용은 놀랍게 보일지도 모르겠지만, 그건 뭐든 될 수 있었다, 그게 내가 하려는 말이다, 무슨 일이 일어났는지는 **중요하지 않다**, 그 미그-15기에 무슨 일이 있었는지는 **중요하지 않다**, 가가린에게 무슨 일이 있었는지도 **중요하지 않다**, 중요한 점은 가가린은 **어떤 수단으로든** 꼼짝없이 죽었으리라는 것이었다, 그리고 그가 그 사건을 7년 동안이나 늦출 수 있었다는 것이 기적이었다, 그 사건은 물론 전 세계를 뒤흔들었지만, 좀 더 심오하게는 그 사건은 소련을 뒤흔들었다, 그의 고국 인민들은 그가 죽었다는 비보를 듣자마자 어디에서든 공공연히 통곡했다, 가가린은 일종의 영웅이었고, 그를 잃는다는 사건을 그 누구도 견딜 준비가 되어 있지 않았다, 나는 사람들은 정말로 일어난 일에 대해서는 전혀 눈치채지도 못했다는 말을 여기 써야만 한다, 그 사람들은 무엇 때문에 이 지점까지 이르렀는지 전혀 몰랐지만, 그러나 그 일은 피할 수가 없었다, 가가린은 영원히 사라져야만 했다, 물론 그가 죽은 방식, 한 국가의, 실로 세계의 위대한 영웅 중의 한 사람이 간단한 시험비행 때문에 소멸되어야만 했다는 사실은 이해 불가능이었다, 나는 이를 알았다, 하지만 나는 위대한 사건 뒤에 가가린에게 일어났던 일에만 너무 몰두하기 시작했고, 아무것도 발견하지 못했으며, 그 일은 내게 점점 의심스럽게 보여서 나는 좀 더 조사했고, 결국 1961년 혹은 1962년 이후의 가가린의 삶을 완전히 다른 관점에서 보여주는 문서를 우연히 발견했다, 즉 이 문서들에서 나는 세계 일주 여행을 떠나기 전에 이미 보드카를 거절하지 못하는 사람을 보았지만, 이도 그 위대한 승리 여행 이후에 비하면 아무것도 아니었다, 이 시점부터 그는 술을 **아주 많이**, 여가 시간에 마시던 이전과는 **다르게** 마시기 시작했다, 위대한 여행 이후에는 더 이상 재미를 위한 음주가 아니었다, 그들은 가가린이 술고래처럼 퍼마셨다는 아주 작은 흔적 하나라도, 어떤 문서에도 남기지 않으려 모두 제거했지만 헛된 일이었다, 내게는 숨길 수 없었던 것이다, 두 가지 사실 사이에서 뭔가 빠졌을 때, 나는 곧장 이를 포착했고, 바로 그런 이유로 의심하게 되었다, 있어야 할 것이 거기 없었고, 내 눈을 가릴 수는 없었다, 내가 첩보원이나 암호 해독가가 되었더라면 잘해냈으리라, 하지만 중요한 건, 음, 내가 자취를 찾아냈다는 것이었다, 대체로 어느 시점에 어떤 점이 빠져 있었다는 것이 명확했기에 나는 그 자취를 찾아낼 수 있었다, 이 이야기는 나중에 하겠지만, 나조차도 나 자신에게 놀라고 말았다, 약간이나마 가가린의 행적을 따라갈 수 있는 사람이 있었다면 그에게도 놀랐으리라, 이 서류들이 침묵하고 있다는 생각은 내게 곧장 떠오르지 않았던 것이다, 아주 간단하게 말하면 위대한 비행과 그 후의 승리 여행 이후 가가린에게 일어난 일에 대해서는 구린내 나는 단어 하나 없었다, 어째서일까, 나는 나

2부 이야기하다

자신에게 질문했다, 뭐, 어째서 우리는 그가 한 일을 알 수 있도록 허가를 받지 못했을까, 그의 삶에는 7년이 더 남아 있었는데, 7년은 긴 시간인데도, 본질적으로 우리는 아무것도 알지 못한다, 티히 삼촌은 말했다, 뭐, 그 사람 훈련 기지의 감독이었지, 그리고 비행 과학 학술원에 다녔네, 거기 더 곱씹어볼 만한 게 많이 있나? 그는 말한다, 이제는 다 끝난 일인데, 어째서 그냥 그렇게 놔두지 않는가, 그 시절에는 우주여행과 관련된 정보는 뭐든 기밀로 분류되었지, 그게 이유일세, 티히 삼촌은 내게 말했다, 그리고 이런 티히 삼촌과 같은 이들은 그런 질문을 받으면 언제나 이런 말을 모두에게, 아무나에게, 세계에 했다, 그는 말한다, 뭐, 이 유리 알렉세예비치 가가린이라는 사람에게 더 알아야 할 게 있어? 현실에서는 그가 세계를 향해 미소를 지어 보였을 때 이 유리 알렉세예비치의 이야기는 모든 사람의 머릿속에서 멈추어버린 것 또한 사실이다, 그리고 그는 말했다, 그래요, 인민 여러분, 당신들의 눈을 믿으세요, 나는 최초의 인간이기 때문입니다, 그리고 그게 다였다, 세상이 알고 싶어 하는 건 그것이었다, 끝났다, 그걸로 충분했다, 더는 없다, 이 세계는 다른 건 신경 쓰지 않는다, 전 세계 사람들이 이 유리 알렉세예비치의 이야기를 알았다, 그들은 군모 아래 웃는 얼굴을 그들의 뇌 속에 집어넣었다, 이렇게 표현해도 될지 모르겠지만, 꽁꽁 싸서 진열용 유리 케이스 안에 넣어 치워버렸다, 미닫이 유리문을 단단히 닫고, 그 위에 레이스 뜨개천을 덮은 그런 유리장 속에, 하지만 유리 알렉세예비치 본인으로 말하자면, 작은 문제가 하나 있었다, 위대한 여행이 이상한 방식이나마 정말로 그의 인생의 최고 정점이기는 했어도 —그게 아니면 뭐겠는가?— 그의 위대한 이야기는 이 위대한 여행과 동시에 끝나지 않았다는 것이다, 오히려 **시작했다**, 하지만 나는 내게 무슨 일이 일어나고 있는지 모른다, 가끔 나는 너무 서둘러 뛰어가고, 가끔 어떨 때는 지금처럼 너무 금방 되돌아간다, 이야기라면 언제나 이런 식이다, 나는 벌써 이야기가 끝났다는 걸 눈치챘다, 그리고 얼마나 오래 이런 식이었는지는 알지 못한다, 다른 말로 하면, 이 현대에서는, 아니, 이 현대를 넘어선 시대에서는 늘 이런 이야기들에는 문제점이 있다는 것이다, 늘 어떤 이야기가 내게 보이고 있다, 아니, 그건 한 개가 아니다, 하나였던 적도 없다, 오로지 시작만이 있다, 아니, 시작 후에 오는 것만 있다, 더욱이 어느 시점에 그것이 하나의 이야기가 될 수 있다손 치더라도, 모든 이야기는 어쨌든 같다. 태양 아래 새로운 것은 없다고 옛날에 사람들은 그렇게 말했다, 음, 나는 이야기가 없다는 의견에는 동의할 수 없다, 오로지 이야기만 있다, 수억 개, 수조 개, 수경 개의 이야기가 있다, 계속하지는 않겠다, 하지만 이야기가 없다고 하는 건, 뭐, 우리는 오로지 이야기로 만들어졌을 뿐이다, 하지만 또 다른 질문은 우리는 간단하게 이야기의 **중간**을 찾을 수 없다는 것이다, 우리는 늘 그 방법에 대해 이야기한다, 음,

여기 앞서 일어난 일들이 있어, 그리고 이 모든 앞서 일어난 일들이 하나의 이야기로 이어지게 된다, 그런 후에는 여기에 이야기의 귀결이 있다고 한다, 그리고 나열한다, 그 이후에 오는 모든 것들을 수없이 많이 나열한다, 하지만 중간 부분, 즉 이야기 그 자체는 없다, 알맹이, 본질, 즉, 우리는 이야기 자체를 잃어버리지만, 동시에 수억 수조 개의 이야기 속에 살아간다는 건 명약관화하다, 그러나 우리가 이 본질을 똑똑히 말하려 할 때마다, 우리가 어떤 방법으로든 우리 이야기의 알맹이를 내보이고, 인식하고, 누군가의 의식으로 이끌어가려고 할 때 대체로 우리의 노력은 성공적 결과를 맺지 못한다는 건 논란의 여지가 없다, 우리가 기껏해야 앞서 일어난 일들을 자세히 묘사하며 뒤에 머물러 있기 때문이거나 이런 귀결을 자세히 설명하면서 우리 자신을 잃어버렸기 때문이다, 나는 심지어 나 자신도 이런 면에서 문제가 있다는 것을 깨달았다, 그리하여, 나 자신도 마찬가지로 제어할 필요가 있다, 나도 안다, 좋다, 앞서 일어난 일들을 표현하기 위해 서두르는 건 이제 됐어, 그 후에 일어난 일도 충분히 설명했어, 그러니 이런 망할 혼란은 필요가 없는 거야, 그러니까 그 미그-15기에만 집중하자, 한번 볼까, 그게 적어도 내가 한 일이었다, 서류 더미 속으로 더 깊이 파고들면서 그렇게 했다, 그쯤 되자 나는 이미 많은 곳에 알려져버렸다, 에르빈 사보 도서관, 세체니 도서관, 군 역사 도서관, 우주여행 사무국, 심지어 비행 과학 도서관까지,

나는 이제 내가 누군지, 내가 뭘 찾는지 말할 필요도 없었다, 그들은 벌써 내 몫으로 자료를 쌓아두었지만, 아무것도 없었다, 여기 관심이 있으실 거예요, 그들은 수없이 많은 자료를 내게 가져다주었지만, 나 말고 다른 사람은 이 자료에 더는 관심이 없었다, 이들은 기꺼이 자료를 가져다주었다, 하지만 보통 사서들은 그렇지 않다, 사서들은 도서관을 싫어한다, 그리고 우리가 그들에게 뭘 가져다 달라고 부탁하면, 실상 그들에게 끔찍한 고통을 주는 것이다, 이 사람들, 자기 자신의 고통에 갇혀 있는 이들은 평생 저장고에서 자료를 꺼내며 시간을 보낸다, 한 사람을 정말로 슬프게 하는 일이다, 나는 상상도 할 수 없었다, 누군가 늘 찾아와서 내 앞에 서서 도서관 자료 요청서에 뭔가 써서 내민다, 그러면 나는 저장고로 간다, 이 사람이 원한 걸 찾는다, 이 자체로, 스스로 진저리나는 일이다, 사서는 누군가 무언가에 관심이 있다는 사실을 맞닥뜨려야만 한다, 여기 그들의 안내대로 다가오는 이들은 거의 모두 그들에게 가져다준 자료를 볼 가치가 없다, 그리하여 사서들이 저장고 어디에 시선을 던지든, 거의 모든 책이 증오만을 끌어낸다, 사서들은 어느 시점이 되면, 또 한 명의 가치 없는 개인이 도서관으로 들어와서 별로 수선도 떨지 않고 그들에게 이것 좀 갖다주세요, 라고 말하지 않을까 점점 의심하게 되기 때문이다, 그러면 사서들은 갖다줄 것이다, 뭐, 분명히 이것만으로도 한 사람을 미치게 하기엔 충분하다, 그리고 가끔이나

마 도서관과 문제의 사서를 이용할 **가치가 있는** 위대한 정신이 찾아와 무언가를 부탁하는 일이 일어나지 않는다면, 그들은 분명히 미치고 말 것이었다, 사서들도 이런 일은 좋아한다, 그제야 그들은 도서관을 경험하기 때문이다, 이용자 카드에 작품이 요청되고, 저장고를 돌아다니며 찾고, 마침내 요청받은 작품을 밝은 햇빛 속으로 가져와 그럴 **가치가 있는** 누군가에게 줄 수 있기 때문이다, 사서들은 이런 일들은 완전히 다른 관점에서 본다, 그러나 이런 경우는, 사서의 눈에서 알 수 있듯이 어쩌면, 어쩌면, 어쩌면 인생에 세 번이나 일어날까 말까 한다, 소위 가치 있는 독자가 안내대로 찾아오는 일, 그리하여 대체로 이런 대형 도서관의 분위기는 시체 보관소와 비슷하다, 오로지 억눌린 증오와 억눌린 저항만이 있을 뿐이다, 하지만 내 경우와 이 가가린 조사 전체 건에서는 적어도, 오로지 충만한 선의만 마주쳤을 뿐이었다, 사서들과 문서 저장고 관리인들, 박물관 직원들, 그런 전문가들은 기꺼이 내가 필요로 한 모든 자료를 가져다주었다, 확실히 그들은 내가 정신박약자라고 생각하는 것 같았지만, 주변 환경에서 동정적인 반응을 끌어낼 수 있는 희귀한 유형이었다, 뭐, 어쩌면 이 때문에, 어쩌면 다른 이유 때문에 그들은 자료를 내게 가져다주었다, 사서의 영혼과 그들의 구슬픈 존재를 그 누가 이해할 수 있겠는가, 이런 자료들은 어쨌든 한 번 걸러진 것처럼 보이긴 했다, 모두 한 지점을 가리키고 있었기 때문이었다, 그리하여 나는 점점 더 파고들었고, 마침내 지난주에 내가 이런 자료 속에 깊이 빠져 있는 동안, 실제로 최저점에 닿아버려서 심해 잠수사처럼 다시 위로 오르는 여행을 시작하게 되었다, 그래, 무언가나를 거기로 데려갔기 때문이었다, 내가 다시 점검해야 하는무언가가 있기 때문이다, 다른 말로 하면, 우리가 이 미그기조종사에 대해서 아는 사실 말이다……, 나는 어째서 모든 것이 수천 번씩 반복하여 감독되는 이런 군대 환경에서 감독 체계가 술에 취했거나 숙취에 빠진 가가린을 별 소란 없이 이륙하도록 놔두었는지 이해하지 못했기 때문이었다, 다른 말로하면, 오랫동안 나는 유리 알렉세예비치가 불치의 알코올 중독자가 될 수 있었다는 사실 안에 도사린 비밀의 본질을 생각했다, 뭐, 그런 사람이라면 결국 그가 이륙한 이후에 비극으로끝났다는 건 크게 놀랄 일이 아니다, 나는 일주일 전에야 이것이 말이 되지 않는 전체 가가린 이야기의 일부분이라는 걸 깨달았다, 그래도 역시, 그들이 이 가가린을 더 이상 관리할 수없었기 때문에 그가 정확히 그림에서 빠졌다는 것을 깨달았다, 그들은 애원도 해봤지만 허사였다, 술 좀 끊어, 형제여, 전체 소련과 세계의 눈이 지금 자네에게 쏠려 있지 않나, 자네가쓰러질 정도로 술을 마시는 걸 사람들이 보고 있어, 하지만그는 술을 마시고 또 마셨으며, 그들은 더는 그를 통제할 수가없었다, 그들이 달리 뭘 할 수 있었겠는가, 바로 일주일 전에나는 속으로 생각했다, 소련과 세계의 영웅을 소련과 세계에서 사라지도록 하는 것 말고는, 오랫동안 나는 그의 말년에 찍은 사진 한 장 찾아내지 못했다, 그리고 마침내 딱 한 장의 사진을 찾아냈다, 소위 이 마지막 사진은 내 생각의 흐름이 맞는 방향으로 가고 있지 않나, 하는 의심을 더 강하게 해주었을 뿐이었다, 여기서 일어나고 있는 일은 완전한 노화라는 게 의심의 여지가 없었기 때문이었다, 나는 가가린을 보았다, 그리고 이 사진 속 완전히 뒤틀리고 부어버린 인물이 왼쪽 눈꺼풀 위에 거친 십자 모양의 상처를 입은 채로 미친 듯 미소 짓는 모습을 보았다, 유일한 문제라고는 그 상처가 조종사 헬멧 바로 아래라는 것이다, 그리고 다른 문제는 이 조종사 헬멧이 낙하산 띠가 달린 조종사 제복과 세트라는 것이었다, 나아가 또 다른 문제는 이 모든 것을 입은 사람은 낙하산과 그 띠를 몸에 매고 비행기 **안**에 앉아 있는 것으로 보인다는 것이었다, 이건 불가능해, 나는 사진을 응시하며 뼛속 깊이 퍼지는 소름을 느꼈다, 이건 가가린일 리 없어, 하지만 조종사 헬멧을 바로 턱 아래 매고, 이렇게 노화한 웃음을 띠고 있는 이 사람이 바로 가가린이었다! 나는 충격을 받아서 심지어 이 일에 대해 지난 수요일에 헤임 박사에게 말하기까지 했다, 그에게 흥미로운 얘기일 거라고 생각한 것은 아니지만, 말은 했다, 그저 나 혼자 담아둘 수는 없었기 때문이었다, 그리고 내가 무언가를 찾아냈다고 믿었기 때문이었다, 물론 나는 무언가를 찾아냈다, 그리고 이건 이 모든 일에서 가장 영리한 속임수였다, 절대로

저 가가린

진실을 깨닫지 못하게 하려고 정확하게 꾸며낸 계획, 어쨌든 이 사진이 나타나면, 잠시 동안은 손에 들어온 것에 만족할 것이다, 그렇게 한 이유는 사람들이 이 소위 공공연한 비밀에 만족해서 더 이상의 조사는 제쳐두고 의심도 가라앉을 것이 확실해 보였기 때문이었다, 뭐, 내 안의 의심도 가라앉았다, 하지만 영원히는 아니었고 고작 며칠뿐이었다(뭐, 어떻게 그러지 않을 수 있겠는가?), 하지만 나는 그 며칠 동안 다른 사람들처럼, 무언가를 풀어내려고 시도한 다른 사람들처럼, 나 또한 일어난 사건을 '풀어냈다', '찾아냈다'고 생각했던 것 같다, 여기 불행한 요양원에서, 모든 사람이 오직 죽음만을 기다리는 곳에서, 나는 가망 없는 알코올 중독자였던 가가린은 한층 더 고립되었거나 세계로부터 직접적으로 차단되었다는 사실에 맞닥뜨렸다, 이 마지막 가능성이 좀 더 그럴듯할 것이다, 그는 7년을 더 살았고, 그 후에 이륙하도록 허가를 받았다, 물론 그는 곧장 땅으로 곤두박질쳤다, 그가 하강하는 동안 무슨 일이 일어났기 때문이다, 물론 이제는 그가 날아다니는 전투기 조종사 때문에 정신이 혼란해졌는지, 아니면 새 떼를 피하려고 갑자기 비행기 기수를 위로 올리려 했던 건지는 중요하지 않다, 그의 마지막 보고가 전해진 마지막 찰나의 순간, 비행기의 비행 속도가 (비행기는 거의 땅에 가까워지고 있었다) 엄청났기 때문에, 갑작스러운 동작 하나만으로 그는 땅에 곤두박질쳤으리라, 이것이 가장 가능성 있는 예측일 것이었다, 전해지는 말

2부 이야기하다

에 따르면, 비행기의 기수가 땅에 떨어져 3미터 깊이로 박혔다고 했다, 아마도 그들은 가가린보다는 세르요기를 더 많이 찾았겠지만, 이런 건 됐다, 중요하지 않다, 사실상 그의 죽음의 직접적 원인과 배경이라는 전체 문제는 이 지점까지 오게 된 원인을 생각하면 그 중요성을 잃어버린다, 헤임 박사는 이에 대해서 수요일에 내게 물었다, 대체 지금 무슨 일을 하고 있느냐고, 그에게조차 내가 조사를 중지한 것처럼 보였기 때문이고, 그 이전에는 내가 몇 달 동안 쭉 열정적으로 이 사건을 조사한 것을 그도 보았기 때문이었다, 나는 부다페스트에서 더 많은 시간을 보내고, 계속 여행하고, 왔다 갔다 하고, 완전히 활력을 얻어서 돌아다녔다, 그럴 수 있었던 건 지난주 초까지는 나는 활력이 넘쳤기 때문이었다, 나는 어떤 자취를 찾아냈다고 생각했고, 곧장 그 뒤를 쫓기 시작했으며, 마침내 내가 그 자취에 다다랐는데 갑자기 모든 것이 변한 것처럼 보였다, 그리고 그 지난주 초에 나는 갑자기 멈춰버렸다, 조사를 그만두었다, 이 가가린 사건 전체에서 새로운 사실이 떠올랐기 때문이었다, 그리하여 수요일에 헤임 박사가 내게 물었다, 무슨 일입니까, 예전에는 가만히 있지 못해서 왔다 갔다 하고 활력이 넘쳤잖아요, 그런데 지금은 다시 한번 옛날처럼 가만히 앉아 있네요, 뭐, 그렇죠, 나는 대답했다, 며칠 동안 정말로 같은 자리에 앉아 있기만 했다, 옛날 그대로, 다시 한번 거실의 맨 오른쪽 창가에 앉아 있었다, 이스트반 간호사가 비밀스럽게

"내 창문"이라고 부르는 자리였다, 거기에서는, 이 모든 가가린 사건 조사를 시작하기 전에 그랬듯이, 나는 이스트반 간호사와 다른 백치들을 되도록 멀찍이 떨어져 볼 수 있다, 나는 여기 6층 높은 곳에서 내려다본다, 이처럼 좋다, 나는 옛날처럼 내려다보며, 가끔은 식사하러 내려가지도 않는다, 물론 나는 헤임 박사가 되풀이해서 물어도 대답을 피했다, 하지만 늘 어딘가 다녔잖아요, 왔다 갔다 했죠, 완전히 활력이 넘쳤는데 무슨 일이 있었던 겁니까, 대체 무슨 일이 일어나는 겁니까, 물론 나는 그에게 무슨 일이 일어나고 있는지 대답은 하지 않았다, 나는 화제를 바꿨다, 그렇게 하는 것이 당연하다, 어차피 이 일은 그가 상관할 일이 아니기 때문에, 이 모든 이야기 중 어느 것도 머리 큰 헤임 박사가 상관할 일이 아니다, 수요일이었고, 어쨌든 나는 그에게 얘기했고, 그 후에는 목요일이 왔다, 그리고 오늘은 금요일이다, 나는 창가에 앉아 있다, 나는 내려다보며 이를 어떻게 정확히 묘사할 수 있을까 생각 중이다, 지난 주말에 새로운 자취를 집어낸 것은 아니다, 하지만 갑자기 내 앞에 있었다, 지금처럼 여기 내 앞에 진실의 완전한 얼굴이 있다, 내가 구해낸 것이 아니었다, 해결이 스스로 모습을 드러낸 것이었다, 그게 여기 있고, 이제 나는 더 할 일이 없다. 나는 이에 대해서 헤임 박사에게든 그 누구에게든 한마디도 하지 않을 것이다, 강연도 없으리라, 헤임 박사가 이를 확신하고 있기 때문이다, 그는 내가 이 '문제', 즉 헝가리 우주여행

　　　　　　　　　2부 이야기하다

에 관한 강연을 해야 한다고 종용하고 있다, 내가 이에 관심 가진 이유가 그 때문이라고 그에게 말했기 때문이다, 그래서 내가 왔다 갔다 하는 거예요, 그래서 내가 가만히 있지 못하는 거예요, 그래서 내가 완전히 활력을 얻은 거예요, 헝가리 우주여행의 진짜 사연을 밝혀내기 위해, 더 정확히 말하자면 헤임 박사는 내가 그를 위해 강연을 해주기를 바란다, ― **그를 위해**라니!!!―이 시설의 그의 주말 프로그램의 일부로 말이다, 근사하고 간단한 강연이 되겠죠, 그는 이렇게 표현했다, 확실히 그는 만족스러워했다, 그는 그저 평소처럼 그의 거대한 고개를 수그렸다, 그런 후에 계속 말했다, 아주 좋아요, 아주 좋습니다, 그래서 마침내 이 모든 자료에 기반해서 근사하고 소박한 강연을 해주실 거죠, 근사하고 간단한 강연이요, 그는 이 말을 한 번 이상 썼다, 나는 그냥 그를 바라보기만 하며, 어째서 그는 내가 그의 목을 지금 부러뜨리려 한다고는 생각하지 않을까 의아스러웠다, 하지만 그건 나중을 위해 아껴두었다, 즉 그의 목을 부러뜨리는 건 나중에 해도 된다, 하지만 어째서 이렇게 머리가 큰 정신과 의사가 내가 정말로 자기를 위해 강연을 할 거라고 생각할 수 있단 말인가, 그래도 어느 정도는 그가 정말로 나에 대해서 아무것도 모른다는 걸 깨닫고 나니 안심이 되었다, 내가 그의 문화 프로그램에 참여할 가능성이 있다고 생각하다니, 내가 그의 문화 프로그램에! 그 시점까지 나는 한 번도 앞으로 나선 적이 없었고, 앞으로도 그럴

저 가가린

마음이 없지만, 그는 그걸 당연히 여기는 것 같았다, 뭐, 물론 나는 그가 무슨 상상을 하든, 무엇을 원하든 관심이 없다, 단상 위에 서는 것 같은 그런 일은 내 계획에 맞아떨어지지 않기 때문이지, 헤임 박사, 그런 일들은 영원히 끝나버렸고, 나는 이제 이전처럼 '내 창문' 옆에 앉아 뭔가 이 공책에 낙서만 끼적일 거야, 그리고 언젠가, 내가 이 공책의 모든 장을 넘기는 날, 내가 여기 적어 내린 모든 것이 그렇게 나쁘지 않다는 생각, 그렇게 흥미가 없지 않다는 생각이 들 것이다, 어쩌면 무언가 내가 떠난 후에 남는다면 그게 더 좋을지도……, 만년필이나 손목시계, 슬리퍼, 잠옷 같은 물건이 아니라면 **이것**으로 하자, 가령 나는 이것을 이스트반 간호사에게 줄지도 모르겠다, 아니, 안 돼, 소름이 등줄기를 타고 흘렀다, 이스트반 간호사 말고 누구든, 하지만 그렇다면 누구에게 줄 것인가, 이건 쉬운 문제가 아니다, 가장 좋은 건 결국 없애버리는 것이리라, 그래도 여전히 이스트반 간호사가 있다, 나는 다시 첫 장으로 돌아갔을 때 생각했다, 나는 지금도 그걸 생각하고 있다, 그 보통의 어젯날에, 처음으로 내가 이 땅을 떠나고 싶다는 개념이 내 안에서 형성되었던 그 순간은 벌써 너무나 아득해졌다, 나는 이런 생각을 이전에는 한 번도 입 밖에 내본 적이 없다, 결국 나는 그 누구에게도 내 계획을 드러내고 싶지 않았으니까, 하지만 진실을 고백하자면 나는 아무런 계획도 하고 있지 않다, 계획은 없다, 여기에 몇몇 문장을 끼적여두는 것 말고

2부 이야기하다

는, 어쩌면 내가 찾아낸 것을 써내려갈지도 모르고 아닐지도
모른다, 아직은 모르겠다, 어느 경우에든 나는 그저 여기 앉
아 6층 창문에서 밖을 잠깐 내다보리라, 나는 여전히 기억력
훈련을 하며, 며칠 전 일어났던 사건의 전환을 되살려보리라,
그것이야말로 사건의 전환이었으며, 논란의 여지가 없다, 나
는 이 알코올 중독자 설에는 뭔가 맞지 않는 점이 있다고 느꼈
기 때문이었다, 그래서 나는 계속 조사해나갔다, 실제로는 머
릿속에서 조사했다, 나는 조사하고 열심히 반추했다, 나는 이
제 모든 것이 사실상 내 손안에 들어왔다고 확신했다, 모든 것
을 보유했다고 생각했다, 보통 한 사람이 진정으로 바라는 건
이것뿐이다, 이제 모든 건 내게 달려 있다, 나의 생각하는 능
력에, 내 두뇌에 달렸다, 내 머리가 그만큼 오래 버텨주기만 한
다면, 내 두뇌가 그 본질에 그만큼 오래 집중할 수만 있다면,
그리하여 나는 알았다, 이것이 내가 하려던 말이다, 새로운 의
심의 결론이 무엇인지 알아내기 위해서는 생각이 필요했다,
갑작스럽게 이 사실이 떠올랐기 때문이었다, 그날은 사실 어
제였다, 이전에 말했던 상징적인 보통의 어젯날이 아니라, 사
실의 어제였다, 아니, 그게 진짜 어제가 아니라 그제였다고 해
도 누가 알겠는가? 그게 중요하기나 한가? 중요하지 않다, 중
요한 점은 내가 이 사실을 떠올리자마자, 나는 즉시 그것을 이
공책에 받아 적었다는 것이다, 그 때문에 나는 더 새롭고 새로
운 은폐 장소를 고안해내려고 더 많은 에너지를 쓴다, 주로 이

스트반 간호사가 보지 못하게 하려는 것이다, 나만의 개인적 가설에 따르면, 그는 내게 무슨 일이 일어난다면, 그야말로 전체 시설 안을 샅샅이 훑어 그것을 찾아낼 사람이다, 그는 벌써 수없이 여러 번 이 공책에 관심이 있다는 사실을 눈길에서부터 드러냈다, 뭐, 아니겠지, 하지만 그래도, 그 사람이?! 모르겠다, 그래도 아주 좋은 은폐 장소를 찾아냈다, 그렇다고 제일 좋은 데라고 할 수 있는지는 자신이 없다, 어쩌면 제일 좋은 건 그저 지금까지 계속 그러했듯이 쭉 내가 지니고 다니는 것인지도 모른다, 지금까지는 내 코트의 안감 안에 잘 숨겨두었다, 저녁에는 잠옷 가운의 안주머니 안에 넣어두고, 그건 머리 밑에 잘 넣어둔다, 원래 돈을 보관하려고 주머니를 꿰맸지만, 그 이후로는 내 공책도 거기에 넣어둔다, 그러니 이제 와 무엇을 바꿔야 할까? 그래, 거기 주머니 안에 그대로 있을 것이다, 하지만 두고 봐야 한다, 내게 무슨 일이 일어난다면 이스트반 간호사를 제외한 다른 사람이 이 공책에 관심을 보일 거라는 생각은 실은 들지 않는다, 아무도 그에 대해 생각하지 않을 것 같다, 하지만 물론 그걸 없애버려야 한다, 그래, 이것 이야말로 훌륭한 선택이다, 나중에 그런 날이 온다면, 없애버려야지, 그날이 올 것이다, 멀지 않았다, 거의 와 있는 것 같다, 말한 대로, 무슨 일이 있었던 것인지 내가 이해해버린 때가 왔으니까, 하지만 물론, 이러자면 앞서 일어난 일들과 그 귀결에 대해 필수적으로 알아내야만 한다, 물론 나는 그것들을 잘 알

2부 이야기하다

고 있었고, 의심의 여지가 없다, 그것을 기반으로 하여 바로 여기서 일어나는 일을 깨닫게 되었으니까, 즉 내 방법론에는 사소한 오류가 있었다, 우리가 본질, 알맹이, 이야기의 핵심에 가 닿고자 할 때 종종 범하곤 하는 오류, 그리고 우리는 이미 손에 들어온 앞서 일어난 일들과 그 귀결에 대해 적절하게 관심을 기울이지 않는다, 우리는 그저 이 본질, 알맹이, 핵심에 성급히 가 닿기를 바랄 뿐이다, 좋다, 나는 말했다, 그건 무척이나 분명하다, 나는 그 본질에 가 닿기를 원한다, 그리고 내가 실수를 범했다고 치자, 반면 아무것도 잃어버린 건 없다, 여전히 그런 앞서 일어난 일과 귀결을 갖고 있는 것이다, 그러니 이걸 다시 한번 시도해보자, 그래서 나는 생각하기 시작했다, 머릿속에서 모두 쭉 훑어보기 시작했다, 그런 앞서 일어난 일과 그 귀결이 내 머릿속에서 다시, 또다시 제대로 굴러갈 수 있도록, 그러자 번개처럼 무언가 내 머릿속을 갈랐다, 마치 제비가 등 뒤에서 거꾸로 곤두박질치듯이, 다만 이 경우에는 내 등 뒤가 아니었을 뿐이다, 그건 마치 무언가가 내 머릿속을 가로지르며 급강하한 것만 같았다, 이 뇌의 상태는, 이런 급강하는 일찍이 무언가 저 높은 곳, 저기 궤도에서 그 108분 동안에, 일어났다는 것을 뜻했다, 제비가 아래로 곤두박질치며 일으키는 번개와도 같은 섬광이 내 머릿속에 말해준 건 바로 이것이었다, 이 이야기의 본질, 알맹이, 핵심은 저기 위, 그 108분 동안에 가가린, 그 최초의 인간이 보스토크와 함께 마침내 저기 위로 올라간 그 시점에 있었다, 저기 위 우주에서(라고 곤두박질치는 제비가 말했다), 거기에서 그때 무언가 그에게 일어나고 말았던 것이다, 그리고 그 지점에서 나는 막혀버렸다, 그리하여 나는 미국 측 자료를 기계적으로 훑어보기 시작했다, 나는 이를 위한 특별 폴더를 가지고 있다, 사실 더 정확히 말하면 여러 개 가지고 있다, 그렇지만 나는 마이클 마시미노라고 하는 어떤 우주 비행사가 2009년 10월 28일, MIT에서 유명한 강연을 했을 때 썼다고 하는 몇몇 문장을 파헤쳤다, 그리고 이 인쇄된 문장 중 하나가 내게 훅 튀어올랐다, 그것은 이 마시미노가, 거인 그 자체였던 사람이 국가 간 우주정거장의 창문을 내다보고 지구를 보았던 부분이었다, 그는 이렇게 말했다, 나는 비밀을 바라보는 듯한 느낌이 들었습니다…… 인간은 이것을 봐서는 안 되었죠…… 이건 인간이 보도록 되어 있는 것이 아니었어요, 너무 아름답습니다, 음, 그리고 뭐였더라? 나는 내가 이 말을, 그리고 저런 비슷한 것을 생각하고 있었다는 것을 떠올렸다, 그리고 이 문장들을 좀 더 파헤쳤다, 나는 되는대로 모아놓은 지구 사진 더미를 샅샅이 훑기 시작했다, 다른 폴더 속, 다른 미국인 에드 루라는 사람이 찍은 것으로 우주정거장에 승선해서 같은 식으로 찍은 지구의 사진들이었다, 나는 이 사진들을 후루루 넘겼지만, 마시미노가 한 이 말은 내 머릿속에 계속 울리며 내 뇌를 떠나지 않았다, 특히 인간은 이것을 봐서는 안 되었죠, 라는 부분이었다, 어쩌면

2부 이야기하다

한 사람의 몸에 열기가 가득 차 흘러넘칠 때의 느낌을 알아차린 사람들이 있는 것인지도 몰랐다, 그들은 갑자기 무언가를 깨달았기 때문이다, 아니면 무언가 예기치 않은 일이 그들에게 일어났기 때문이다, 뭐, 그때 이 제비의 급강하, 아니, 그 반대가 다시 나를 덮쳤다, 나는 내 몸에 열기가 가득 차 흘러넘치는 기분을 느꼈다, 그리고 벌써 나는 무엇이 일어났는지 알았다, 나는 모든 것을 이해했다, 어째서 가가린이 사라져버렸는지를 깨달았다, 나는 처음 그가 보스토크의 창문 너머로 지구를 보았을 때 거기 위에서 그에게 무슨 일이 일어났는지를 깨달았기 때문이었다, 그는 말했다, 오첸 크라시보, 나는 이해했다, 그, 우리 중 최초의 인간은 우주에서부터 지구를 본 것만이 아니라는 것을, 내가 깨달았듯이 그는 또한 무언가를 이해했다, 천년의 비밀을, 그리고 귀환했을 때, 그는 한동안 그에 대해서 침묵을 지켰던 것이 분명하다, 그는 어떻게 말을 꺼내야 할지 몰랐다, 그리고 보통 그러하듯 시간이 약간 흘렀다, 그가 귀환한 직후에 바로 일어난 일이 아니었다, 어쩌면 1년 후 정도였을지도 모른다, 그때 그는 그저 가장 가까운 무리의 친구들부터 시작했다, 하지만 그들은 아마도 그건 그저 시적 열정의 표현이라고 생각했을 것이다, 이런 일반적 환희 속에서 그들은 정말로 깨닫지 못했다, 그리하여 다음번 가가린이 그 말을 꺼냈을 때, 그들은 어떻게든 반응을 해야 했다, 그들은 그저 일축해버렸다, 그의 헌신적인 아내 벨야도, 그의 부모도 그저 일축해버렸다, 그런 이상한 말을 듣고 달리 그들이 무엇을 할 수 있었겠는가, 그들은 그저 서로 한번 바라보고 그에게 참으로 아름다운 생각들을 표현하고 있다고 말했다, 그들은 정말로 그 말을 이해할 수 있기를 바랐지만, 그들은 또한, 그가, 가가린이 이런 모든 일을 이제 다 접어서 치우면 훨씬 더 잘 살아가리라고도 생각했다, 그래서 이렇게 흘러간 것이었다, 그다음에 가장 친밀하게 지내던 사람들과 나눈 두세 번의 대화도 마찬가지였다, 그 결과 가가린의 마음은 가라앉지 못했을 뿐더러, 이렇게 생각했을 것이었다, 아, 나의 사랑하는 아내, 사랑하는 부모님, 그들 모두 단순한 사람이야, 내가 이렇게 지대한 중요성이 있는 생각을 얘기한들 그들을 방해할 뿐이지, 그리하여 그는 다음 단계를 밟았다, 그는 코롤료프에게로 가서 그의 짐을 털어놓았다, 물론 아무도 그들의 이야기를 듣지 못하도록 사전에 온갖 주의를 다 하고서 그는 이 위대한 사람에게 해야 하는 말을 했다, 먼저 저기 위에서 그는 지구를 보았을 뿐 아니라, 오래된 모든 경전이 이야기하는 낙원을 보았다고 했다, 가가린은 여전히 그 경험의 영향하에 있었든가, 아니면 일반적으로 말해서 특정 물질의 영향하에 있었든가, 그리하여 그를 통해 시인이 말을 전하는 것만 같았다, 좋아, 코롤료프는 그의 말을 끊었다, 좋아, 유리 알렉세예비치, 자네는 이제 잠깐 휴식이 필요하군, 그는 그런 비슷한 말을 했으리라, 그리고 그때 처음으로 가가린은 약간 두려워졌

2부 이야기하다

을 것 같다, 바로 그 시점에서야 그는 자기가 지구에 관해서 지금 알고 있는 사실은 전달하기 매우 까다로운 게 아닌가 하는 생각이 들었으리라, 그리고 어쩌면 그 때문에 그는 또한 약간 분노하기도 했다, 그는 무척이나 군인다운 태도로 이 말을 반복했으리라, 들어보십시오, 코롤료프 동무, 이해하지 못하시는군요, 저는 정말로 낙원을 보았단 말입니다, 그리고 낙원은 지구입니다, 분명히 코롤료프는 처음에는 그저 미소만 띠며 고개를 끄덕였으리라, 좋아, 좋아, 유르카, 벌써 충분하네, 자네는 잘 쉬어야겠어, 우리는 지나치게 일을 많이 한 것 같아, 나는 자네를 다시 위로 올려보내고 싶네, 그러면 자네는 자네의 낙원을 다시 볼 수 있을 테지, 자네는 지금은 잠깐 푹 쉬게나, 그런 다음에 하던 이야기를 마저 하자고, 하지만 그 후에는 아무것도 없었다, 그리고 가가린 주변의 모든 일들이 심각하게 바뀌기 시작했다, 주된 이유는 지구의 여러 나라를 도는 가가린의 승리 여행이 끝났기 때문이며, 그는 이제 우주 비행사의 반복적 일상으로 돌아왔다, 그리하여 코롤료프 이후에 그는 카마닌에게 갔고, 카마닌 이후에는 켈디시에게 갔으며, 켈디시 이후에는 페트로프에게 갔고, 페트로프 이후에는 당 지도자에게 갔다, 그리고 코롤료프도 카마닌도 켈디시도 페트로프도 그의 말을 진지하게 받아들이지 않았다면, 당 지도부 또한 그를 진지하게 받아들이지 않았으리라는 것은 아주 분명하다, 다만 유일한 차이점이라고는 가가린에게서 멀리 있는 사람들일수록 그의 '분석'에 동정을 덜 보였다는 것이고, 그들은 그에게 이론의 생산은 모스크바의 학술원이나 위대한 학자들에게 넘기라는 뜻을 이런저런 방식으로 전했으리라, 가가린은 우주 비행사 학술원에서 열심히 연구를 이어가며 오로지 실용적인 질문에만 정신을 쏟았다, 그것이 그의 전문 분야였고, 코롤료프와 당이 그에게 맡긴 일이었다, 그리하여 잠시 후 모든 이가 그가 하는 말은 그저 백치 같은 소리일 뿐이라고 여긴다는 것이 가가린에게조차 명확해졌다, 아니, 그건 그나마 최선의 경우였다, 아무도 그가 하는 말을 한마디도 믿지 않았다, 아무도, 그러나 아무도 믿지 않았다, 이로 인해 그의 마음속은 헤아릴 수 없는 쓰라림으로 가득 찼다, 그리고 이런 신경 상태에서 그는 마음을 쏟아내야 했다, 좀 더 구체적으로 말하면 마음을 좀 더 자주 쏟아내야만 했다, 즉 한 사람의 마음을 쏟아내면서 동시에 보드카를 마시지 않아야 했다, 뭐, 이건 러시아인의 영혼에서는 상상할 수 없는 일이다, 그리하여 가가린은 이런 이유로, 혹은 유전적 이유로 술을 주기적으로 마시기 시작했으리라, 그는 무서운 속도로 이 내리막길을 미끄러져 가기 시작했다, 그래도 처음 몇 해 동안에는 그를 완전히 폐기하는 것은 가능하지 않았다, 여전히 그는 우주에 간 최초의 인간이었고, 우주 영웅이며, 인간 지식의 상징 등등이었다, 그리하여 그들은 가가린이 학술원에서 그의 조사라고 하는 것을 계속하도록 놔두었고, 그 또한 스타시티에서 그 자신의 임무를 맡았다, 그러나 상황은 더욱 희극적으로 변했고 그가 스스로 결연히 만들어낸 반레닌적 이론을 더욱 고집스레 주장함에 따라 이제 그를 더는 우주여행 근처에도 가게 하면 안 된다는 말들이 사람들 사이에 돌았다, 그리하여 몇 년 후, 그는 결코 체념할 수 없었던 무언가를 이해해야만 했다, 즉 당국에서는 결코 그에게 다시 비행을 허용하지 않으리라는 것, 특히 코마로프의 비극* 이후로는 당치 않았다, 다른 말로 하면, 그는 누구보다도 더 발작적으로 저 위에 올라가서 그…… 그 낙원을 보길 바랐던 그가 다시는 저 위에서 아무것도 보지 못하게 된 것이었다, 그리하여 그는 비참한 알코올 중독에 빠져 살아갔다, 그리고 분명히 커다란 그늘이 그의 위에 드리워졌으리라, 그리고 이 거대한 그늘 속에서 그의 가정도 무너져버렸다, 발렌티나 이바노브나가 있었고, 갈리아와 레노쉬카가 있었다**, 그렇지만 그는 기절할 때까지 술을 마셨고, 그동안에 말하고 또 말했으며, 티토프에서부터 스타시티의 청소 직원에 이르기까지 그가 가는 길에 나타난 사람이면 누구든 붙들고 자기가 해야 하는 이야기를 하고 또

---

* 블라디미르 미하일로비치 코마로프는 1967년 소유스 1호에 탑승한 후 지구로 귀환하다가 우주선 낙하선이 펴지지 않아 땅에 추락해 사망하였다. 우주 비행 역사 최초의 인간 희생자로 기록되었다.—옮긴이

** 그의 두 딸 갈리나 유리에브나 가가리나와 엘리나 유리에브나 가가리나를 말한다.—옮긴이

저 가가린

했다, 그리하여 마침내 그가 하는 이야기가 전혀 나쁜 것이 아님을 사람들이 이해할 수 있도록, 그가 하는 말은 오로지 모든 인류를 위한 최고선을 의미하는 것뿐임을 사람들이 이해할 수 있도록, 그가 해야 했던 말은 정말로 낙원이 있다는 것이었다, 전 세계의 모든 성스러운 경전들이, 지금까지는 그에게 아무런 의미도 없었던 말씀이었지만, 모두 이런 이야기를 담고 있었다, 여기에는 어떤 신비적인 내용도 없었다, 낙원이 있었다는, 그리하여 낙원이 지금도 있으며, 앞으로도 있을 것이라는 천년의 믿음은 완전히 현실과 부합한다, 이제 이 경전의 책장은 이제는 아주 다르게 넘겨야만 한다, 상상해보라, 그것들 모두가, 성스러운 경전 한 권 한 권이 **이와 같기** 때문이다, 이렇기에 종교는 다르게 대해야만 한다, 현실적으로 종교는 우리가, 소련 공산당원들이 생각했던 것 외에 다른 것을 의미한다, 그리고 그가 해야 하는 말은 이 지구상의 모든 사람을 행복하게 해줄 수 있었고, 그는 반드시 행복하게 해주어야 한다고, 그는 보드카 냄새에 뒤로 물러서는 사람들에게 더 가까이 몸을 내밀며 말했다, 마침내 그들이 그가 얘기하도록 놔둔다면, 종말이 왔다는 이야기를 마침내 라디오를 통해 지구상의 모든 인민들에게 선언하는 것이 그에게 얼마나 중요한 일인지를 그들이 이해해주기만 한다면, 구세계가 끝이 나고 새로운 시대가 세 단어로 이루어진 단순한 진실로 그들을 맞는다, 실제로 **모든 것이 진실이다**, 라는 말이다. 성경의 가르침

2부 이야기하다

은 진실이며, 불경의 가르침도 진실이고, 쿠란의 가르침도 진실이며, 모든 사원들의 가르침은 진실이며, 심지어 가장 작은 종파도 그들 나름의 어리석은 방식으로 진실이다, **이제까지는** 우리가 그저 이러한 가르침을 이해하지 못했을 뿐이다, 나는 그가 이런 말을 하고 다녔으리라고 상상한다, 단어 그대로 똑같지는 않더라도, 이런 것이 아니었을까 상상한다, 그리고 같은 방식으로 소련의 동무들이 이렇게 보드카 냄새를 풀풀 풍기는 영웅을 그들 앞에서 맞닥뜨렸을 때 어떠했을지 상상할 수 있다, 더욱 끈질기게, 대중 앞에서 말할 수 있는 기회를 허락해달라고 요구하는 영웅을 마주했을 때, 그는 전 세계에, 모든 인류에게 말하고 싶기 때문이다, 그는 자기가 위에서 본 걸 이야기하고 싶다, 그러면 마침내 평화가 세계에 내릴 것이다, 모든 사람이 이를 이해한다면, 모든 반대도 모든 증오도 모든 전쟁도 그 의미를 잃고 만다, 그리고 일반적 평화의 시대가 밝아올 것이다, 뭐, 이 정도면 충분했다, 냉전시대에, 화석화된 소련인들 사이에서는 가가린이 아무리 적은 청중을 두고라도 이런 이야기를 하게 놔둘 수는 없었다, 아주 드물게나마 그가 대중을 향해서 얘기해야 할 때, 어떤 연설을 해야 할 때면, **그 문제는** 언급하지 않겠다고 당원 규정집에 손을 얹고 맹세하도록 했다, 이건 내가 상상한 내용이지만 이러했음이 분명하다, 잠시 후에는 그들은 더는 그가 침묵을 지키리라고 신뢰할 수 없었기에 그가 발언하도록 허락하지 않았을 뿐 아니라, 물론

저 가가린

그를 우주여행에서 빼버렸다, 물론 그가 스타시티와 소련 우주 연구 양쪽에서 그저 꼭두각시일 뿐인 시대가 너무 빨리 왔기도 했다, 보드카 냄새 풍기는 꼭두각시, 부어버린 머리, 이런저런 상처로 변형된 얼굴, 그 시대의 관습에 따라, 그런 사람은 신경이나 신체 기능의 질서를 잡기 위해서 이런저런 정신병원에 숨겨버려야 했다, 물론 그의 신경이나 신체 기능 모두 질서가 잡히진 않았다, 그러나 그렇다고 거기 오래 잡아놓을 수는 없었다, 그들은 다시, 또다시 그를 스타시티나 다른 훈련 직책으로 내보내주었지만, 이제 그는 더는 첫 번째 줄에도, 심지어 두 번째 줄에도, 세 번째 줄에도 설 수 없고, 마지막 줄에나 간신히 설 수 있었다, 거기서 그의 목소리는 거의 들리지 않았다, 코롤료프와 그의 부하들, 그의 동무들과 친구들은 모두 이전의 착한 농민 출신 소년을 잘 알고 있었다, 이 용감한 영웅, 아무나 따라할 수 없는 매력적인 인간, 그들 모두가 한때 무척이나 사랑했던 사람, 그들은 이제 가가린이 대중 근처에 가까이 가도록 허락할 수 없었다, 가가린 본인은 전혀 이해할 수 없는 이런 배척에 더욱 분노한 것이 분명하다, 그는 자기 자신이 불능이라고 느꼈고, 자기가 한 말이 뭐가 잘못된 건지 이해할 수가 없었다, 적대적이든 너그럽든 뚫을 수 없는 환경이 그에게는 불가해하게 여겨졌다, 그리하여 차츰 그는 모든 것과 모든 이로부터 영원히 분리되었고, 맨 마지막에 이르러서는 다른 그 무엇도 생각할 수 없이 오직 낙원만 떠올렸다,

그는 아마 이 이야기를 그의 말년인 1968년에 면회 온 형 발렌
틴에게 반복했다, 형은 그에게 제정신을 차리게 하려 이야기
를 했지만, 아무런 소용이 없었다, 그, 가가린은 그저 사람들
이 그를 찢어놓는다고 해도 자기는 여전히 다른 말은 할 수 없
으리라는 말만 반복했기 때문이었다, 그것이 바로 그들이 그
를 옆으로 제쳐놓은 이유였다, 그가 비행을 할 수 없는 이유였
다, 그가 우주여행에서 제외된 이유였다, 그를 전원으로 보낸
이유였다, 형도 이유를 알잖아, 가가린은 발렌틴에게 말했다,
내가 어디를 보든 이것만 보여, 낙원이, 어디에 있든 내 마음속
에만 있는 게 아니라, 내가 말하는 동안에도 지속적으로 **보여**,
그들이 나를 어떻게 생각하는지는 누가 알겠어, 나를 순진하
기 짝이 없다고 생각하겠지, 내가 백치라고, 어린애라고 생각
하겠지, 낙원이 **정말로** 존재한다고 이해하려고는 하지 않아,
우리 지구 말고는 아무것도 없다고 생각해, 형은 이해할 거야,
이 지구는, 우리의 어머니 지구는…… 그리고 가가린은 아이
처럼 울기 시작했다, 그는 탁자 위로 몸을 던져 울었다, 이런
식의 일이 술친구하고도, 아내하고도 일어난 것이 분명하다,
실로 접근이 허락되었을 때, 갈리아와 레노쉬카하고도 이런
식이었다, 그리하여 그들이 인간의 삶을 전과 달리 보도록 하
리라, 아니, 인류는 그를 통해 뭔가 깨닫게 될 것이기 때문이
었다, 이로 인해 지구상의 악은 완전히 무의미하게 될 것이었
다, 거기, 보드카 냄새에 휩싸인 한 남자가 앉아 있었다, 앞으

로도 영원히 언제나 소련의, 세계의 영웅으로 남을 사람, 아무
도 그가 하는 말을 믿지 않는다는 사실에 미쳐버린 남자, 그
는 완벽히 혼자였으며, 세계는 두 개로 갈라져버렸다, 한쪽에
는 낙원이 있었고 그가 그곳의 유일한 주민인데, 다른 세계에
는 아무것도 의심하지 않고 이 위대한 상황에 대해서는 알지
못하는 인류가 살며 평소처럼 삶을 계속해나간다, 하늘이 내
려준 세계에서 그 위대한 여행과 위대한 발견으로 아무 일도
일어나지 않은 것처럼, 세계는 이전처럼 계속 흘러간다, 그리
고 이것을 가가린의 신경계는 견딜 수가 없었다, 이 신경계가
그의 신체 기능도 파괴하여, 그 마지막 나날 동안 그는 더는
살아 있는 상태를 견딜 수 없었다, 이 사실은 내게 완전히 분
명해졌다, 그는 오로지 보드카로만 견딜 수 있었다, 이런 일을
당해서는 안 되는 사람이 있다면, 바로 이 남자다, 나는 여기
서 이제 쓰디쓴 위로를 전하며, 이 모든 일들을 이 공책에 적
어 내려갈 수 있다, 한편으로는 나는 아무도 읽지 못하게 이걸
없애버릴 것이지만, 다른 한편으로는 나는 헛되이 여기 있는
것이다, 나는 헛되이 여기에 왔다, 그리고 위대한 비밀을 이해
한 것도 헛되었다, 더는 형제 유리 알렉세예비치에게 도움이
될 수 없다, 어느 경우에도 그에게 최선의 일은 죽는 것이었기
때문에, 그렇게 된 것이었다, 이유는 중요하지 않다, 인간은 이
것을 *봐서는 안 되었다*, 어느 경우에도, 이것 때문에, 이 문장
의 심오한 의미 때문에, 나는 이런 생각과 함께 끝낼 것이었

2부 이야기하다

다, **그렇게 되는구나, 하지만 그렇게 허락된 것은 아니다,** 나는
그 말을 이해했다, 이 순간에도, 그리고 앞으로 올 모든 순간
에도 이를 이해한다, 그러니 이제 이 일을 끝낼 시간이다, 나
는 기다리며 저절로 일어나는 일을 기다릴 욕망이 없다, 다른
식으로 될 리는 없다, 내 조사와 내 발견이 내게 힘을 주리라
생각했던 것을 앗아 가버렸다, 이를 미리 알았더라면, 나는 시
작하지 않았을 테지만, 그 모든 일이 너무 근사하게 시작되었
고, 여전히 더위가 푹푹 찌던 여름이었다, 7월이었나? 8월? 이
젠 더는 중요하지 않다, 그때 나는 '내 창문' 옆에 앉아 내가
얼마나 이 지구를 떠나고 싶어 하는지를 생각했다, 이제 그날
이 왔다, 2010년 12월 29일 오늘, 바깥은 죽도록 춥다, 이젠 이
공책을 시작할 때와 똑같은 식으로, 그저 그렇게 떠나고 싶다
는 이유로 이 지구를 떠나고 싶다고 말하며 마무리할 수는 없
다, 그러니 헤임 박사 및 그의 목뼈와 관련한 모든 일을 처리
해버리고, 이스트반과 관련한 모든 일 및 이 공책도 처리해버
릴 것이다(내가 떠난 후 뭔가 남아야 한다면 다른 것 말고 이것으로
하자), 그런 후에는 여기서는 단 하루도 보내고 싶지 않으므
로, 나는 지구를 떠난다는 건 "내가 평소 앉는 창문"에서는 되
지 않는다는 사실은 이미 안다, 즉 내가 창문을 열고 바깥으
로 발을 내디뎌 내 몸을 밀어 떨어뜨리면 그걸로 끝, 나는 위
로 올라간다, 이렇게는 되지 않는다는 것이다, 그래서 대신에
나는 모든 것을 끝낸 후에(그리고 내 공책을 이스트반 간호사에게

저 가가린

417

줄 것이다), 여기 6층의 창문을 열 것이다, 나는 창틀에 서서 내 몸을 밀어낼 것이다, 무엇이든 위로 올라가지 못하는 건 확실히 아래로 내려가기 때문에. 그때가 왔기 때문에. 6층에서 낙원으로.

2부 이야기하다

장애물 이론

땅을 택한다고 해보자, 하늘을 택해도 된다, 그는 말한다, 어디든 갈 수 있다, 땅속 깊숙이 들어갈 수도 있고, 하늘 위로 높이 오를 수도 있다, 어디든 마찬가지, IBM 현미경으로 가장 내적인 원자 구조를 연구할 수도 있다, 우주의 직경을 측정하기 위해 어마어마하게 거대한 은하 속 컴퓨터화된 율척律尺을 상상할 수도 있다, 가장 거대한 것들을 연구할 수도 있고, 가장 작은 입자를 조사할 수도 있다, 전체 사회를 연구하든 한 가족을 연구하든 큰 차이는 없다, 한 인간의 운명을 처음부터 보든, 생물을 하나하나 보든, 돌을 하나하나 보든, 사상과 출처, 이론, 인지, 감각, 의도, 자율을 보든, 밀로의 비너스가 무엇을 바라보고 있는지, 누가 누구를 왜 사랑하는지, 누가 무엇을 어째서 좋아하지 않는지를 보든 모두 다 마찬가지다, 가령 그와 이

2리터짜리 플라스틱 물병을 골라본다고 하자, 이걸로 얘기는 곧 끝낼 것이다, 여기 이 물병이 있다, 굳이 그를 연구하려는 사람이 있다면, 그가 물병을 들어 올리고 한 모금 마시는 모습을 보겠지, 그가 어떻게 물을 마시고 그 플라스틱 물병을 더럽고 지저분한 여기 포장도로 위에 내려놓는지는 보지만, 왜는 보지 않는다, 왜 그가 물병을 내려놓는지, 뭐, 사람들은 결코 그것을 묻지 않는다, 왜 그가 더는 마시지 않는지, 자연스럽게 지금 당장은 마시지 않는다는 뜻이다, 어째서 한입만큼의 물만 마시고 더는 아닌지, 다른 말로 하면, 어째서 그는 물병을 더는 입술에 대고 있지 않은지, 어째서 그가 여기 그걸 내려놓았는지, 이제 그는 물병 바닥을 뉴가티 역의 지하도 구석, 눈 녹아 더러운 인조 대리석 보도 위에 쿵 내리친다, 그럼 다른 얘기를 해볼까, 그는 말한다, 우선 지금 세상에 있는, 이 온 세상에 있는 모든 것, 제자리에 있는 모든 것은 그 자리에 있다, 땅으로 더 멀리 떨어질 수 없기 때문이다, 중력이 그를 끌어당기긴 하지만, 무언가가, 더 강력한 무언가가 놓아주질 않는다, 가령 강을 예로 들어보자, 그는 말한다, 강은 어떤 방식으로 굽이치는가가 중요하다, 그리고 그는 확실히 그게 얼마나 중요한지 아는 사람이다, 어느 방식으로 굽이치는지가, 정확히는 어떤 식으로 회전하여 바다로 향하는지가 중요하다, 하지만 이런 강의 굽이는 모두 하나하나, 물이 어떻게 땅의 한 지점으로 흐르는지에 의해 결정이 된다, 그리하여 그 주

2부 이야기하다

위를 돌게 된다, 즉 흐르는 강은 더 높은 땅에 있는 무엇에 부딪혀서 이 때문에 굴절된다, 그런 다음, 이렇게 무수한 굴절이 강의, 뭐라고 해야 할까, 강바닥의 행로를 만든다고 해야 할까, 소위 강바닥 노선이 된다, 어째서 강이 이런저런 식으로 휘는지, 어디로 휘어져야 하는지, 여기서 지도 제작자와 항해사, 댐 건설자, 그 밖의 다른 사람들이 등장한다, 하지만 그들은 여기서 일어나는 일에는 관심이 없다, 그저 똥파리 떼처럼 모여 다닐 뿐, 본질을 고려하는 사람은 아무도 없다, 그들은 오로지 나에게서는 한 모금의 물을 구성하는 딱 이만큼만 보듯이, 그들은 오로지 여기서, 저기서 강이 휘는 것만을 볼 뿐이다, 심지어 지면이 저기서는 더 높다는 관찰까지는 더하지만, 본질은 보지 못한다, 전혀 보지 못한다, 아니면 다른 예를 하나 더 들어볼까, 주위를 둘러보라, 중력 때문에 세상의 모든 것은 제자리에 있다, 하지만 그 누구도 자신에게 묻진 않는다, 무엇이 여기를 한 사물의 특정한 자리이며 다른 사물의 자리는 아니라고 정하는 것인가? 무엇 때문에 사물들은 자기 자리를 갖게 되는가? 무엇 때문에 세계는 현재와 같은 모습이 되었는가? 뭐, 아시겠지만, 모든 것이 중력 때문에 어딘가에 처박히게 된다, 그리고 더는 아래로 떨어지지 않는다, 그것이 바로 세상이 이루어진 방식이다, 하지만 다른 예를 들어볼까, 가령 눈송이를 예로 들어보자, 바로 지금처럼 계단 위 바깥을 내다보면, 이 눈송이들이 떨어지는 모습이 보인다, 그렇다, 지금, 같은 이야기다, 어쩌다 눈송이들은 저렇게 낮은 속도로 떨어지고 있는 걸까, 사람들은 보통 이렇게 말한다, 무게와 부피와 공기 저항과 바람과 중력, 사람들이 최대로 생각해낼 수 있는 답이다, 하지만 그 누구도, 그 어떤 사람도 여기에 작용하는 보이지 않는 거대 체계가 있다고는 말하지 않는다, *그것이 바로 세상이 이루어진 방식이다*, 이것이, 바로 이것이 그저 흥미롭지가 않은 것이다, 사람들은 저항과 중력과 힘을 말한다, 거기서는 모든 것이 무척 명확하다, 심사숙고할 필요가 없다, 반면 이것이 바로 여기 있는 모든 사람들이 완전히, 정말로 무지하다는 사실을 보여주는 근거이기도 하다, 그러면 다른 예를 들어볼까, 다른 예도 있으니까, 땅을 한번 볼까, 가만히 멈춘 것들이 있고, 조만간 가만히 멈추게 될 것들이 있다, 즉 이 순간에는 우연하게도 한 장소에서 다른 장소로 이동하고 있지만, 중지가 있고, 지연된 중지가 있다, 우리가 땅과 본다는 행위를 고려한다면 이 두 개가 있다, 하지만 보이지 않는 것들의 영역도 염두에 둔다면 말이다, 그는 말한다, 가령 중성자와 양성자와 전자, 강립자와 경립자, 쿼크와 보스 입자, 초짝입자가 깜빡이는 등등의 영역, 시간이 흐름에 따라 연쇄가 끝없이 이어지는 영역에서는, 연쇄란 무언가로 조립되는 것이니까, 뭐, 상관없고, 중요한 점은 여기서 우리는 동작을 본다는 것이다, 그리고 이 동작의 방해와 멈춤은, 어떻게 표현해야 할까, 영원히 지연된다, 그리하여 우리에게는 멈춤과 동작이 있지만, 둘 다

　　　　　　　2부 이야기하다

그 뒤에는, 이제부터 집중하시길, 그는 말한다, 눈에 띄지 않고 헤아릴 수도 없는 거대 체계가 있어서 앞으로 어떻게 될지 결정한다, 멈춤일지, 동작일지, 그리고 세계를 넘어선 다른 세계들이 있다, 모든 세계는 완벽하게 또 하나의 세계를 숨긴다, 물론 모든 것은 하나의 세계는 오로지 관문이라는 말로만 표현될 수 있다, 수십억 개의 세계로 향하는 비밀의 문이다, 그 세계들은 오로지 이 하나의 세계를 통해서만 닿을 수 있다, 그리고 세계 위에 세계가 있다, 하지만 정말로 거대한 엉망진창, 초혼돈이라고 할 수 있다, 우리가 전체를 하나의 광대한 체계의 위계적 부속들로 인식하려 한다면, 이 말보다 우리가 말하려고 하는 대상을 더 잘 표현할 수가 없다, 물론 그건 말뿐이다, 말은 결코 아무것도 드러내지 않는다, 그래, 말은 정확히 빠져나갈 길을 숨기기 위해 존재하며, 숨겨진 것의 역할을 해낸다는 것이 확실하다, 그래, 막아놓은 문은 결코 열리지 않는다, 물론 생각도 딱히 나을 바는 없다, 생각도 늘 어떤 문지방에 막혀 있다, 정확히, 이 생각이 저 너머로 넘어가는 곳, 즉 말이든 생각이든 상관없다, 이건 그저 옛날에 닫혀버린 경계 같다, 들어갈 길도, 나갈 길도 없다, 그렇지만 긴밀한 인과 속에 봉쇄된 구역은 거기서 젤리 같은 물질로 흔들린다, 가치도 없이, 오해를 일으키며, 하지만 우리는 한 발짝 더 나아갈 수 있다, 우리가 멈출지, 움직일지 결정하는 총체 뒤에 멈춤이나 지연된 멈춤이 있었다는 데 일찍이 동의했다면, 그는 말한다, 역시 그 뒤에 가늠할 수 없지만, 여전히 이해할 수 있는 거대 체계도 있기 때문이다, 그리고 이것이 바로 동일한 것이다, 그가 든 모든 예에서는 이 똑같은 거대 체계가 작동하고 있다, 이 모든 거대함은 그다지 도움이 되지는 않지만, 지금은 더 좋은 용어를 찾을 수 없다, 그래도 어쨌든, 어떤 말이 그가 말하고자 하는 바를 표현할 수 없다는 건 그렇게 흥미롭지 않다, 그가 이런 문제에 맞닥뜨린 건 이번이 처음도 아니다, 맙소사, 그는 오로지 이것은 말에 관한 상황이라는 얘기만 반복할 수 있을 뿐이다, 말은 무력하다, 대상 주위를 빙빙 돌지만 정중앙을 맞히지는 못한다, 그건 여러분을 위해 쓰는 말이다, 그리하여 그의 입장에서는 또한 맞는 말을 찾을 수 없다는 게 그렇게 크게 언짢진 않다, 오늘은 이 거대 체계라는 말을 받아들이기로 하자, 어쨌든 이 용어는 아무것도 표현하지 못한다, 즉 그 용어가 표현해야 하는 내용에 비하면 그렇다는 듯이다, 즉 이 내용이란 사실상 이 체계는 가시적 영역과 비가시적 영역의 모든 것 바로 뒤에 있다는 것이며, 사실상 이 체계는 어마어마하게 광대한 보편적 단위와 어마어마하게 미세한 보편적 단위의 영역에 존재한다는 것이다, 이건 더 이상은 세계가 아니다, 본질이지, 그는 다시 한번 겨울의 추위를 피해 찾아든 뉴가티 역의 지하도 구석에서 플라스틱 물병을 들어 또다시 들이켠다, 세계가 있고, 세계의 이러한 본질이 있기 때문이다, 그리고 아마도 이런 여러 세계가 각각 자신의 본질을 갖지만 동시에 모두 함께 있다, 그것이 우리가 세계를 생각해야 하는 방식이기 때문에, 모든 것이 동시에 함께 있다고 생각하니까, 이러한 세계들과 이러한 본질은 서로 떨어질 수 없다, 이들은 같은 천으로 만들어졌고, 이 본질은 소위 자신만의 특정한 세계로 짜 넣어졌다, 말이 나왔으니 말인데, 여기서 그는 무척 중요하다는 표정을 지으며 플라스틱 물병을 인조 대리석 보도 위의 더러운 진창물 속에 내려놓는다, 우리가 따로따로 별개로 말하는 건 틀린 게 아니다, 세계와 본질을 따로따로 말할 수 있다, 그것이 가능한 한도 내에서는, 이 본질에 대해서는, 그가, 여기 크리스마스 인파가 붐비는 뉴가티 역에 있는 이 사람이 이 정도는 말해줄 수 있다, 그는 플라스틱 물병을 들어 다 마셔버리고 말한다, 그러면 여러분도 더 간단한 형태로 직접 상상할 수 있을 것이다, 하지만 그는 이제 우리의 관심이 시들어가고 있다는 걸 이해하기는 한다, 그러면 그러려고 시간을 들인다면, 여러분은 이것을 직접 더 간단한 형태로 이해할 수 있게 될 것이다, 즉 뒤범벅된 장애물의 형태로 이해하리라, 무시무시하고, 괴물같이 광대하며, 우스꽝스러운 장애물의 경로, 오로지 보이지 않는 장애물과 오로지 숨겨진 저항이 사방에 있을 뿐이다, 여러분 앞에 놓인 세계를 상상해보라, 더 정확하게는 거대하고 광대한 것을, 생각할 수 있는 한 최대로 거대하고 광대한 세계를 상상하라, 그러면 그 안에서 일어나는 모든 하나하나의 사건이 장애물에 달려 있다는 것을 알 수 있다, 추동력, 말하자면 세계를 앞으로 밀고 나가는 힘, 움직일 수 있도록 하는 힘보다는 오히려 장애물에 의존한다는 것을 볼 수 있다, 이것은 그렇게 복잡한 일이 아니다, 그는 말한다, 그건 상상될 수 있다, 무한정의 아원자 입자 영역에서부터 무한정의 우주 영역에 이르기까지 마음으로 온 세계를 훑고 가보라, 그러면 사실을 볼 수 있을 것이다, 사건일 수도, 사물일 수도, 사건의 부재일 수도, 사물의 부재일 수도 있다, 하지만 사실이 이런 후자 쪽이라고 한다면, 그렇다면 사실은 부재이고, 사물이나 사건이 비발생했다는 정반대의 실제 사실을 지니게 된다, 자, 그러면, 이제 그는 두 발로 일어서려 애쓰지만, 몸 아래 겹겹이 펼쳐놓은 외투 위로 도로 넘어진다, 우리는 분명히 세계의, 여러 세계들의 본질을 알아볼 수 있다, 이제 선명히 보이기 때문이다, 아닌가? 세계를 묶어주는 것은 장애물들이며, 구조를 말할 수 있는 한, 장애물들이 세계에 구조를 부여한다, 장애물들은 앞으로 무엇이 장애물이 되고 되지 않을 것인지를 결정한다, 이것이 되든, 저것이 되든, 나쁜 늑대가 되든, 빨간 두건이 되든, 어느 쪽은 될 것이며, 어느 쪽은 되지 않을 것인지, 어디로 갈 것인지, 어디에서 멈출 것인지, 혹은 어디에서 시작할 것인지, 과연 시작이라도 할 것인지, 아무것도 없다, 그는 다시 벽에 등을 털썩 기대면서, 귀가 찢어질 듯한 소란 속에서 그를 지나쳐 돌진하는 인파들을 향해 말한다, 주님이 일으키시지 않은 것, 혹은 주님이 없애버리지 않은 건 아무것도 없다, 삶과 죽음의 주인, 세계 뒤에 있는 가장 존엄한 세계 질서, 존재의 가장 엄청난 기념비적인 구조, 이 모든 것은 또한 현존하지만, 한편으로는, 그리고 이건 정말로 별로 웃기지 않은 얘기이지만, 한편으로는…… 그는 이 말을 반복하며 병을 잡지 않은 손을 들어 그의 말에 조금도 관심을 보이지 않는 군중에게 경고를 준다, 이 본질은 전혀 존재로서 존재하지 않는다, 왜냐하면 존재 속에서 이 본질은 오로지 결과를 통해서만 존재한다, *그리고 이것이 세계다*, 아니면 좀 더 단순하게, 여기 있는 사람을 한번 보시라, 그는 이 미친 크리스마스 인파 속에서 다른 사람 그 누구에게도 아무런 흥미를 끌지 못한다, 그러니 그는 예로서 충분할 것이다, 그에게는 삶이 있었다, 그 삶 속에서 여기저기를 다녔다, 멈춤이 있었고 이동이 있었다, 한편으로는 이 길로는 갈 수 없었고, 다음 순간에는 저 길로 갈 수 없었다, 그리하여 한 가지는 확실하다, 지금 그는 서 있다, 지금은 사방에 장애물뿐이다, 거대한 외통수라고 할 수 있겠지, 남아 있는 유일한 것은 플라스틱 물병 속의 마지막 몇 모금뿐이다, 그는 여전히 그것을 마실 수 있다, 다시 입 한가득 물을 들이켤 수 있다, 그가 영원히 멈추기 전에, 영원히 사라지기 전에, 저 거대한 냄새나는 안개가 그를 완전히 삼켜서 그를 그 누구도 도로 찾아올 수 없게 되기 전에 ―여기 뉴가티 역 지하철 입구 옆에서 돌아와서 직접 보시라, 여기 매표소 옆에, 움푹 들어간 모퉁이는 외풍이 상당히 심하다, 내일은 크리스마스이니, 부디 1포린트

만 적선해주시길, 위층에서는 눈이 내리고, 오늘 밤 여기, 차가
워진 그의 무릎 위에는 텅 빈 플라스틱 물병뿐이다.

축복 없는 장소를 걸으며

I.

교회는 성경이 읽히고 이해되는 장소입니다.

II.

교구 주교는 신도들 사이에 슬프게 앉아 말한다, 이걸로 성경 읽기는 끝입니다, 이해란 없었기 때문입니다.

III.

그리하여 성스러운 장소에서는 주님께 드리는 예배를 행하는 일만이 허락되며, 이 장소의 신성함과 일치하지 않는 모든 일들은 금지되기 때문에, 성스러운 장소는 그 안에서 일어났던 깊은 불의를 통해 타락하였으며, 신도들은 추잡한 행위를 통해 타락하였기에, 그러므로 지금부터는 이 손상이 참회 의식을 통해 수정되지 않는 한 주님께 드리는 예배는 없을 것입니다, 교구 주교는 회중을 향해 말한다. "주님께서 여러분께 함께하시길!" 그런 후에 아침에서 저녁이 되고, 저녁의 끝이 되며, 밤이 되고 자정이 되지만, 신도들은 철야 예배를 하지 않고 모두 잠이 든다, 땅거미가 내려앉자, 교구 주교는 성궤에서 성체를 집어 든다, 그는 성소의 등을 끄고 이 단어들을 읊는다:

"저희는 간청하지 않습니다! 저희의 이해는 진실로 채워지지 못하였기에, 저희는 주님 앞의 영광 속에 서지 않습니다. 저희의 주님, 주님의 비통한 신도들이 바치는 공물을 받지 마시옵소서, 주님의 사람들은 이 성스러운 집에서 신비를 통하여 지나 영원한 구원을 얻지 못하였기 때문입니다. 그리하여 저희에게는 이를 고백하는 것만이 가치 있고, 정당하며, 적절하고, 이로운 일입니다, 이제 저희는 슬픔에 빠진 채로 인간 노동으로 지어진 이 기도의 사원에서부터 물러납니다, 여기 이 사원이 실현되지 못한 구원의 집, 영원히 얻지 못할 천국의 성스러움의 전당이 되기를 기원하나이다."

IV.
나의 친애하는 형제들이여, 교구 주교는 말한다.

2부 이야기하다

V.

그런 후에 그는 제단 위에 놓인 촛불을 불어 끄고 초들을 복사 중 한 명에게 주며, 신도들을 향해 말한다, "그리스도의 빛이여, 전능하신 영원한 주여, 여기에서부터 자비를 거두시길, 주님에게 기도했던 이들에게 내려진 신성한 도움은 모두 헛되었습니다."

VI.

교구 주교는 성체를 다른 복사들에게 준 후 꽃과 제단을 덮은 천도 치운다. "이 물건들로부터 축복을 거두시길", 그리고 더는 기도를 받아주지 마시기를, 그는 말한다, "이전에 주님의 성스러운 아드님 앞에 무릎을 꿇었던 모든 이들의 감사도, 속죄도, 요청도 받지 마시기를."

VII.

"하느님의 성스러운 아드님, 당신과 함께 영원히 살며 다스리실 분."

VIII.

주교는 향로에서 유향을 거두고, 잔불을 끄면서 말한다: "저희의 주님, 저희의 기도는 마치 이 유향처럼 주님의 존안 앞에 올랐습니다. 이제 다시 기도는 오르지 않을 것입니다. 저

축복 없는 장소를 걸으며

는 제단과 벽, 이 신도들의 분향을 철회할 것입니다."

IX.
신도들은 침묵한다.

X.
교구 주교는 벽으로 돌아서서 한때 성유로 그렸던 열두 개의 십자가 기호를 씻어낸다. 그런 후에 그는 제단으로 걸어가 네 귀퉁이에서 성유의 기억을 닦아낸다.

XI.
그리고 그는 이렇게 말한다, "당신의 교회를 축성하시고 이끌어주셨던 저희의 주님, 저희는 주님의 성스러운 이름을 찬양가로 칭송하였습니다만, 이제는 다시 그러지 않을 것입니다. 오늘날 주님의 시들어버린 백성들은 기도 그 자체를 위해서는 이 사원에 형식적으로만 돌아오기 때문입니다, 이 사원에서는 주님의 영광을 기렸으나, 주님의 말씀에서는 그 무엇도 배워 가지 않았습니다, 그리고 주님의 축성으로 어떤 영혼도 성장하지 못했습니다. 이 사원이 교회를 상징했던 것은, 그리스도께서는 이 교회를 당신의 영광스러운 약혼자로 선택하여, 신앙의 순수함 속에 눈부신 성처녀로 지키고, 성령의 힘 속에서 행복한 성모가 되도록 이를 당신의 피로 성축하셨기 때문입니다. 그것은 성스러운 교회의 포도원도 마찬가지입니다, 주님께 선택받아 교회의 나뭇가지가 온 세계를 채우고, 새순은 십자가에서 돋아 천국의 나라까지 올랐지요. 이곳은 사람들 사이에서 주님의 피난처였으며, 살아 있는 돌, 초석처럼 사도들의 위에 지어진 교회였습니다, 그리고 그 안에서 예수 그리스도 당신께서 주춧돌이 되셨습니다."

XII.

"그리하여 교회는 장엄했습니다", 교구 조교는 말한다, "산꼭대기 위에 지어진 도시는 모든 이의 눈앞에 순수한 빛을 내뿜어 빛났습니다, 그리고 그 안에는 양의 광휘도 빛났으며, 행복한 자들의 노래가 울려 퍼졌습니다. 그리고 이제, 저희의 주님, 저희는 천국의 모든 축복을 거두시어 이제 이 성스러운 장소가 더는 그렇지 못하게 해주십사 간청합니다, 이제 더는 신의 은총이 인간의 죄를 씻어 가지 못하기 때문입니다, 주님의 자녀들이 이제는 죄악에 무감각하며, 영생으로 부활하지 않기 때문입니다."

XIII.

"그리고 제단 주위에는", 교구 주교는 말한다, "흩어진 주님의 신자들이 더는 모이지 않을 것입니다, 그들은 더는 부활절의 성스러운 비밀을 경축하지 못할 것입니다, 그들은 더는 그리스도의 말씀과 성체를 받아 키워지지 않을 것입니다, 여기, 이렇게 무정히 고별을 알리는 목소리에서, 오만한 상실감이 울려 퍼집니다, 인간의 말씀은 이제 천사의 노랫소리와 하나 되지 않기 때문입니다. 이제 기도는 더는 세계의 구원을 위해 주님께 오르지 않을 것입니다, 궁핍에 빠져 고통받은 자들은 이제 더는 도움으로 이르는 길을 찾지 않을 것이기 때문입니다, 짓밟힌 자들은 이제 다시는 자유를 맛보지 못할 것입니다, 모든 인간과 하느님의 아들의 위엄 사이에는 광대한 틈이 벌어질 것입니다."

XIV.

"그 누구도 얻지 못할 것입니다", 교구 주교는 말한다, "그 누구도 천국의 예루살렘을 얻지 못할 것입니다, 당신의 아드님께 이르는 거리는 말로 표현할 수가 없습니다."

XV.

"천국의 성령의 조화 속에서 하느님과 함께 살고 다스리시는 당신의 아드님, 영원한 유일신이시여."

XVI.

교구 주교는 두 명의 복사와 함께 제단을 무너뜨리고, 그들이 그것을 가져가자 주교는 말한다: "이곳에서 주님의 축복을 거두어 가십시오, 더는 저희를 위해 희생하신 예수님의 사랑의 흔적이 여기 없기 때문입니다. 신도들의 열정은 이런 아름다운 제단을 가질 가치가 없습니다. 그들의 부름은 헛되이 울렸고, 그들은 돕기 위해 하나로 모이지 않았으며, 여기 성찬식에 참석하지 않았습니다."

XVII.

교구 주교는 두 명의 복사와 함께 설교단, 말씀을 공표하는 장소를 무너뜨린다, 그리고 복사들을 시켜 내가게 한 후 말한다, "주님, 이곳에서 축복을 거두소서, 당신의 말씀은 여기서 헛되이 울렸으며, 열매를 맺지 못하였습니다."

XVIII.

그리고 주교는 두 명의 복사와 함께 거기 걸었던 성화들을 치우고 성상을 옮겨 간다, 성화와 성상이 모두 치워지자 주교는 말한다, "전능하신 주여! 우리가 주님의 성스러운 아드님을 뵐 수 있도록 하는 허락을 거두옵소서……"

XIX.

"주님과 함께 영원히 살며 통치하실 당신의 성스러운 아드님을……"

축복 없는 장소를 걸으며

XX.

"……혹은 주님의 성인의 초상도 보지 못하게 하옵소서, 저희가 여기에서 그분들께 시선을 둔다 한들, 오로지 성스러운 삶이 아니라 저희의 죄악과 비천함만이 떠오를 것이기 때문입니다. 그리하여 저희에게서 축복을 거두어주옵소서, 주님, 저희가 성인들을 바라볼 때, 신앙 속에서 더 강해지는 것이 아니기 때문입니다. 그리하여 성인들의 성화와 성상 앞에서 기도하며 그들에게서 대도代禱를 구한 이들은 결코 이 땅에서 피난처를 얻을 수 없을 것이며, 천국의 영원한 영광도 얻을 수 없을 것입니다."

XXI.

교구 주교는 제단 아래 떨어진 잔해를 그러모으며 말한다:

XXII.

"사랑하는 형제들이여!"

XXIII.

"우리의 탄원은 더는 이제 우리 주 그리스도의 이름으로 전능하신 주께 오르지 않을 것입니다! 더는 성인들, 예수의 수난에 함께하였으며, 최후의 만찬에 손님으로 갔던 성인들이 우리의 간청을 듣지 않을 것입니다! 저희 주님, 저희에게 자비

　　　　　　　　　2부 이야기하다

를 베풀어주옵소서! 예수님, 저희를 긍휼히 여기소서! 성처녀 마리아, 성모시여, 대천사 미카엘이여, 저희에게 자비를 베푸소서!"

XXIV.

"대천사 미카엘, 모든 성스러운 천사들, 세례 요한, 요셉, 주님의 사도이신 베드로, 바울, 안드레 성인이여, 사도 요한, 성 마리아 막달레나, 순교자 성 스데반, 순교자인 페르페투아와 펠리시타 성녀, 순교자이신 로마의 아그네스 성녀, 성 그레고리우스 교황, 히포 사람 성 아우구스티누스, 알렉산드리아의 성 아타나시우스, 성 바질, 투르의 성 마르티노, 누르시아의 성 베네딕토, 아시시의 성 프란체스코와 성 도미니크, 성 프란치스코 하비에르, 성 요한 마리아 비안네, 시에나의 카타리나 성녀, 아빌라의 테레사 성녀, 헝가리의 성 이슈트반, 성 제라르도 사그레도, 우리 주님의 모든 성인들이시여, 우리를 구원하시기를!"

XXV.

의식 문집을 버린 후에, 주교는 벽과 전체 신도들로부터 한때 신성시되었던 모든 물의 흔적을 닦아낸다, 그런 후에 그는 그들 앞에 물이 가득한 병을 놓아두고 말한다:

XXVI.

"친애하는 형제들이여!"

XXVII.

"우리는 형식적으로 이 집을 축성하고, 우리의 주님과 하느님에게 우리 자신의 침례를 떠올리게 할 이 물을 축복해달라고 빌었습니다. 이제 우리는 주님께 이 축복을 거두어달라비옵니다, 우리는 영혼이 이끄는 대로 따르지 않았기 때문입니다. 우리의 하느님! 저희는 당신을 통해 청명한 삶을 얻을 수 있었으나, 정화를 통해 저희가 새로운 삶으로 오를 수 있다는 주님의 결정은 헛되었습니다. 저희는 새로운 삶으로 오르지 못했으며, 영원한 행복을 이어받을 수 없었습니다. 그러니 이 물에서부터 이전에 내렸던 축복을 거둬주시어 저희가 다시는 주님의 천상의 자비를, 우리가 절대 얻지 못할 자비를 기억하지 못하도록 하소서."

XXVIII.

그런 후에 교구 주교는 말없이 그를 따르는 신도들을 끌고 교회에서 물러나 문을 닫고 열쇠를 이전 도편수의 특사에게 건넨다, 그런 후, 주교는 이 건물의 부지에 축복을 내려달라고 했던 이전의 요청들을 모두 철회하고 거기서 행렬 기도식을 열지 못하도록 금지한 후에 도편수의 도움을 받아 주춧돌을 파내 그것을 구덩이에 버리고 말한다.

XXIX.

"그리하여 저, 요한은 새로운 천국과 새로운 땅을 보았습니다. 첫 번째 천국과 첫 번째 땅은 지나갔고, 대양은 이제는 없습니다. 그리고 저 요한은 신성한 도시를 보았습니다, 새로운 예루살렘이 하늘에서, 하느님에게서 내려오는 것을 보았습니다. 치장을 하고 신랑을 향해 내려오는 신부와 같았습니다. 그리고 그때 저는 옥좌에서부터 힘있게 울리는 소리가 말하는 것을 들었습니다. '사람들 사이에서 하나님의 피난처를 보라! 그는 사람들과 함께 살 것이며, 그들도 하느님의 백성이 되리라, 그러면 하느님도 그들 사이에 함께할 것이니. 그리고 하느님이 그들의 눈에 흐르는 모든 눈물을 닦아줄 것이며, 더는 죽음도, 애도도, 탄식도, 고통도 없을 것이다. 이전에 있었던 모든 것들은 지나갔기 때문이다.' 그리고 옥좌에 앉은 하느님은 말하셨습니다. '보라, 내가 모든 것을 새롭게 창조하였도다.'"

XXX.

신도들은 흩어졌고, 주교는 시야에서 사라졌다.

이스탄불의 백조

(백지 위 79개의 문단)

콘스탄티노스 카바피스를 기리며[*]

---

[*] 콘스탄틴 P. 카바피Constantine P. Cavafy라고도 불린다. 19세기 후반에서 20세기 초의 그리스계 이집트 시인으로, 언론인이자 공무원이기도 했으며, 남긴 155편의 시 중 수십여 편이 미완이다.—옮긴이

2부 이야기하다

2부 이야기하다

2부 이야기하다

2부 이야기하다

2부 이야기하다

2부 이야기하다

주석

441쪽. "갑자기 잊고": 아틸라 골리오 굴리아스 코박스와의 친절하고 개인적인 서신에서(록펠러 인스티튜트, 뉴욕), 2011년 9월 30일.

441쪽. "상세 내용을 급격히 잊어": 발린트 라스토시와의 친절하고 개인적인 서신에서(콜럼비아 대학, 뉴욕), 2011년 9월 30일.

441쪽. "그는 자신이 잊어가고 있으며, 어떤 혼란이 그와 세계 사이에서 발생하였다는 것을 깨달았다, 이 경우에는 그와의 사이에서……": 데이비드 S. 마틴, 〈기억의 비밀을 풀 수 있는 한 남자의 희귀한 능력〉, CNN, 2008년 5월.

441쪽. "그리고 그는 아무런 기억 없이 온 곳을 돌아다녔다. 그는 어떤 바에 들어갔지만 거기서 뭘 했는지 떠오르게 하는 흔적은 전혀 없었다.": 파커, E. S., 커힐, L., 맥거프, J. L. "남다른 자전적 기억의 케이스", 뉴로케이스, 2006년 2월.

441쪽. "무언가를 기억하고자 하는 의도는 그에게 쭉 남아 있었다.": 데이비드 S. 마틴, 〈기억의 비밀을 풀 수 있는 한 남자의 희귀한 능력〉, CNN, 2008년 5월.

441쪽. "이것도 지나갈 것이었고, 그는 더는 무언가를 잃어버렸다는 것도 깨닫지 않으며, 상황이 혼란스럽다는 감각도 갖지 않을 것이다. 그리고 이런 상태, 행복의 상태가 실로 깊게 자리 잡으며, 어딜 가든 그는 자기도 모르게 행복하다고 느꼈다, 부분적으로는 그랬다. 그러나 그의 정신의 일부분은 전체적인 문제로 인해 점점 더 부담을 느꼈다. 가령 이스탄불, 이것이 전체적인 문제로 바뀌면서, 그에 대한 그의 느낌은 전체적으로……": 포터, S, 버트, A. R., 율리, J. C., 허브, H. F. "살인을 위한 기억. 법적 환경에서 해리석 기억상실증에 대한 심리학적 관점", 법률 정신심리학 국제 저널, 2001년 1~2월 호.

441쪽. "그가 이스탄불이 어떠했는지 알고 있다면, 그가 이스탄불을 보지 않았다고 말할 수는 없을 것이다.": 크리체브스키, M., 장, J., 스콰이어, L.R. "기능적 기억상실: 의학적 묘사와 10개 실례의 신경심리학적 프로파일", 학습과 기억: 2004년 3월.

442쪽. "그는 상세 내용을 급격히 잊기 시작했으나, 이와 병행하여 전체적인 문제점들에 관한 그의 생각이 유사하고도 위험하게 변경되었다, 즉 그는 이 전체적인 문제점들을 급격히 전체적인 방식으로 인식했으며, 이런 전체적인 문제들의 윤곽은 점점 더 넓어지기 시작했다……, 급기야 그는 각각의 전체적 문제의 범위를 너무나 거대하게 인지하여, 그 문제를 이해할 수 있기는 했어도, 그 작용이 그의 머리를 점점 갈라놓기 시작했다, 그리하여 마침내 그는 갈라진 머리로 이스탄불에 서 있었고, 비행기가 두 조각 난 그를 집까지 실어나른 것만 같았다. 그의 머리와 몸의 나머지 부분. 그리하여 더는 그라고 하는 전체적인 인간이 남아 있지 않았다.": (참조) 단기 기억/장기 기억: 뢰딩거, H. L, 두다이, Y., 피츠패트릭, S. M., 기억의 과학: 개념. 옥스퍼드 유니버시티 프레스. 뉴욕. 단치거, 쿠르트, 정신을 표시하다: 기억의 역사. 케임브리지 유니버시티 프레스, 2008. 피부시, 로빈, 나이저, 율리크. 기억하는 자아: 자기 서술의 구성과 정확성. 케임브리지 유니버시티 프레스, 1994.

443쪽. "도시 외곽의 막연한 지점에서, 화이트 데르비시에서……"*: 루미, 영성 시집. M. 에스텔라미의 최근 페르시아어 버전에서 번역된 초판. 펭귄 클래식, 런던과 뉴욕, 2006.

---

* 데르비시는 수피 우애단의 구성원을 가리키는 말이고, 이들의 집단 명상 방식으로 빙글빙글 도는 춤이 있다.—옮긴이

2부 이야기하다

443쪽. "화이트 데르비시는 딱히 그렇지 않아……": 더 마스나비, 2권, 자위드 모자드데디 번역, 옥스퍼드 세계 고전 시리즈. 옥스퍼드 유니버시티 프레스, 2007.

443쪽. "화이트 데르비시, 빙글빙글 도는": 루미 필수 선집. 콜먼 바크스, 존 모이엔, A. J. 아베리, 레이놀드 니콜슨 공역. 하퍼 콜린스. 샌프란시스코, 1996.

443쪽. "화이트 데르비시는 더 이상 그런 사람들이 아니라……": 루미 채색 사본. 콜먼 바크스 번역, 마이클 그린 기고. 브로드웨이북스. 뉴욕, 1997.

443쪽. "화이트 데르비시를 위한 의상 제작자로서": 메블라나 잘랄루딘 루미의 메스네비**, 제임스 W. 레드하우스 번역, 런던, 1881.

443쪽. "반면 화이트 데르비시들은 즉시 흩어졌다. 마스나비-이 마나비": 마울라나*** 잘랄루딘 무함마드 루미의 영성

** 메스네비는 2행구로 이루어진 시적 형식 — 옮긴이
*** 이슬람에서 마울라나는 튀르키예어의 메블라나와 마찬가지로 스승을 의미하는 칭호다. — 옮긴이

2행 시집. E. H. 휜필드 축약 번역, 1887.

444쪽. *"카이단리크"**: 툴라의 구두 연락, 이스탄불.

447쪽. *"술탄아메트 카미이"***: (참조) 세자르 드 소쉬르. 튀르키예 여행.

447쪽. *"사마하네"****: 갈라타 메블레비하네시로부터 온 편지, 2011년 9월 10일.

451쪽. *"카눈"*****: 데르위시 카페의 테라스에서 녹음한 카눈 연주, 칸쿠르타란 마할데시, 카바사칼 카데시 1, 이스탄불.

452쪽. *"카리예 뮈제시***** 방향으로"*: 코라: 천국의 두루마리, 시릴 망고 글, 아메드 에르툭 편집. 이스탄불, 2000.

452쪽. *이 사건의 도시에서 그가 바로 주었다.*

---

* 튀르키예어로 주전자라는 뜻 — 옮긴이

** 튀르키예어로 사원 — 옮긴이

*** 힌디어로 '생각해봐요'라는 뜻 — 옮긴이

**** 중앙아시아에서 많이 연주하는 현악기 — 옮긴이

***** Kariye Müzesi, 카리예 박물관이라는 뜻 — 옮긴이

이 왕국에서 그는 모든 사건을 계획한 왕이었다.

그가 자신의 도구를 부순다면

이 부서진 도구들이 그가 보기에는 더 아름다운 것이

되었으니

우리가 어떤 시를 지워버려도, 잊게 만들어도,

우리는 그 시를 더 나은 것으로 바꾸어버린다는 위대

한 수수께끼를 알라.: 마울라나 잘랄루딘 무함마드 루

미의 영성 2행 시집, 16번째 이야기

453쪽. "카리에 뮈제시는 ……아니었다": "미마르 시난", 굿윈,
G. A. 오토만 왕국 건축 역사에서. 테임스 & 허드슨 유한회사.
런던, 1971. 언더우드, P. A. 이스탄불의 카리에 카미이의 벽
화 복원에 관한 3차 예비 보고서. 하버드 유니버시티 프레스,
1958.

453쪽. "카눈 천국의 지붕이 그들의 머리 위에": 쿠드시 에르
구네르와 오마르 파루크 테크빌레크에게서 온 구두 연락.

453쪽. "여기 또 다른 하늘, 카눈 천국에서부터": 야르만, 오
잔. 튀르키에 마캄 음악의 현행 모델과 실행 사이의 불일치의
해결로서 79개의 음조 조율과 이론. 이스탄불 기술 대학. 사회
과학 인스티튜트, 2007.

453쪽. "카눈의 창공 아래 연주자들은 개인적인 ……을 잃고": 폴리트, 슈테판 / 와이스, 줄리앙 잘랄. 중동 카눈의 기발한 조율 체계. 박사 논문. 이스탄불 기술 대학. 사회과학 인스티튜트, 2011.

453쪽. "카눈의 창공 아래에선 아무런 의미가 없어": 줄리앙 잘랄 와이스와의 구두 연락.

454쪽. "카눈의 장인들과 함께": 장인 모하마드 파르칸에게서 온 구두 연락.

454쪽. "이스탄불의 백조": 켈러멘 마이크스. 튀르키예에서 온 편지. 1794.

454쪽. "유명한 얘기에 따르면": 크리스토발 드 빌라롱. 튀르키예 여행. 유로파, 부다페스트, 1984.

454쪽. "쿠라이시족의 꿈": 이그나츠 골드지허. 이슬람 문화 1~2권. 곤돌라트. 부다페스트, 1981.

457쪽. "백조를 잊기 위해": 앨런 배들리. 아즈 엠베리 엠레케제트. [인간 기억]. 오시리스. 부다페스트, 2005.

3부

작별을 고하다

나는 여기에서 아무것도 필요로 하지 않습니다

나는 여기 모든 것에서부터 떠납니다: 골짜기, 언덕, 길, 그리고 정원의 어치 새들, 나는 여기 술통과 사제*, 하늘과 땅, 봄과 가을을 두고 떠납니다, 나는 여기 출구 경로, 부엌의 저녁, 마지막 연인의 눈길, 부르르 몸이 떨리던 모든 도시행을 두고 떠납니다, 나는 여기 땅 위에 떨어지는 짙은 황혼, 중력, 희망, 매혹, 평온을 두고 떠납니다, 나는 여기 사랑하는 이들과 내게 가까웠던 이들을, 나를 감동시켰던 모든 것, 내게 충격을 주었던 모든 것, 나를 매혹시키고 고양시켰던 모든 것을 두고 떠납니다, 나는 여기에 고귀한 이들, 자애로운 이들, 유쾌한 이

---

* 헝가리어 'csapot es papot(술통 꼭지와 사제)'에서 유래한 표현으로, 19세기 시가 출처다. 즉, "술통과 사제를 포함해서 모든 것(을 잊었다)"이라는 의미다. — 옮긴이

들, 악마적으로 아름다운 이들을 두고 떠납니다, 나는 여기에 새로 돋는 새순, 모든 탄생과 존재를 두고 떠납니다, 나는 여기에 주문, 불가사의, 거리로 인한 도취, 무한한 끈기, 영원을 두고 떠납니다: 여기에 나는 이 땅과 이 별을 두고 갑니다, 나는 여기서 아무것도 가지고 갈 수 없기 때문입니다, 나는 앞으로 올 일을 이미 들여다보았기에, 여기에서는 아무것도 필요로 하지 않습니다.

옮긴이의 말

종말의 장송곡, 그러나 앞으로 굴러가는 세계

크러스너호르커이 라슬로의 작품 세계에 대한 글들을 찾아보면 반드시 빠지지 않고 등장하는 표현이 있다. 바로 수전 손택이 언급했다는, "현대의 헝가리인 아포칼립스 대가(the contemporary Hungarian Apocalypse Master)"라는 말이다. 크러스너호르커이라는 작가에 익숙하지 않은 독자라면, 이보다 더 직관적으로 다가오는 어구는 없을 것이다. 난해하고도 심오한 그의 작품 세계를 다른 언어로 설명한다고 해도 더 간결한 표현은 많지 않을 것이다. 이는《세계는 계속된다(Megy a világ, The world goes on)》라는 대조적인 제목의 작품도 예외는 아니다.

I. 끝의 감각, 그러나 계속되는

'말하다-이야기하다-작별을 고하다'의 3부로 구성되는 이 작품집에도 짙게 깔린 것은 이제 우리가 거의 종말에 다다랐다는 감각이다. 표제작인 단편 〈세계는 계속된다〉는 9·11 테러로 무너지는 쌍둥이 빌딩을 이미지화하면서 이 세계에 닥쳐온 종말과 파괴에 대해 기술한다. 〈보편적 테세우스〉에서는 감금된 한 남자의 강연을 다루지만, 그 강연장 너머의 세계에서는 이미 종말에 가까운 상황이 벌어지고 있다는 것을 암시한다. 〈구룡주 교차로〉는 거대한 폭포를 보러 가고 싶었지만 한 번도 가지 못한 남자가 상하이의 구룡주 교차로에서 헤매다가 돌아와 폭포의 환영을 듣고 우리 인생의 내러티브는 죽음으로써 완결된다는 깨달음을 얻는다는 난해한 순례 여행에 관한 이야기다. 〈숲의 내리막길〉에서는 한순간의 방심이 연속되면서 반드시 실현되는 파국을 그린다. 〈은행가들〉은 체르노빌 사건이 일어난 장소로 향하는 사람들의 이야기다. 〈축복 없는 장소를 걸으며〉도 신성한 가르침을 잃은 인간들의 성전이 무너지는 장면을 묘사한 작품이다. 결국 크러스너호르커이의 작품 속 세계는 모두 재난과 전쟁, 죽음으로 향하는 필연성을 그린다.

II. 탈출하고자 하는 사람들, 그러나 빠져나갈 수 없는 미궁

이런 종말론적 감각과 연결지어서 보면, 크러스너호르커

이의 소설 속 인물들이 탈출-묶임의 무한 연쇄 상태에 있는 것을 이해할 수 있다. 그의 소설에서 많은 인물이 방향을 잃고, 빠져나올 수 없이 그 자리를 빙빙 돈다. 소설집의 첫 작품 〈서 있는 헤맴〉에서는 지금 있는 자리를 떠나려 하지만 그 자리에 멈춰서 전 세계를 도는 어떤 인물에 대해 말한다. 〈언젠가 381고속도로에서〉는 고된 노동을 강요하는 채석장을 떠나 숲속의 오아시스 같은 궁전에 다다르지만 결국 떠나온 자리로 돌아온 소년을 그린다. 〈저 가가린〉은 지구를 떠나 처음으로 우주 비행에 성공한 최초의 인간 유리 가가린처럼, 이 지구를 떠나려 하지만 결국은 아래로 떨어지고 마는 사람을 그린다. 〈구룽주 교차로〉는 대도시 상하이에 있는 얼기설기 얽힌 거대한 고속도로에서 길을 잃은 사람을 묘사하며, 〈한 방울의 물〉 또한 바라나시에서 탈출하려 하지만 계속 탈출의 순간만을 반복하는 이의 이야기다. 〈보편적 테세우스〉는 아예 제목부터 미궁 속에 갇힌 왕자 테세우스를 모티브로 삼는다. 이는 세계에 구속된 인간의 운명이다. 종말이 다가오는 (혹은 이미 다가온) 세계에서 우리는 모두 탈출을 꿈꾼다. 그러나 탈출은 매번 실패하고, 그 자리에 멈추거나 돌아가는 것만이 인간의 숙명처럼 보인다.

III. 흐르는 역사 속에서 분리될 수 없는 전체와 개인

이 소설집에서 계속 반복되는 모티브 중 하나는 헤라클

레이토스의 "우리는 똑같은 강물 속에 두 번 발 담글 수 없다"라는 만물 유전의 세계관을 바탕으로 하는 전체와 개인의 삶이다. 〈속도에 관하여〉는 지구의 자전 속도를 넘어서려는 개인의 속도에 대해 말하는데, 여기서 인간은 지구의 속도를 넘어서려고 할수록 거기에 맞출 수밖에 없다. 실로 인간은 세계를 넘어서 존재할 수 없고, 개별적으로 인식할 수 있는 건 자신 앞에 주어진 현실, 이 순간, 세부적인 분야뿐이다. 우리는 현실이라는 미궁 속에 갇힌 것이나 다름없다. 이 물이 모여 거대한 삶과 죽음의 강물을 이루고 그것이 흘러가 폭포로 떨어질 수도 있다. 그러나 한 방울의 물인 개인은 그를 볼 수 없으며 예측할 수도 없다. 오래전 성인의 말씀은 100명의 입을 거친 후에는 이미 원래의 아우라를 잃고(〈모두 다 해서 100명의 사람〉), 본래의 텍스트가 사라진 백지를 주석을 통해 원문을 재구성하듯이, 우리에게 남은 역사는 재해석과 재구성의 역사인 것이다(〈헤라클레이토스의 길 위가 아니라〉, 〈이스탄불의 백조〉). 역사는 강물의 흐름처럼 유유하게 흐르는 것이 아니라 흐르는 와중에 부딪히는 땅의 지형처럼 장애물에 의해 형성되고, 어떤 미래가 다가올지는 예측 불가능하다. 모든 내러티브는 끝으로 완성되듯이, 우리는 순간을 넘어설 때만 전체를 볼 수 있지만 인간이 전체를 보는 순간은 죽음뿐이다. 하지만 이런 예측 불가능성에도 불구하고 크러스너호르커이의 소설에서, 인간은 전체를 이해하고 사회와 역사를 바라보려는 노력을 그치지 않는다. 이렇듯 인간은 자신의 삶을 넘어서 세계와 우주를 바라보려는 노력을 그칠 수 없는 존재다. 여기에 시니컬하면서도 숭고한 역설이 깃든다. 이 소설집은 인간의 한계를 통찰하지만 그를 넘어서려는 헛된 노력을 하는 문학에 대한 경의다.

IV. 세계는 끝나지만 앞으로 나아간다

크러스너호르커이 라슬로의 작품은 기존 서사의 법칙을 깨는 난해함, 마침표 없이 끝없이 이어지는 문장, 동서양을 막론하고 질주하는 방대한 레퍼런스로 독해가 쉽지 않다는 평을 받는다. 크러스너호르커이는 한 인터뷰*에서 "긴 문장이 내게는 더 드라마틱하게 느껴진다. 몇 페이지에 걸쳐 펼쳐지는 한 문장을 쓸 때 커다란 자유를 느낀다"라고 말한 적이 있다. 그의 의견에 따르면, 인간이 말을 할 때는 반복하고 다시 시작하며 되돌아가서 끝없이 문장을 이어나가는 것이 더 자연스러운 행동이다. 가끔은 1인칭과 3인칭이 분리되지 않고, 누가 묻고 누가 대답하는지도 명확하지 않다. 사고를 표현하는 형식으로서 언어에 대한 작가의 의식이 실제의 문장으로 표현되고, 그의 문체적인 특성은 내용적인 특성을 고스란히

---

*   https://brussels-express.eu/long-sentences-feel-more-democratic-to-me-laszlo-krasznahorkai-in-brussels/

반영한다. 이 작품집의 1부는 서사가 있는 소설이라기보다는 철학적인 관찰을 담은 에세이에 가깝고, 역사가들이 정해놓은 인위적인 마디 없이 흘러가는 역사처럼 문장도 그렇게 흘러간다. 작품 속의 주인공들이 길을 잃고 빠져나올 수 없는 미궁을 헤매듯이, 문장도 출구를 찾지 않고 그와 함께 질주한다. 결국은 마지막에 이르러서야 마침표를 만날 수 있다. 그렇듯이 우리의 삶도 곧 다가올 종말에 이르러서야 마치게 된다, 하지만 이렇게 종말의 감각 속의 세계는 끝나지 않는다. 인간들의 행동은 결국 모여서 파국에 닿겠지만, 그 시간을 무한히 지연시키는 것은 동료 인간에 대한 연민이며, 〈아무리 늦어도, 토리노에서는〉에서 나오듯이 무효할지 모르는 도덕법칙에 대한 인식이다.

　이 작품을 번역하기 위해 세 가지 텍스트를 참고했다. 번역의 저본으로 삼은 것은 뉴디렉션스북스(New Directions Books)에서 나온 영어본 《The World Goes On》이고, 헝가리어본 《Megy a világ》(Magvető)와 독일어본 《Die Welt voran》(S. Fisher)을 참고했다. 원래 헝가리어본의 제목은 '세계는 굴러간다'는 뜻이지만 수록된 단편의 제목은 'Megy a világ előre'로 한 단어가 더 붙었다. 'előre'는 '앞으로'라는 뜻이다. 마찬가지로, 독일어 제목도 '앞으로의 세계'라는 표현으로 역시 전진하는 방향을 표시했다. 세계는 종말을 향하지만, 앞으로 굴러가고 계속된다. 필연적인 파국을 막기 위해 헛되이 저항해보지만 하찮은 결과만을 남길 뿐인 인간, 그렇지만 저항이 아니라면 달리 뭘 할 수 있나? 저항은 멜랑콜리를 남기지만 그렇지 않다면 끝날 듯 아직 끝나지 않는 세계에서 인간이 앞으로 살아가기 위해 갈 길은 무엇인가? 크러스너호르커이 라슬로의 소설은 이 질문에 대한 문학적 탐구다. 대답이 그 안에 있는지는 스스로 발견해야 한다. 소설은 모든 것을 두고 떠난다고 작별 인사를 했지만, 우리의 작별 인사는 아직 저 앞에 남아 있다.

2023년 1월
박현주

지은이.. 크러스너호르커이 라슬로Krasznahorkai László

1954년 헝가리 줄러에서 태어났다. 1976년부터 1983년까지 부다페스트 대학에서 문학을 공부했고, 1987년 독일에 유학했다. 이후 프랑스, 네덜란드, 이탈리아, 그리스, 중국, 몽골, 일본(교토), 미국(뉴욕) 등 세계 여러 나라에 체류하며 작품 활동에 매진해왔다.

헝가리 현대 문학의 거장으로 불리며 고골, 멜빌에 비견되곤 한다. 수전 손택은 그를 "현존하는 묵시록 문학의 최고 거장"으로 일컫기도 했다. 크러스너호르커이는 자신의 작품 세계를 관통하는 종말론적 성향에 대해 "아마도 나는 지옥에서 아름다움을 추구하는 독자들을 위한 작가인 것 같다"라고 밝힌 바 있다. 영화감독 벨라 타르, 미술가 막스 뉴만과의 협업을 통해 자신만의 독특한 세계관을 확장하고 있다. 매년 유력한 노벨문학상 후보로 거론되는 작가다.

주요 작품으로는 《사탄탱고》(1985), 《저항의 멜랑콜리The Melancholy of Resistance》(1989), 《전쟁과 전쟁War and War》(1999), 《서왕모의 강림Seiobo There Below》(2008), 《마지막 늑대The Last Wolf》(2009), 《세계는 계속된다》(2013) 등이 있다.

그의 소설은 여러 언어로 번역되었으며 다양한 국내 및 국제 문학상을 수상했다. 헝가리의 Tibor Déry 문학상(1992), 독일의 SWR-Bestenliste 문학상(1993), 대문호 산도르 마라이의 이름을 따 제정한 헝가리의 Sándor Márai 문학상(1998), 헝가리 최고 권위 문학상인 Kossuth 문학상(2004), 스위스의 Spycher 문학상(2010), 독일의 Brücke Berlin 문학상(2010) 등을 받았고, 2015년에는 맨부커 인터내셔널상Man Booker International Prize을 수상했다. 2018년 《세계는 계속된다》로 맨부커상 인터내셔널 부문 최종 후보에 또 한 번 이름을 올렸다.

옮긴이.. 박현주

고려대학교 영어영문학과 및 동 대학원을 졸업하고, 일리노이 주립대학교에서 언어학을 공부했다. 현재 전문 번역가 및 소설가, 에세이스트로 활동 중이다.

옮긴 책으로는 《낯선 자의 일기》 《푸시》 《나의 사유 재산》, 찰스 부코스키의 소설과 시집 및 에세이, 트루먼 커포티 선집(전 5권)과 레이먼드 챈들러 선집(전 6권) 등이 있다.

지은 책으로는 《당신과 나의 안전거리》 《서칭 포 허니맨》 《나의 오컬트한 일상》 등이 있다.

2018년 《하우스프라우》로 제12회 유영번역상을 수상했다.

세계는 계속된다

1판 1쇄 찍음 2023년 1월 2일
1판 1쇄 펴냄 2023년 1월 31일

지은이 크러스너호르커이 라슬로
옮긴이 박현주
펴낸이 안지미

펴낸곳 (주)알마
출판등록 2006년 6월 22일 제2013-000266호
주소 04056 서울시 마포구 신촌로4길 5-13, 3층
전화 02.324.3800 판매 02.324.7863 편집
전송 02.324.1144

전자우편 alma@almabook.com / alma@almabook.by-works.com
페이스북 /almabooks
트위터 @alma_books
인스타그램 @alma_books

ISBN 979-11-5992-374-6 03890

이 책의 내용을 이용하려면 반드시 저작권자와 알마 출판사의 동의를 받아야 합니다.

알마는 아이쿱생협과 더불어 협동조합의 가치를 실천하는 출판사입니다.